신데렐라는 내가 아니었다

IV

I WASN'T
THE CINDERELLA

신데렐라는
내가
아니었다

과앤 장편소설

I Wasn't
the Cinderella

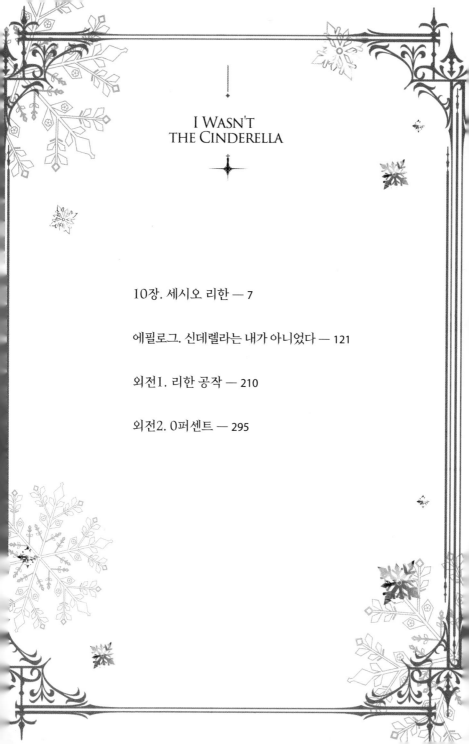

I WASN'T THE CINDERELLA

10장

세시오
리한

"자, 잘못했습니다! 용서해 주십시오, 백작님!"

하인 하나가 몸을 웅크리며 새된 비명을 질렀다. 그러나 그의 주인은 자비를 바랄 수 없는 사람이었다.

"용서? 감히 즉위식에 입고 갈 옷을 더러운 손으로 만져 놓고 용서를 구걸해?"

하리만 백작이 채찍을 힘주어 쥐었다.

"그래. 내, 네 놈의 목숨을 거두는 것으로 널 용서하겠다!"

그러고는 그가 팔을 들어 올린 순간, 벌컥 문이 열렸다.

"어떤 놈이 허락도 받지 않고─!"

노기에 차 내지르던 소리가 중간에 멈추었다. 문을 열고 들어선 이들은 하리만 백작의 사용인도 기사도 아니었다. 허리에 검을 찬 일단의 무리, 그 기세가 심상치 않았다.

'경비들은 어떻게 된 거지.'

백작의 눈이 크게 흔들렸다. 그 모습을 보며, 누군가 그의 앞으로 느릿하게 걸어 나왔다. 백금발에 범상치 않은 외모. 소문으로만 접해 본 누군가의 이름이 떠오르려 했으나.

"글럼프 하리만 백작."

말을 하는 걸로 보아 그가 떠올린 사람은 아닌 모양이다.

"황궁 관리 시험을 주관하는 게 그대의 일이라지."

백작은 애써 침착하게 입을 열었다.

"……누구시오."

"아, 실언했군. 시험 문제를 조작해 뇌물을 바치는 이만 합격시켜 주는 업무였는데 말이야."

"그건 누구나 하는—."

"덕분에 내 약혼자가 마음고생이 제법 심했어."

사내는 백작의 말을 들을 생각이 전혀 없어 보였다.

"그뿐인가. 자리를 만들기 위해, 기존 관리를 협박해서 쫓아내고 말을 듣지 않으면 살인을 저지르고. 열심히도 살았더군."

위기를 직감하고 하리만이 눈만 데구루루 굴렸다. 탈출로를 찾고 싶었으나 여긴 3층이었고, 입구를 틀어막고 있는 이들을 밀치고 가긴 버거워 보였다. 협상에 성공해야만 살아남을 수 있다.

그는 제 금고를 가득 채운 보화들을 떠올리며 간사하게 눈을 휘었다.

"누굴 말씀하시는지는 모르겠지만 일단 이야기를, 커헉!"

하리만 백작이 본격적으로 입을 열기도 전에 수상한 사내의 옆에 선 이가 푹 검을 찔러 왔다. 번개 같은 손놀림에 그의 허리가 허무히 꺾였다. 힘없이 쓰러지는 백작을 보며, 사내가 웃었다.

"신기하지. 누군가를 죽이는 일이 선행이 될 수 있다니."

백작에게 채찍질을 당하던 하인은 그 모습을 보고는 벌벌 떨었다. 도대체 무슨 일이 일어나는 걸까. 그다음 차례가 되고 싶지 않다는 공포심에 두 눈에서 눈물이 줄줄 흐른다. 그리고 그 순간, 백금발 사내의 눈이 그에게로 향했다.

"해가 뜨기 전에 도망치면, 죄를 뒤집어쓸 일은 없을 거야. 백작저의 귀물 몇 가지를 훔쳐 간다면 돈이 모자라지도 않겠지."

무감히 내뱉고 할 일을 다 마쳤다는 듯 사내가 몸을 돌렸다. 하인이 그 뒷모습을 멍하니 바라봤다.

'죽이지 않는다고, 정말로?'

그러다가 사내가 문을 지날 무렵에야, 하인이 다급히 입을 열었다.

"가, 감사합니다."

잠시 걸음을 멈추었다가, 사내는 한 번 돌아보지 않고 무리를 이끈 채 나갔다.

세시오는 이제, 고맙다는 말에 가슴이 일렁이지 않았다. 그가 하인에게 간단한 조언을 건넨 건, 그조차 선행의 한 조각이기 때문이었다. 황궁을 습격하기에 앞서, 그는 힘을 모으는 중이었다. 그의 기적인 언령과 천리안의 힘을.

왈릿에서 수많은 이들을 치료한 대가로 그의 기적은 강대해졌다. 힘의 그러한 특성을 이용하여 세시오는 작정하고 언령을 키우기로 했다. 원래는 황궁 점령에 실패했을 때 쓰려던 방식이었지만.

오소리단이 수집해 온 정보를 토대로, 그는 수도에 거처하는 악한 권세가의 저택을 뒤엎고 다녔다. 개중에는 인신매매에 손을 댄 이도 있었고, 가학적 성향에 도취하여 약자를 장난감 삼는 이도 있었다. 죄 없는 이를 죽이는 건 예사요, 사기와 협박으로 돈을 불리는 이도 많았다.

그로 인해 고통받던 사람들이 넘쳤기에 그의 선행은 곧바로 되돌아왔고 세시오의 힘은 점차 강대해졌다. 일을 진행하면서도 막연하게 그 한계가 있을 거라 짐작했으나, 제가 인간이라는 선입견이 만들어 낸 착각이었다. 기적은 끝도 없이 자라났고, 그렇기에 행보를 숨길 필요도 없었다.

노골적이고 과감한 습격은 화를 부를 수 있다며 말리던 수하들도 금세 입을 닫았다. 그쯤에는 그런 생각도 들었다. 어쩌면 애써 세력을 모을 필요도 없었겠다고.

"이제 힘은 충분히 모였습니다. 황궁으로 진격하셔야 합니다."

"서두를 것 없어, 파넬로."

"하지만 이쯤 움직이셨으면 타니타르뿐 아니라 수도 전역에 소문이 났을 겁니다. 시간을 끌다가는 골치 아파질 수가—."

"글쎄. 그게 내가 바라는 거라면 어떤가."

세시오의 말에 파넬로가 당황스럽게 눈을 깜박였다.

"왜 그러지. 내 수하들이 바란 건, 이런 세상이잖아."

악하고 부패한 이들이 처벌받는, 전보다 살기 좋은 세상. 원하는 대로 만들어 주고 있는데, 일을 그르칠 염려도 없는데 어째서 의미 없는 걱정에 매몰되어 있는가. 머뭇거리는 모습들을 보고 세시오가 픽 웃었다.

"설사 제가 사냥당할 걸 알아채더라도, 타니타르가 물러날 곳은 없어."

황궁을 점령하고, 즉위식을 치르겠노라 공문까지 보낸 상태다. 물러선다면, 공작에게 남은 건 파멸뿐이었다.

"하나 이쯤 되면 슬슬 반역을 선포해야겠군."

"그럼 이제 황족의 신분을 드러내시는 겁니까?"

"아니, 그건 됐어."

"하지만……."

"나는 그저, 반역이 일어나기만 하면 되거든."

"황실이 요청해 오면, 리한에는 반역을 진압할 의무가 있어."

테릴의 말을 떠올리고 세시오의 눈이 어둡게 가라앉았다.

냉정히 말해, 반역은 이미 일어난 상태였다. 단지 그 주체가 세시오가 아닌 타니타르일 뿐. 그럼에도 그는 미련을 다 버리지는 못하여, 테릴이 했던 말에 일말의 희망을 걸고 있었다.

만약 그 시신이 정말 거짓이라면, 이렇게 법석을 떨어대는 것만으로 그녀를 불러낼 수 있지 않을까. 테릴이 살아 있다면 어디에서라도 수도의 정보를 전해 듣고 있지 않을까. 어쩌면 아직, 그녀가 살아 있을 수도 있지 않을까.

스스로가 생각하기에도 형편없는 기대였으나, 그것밖에는 기댈 곳이 없었다. 남은 게 그것뿐이었다.

백작저의 정문을 나서자 밖으로 새까만 하늘이 보였다. 무거울 만큼이나 밀도 있게 몰려든 먹구름에서 빗줄기가 쏟아지고, 계속해서 번개가 법석을 떨었다. 분명 세시오는 선행을 베풀고 돌아 나오는 길이었으나, 바깥은 금방이라도 멸망할 세상처럼 요란이었다. 언령으로 날씨를 바꾼 게 아닌데도, 마치 그의 기분을 읽어 내기라도 한 것처럼.

조소하며, 그는 멈추었던 걸음을 다시 움직였다. 그때.

"기다리십시오."

귀에 익은 목소리가 그를 붙들었다. 엔하르트 백작이었다.

행보를 조금도 숨기지 않았으니, 그가 하리만 백작저에 있다는 것도 쉽게 알았을 것이다. 다만 그를 찾아온 목적이 뭘지, 조금 궁금하기는 했다. 세시오는 그녀의 뒤로 늘어선 기사들을 훑어보고는, 눈을 가늘게 떴다.

"황궁으로 가실 셈입니까."

"극존칭이 되었군."

"······황실을 섬기는 몸입니다. 답해 주십시오."

"조금은 더 시간을 끌어 볼까 하지만, 결국 그리로 향하겠지."

"타니타르를 끌어내릴 생각이십니까."

"왜. 나를 막을 셈인가?"

세시오의 말에 그의 수하들이 검집에 손을 올렸으나, 그들이 예상한 것과 달리 전투가 일지는 않았다. 엔하르트 백작이 털썩 무릎을 꿇었다.

"따르게 해 주십시오."

정말로 손주뿐인 삶이로군. 분노로 들끓는 눈을 세시오가 무감하게 내려다봤다.

백설 기사단을 뒤로 이끌고, 나는 정신없이 말을 달렸다. 머릿속에는 온통 세시오의 생각뿐이었다. 구체적으로는 세시오 데이브릭을 향한 욕설이었지만.

"미친놈. 정신 나간 자식. 어떻게 하루 만에······!"

어떻게 안 그럴 수가 있겠는가. 내가 미처 말하지 않은 건, '도플갱어의 허물' 하나뿐이고 그 외는 전부 읊어 줬다. 그런데 그걸 알면서도 세시오는 하루 만에 일을 벌였다.

갑자기 수도 내부에 긁어모은 세력을 일으키더니 다짜고짜 권세가들을 습격하고 다닌다고? 도적 떼처럼 무리를 이끌고 이곳저곳을 무너뜨리는 것도 놀랍지만, 그렇게 노골적인 행보를 아무도 저지하지 못했다는 것 또한 심상찮았다.

무슨 생각인지 하늘에는 태풍을 불러놓고 심지어는.

"반역이 어쩌고 저째?"

모나크 아노비스에게 황위를 떠넘기기로 합의한 사람은, 대체 누구였단 말인가. 무슨 일이 있던 건지 짐작도 안 된다.

그리넬 경에게 급하게 연락을 넣어 봤더니 —세시오에게는 닿지 않았다.— 내 시체 소식을 듣고 몹시 불안해했다는 말만 겨우 들을 수 있었다. 이후로는 저택에 돌아오지 않았다고. 혹시 내게 했던 말은 다 거짓말이고 처음부터 다른 꿍꿍이를 품었던 건 아니겠지? 야트막한 의심이 차오르기도 했으나, 채 자라기도 전에 머릿속에 그가 내뱉은 말이 떠올랐다.

"잘못했어."

"안 할게."

"이제 다신 보지 않을게."

그 외에도 버리지 말라느니, 언제쯤이면 사랑한다는 말을 들을 수 있냐느니 다양한 종류가 있었다.

"그게 연기면, 차라리 연극배우를 해야지."

나는 크게 한숨을 내쉬었다. 혼자 내버려 두면 종일 낑낑거리는 강아지도 아니고. 앞으로 세시오와 어떻게 지내야 할지, 왠지 내 앞날이 캄캄했다. 하나 세시오의 문제는 생각한다고 당장 답이 나올 문제도 아니었다.

나는 당장 할 일만을 생각하며, 허리춤의 검을 꽉 움켜잡았다. 지하 감옥에 구금되면서 내 검은 빼앗겼고, 암습자들의 검은 들고 나오지 않았기에 이건 새로 얻은 검이었다. 정확히는, 아버지가 주신 선물이었다.

"받아라, 생일 선물이다."

"뭐? 내가 정말로 그 시커먼 반지 하나만 툭 던져 주고 말 줄 알았다고?"

"아무리 그래도 얼굴은 보고 줘야 할 것 같아 미뤘을 뿐이다, 의심 많은 딸아."
"생일 축하 연회는 성대하게 열어 줄 테니, 잘 다녀와라."

연락 듣고 급하게 오셨으면서, 이런 건 언제 챙겨 오셨는지. 검을 받을 때는 쑥스러워 투덜거렸지만, 쥐고 있으니 마음이 든든했다. 왠지 어떻게든 해결될 거라는, 막연한 안도마저 들었다. 리한 공작을 이렇게나 믿다니, 나도 영락없는 북부인이다.

나는 한숨을 삼키며, 말의 고삐를 바짝 당겼다.

"너를 믿는다, 테릴."

멀리, 황궁이 보이기 시작했다.

리한의 부녀를 죽일 때까지는 좋았으나, 일은 타니타르 공작의 생각만큼 순탄하게 흐르지는 않았다. 즉위식이 준비되기를 기다리며, 공작이 샴페인을 들이켜던 때였다.

예상치 못한 보고를 듣고 그가 눈살을 찌푸렸다.

"로잘린느가 사라졌다고?"

"예, 각하. 분명히 기사들이 문 앞을 지키고 있었는데—."

철썩, 횡설수설 말하는 시종장이 뺨을 맞고 바닥에 나동그라졌다. 신음하는 시종장을 벌레 보듯 내려다보며, 타니타르가 물었다.

"마법사라도 나타났다는 게냐? 항마 물품으로 둘러싸인 황제의 침실에?"

"그, 그럴 리는 없습니다. 혹 침실에 비밀 통로가 있는 것이 아닐까요?"

"헛소리!"

공작이 일갈했다. 황궁의 비밀 통로, 개중에서도 황제의 침실에 연결된 통로의 존재는 거의 황제나 알고 있었다. 공작조차 우연히 알게 되었을 뿐이니, 그때 함께 있던 사람을 제하고는 그 존재를 알 리 없다. 그래, 타니타르 공작과 흑마법사, 그리고 그의 자식인 엔릴을 제하고는.

'엔릴?'

문득 떠오른 이름자에, 공작이 멈칫했다. 그레텔 공작저에 다녀오기로 해 놓고 돌연 사라져 버린 그의 자식. 그 일로, 처음에 그는 그레텔 공작을 의심했으나 롭티나 그레텔과 대화를 나눈 뒤, 공작은 거의 의심을 접었다.

그녀는 제몬 데이브릭과의 일방적인 파혼 절차 때문에 황궁에 찾아왔다. 그러다가 테릴 리한이 감옥에 들어간 걸 어찌 알고는, 그녀를 만나게 해달라고 떼를 썼다. 철없는 헛소리에 롭티나 그레텔을 돌려보내려다가, 타니타르 공작은 생각을 바꿨다. 그녀는 어릴 때부터 엉뚱하고 어리숙했으니, 위장되지 않은 정보를 얻을 수 있겠다는 계산이었다.

"엔릴의 행방을 솔직히 말다면, 그 정도는 배려해 줄 수 있네."

그녀는 멀뚱히 눈을 깜박였으나, 살살 캐내자 곧 공작저에서 있던 일을 내뱉었다.

"어제 저희 저택에 오셨죠. 응접실에서 아버지랑 얘기하다 가셨어요. 무슨 얘긴지는, 몰라요."

"저희 아버지 반응은 왜요? 저를 세작 취급하시는 거예요? 아, 근데 진짜 별

거 없는데."

"아버지는 평소대로였어요. 좀 더 진지했나? 오라버니가 사고 칠 때 같기도 했고."

"소공작님은 좀 화가 났던걸요. 인사드렸는데, 받아 주지도 않고 쌩하니 나가 버렸어요."

"마차는 그러니까…… 황궁 반대쪽이니 서쪽으로 갔어요. 마부도 없이 혼자 가시던데."

"아, 한 마디 중얼거리는 건 들었어요. '이대로는 안 돼?' 그런 말이었는데. '안 돼.'가 아니라 '안 될 거야.'인가? '못 해.'인가?"

긴가민가하단 듯, 그녀가 이리저리 고개를 기울여서 크게 신빙성은 없었지만, 도움이 되는 정보였다. 그 단편적인 증언으로, 공작은 조금 짐작할 수 있었다.

그레텔 공작은 아마도, 타니타르의 제의를 끝내 거절했을 것이다. 엔릴 타니타르는 그 일이 부친의 분노를 살까, 두려워 도망친 거겠지. 퍽 심약한 성격이었으니 이해 못 할 일도 아니었다.

타니타르 공작은 롭티나 그레텔이 거짓말을 했다고 의심하지는 않았다. 그녀는 어릴 때부터 한결같았고, 그가 엔릴에게 붙여 놓은 추적 장치의 흔적과 그녀의 증언이 일치했으니까. 이제는, 엔릴이 어딜 가서 뭘 하든 상관없었으나 로잘린느가 사라졌다면 말은 달라진다.

타니타르 공작은 침잠한 눈으로 허공을 노려봤다.

"네놈이 기어코 일을 내는구나."

황좌를 얻기 위해 시킨 혼약인데도, 엔릴은 어느 순간 2황녀에게 다른 마음을 품었다. 이유를 짐작조차 할 수 없었으나, 그의 아들이 공과 사를 구별 못 할

머저리는 아니기에 내버려 뒀다. 그러나 그렇게 생각한 게 착각이었던가. 엔릴 타니타르가 기어이는, 로잘린느를 빼돌린 모양이다. 증거는 없으나, 공작은 확신했다.

"어떻게 할까요, 각하."

근위기사단의 부단장이 곤혹스러운 얼굴로 물었다. 반면, 공작은 조금도 주저 없이 차갑게 내뱉었다.

"엔릴 타니타르에게 수배를 내려라. 죄목은 선황제 독살이면, 충분하겠지."

로잘린느에게 독을 쓰라 지시한 건 공작이었고, 그녀는 아직 죽지 않았으나 상관없었다. 그녀는 결국 죽을 것이고, 엔릴은 그 죄를 뒤집어쓸 테니까. 스스로 황좌에 오를 수 있게 된 이상, 이제 다른 수단은 필요 없었다.

부단장은 흠칫하는 듯했으나, 곧 깊이 허리를 숙였다.

"받들겠습니다."

"즉위식 준비는 얼마나 되었지, 프란시스."

"예? 예! 해가 뜨고 아침 중으로 무리 없이 치를 수 있습니다. 대부분의 귀족들이 참석하겠다고 답신을 보내왔습니다."

"그래야지. 그런데, 바깥 날씨는 아직 그 모양인가?"

재수 없게도, 몇 시간 전부터 바깥에는 새까만 구름이 몰려와 있었다. 템그리아 제국 역사상, 겨울날 수도에 태풍이 온 적은 한 번도 없었으니 희한하고도 꺼림칙한 징조였다.

"예, 마법사들이 말하길 마법의 흔적은 없다고 하니 자연적인 태풍인 듯합니다."

성녀의 혈통을 갈아치운다고 하늘이 화가 난 건 아니겠지. 불현듯 든 생각에 그가 이를 악물었다. 그럴 리도 없겠지만, 설사 그렇더라도 상관없다. 인간도 아닌 것이 두려워 주저할 이유는 조금도 없었으니까.

　그때.

　"큰일 났습니다, 공작 각하!"

　그의 수하 하나가 뛰어들며 소리쳤다.

　"세시오 데이브릭이 수도를 뒤엎고 있습니다!"

　비밀 통로에 숨어, 엔릴이 잘근잘근 입술을 짓씹었다. 금세 들킬 거라 생각
했지만, 발각되는 속도는 예상보다 빨랐다.

　황궁의 기사들이 그와 로잘린느를 추적하고 있었다. 이럴 때를 대비하여 엔
릴 타니타르는 황궁 내 비밀 통로를 대부분 꿰고 있었으나, 그건 그의 아버지
또한 마찬가지였다. 바깥으로 이어지는 곳에는 벌써 기사를 배치해 두었을 것
이 뻔하다.

　그는 움직이지 못하는 로잘린느를 끌어안고 본궁 근처의 통로를 배회했다.
도주 중인 이가 황궁의 중심에 있다고는 쉽게 생각하지 못할 테니까, 역설적으
로 가장 안전한 곳이었다. 하나 오래 버틸 수는 없다.

　'이대로는.'

　이를 악물고 엔릴이 움직이던 때, 돌연 그의 다리에 무언가가 걸렸다. 어렴
풋한 불빛에 의존해 아래쪽을 내려다보자.

　"시신?"

　긴 머리칼을 가진 어떤 여성이 눈에 들어왔다.

수도에 부패한 귀족은 정말 많았으나, 죽이는 것만으로 선행이 될 만큼 타락한 권세가는 드물었다. 세시오가 더 베어 낼 목이 없게 된 순간, 해가 떠오르기 시작했다. 곧, 타니타르 공작이 즉위식을 치를 때였다.

더는 걸음을 미룰 수가 없었기에, 그는 엔하르트 백작의 안내를 따라 황궁 내부와 연결된 대규모 비밀 통로로 향했다. 다다른 곳은 조그만 산이었다. 지도상으로 수도의 끝자락에 있는 지형이고, 그들이 체감하기로도 그랬으나.

"실질적인 위치는 황궁의 바로 뒤편이란 말이지."

"인지 혼동 마법이 걸려 있어 대부분 착각하고 있지만, 그렇습니다."

"이번에도 본궁의 뒤쪽에 연결되어 있다고."

"이곳만은 타니타르 공작도 모를 겁니다. 17대 황제 폐하께서 다음 대에 전하지도 못하고 서거하셨으니까요."

백작의 말에 세시오가 고개를 끄덕였다.

17대 황제 파넬리오는, 카트리예와 모나크의 부친으로 전대 타니타르 공작의 반역 때 최후를 맞았다. 그가 전하지 못한 비밀 통로를 타고 들어가 타니타르를 공격한다는 것이 참 묘하게 느껴졌다.

"즉위식은 황궁 내부에서 치른다고 했던가."

"예, 대전에서 거행한다고 합니다."

원래, 새 황제는 수도 대신전에서 즉위식을 치르는 것이 관례였다. 그러나 역도의 머리에 관을 올려 줄 신관은 없다. 그 때문에, 전전대의 에이빌로스부터는 신전의 축복을 받지 못하고, 타니타르 공작이 대신관의 역할을 대행했었다. 말도 안 되는 일이었으나 공작의 권력이 그를 가능케 했다. 그러니 본인이 황제가 되려는 지금은 아마, 직접 관을 쓸 것이다.

"가까운 곳에 있으니 급습하기는 좋겠군."

중얼거리며, 세시오는 제 뒤로 늘어선 이들을 한 번 주르륵 훑어보았다. 그곳에는 파넬로 앵게스트를 필두로 수십 년간 제가 모아 온 세력이 있었다. 물론, 급하게 불러들인 탓에 전부가 다 모인 건 아니었지만. 모두는 결연한 표정을 짓고 있었다. 그들은 세시오 데이브릭이 황좌의 바로 앞에 도달했다고 믿는 눈치였다. 실상 그가 바라는 건 복수였고, 그 이상으로 원하는 건 테릴 리한이 나타나 제 반역을 진압하는 것이었지만.

시간이 더 느리게 흐를 수 있다면 얼마나 좋을까. 의미 없는 바람을 되새기며, 세시오는 느리게 내뱉었다.

"들어가지."

그는 선두에 서서 안으로 들어섰다. 어둡고 컴컴한 동굴 속, 세시오의 움직임을 따라 벽면의 횃불이 하나 둘 켜진다. 그리고 불이 켜진 어둠은 곧 그의 무리를 모조리 집어삼켰다.

해가 밝았다.

한숨도 자지 못한 타니타르 공작은 즉위식을 준비하며 황제용 예복을 입기 시작했다. 세시오 데이브릭이 황궁으로 향한다는 정보를 전해 들었지만, 그는 예식을 취소하지 않았다. 황제로서 반역에 대응하는 것과 같은 반역도로서 싸움을 벌이는 건 명백히 다른 문제였으니까. 무슨 생각인지 그는 본인의 신분을 드러내지 않아서, 황제가 되기만 하면 공작이 더 유리한 명분을 취할 수 있었다.

"이런 놈일 줄은 몰랐지만."

공작에게 있어 세시오 데이브릭의 첫 번째 타이틀은 리한의 약혼자였다. 걸을 수 있게 된 것, 신성력의 각성, 왈릿에서 성자라 불리는 일. 여러 가지 정보가 갱신되긴 했으나, 그 모든 게 리한 소공작의 주도하에 벌어진 일이라 생각했다. 그래서 황제가 되고서야 천천히 처리할 셈이었는데 감쪽하게도 세력을 규합하고 있었을 줄이야.

"허."

절로 실소가 터졌다. 그래도 숨은 황족이라고, 마냥 얌전히 살진 않았나 보지. 보통 은밀하게 움직인 것이 아닌지, 세력의 규모나 구성에 대한 정보가 제 귀에도 들려오지 않았으나 그렇기에 공작은 안심할 수 있었다. 제 눈을 피해 준비할 정도면, 세력의 규모는 알 만했으니까.

그는 리한이 남기고 간 찌꺼기에 겁을 먹어, 즉위식을 미루고 싶지 않았다.

"애당초 뭘 믿고 쳐들어오는지도 모를 일이지만."

"그것과 관련하여 새로 들어온 정보가 있습니다."

"뭔가."

"일전에 리한 공작저에 심어 둔 하인 있잖습니까, 그쪽에서 전해 오기를, 세시오 데이브릭이 테릴 리한의 죽음에 민감하게 반응했다고 합니다."

황금알을 낳는 거위가 사라졌으니 그럴 만도 하군. 공작이 가볍게 냉소했으나, 이어진 말에 그 웃음이 흐려졌다.

"특히 그 시체에 관심이 많았다고 했습니다."

가족도 아닌 놈이 테릴 리한의 시체에 집착해? 타니타르는, 리한을 굴복시킨 전리품으로 그 시체를 간직하고 있지만, 그자는 무엇 때문에……. 생각하다가 공작이 헛웃음을 터뜨렸다.

"이놈이고 저놈이고 허튼 감정에 빠져서, 제정신들이 아니군."

세력이 부족할 텐데 구태여 반란을 일으킨 이유를 알 것 같았다. 제 아들과 마찬가지로 철없는 사랑 타령이다. 어이가 없어 혀를 차면서도, 그 소식에 그는 약간의 찝찝함마저 지워 낼 수 있었다.

타니타르 공작의 입매가 비웃음을 담아 비틀렸다.

"좋다, 시체를 보고 싶다 하니 그렇게 해 줘야지. 즉위식이 끝나는 대로 관에서 시신을 가져와라."

"예, 각하. 그리고 참석한 귀족들의 명단입니다."

시종장이 제 앞에 가져다 댄 목록을 공작이 천천히 읽어 내렸다. 시간이 꽤 빠듯했을 텐데도, 불참한 이는 손에 꼽도록 적다. 물론 세시오 데이브릭에게 습격당한 이들은 없었지만. 심지어는 그의 제의를 거절한 듯 보였던 그레텔 공작 또한 모습을 드러냈다.

'리한 공작이 죽은 걸 알았나 보군.'

이유를 짐작하고, 타니타르 공작이 코웃음 쳤다. 북부에서 틀어막고 있는지, 아직 그 소문이 널리 퍼지지는 않았으나 그레텔 정도라면 얼마든지 알아냈을 법했다. 하나 이미 늦었다. 엔릴이 사라진 걸 빌미로 어떻게 우겨 볼 생각인지는 모르겠으나, 지금 그레텔이 반드시 필요한 것도 아니다. 어중간하게 간을 보는 박쥐는 필요 없었으니까.

"그래서 불참한 건 아노비스와 엔하르트 정도인가?"

"예. 그러합니다."

"딱히 놀라운 목록도 아니군. 어차피 지울 생각이었으니 말이야."

거기까지 말했을 무렵, 막 공작의 단장이 끝났다. 예복을 다 차려입은 그가 거울을 바라봤다. 그 안에는 곧 황제가 될 사내가 비쳐 보였다.

채비를 마치고, 타니타르 공작이 대전으로 나왔다.

그곳에는 이미 많은 귀족이 나와 있었다. 공작의 시선이 장내를 한차례 훑자, 그와 시선이 맞은 이들이 일제히 고개를 숙였다. 그 모양새가 마치 파도가 치는 듯하여, 타니타르는 만족스럽게 미소 지었다.

신관은 하나도 없다. 황제가 되는 자리라기엔 참으로 조촐했으나, 공작은 개의치 않았다. 전대의 대계가 라셰드 리한에게 짓밟힌 이후, 그는 모든 인간 같지 않은 걸 혐오하게 되었다. 개중에는 작은 기적을 일으킨다는 대신관도 포함되어 있었다. 인간 같지 않은 누구에게도 고개 숙이지 않을 수 있는 이 자리가, 그에겐 그저 기꺼울 뿐이다.

공작은 누구의 손도 빌리지 않고, 스스로 황제의 왕관을 머리에 얹었다. 그러고는 입을 열었다.

"나, 하일리 앤더슨 타니타르는 템그리아의 21대 황제이며 타니타르라는 새로운 황실의 주인으로서, 서약하겠습니다."

17대 파넬리오. 18대 카트리예. 19대 에이빌로스. 20대 로잘린느.

선대 황제들이 공작의 머릿속을 스쳐 지나갔다. 하나같이 타니타르에 최후를 맞았거나, 혹은 그에게 농락당한 이들이었다. 그러나 그들을 조롱 삼아 비웃으면서도 하일리 타니타르는 열등감을 내려놓을 수 없었다. 어떠한 방식이라 한들 그들은 모두 황제로 기록될 테니까. 하나 이젠 그 무의미한 열패감도 끝이다.

"법과 규약을 엄격히 수호하고, 모든 제국민을 자식처럼 돌보고 사랑할 것이며, 그리하여 이 제국, 템그리아가 찬란한 영광에 휩싸일 수 있도록."

모든 귀족들이 고개를 숙인 모습이 눈에 들어왔다. 타니타르 공작이, 그리고 그의 어머니인 선대 공작이 그토록 바라던 광경이었다.

"이 땅의 모든 신하를 공정하고 자비롭게 보살펴, 그리하여 신의 광명하신 축복이 이 제국을 떠나지 않도록."

머리부터 발끝을 꿰뚫고 지나는 희열이 황홀했다.

"새로운 황제의 이름으로 영혼을 걸고, 맹세하겠나이다."

마침내 공작의 맹세가 끝난 순간, 그의 옆에 서 있던 근위기사단의 부단장이 소리쳤다.

"새로운 황제 폐하께 영광을, 위대한 템그리아에 충성을!"

그 말에, 모든 귀족들이 일제히 몸을 낮추었다. 그리고 그 순간.

"즉위식까지 마쳤으니, 이쯤 되면 반역을 부정하지도 못하겠군."

생소한 목소리가 장내를 뒤흔들었다. 홀린 듯 눈앞의 광경을 바라보던 타니타르 공작이 번쩍 고개를 처들었다.

눈앞에 본 적 있는 얼굴이 보였다. 찬연한 백금발에서 샹들리에의 빛이 미끄러져 떨어진다. 흰 제복을 입은 사내는, 누군가를 비웃듯 비틀고 있는 입매마저 성결했다. 한 번도 그자에게 시선을 빼앗겨 본 적이 없음에도, 공작은 찰나 눈앞의 광경에 매료되었다. 그러나 정신을 차린 뒤에는, 그 잠깐의 감상에 수치심을 느꼈고 극심한 당혹감에 짓눌렸다.

"네놈……."

세시오 데이브릭과 그 뒤로 늘어선 기사들이 보인다. 어떻게 벌써 이 자리에 나타났단 말인가. 1차적인 의문은 그랬다. 그리고 그때, 세시오는 다시 입을 벌려 공작에게 다음번의 의문을 안겨 주었다.

"이 자리에 있는 모든 귀족이 증인이 되어 줄 테니 말이야."

"어떻게, 말을……!"

"새로운 황제 폐하께서도, 반응이 영 참신하지는 못해."

비아냥거리는 말에도 분노보다는 경악이 컸다. 타니타르 공작의 두 눈이 정처 없이 흔들렸다.

'알버트 데이브릭, 이런 머저리가 있나!'

데이브릭 후작은 세시오가 말을 못하는 건 선천적인 장애라고 했다. 그러나 지금 상황을 보면, 후작 또한 속고 있던 것이 분명했다.

아노비스 공작이 거짓말을 했단 말인가. 어째서?

그 순간, 타니타르 공작의 머릿속에 일련의 단서들이 흘러 지나갔다. 걸을 수 있게 된 기적. 신성력. 그리고 말.

"설마……."

테릴 리한이라는 그림자가 지워지고, 그제야 세시오 데이브릭이 온전히 보였다. 그는, 황족이었다. 그리고 오래전, 템그리아의 황족에게는…….

하, 하하, 하하하. 타니타르 공작이 허리를 꺾어 가며, 크게 웃음을 터뜨렸다. 그러나 그 소리에 선명히 녹아든 감정은 즐거움이 아니라 분노였다.

"하나를 치우니 또 하나가, 또 인간 같지도 않은 게 튀어나왔단 말인가."

그는 이를 악문 채, 세시오 데이브릭을 노려봤다. 충혈되어 벌게진 두 눈에는 악귀 같은 빛이 흘렀다. 그럼에도 공작과 눈을 마주하고 있는 사내는 조금도 움츠러들지 않았다.

"네놈, 언령을 숨기고 있던 거로구나."

"글쎄. 뭘 말하는지 모르겠단 말이야."

세시오 데이브릭은 태연하게 웃었다. 그러나 황금빛 눈동자만큼은 외려 타니타르보다도 어둑한 감정이 가라앉은 채였다.

세시오 데이브릭이 수도에서 날뛴다는 정보를 전해 들었을 때와 마찬가지로, 공작은 그가 왜 혈통을 숨기는지 이해할 수 없었다. 하나 무슨 꿍꿍이인지는 몰라도, 드러나지 않는 쪽이 그에겐 유리했다. 세시오가 황족이라는 사실이 드러나면, 명분은 넘어가 버릴 테니까.

"조금 신기한 재주가 있다고, 이 자리가 쉬워 보인 모양인데 어림없는 소리."

다른 귀족들이 알아들을 수 없는 정도로만 말을 뭉개고, 공작이 크게 소리쳤다.

"뭣들 하는 게냐, 당장 저 무뢰한을 제압하지 않고!"

그 외침에는 자신감이 묻어났다. 그러나 공작의 명령에도 움직이는 이는 아무도 없었다. 근위기사단의 부단장이 당황하며, 같은 명령을 반복했으나 마찬가지였다. 돌처럼 굳은 타니타르 공작의 얼굴을 보고, 세시오가 소리 내어 웃음을 터뜨렸다.

"내가 즉위식에 쳐들어오는데, 왜 바깥의 기사들은 아무도 날 막지 않았을까."

그는 천연덕스럽게 말하며 천천히 다가왔다.

"왈릿에서 좋은 일을 제법 했더니 꽤 거부가 되었어."

하일리 타니타르로서는 조금도 알아들을 수 없는 말이었다. 하나 부하들이 말을 듣지 않는다고 그대로 당하고 있을 수만은 없어서, 공작은 이를 악물고 검을 빼 들었다. 그러나 다행스럽게도, 아직 그의 차례는 아니었다.

소식을 들은 공작의 다른 부하들이 무장한 채 대전에 들이닥쳤다. 개중에는 타니타르 공작의 충실한 부하인 마법사들도 있었다. 원래는 언제 쳐들어올지 모르는 세시오를 대비하여 황궁의 바로 앞에 배치해 둔 세력이었다.

세시오 데이브릭을 뒤따라온 병사들도 검을 빼 들고, 타니타르의 기사에 맞섰다. 그 모습을 보고도 세시오는 조금도 당황하지 않았다. 다만 그저 입을 열었다.

"전부 역도의 기사이니 몸 성히 제압하는 것도 아쉽단 말이야. 차라리 저들끼리 치고받는 게 낫겠어."

그 말에 타니타르 공작의 기사들이 검의 방향을 바꾸었다. 그러고는 자기네들끼리 검을 맞부딪기 시작했다. 희극적이기까지 한 광경에, 공작이 황망히 중얼거렸다.

"이, 이 무슨……."

"언령을 쓴 듯합니다. 각하, 일단 피하셔야겠습니다."

수하인 흑마법사 하나가 공작에게 속삭였다.

"말도 안 된다, 아무리 언령이라 한들 저 많은 무리를 다 통제한다니! 초대 황제가 되살아난 정도가 아니고서야 어찌!"

초대 이후 곧바로 황실에 언령이 사라진 건 아니었다. 세간에 공개되지 않은 비밀 역사서에는 그 특별한 힘에 대한 내용도 기록되어 있었다. 그러나 기적을 아무리 강대하게 타고났다고 한들, 그 역량은 초대의 절반에도 미치지 못했다.

그런데 수백 년을 거쳐, 언령의 존재조차 잊혔을 무렵 태어난 후손이 그 기적을 고스란히 들고 있다니.

"……어찌 그런 일이."

공작은 재차 부정했으나, 그 소리에는 확연히 힘이 빠져 있었다. 세시오 데이브릭이 왈릿에서 성자라 불리는 건 알았지만, 어리석은 평민들의 과장인 줄 알았다.

하나 들려온 소식이 전부 진실이라면? 정말로 그 땅의 영지민을 모두 고칠 정도의 힘이라면? 눈앞에 나타난 거대한 장벽에, 공작이 이를 악물었다.

그의 흑마법사들은 공작을 지키려, 혹은 저들의 안위를 위해 세시오 데이브릭에게 마법을 쏘아 냈다. 그러나 새카만 연기 덩어리는 그의 몸에 아무런 상해도 입히지 못했다.

"상성이 좋지 못한 모양이군. 하기야, 선인을 향해서는 제약이 있지만 악인을 상대로는 외려 강해지니까."

그는 경악한 흑마법사를 비웃으며, 태연히 어깨를 으쓱였다.

"그럼 반대는 어떨까."

그는 흥미가 담긴 목소리로 말하며, 멈췄던 걸음을 다시 놀렸다. 그 말에 흑마법사들의 무릎이 일제히 구부러졌다. 요란한 소리로 강제로 무릎 꿇린 탓에, 멀쩡히 선 사람은 이제 타니타르 공작뿐이었다.

세시오의 시선이 마법사들에게로 향했다가 느리게 올라왔다. 그와 눈이 마주친 순간, 온몸에 소름이 돋아 공작은 몸서리쳤다. 그는 다급히 몸을 물리며 사방을 두리번거렸다. 마침 그가 찾던 이가 근처로 달려오고 있었다.

"왜 빈손이냐, 프란시스! 내가 가져오라고 시킨 것은─!"

"큰일입니다, 각하! 리한 소공작의 시체가 사라졌습니다!"

"뭣이?"

그 말에 타니타르 공작은 몹시도 경악했으나, 세시오에게는 특별할 것도 없는 이야기였다. 그걸 이용하려 들 줄은 몰랐지만 관에 든 테릴 리한의 시체를 옮겨 둔 사람이 바로 본인이었으니까.

그는 동요하지 않았다. 그러나 좀 전까지 입가에 걸려 있던 비웃음은 그대로 사그라졌다. 세시오의 입매가 허무하게 늘어졌다.

"……그래, 오지 않는군."

애써 생각을 흩뜨린 보람도 없이, 다시 그 이름을 듣고 말았다.

"이렇게나 시간을 끌었는데도 오지 않아."

그는 허망한 얼굴로 웃었다. 소식이 전해지기엔 충분했을 텐데도 여전히, 황궁에는 테릴 리한의 그림자조차 없었다.

이제는 확신할 수 있었다. 테릴은 죽었다. 그가 어제 끌어안은 시신은 정말로 테릴 리한인 것이다. 한 번 받아들였음에도 끝끝내 부정하고 싶은 진실이었지만 생각보다 심장은 덤덤했다.

그렇다면, 그에게 남은 일은 하나뿐이었다.

세시오는 허둥거리며 달아나는 공작을 보고 조용히 말했다.

"이 제국을 원한다지."

"오, 오지 마라, 이놈!"

"나도 선례를 남겨 볼까 해. 리한을 건드리면 어떻게 되는지."

그리고 종전에 비해 무겁게, 그의 입이 열렸다.

그러나 그 말을 내뱉기 직전.

"멈추십시오!"

누군가의 목소리가 세시오의 입을 다물렸다. 엔릴 타니타르. 어디서 뭘 하다 왔는지 거지꼴이 된 청년의 이름은 그랬다. 세시오는 소리가 난 쪽으로 무감하게 고개를 돌리다가 덜컥 굳어 버렸다.

"이 시신을, 찾고 있습니까?"

엔릴의 손에 익숙한 이가 붙들려, 축 늘어져 있었다. 세시오가 비밀 통로로 빼돌려 놨던, 그가 사랑하는 이의 시신이.

'어째서 테릴이 저 손에.'

마음이 덤덤하던 게 언제였냐는 듯이, 가슴팍을 뚫고 나올 것처럼 심장 박동이 요란했다. 당장 저 손에서 그녀를 데려와야 한다는 충동이 온몸으로 뻗어 갔다. 감정의 격랑은 어제보다 심했다.

왜일까. 저 시신을 처음 본 것도 아니고, 보고 만지고 끌어안으며 그녀의 죽음을 확실히 느꼈는데. 테릴 리한이 황궁에 나타나지 않아, 그때보다 더 처절하게 통감하고 있는 탓일까. 가슴께가 화끈거리고, 구역질이 치미는 것처럼 속이 이상했다.

"엔릴!"

타니타르 공작이 경악하여 소리쳤다.

"시신을 빼돌린 게 네놈이었단 말이냐, 왜 그런 짓을 한 게야!"

"무슨 말씀인지 모르겠지만 지금 중요한 건 그게 아닙니다. 하나 약속해 주십시오, 아버지."

"무어라?"

"소공작의 시신을 이용해, 지금의 위기를 모면시켜 드리겠습니다. 그 대신 저와 로잘린느의 목숨을 보장해 주십시오."

"멍청한 놈, 계집 하나에 홀려서는."

타니타르 공작이 이를 갈아붙였으나, 달리 수가 없었다. 세시오 데이브릭을 얕본 대가가 너무 크고 허망했다.

그렇게 생각했다가 공작이 고개를 가로저었다. 아니, 저런 언령을 타고났다면 무슨 방비를 해도 마찬가지였을 터. 정말 초대와 비슷한 힘을 타고났다면, 수백만의 군대가 있다고 한들 무용하다. 테릴 리한의 시체를 인질로 삼을 수 있는 것이 그나마 다행이었다.

등골을 타고 흐르는 오싹한 소름에, 공작이 두 눈을 부릅떴다.

"……좋다, 네 말대로 해 주마."

그 말에 엔릴 타니타르가 안도의 한숨을 내쉬었다. 그러더니 그가 세시오를 보고 목소리를 높였다.

"이 시신을 내어드리는 대신 물러나 무리를 해산시키겠다고 마법 계약서를 쓰십시오."

"멍청한 소리 말고, 그 시체를 내 놔! 지금 그 껍데기의 가치가 그것뿐인 줄 아는 게냐!"

공작이 성마르게 소리치며, 신경질적으로 엔릴의 손에서 시신을 빼앗아 왔다. 거친 손짓에, 세시오의 얼굴이 무섭게 굳었다. 그 모습을 보고 잠시 움찔했으나, 타니타르 공작이 곧 웃음을 터뜨렸다. 그러더니 그는 검을 뽑아 시체에 겨누었다.

"이제부터 허튼짓을 하면 이 시체를 난도질할 것이다."

"……바보 같은 소릴 하는군, 시체가 인질이 될 수 있다고 생각하나?"

"글쎄. 네놈의 얼굴을 보면, 그런 듯한데 말이야."

확신에 찬 목소리였다. 스스로도 모를 감정을 이겨 내고 세시오가 겨우 입을 열었으나, 공작은 기다려 주지 않았다.

"경고하지, 지금부터 한 번이라도 입을 열면 시체조차 온전히 찾을 수 없을 거야."

세시오의 입이 틈 없이 다물렸다.

타니타르가 만족스럽게 웃었다. 가능하면, 저들끼리 싸우기 시작한 제 군사들을 원래대로 되돌려 놓고도 싶었으나, 입을 열었을 때 무슨 짓을 할지 모르기에 그건 포기했다. 어차피 새로 증원되고 있는 멀쩡한 기사도 있기에, 약간의 손해쯤은 감수할 만했다. 대신해서, 그는 마법사들에게 소리쳤다.

"모두 나가, 저 무도한 침입자들을 죄 제압하고 오라!"

"하지만 각하의 곁을 지킬 사람이 있어야 합니다."

"둘만 남아라, 그게 아니라도 내 안위는 이 시체가 지켜 줄 테지만."

조롱 삼아 비아냥거린 말이었으나, 아예 그른 말도 아니었다. 세시오 데이브릭의 군사들은 주인의 눈치를 보며 타니타르에게 다가오지도 않았으니까.

그 모습을 보고 공작의 마법사들은 흩어졌고, 타니타르는 입꼬리가 찢어질 듯 웃었다. 그때.

"커헉!"

"각하!"

의기양양하게 시체를 들고 있던 팔이 날카로운 검에 잘려 나갔다.

타니타르 공작이 인질로 붙들고 있던 시체가 그의 손아귀에서 풀려났으나 그대로 바닥에 나동그라지진 않았다. 공작을 공격한 이가 시신을 받아 들었다. 타니타르는 제 어깨를 부여잡으며, 눈앞의 기사를 노려봤다.

"······엔하르트 백작."

상대는 근위기사단장인 엔하르트 백작이었다. 그야 호위로 남은 마법사가 반응할 새 없이, 급습할 수 있는 이는 마스터 정도뿐이겠지만.

당황한 마법사의 손에서 나온 검은 연기가, 떨어진 공작의 팔을 원래 자리에 붙여 놓았다. 부상을 입은 지 얼마 되지 않았기에 신관이 아니라 마법사도 가능했다.

"자존심도 없군. 손주의 목숨을 구해 줬다고, 저놈에게 꼬리까지 흔드는 겐가?"

"은혜도 은혜지만 원한도 중요하지. 들었다오, 공작께서 내 후계에게 무슨 짓을 했는지."

타니타르 공작이 으드득 이를 갈아붙였다. 그러는 새, 백작은 안아 든 시체를 세시오의 앞에 조심히 내려놓았다.

"죽은 사람은 죽은 사람입니다. 그 사실을 모르고 있던 것도 아니면서, 왜 넋을 뺀단 말입니까."

엔하르트 백작은 죽은 이를 내려다보며 쯧 하고 혀를 찼다.

'이렇게 죽을 사람이 아니었는데, 도대체 무슨 술수를 썼기에.'

그러나 아무리 믿을 수 없더라도, 벌어진 일은 되돌릴 수 없었다. 그녀는, 멍하니 시체를 내려다보는 세시오에게 안타까운 투로 말하며 몸을 돌렸다.

"시간은 좀 벌어 드리겠지만, 오래 버티진 못할 겝니다. 공자가 가담하지 않으면, 이 정도 군사로는 터무니없으니 되도록 빨리 정신 차리십시오."

"저놈이 정신을 못 차리고 있을 때 서둘러야 한다. 당장 저것들을 찢어 죽여!"

어느새 타니타르 공작이 불러들인 마법사들이 백작을 빙 둘러 감싸고 있었다. 하나같이 새카만 로브를 입은 이들에게서 흉흉한 기운이 넘쳐흐른다.

'그래, 이만하면 오래 살았지.'

백작이 쓰게 웃으며, 각오를 다졌다.

"마도사를 많이도 모아 뒀구려. 게다가 다 흑마법사로 전향한 듯한데."

"백작이 아무리 마스터라 한들, 이들을 전부 상대할 수는 없을 게요."

"걱정하지 마시오, 타니타르 공작. 적어도 절반쯤은 데려가 줄 테니."

거기까지 말한, 엔하르트 백작의 검에서 늪색의 마나가 솟구쳤다.

여기저기서 요란한 소리가 났다. 검이 부딪는 굉음, 비명, 마법이 터져 나가는 폭음과 각종 고함. 그러나 개중 어느 것도, 세시오에게는 전해지지 않았다. 물속에 처박힌 것처럼 귀가 먹먹했다.

그는 엔하르트 백작이 제 앞에 내려두고 간 이를 물끄러미 바라보았다. 이제는 부정할 수 없는, 테릴 리한의 시신을. 그러나 인정했음에도 꾸역꾸역 미련이 달라붙는다.

그는 벌벌 떨리는 입술을 열어 말했다.

"살아나."

죽은 사람은 살아나지 않았다.

"살아나, 테릴."

이번에도 기적은, 세시오가 바라는 건 전혀 들어주지 않았다.

"제발 살아나."

숨죽인 소리에는 여느 때보다 강대한 바람이 섞였으나, 기적이 세시오에게 보내준 건 고통뿐이다. 왈릿의 많은 영지민을 치료하고, 약자의 고혈을 빨아먹는 수도의 권세가들을 모두 죽였지만 그럼에도 불가능한 일이었다.

핏물이 주룩, 그의 입을 타고 흘러내렸다. 테릴 리한이 다시는 살아날 수 없다는 사실이, 뜨겁고 질척한 붉은색으로 형상화되어 땅으로 떨어져 내렸다.

"……그래."

의미도 없는, 멍청한 발버둥. 세시오는 제 앞에 놓인 현실을 이제야 온전히 받아들였다. 힘거운 인정 끝에 검은 열매가 맺혔다.

다른 감정이 끓어올랐다. 예상 못 하게 다가온 애정이 어그러졌을 때, 희망이 부스러진 파편을 먹이 삼아 괴물이 자라난다. 달란트 데이브릭이 망가졌을 때 그랬고, 테릴의 시신을 끌어안은 지금 그랬다.

과거 달란트의 기억을 지우며 그는 복수심을 느꼈다. 아노비스 부부를 망쳐 버리겠다고 생각했다. 그리고 이번, 테릴 리한이 죽었을 때, 그 냉기를 온몸 가득 품고 있는 때는. 세시오의 마음 깊은 곳에서 피어난 증오심은 상대를 가리지 않았다. 실은 그가 수도의 귀족들을 급습하며 힘을 모은 건 어쩌면 제 마음이 이리될 줄 알았기 때문인지도 모른다.

세시오가 무기력하게 주저앉은 모습을 보고, 타니타르의 기사 하나가 검을 쳐들었다. 지금이 기회란 듯, 희열이 가득한 눈을 하고 그녀는 곧바로 세시오의 머리 위로 팔을 휘둘렀다.

"죽어라!"

하나, 그 검은 그의 생명을 부스러뜨리지 못했다. 세시오의 몸에서 시작된 돌풍이 기사의 검을 부러뜨리고, 그녀의 몸을 저 멀리 내동댕이쳤다. 이변은 그게 시작이었다.

대전의 천장 일부가 어긋나 무너졌다. 용케도 그 잔해들은 세시오의 주위를 빗겨 떨어져 사람들을 다치게 하지 않았으나, 그것만으로 충분히 공포스러운 분위기를 자아냈다. 샹들리에는 요란한 소리를 내며 떨어지고, 천장이 무너진 틈새로 종전보다도 훨씬 지독해진 하늘이 보였다.

세상 전체에 새카만 그림자가 드리워졌다. 구름에서 떨어지는 건 이제는 빗줄기를 넘어 폭포 같았고, 계속해서 쏟아지는 번개는 그대로 세상을 쪼개 놓을 것 같았다.

그대로 하늘이 무너져 내린다고 해도 믿을 만큼, 요란한 굉음. 태풍이란 말로도 설명할 수 없는 끔찍한 자연재해가 모든 인간의 움직임을 사로잡았다. 검과 마법을 부딪던 이들은 천천히 싸움을 멈추었고, 비명을 내지르며 웅크리던 이도 숨을 죽였다.

세상에 종말이 닥쳤다고 해도, 이상치 않은 분위기가 공기를 타고 흐른다. 모든 인간은 차마 도망치지도 못한 채, 이변이 시작된 중심지로 시선을 돌렸다. 누군가 말해 준 것도 아닌데, 생명체의 본능이 모든 일의 시작점을 알렸다.

그 많은 사람들의 시선을 고스란히 받은 채로도, 세시오는 제가 끌어안은 시신에서 눈을 떼지 않았다.

"그래."

진심이 되어 보니 알겠다. 네빗 엔하르트가 죽기를 바라 내뱉었던 날, 왜 그가 언령을 쓸 수 없었는지. 진정으로는 그날, 세시오가 그의 죽음을 바라지 않았기 때문이었다. 알량한 도덕 때문인지, 테릴의 눈치를 살폈기 때문인지. 정확한 이유를 댈 수는 없었지만, 세시오 데이브릭의 안에 망설이는 마음이 있었기에 언령은 그의 뜻대로 숨을 죽이고 있었다.

그러나 지금은 다르다. 그는 더할 나위 없이 진심이었다. 사내의 황금빛 눈동자가 섬뜩하리만치 빛났다.

아노비스 공작 부부를 넘어 세상 전체가, 불행하지 않은 모든 것이 증오스럽다. 그 감정이 부당하다는 걸 알면서 마음을 거두어야겠다는 생각도 들지 않는다. 제가 쌓아 온 선행의 결과가 이것뿐이라면. 바라지 않는 생명을 쥐여주고, 또 그의 행복을 모조리 앗아 갈 뿐인 세상이라면 차라리.

그는 진정으로 바람을 담아 말했다.

"이 제국이 모두 사라져—."

멸망하기를. 그러나 모든 걸 무너뜨릴 바람은 그의 입에서 채 맺어지지 않았다. 세시오에게 주저하는 마음이 남아 있기 때문은 아니었다.

그에게서 생겨난 자연재해를 뚫고 들어온 어느 손 하나가, 그의 입을 덮어 버린 탓이었다. 그 손은 그의 입을 막고, 달려온 힘을 못 이겨 그를 바닥으로 쓰러뜨렸다. 그리고 손의 주인이 세시오의 위에 주저앉았다.

거칠게 헐떡이는 숨. 입가를 덮은 온기. 가까이서 보이는 은빛의…….

언령에서 중요한 건 말보다는 의사였다. 그러니 도중에 말문이 틀어 막혔다고 하더라도, 바람이 분명하다면 그 일은 실현될 것이다. 비록 그 무게를 감당하느라 본인의 목숨이 사라지는 한이 있더라도.

하나, 말이 가로막힌 순간 세시오의 바람은 어물지 못하고 흩어졌다. 제 언령을 가로막은 이를 보고 그의 두 눈이 크게 흔들렸다.

"도대체 무슨 심경의 변화가 있었는지 짐작조차 안 간다."

어이없다는 듯, 투덜거리는 소리가 귀에 익다. 달려온 건지 제법 거칠었으나 숨을 쉬고 가슴팍이 오르내린다.

"이제는 자기 목숨을 안 놓는 대신, 남의 목숨을 함부로 하기로 한 거야?"

쏟아진 빗물에 젖어 더 짙게 보이는 머리칼. 생기로 반짝이는 두 눈. 생동감이 넘치는 표정의. 살아 있는, 테릴 리한.

조금 전과는 완전히 다른 의미로, 세시오의 심정이 조여들었다.

"아니, 물론 그래. 내가 죽지 말라고 했지, 죽이지 말라고 약속한 건 아니니까. 그런데―."

그는 더 듣지 않고 다급히 손을 뻗어 그녀를 끌어안았다. 시체를 그러안을 때와 달리 온기가 있었고 옷을 타고 느껴지는 심장의 울림이 있었다. 세시오가 신음처럼 그녀의 이름을 내뱉었다.

"……테릴."

아아. 텅 빈 것 같던 온몸을 가득 채우는 이 감정을 무어라 말해야 할까. 그는 여태 수많은 기적을 일으켜 왔으나, 이에 비할 수 있는 건 하나도 없었다.

정말 대단한 기적은, 그의 영혼을 늪에서 건져 올린 특별한 기적은 세시오가 할 수 없는 영역에 있었다. 세시오는 태어나 처음으로 신께 감사했다.

할 말이 참 많았는데, 세시오가 내뱉은 소리에 나는 아무런 말도 할 수가 없었다. 그가 날 부르는 말은 환희 같기도 하고, 고통 같기도 했다. 내 온몸을 부서질 듯 끌어안고 덜덜 떠는 모양새에, 머릿속을 가득 채우던 모든 상념이 산산이 흩어진다.

세상을 무너뜨릴 생각을 한 건 본인인 주제에, 그는 이 자리에 있는 누구보다 세상이 무너진 것처럼 굴고 있었다. 안타깝고 슬프고, 또…… 사랑스러웠다.

가슴 한편에 차오르는 기이한 만족감에 죄책감이 일면서도 그 감정을 지우지는 못했다. 내가 세시오를 사랑하고 있다는 사실을, 그런 식으로 체감했다. 단단히 미쳤구나.

나는 느리게 숨을 내뱉고 그의 등을 단단히 안아 주었다. 세시오를 끌어안는 일은 많았으나, 이만큼 애달픈 온기를 품은 건 처음이었다. 나는 느리게 그의 등을 쓸어내렸다.

"살아 있어, 안 죽었어, 저 시신은 가짜야. 그러니까 걱정하지 마."

계속해서 속삭이자 떨림은 천천히 줄어들고, 내 몸을 끌어안은 힘도 조금씩 느슨해졌다. 그러나 내 등허리를 감은 손은 풀리지 않았다. 나는 좀 더 세시오가 진정하기를 기다려 주다가, 입을 열었다.

"세시오."

답은 바로 돌아오지 않았다.

"내 얼굴, 안 볼 거야?"

이번에도 마찬가지였다.

"내가 누군 줄 알고. 사실 테릴 리한이 아니면 어쩌려고 그래?"

가벼운 농담이었는데, 이건 반응이 빠르다. 그가 번쩍 고개를 들었다. 그러고는 내 얼굴을 보고 원망스럽게 얼굴을 일그러뜨렸다.

"……테릴."

다 쉰 목소리로, 내 이름을 불러서 조금 죄의식이 일었다. 확실히, 농담할 타이밍은 아니었나 봐.

"미안해, 당신 얼굴 좀 보고 싶어 그랬어."

그렇게 말하자, 아득한 두 눈에서 눈물방울이 툭툭 떨어졌다. 지금…… 우는 건가? 물로 이루어진 건 똑같으나, 하늘에서 떨어지는 빗방울과는 확연히 구분되었다. 당혹감에, 나는 돌처럼 굳었다.

그러나 그는, 제가 울고 있는 것도 모르는 모양이었다. 손수건을 꺼내려다가, 천장이 무너진 틈새로 빗물이 쏟아지는 중임을 깨닫고 나는 손을 얌전히 무릎에 두었다.

"그대가…… 죽은 줄 알았어."

빗소리에 파묻힌 목소리에는 그의 두려움이 녹아 있었다.

"그냥 죽은 척이라고 했잖아."

"……목에 잇자국이 남아 있어서."

뭔 자국? 순간적으로 의문이 들었으나, 세시오에게 묻지 않고도 그게 무슨 의민지 알아차릴 수 있었다.

"아니, 갑자기 그게 왜?"

"시체를 꾸며 냈다고 해도 그런 흔적까지 만들어 내진 않으니까."

"그야 아티팩트를 썼으니 그렇지. 내가 시체를 일일이 조작할 여유가 어디 있어."

"그런 게 있다고 말하지는 않았잖아."

"도플갱어의 허물이라고 하던데, 보통 잘 안 쓰는 아티팩트인가?"

"처음 들어 보는군."

나도 선물로 받은 뒤에야 그 존재를 알게 됐지만 경험이 부족해서 몰랐는 줄 알았다. 그런 아티팩트를 모르더라도 보통은, 죽은 척할 거란 말을 듣고도 정말 죽은 거라 확신하지는 않겠지만.

이 남자를 어째야 하나, 잠깐 막막함이 들었다. 그러는 동안에도 세시오의 두 눈에선 물방울이 뚝뚝 떨어져서, 갈수록 어찌할 바를 모르는 심정이 되었다. 어떻게든 그를 안심시켜야 한다는 생각에, 나는 세시오의 손을 붙들었다. 그러자마자, 그는 내 손을 맞잡았다. 심지어는 무력을 익히지 않은 사람이면 손뼈가 으스러질 만큼이나 힘을 주었다. 세시오, 다른 사람은 못 만나겠네.

"난 안 죽어."

당연한 소릴 했는데도, 돌아오는 답은 없다.

"그런 아티팩트가 있다고 말하지 않은 건 잘못했어. 그렇지만, 앞으로 혹시 비슷한 일이 생기더라도 걱정 안 해도 돼. 난—."

"그냥 내 눈앞에 계속 있으면 안 되나."

"뭐?"

"내 눈앞에서 사라지지 않으면. 그냥 계속 그럴 일이 없으면……."

무겁게 가라앉는 소리에, 나는 두어 번 눈을 깜박였다. 남은 진지한데 이렇게 생각해도 될지 모르겠지만, 그 말이 퍽 귀엽게 들렸다.

"알았어. 평생 당신 앞에서 얼쩡거릴게."

나는 한 번 말을 끊었다가, 손을 뻗어 그의 눈가를 닦았다.

"그러니까…… 울지 마."

조심스럽게 내뱉은 말에, 세시오의 몸이 움찔 떨렸다.

"운다고? 내가?"

"아냐?"

그는 다소 머뭇거리다가 손끝으로 눈가를 더듬어 보았다. 세시오의 촉각을 공유할 수는 없으나, 뜨거운 물기가 느껴질 것은 분명했다. 그러나.

"……빗물이야."

곤혹스러운 어투로 한 말에, 나는 웃음을 터뜨렸다.

"그런가 보네."

"정말로 눈물은……."

"그래, 알았다니까."

이제 진정한 것 같아서, 나는 몸을 일으켰다. 당연하다는 듯, 세시오는 내 손을 놓지 않고 날 따라 일어났다. 마주 잡은 손을 힐금 쳐다봐도 아무런 문제의식도 느끼지 못하는 얼굴이라 그냥 내버려 두었다.

"사람들 다 보는 앞에서 이 짓거릴 했으니 이젠 무를 수도 없네."

"……테릴."

"계속 보이는 데 있을게. 그거면 괜찮지?"

그의 눈이 크게 일렁였다. 그러나 확연히 드러나는 동요는 차츰 천천히 가라앉았다. 그를 달래기 위한 빈말이라고 생각한 걸까, 세시오가 힘없이 웃으며 고개를 끄덕였다.

그 얼굴이 마음에 들지 않아 말을 덧붙이려다가 나는 일단 입을 다물었다. 내가 언제 이렇게까지 뻔뻔해졌는지는 몰라도, 영영 이러고 있을 수는 없었다.

한쪽에서는 다시 전투가 벌어졌고, 백설 기사단의 서너 명이 사람들의 시선으로부터 우릴 가려 주고 있었다. 이 미묘하고 민망한 상황을 일단 끝내야 했고 그러기 위해서는 타니타르를 잡아야 했다.

"그러니 잠시만."

주위를 둘러보다가 나는, 이쪽을 보며 멍하니 굳어 있는 타니타르 공작을 발견했다. 어이가 없었다.

"뭘 연극 보듯 구경 중이야. 당신은 도망쳤어야지."

"아……."

이제야 정신을 차린 듯, 공작이 듣기 싫은 신음을 내뱉었다.

"말…… 도 안 돼. 정말 리한……? 살아, 있다고?"

왜 저렇게 굳어 있나 했더니, 내가 살아 돌아온 게 그렇게 충격이었나. 어쩌나, 아버지도 살아 있는데. 나는 비죽 웃으며 입을 열었다.

"이거, 지금 즉위식이지? 타니타르 공작의."

"네…… 놈……."

"그런데 이상하다. 황위 계승권도 없는 사람이 황제가 될 수 있나? 아아, 이거 반역이구나."

이미 알고 있는 사실을, 이제 알았다는 듯 새삼스러운 투로 말하자, 공작이 이를 아득 갈아붙이더니 소리쳤다.

"뭘 멍하니 굳어 있는 게냐. 저놈들을 죽여라!"

그렇게 말하며 싸움에 불을 붙이고는, 공작이 꽁지가 빠지게 도망쳤다. 엔하르트 백작을 견제하던 마법사들이 다급히 그의 뒤를 따라붙으며 공작을 보호했다. 나는 그 졸렬한 뒷모습을 노려보며, 입매를 뒤틀었다.

"드디어 잡았다, 이 개새끼야."

이걸 준비하면 저걸로 막고, 저걸 준비하면 다른 걸로 막고. 센 것도 아닌 주제에, 이리저리 피해 다니는 솜씨만 예술이었지. 그러나 그것도 이제 끝이다.

나는 백설 기사단을 향해 소리쳤다.

"리한의 백설 기사단 전원, 지금부터 반역을 진압한다. 막아서는 이는 모두 베고, 타니타르 공작의 신병은 반드시 확보해!"

백설 기사단이 타니타르를 향해 뛰어들었다. 장내의 다툼은 훨씬 더 치열하고 급진적인 양상으로 변해 갔다. 병장기가 부딪는 소리가 시끄러웠지만, 일단 북부의 기사들이 뛰어든 이상 타니타르를 놓칠 거란 생각은 들지 않았다. 그렇긴 했는데.

"옙, 잡아 왔습니다!"

3분도 안 돼서 올 줄은 몰랐지.

백설 2기사단의 단장인 로첼리나 경이 명랑한 목소리로 말하며, 내 앞에 타니타르를 내동댕이쳤다. 그 짧은 시간 내 그는 기절한 상태였다. 멍하니 눈을 깜박이고 있으니, 새삼 그런 생각이 들었다. 어쩌면 아버지가 반역을 혼자 진압하러 가신 건, 그럴 만한 이유가 있어서가 아닐까?

그녀는 허망해하는 내 모습을 보고는 멋쩍게 웃으며 뒷머리를 긁적였다.

"음……. 일단 붙잡아 왔습니다만, 너무 싱겁네요? 한 번 놔줬다가 다시 잡을까요?"

"멍청한 소리 하지 말고, 다른 쪽 일손이나 도와."

"예, 알겠습니다!"

그녀는 다시 검을 빼 들고 사람들 무리에 섞여들었다.

나는 어떤 험한 방식으로 타니타르 공작을 깨울까 고민하다가 문득 고개를 돌렸다. 공작이 붙들린 걸 알고는, 흑마법사 하나가 슬금슬금 발을 빼고 있었다.

그걸 확인한 즉시 나는 검을 빼 들고 마나를 감아 휘둘렀다. 남빛의 마나탄이 그대로 그를 덮치더니, 마법사의 육신을 포함한 그 근방이 쩌저적 얼어붙었다.

"오, 힘 조절 성공한 거 처음이야."

이제 도망가지는 못하겠군. 그러나 성공의 기쁨은 짧았다. 내가 요란을 떨어 댄 통에 이쪽을 본 타니타르의 수하들이, 공작이 붙들린 걸 보고는 본격적으로 도망치기 시작했다. 그 모습을 보며 인상을 찡그린 찰나.

"타니타르를 비롯하여 그의 수족은 전부 대전을 빠져나갈 수 없을 거야."

언령이 장내를 휘감았다. 수도에서 펑펑 써대던데 괜찮은 건가. 물어볼 여유 도 주지 않고 세시오는 이어, 그의 수하들에게도 타니타르의 잔당을 사로잡으 라고 명령을 내렸다. 이건 언령은 아니었지만.

"그렇게 남발해도 괜찮아?"

"왈릿에서도 그랬지만, 그대가 없는 새 경제 활동에 본격적으로 전념했거 든."

"권세가들 쓸고 다닌 걸 그렇게 표현하는 사람은 당신밖에 없을 거야."

어이가 없었지만, 퍽 믿음직한 소리였다. 아무렴 제국을 무너뜨릴 정도로는 쌓인 모양이었으니까.

"좋아, 그럼 일단 다 치운 다음 이야기하자고."

반역은 금세 정리됐다. 백설 기사단의 솜씨도 괜찮았지만, 속도를 크게 줄인 건 세시오의 언령이었다.

일이 다 끝나 갈 무렵, 타이밍 좋게도 기절했던 타니타르 공작이 슬금슬금 정신을 차렸다. 나를 보고는 또다시 기절할 것 같은 표정을 지었지만.

"꿈을, 악몽을 꾸는 게야……."

와락 얼굴을 일그러뜨린 채로 하는 말이 영락없는 현실 도피다. 그가 이성을 찾는 걸 돕겠다는 순수한 목적으로 손짓하자, 로첼리나 경이 그의 뺨을 내려쳤다. 철썩 소리가 나며, 무릎 꿇린 공작의 고개가 반대쪽으로 돌아갔다.

"어때, 좀 현실 같아?"

핏물을 내뱉은 타니타르가 나를 거세게 노려봤다.

"……어떻게 살아 있는 거지."

"머리를 좀 굴려 봐. 내가 살아 있으면, 이 시체는 뭐겠어."

나는 발끝으로, 앞쪽을 굴러다니는 시체를 툭 건드렸다. '도플갱어의 허물'을 쓸 줄만 알고 해제할 줄은 몰라서, 암살자는 여전히 나와 같은 외관을 하고 있었다. 어쩐지 소름 돋는단 말이야.

"제몬이 당신을 속인 거잖아, 이 머저리야."

내 말에 세시오마저 덩달아 움찔했다. 그간의 일을 모르는 건 그 또한 마찬가지였으니까.

"그 오만한 리한이 죽은 척을 했단 말이냐?"

"그래야 당신이 이렇게 멍청한 짓을 해 줄 테니까."

"크하하하, 어떤 의미론 영광이구나, 그 리한이 이런 시답잖은 졸렬한 짓을 하다니!"

"그렇지? 나도 당신에게 과분한 영광이라 생각해."

한 번도 져주지 않고 계속 받아치자, 진심으로 한 소리는 아니었는지 공작이 으드득 이를 갈아붙였다. 충혈된 두 눈으로 나를 노려보는 모습이 악귀 같다기보단 애잔해 보였다.

"이 인간 같지도 않은 것들이 기어이 일을 망치는구나."

"뭐라는 거야, 가장 인간성 떨어지는 건 그쪽이면서."

"닥쳐라, 네놈들만 아니었어도 난, 이 타니타르 공작은!"

뒤쪽으로 팔이 묶였는데 뭘 하겠다는 건지, 분을 이기지 못한 공작이 내게 달려들었다. 그러나 나는 나설 틈도 없이, 옆쪽에 있던 세시오가 그의 어깨를 강하게 걸어찼다. 볼품없이 나동그라지는 타니타르의 모습을 보며 나는 고개를 주억거렸다. 여기저기서 내 손발을 대신해 주니, 편하다.

"하나 말해 주고 싶은 게 있어, 공작. 아버지가 30년 전 나이가, 지금 나랑 엇비슷하거든."

나는 느릿하게 걸어 타니타르 공작에게 다가갔다. 허리를 구부리고 그 모습을 내려다보자, 그의 두 눈이 정처 없이 흔들렸다.

"그분은 단신으로 와서 반역을 진압했다던데, 나는 왜 굳이 아버지까지 동참시켜 가며 죽은 척씩이나 했을까."

"리한 공작도…… 죽지 않았단 말이냐?"

"뭐? 그걸로 정말 아버질 죽인 줄 알았어? 하하, 간도 크네."

노골적으로 비웃었으나, 공작은 차마 분기를 터뜨리지도 못했다. 공포심으로 가득 차오른 얼굴이 기껍다.

"내가 검을 배운 게 얼마 안 되긴 했어도, 실은 당신 정도 치우는 건 어렵지 않았어."

기세를 천천히 풀어내자 공작의 얼굴이 창백하게 질렸다. 그래도 제법 잘 버텼다, 처음에는.

"저택에 들어가 목 하나 베고 나오는 게 뭐 그렇게 대단했겠냐고. 그런데 그렇게 하지 않은 건."

엎어진 이의 몸 한쪽을 걸어차 어깨를 짓밟고, 나는 아버지께 생일 선물로 받은 검을 꺼냈다. 그러고는 공작의 목 바로 옆쪽의 땅에, 검날을 느릿하게 밀어 넣었다. 검은 조용히, 그리고 깊숙이 땅속을 파고들어 어느새 손잡이만 남았다.

더 위협적으로 보이려고 애쓰진 않았으나 그것으로 충분했다.

"그러면 아무도 당신을 죽인 게 리한이라는 걸 모를 것 같아서야."

속삭이는 말에, 공작의 눈꺼풀이 파르르 떨렸다.

"북부를 헤집어 놓을 땐 좋았지? 어머니한테 저주를 쏟아부을 때도 좋았을 거고."

"이, 이……!"

"그런데 어떡하나, 이제 좋은 날이 다 가 버렸는데."

분노인지 두려움인지, 제 감정을 이기지 못하고 그가 무언가 소리치려는 순간 나는 검에 마나를 밀어 넣었다.

내 손을 중심으로 천천히 땅이 얼어붙었다. 그리고 그 냉기는 공작의 얼굴로도 퍼져, 머리칼의 끝 부분부터 느릿하게 얼어붙는다. 그의 속눈썹 끝이 새하얗게 변했다. 금방이라도 온몸이 얼어붙을까 두려웠는지, 타니타르가 팔다리를 버둥거렸다.

하나 그에겐 다행스럽게도, 나 역시 이렇게 죽일 생각은 없었다.

"기대해, 죽여 달라고 빌게 해 줄 테니."

웃으며 말해 주고는, 나는 손잡이만 남은 검을 도로 거두어들였다.

기절한 타니타르 공작을 기사에게 떠넘기고 나니, 이제는 귀족들을 돌려보낼 일만 남았다. 세시오가 일을 화려하게 벌여 놓은 탓에 나는 잠시 고민했다. 저들의 기억을 내버려 둬도 괜찮을까 하고.

그러나 언령을 모르는 이는 무슨 영문인지 모르는 듯했고, 언령을 아는 듯한 이는 입을 꾹 다물고 있어서 나는 일단 그들을 보내주기로 했다. 그 기억을 다 지우게 했다가 세시오가 또 피를 토할까 무섭기도 했고. 그랬는데.

"어서 반역을 진압하지 않고 뭐 하시는 겁니까? 제국민의 의무를 다하십시오!"

귀족 중 하나가 성을 내며 앞으로 튀어나왔다.

아는 얼굴이다. 멘델 백작이던가. 무도회장에 갔을 때 나한테 깔짝거린 전적도 있고, 타니타르 공작에게도 뭐 얻어먹을 게 없나 기웃거리다가 내쳐진 전형적인 하이에나였지. 눈치가 없고 어쭙잖은 자존심만 강한.

그런데 뭘 하라고?

"혹시 내가 여태 한 게 연극으로 보입니까?"

"타니타르 공작 말고, 소공작의 약혼자 말입니다. 설마 사사로운 친분 때문에 감싸시려는 건 아니겠죠?"

무도회장에서 말 좀 무시했다고 원한을 품었나. 세시오를 가리키는 손가락이 건방지기 짝이 없다. 그 손을 꺾어 버리고 싶었지만, 일단은 침착하게 난 입에서 나오는 대로 지껄였다.

"무슨 말을 하시는 건지 모르겠군요, 제 약혼자인 세시오가 저보다 먼저 타니타르의 반역을 진압하려던 겁니다만."

"그렇지, 세시오?"

"말하기도 입 아프군."

얼토당토않은 만담에 멘델 백작이 얼굴을 붉혔다.

"무슨 말도 안 되는! 황제가 되겠다고 똑똑히 말하지 않았습니까!"

"글쎄요, 세시오는 그런 말을 안 했습니다만. 그쪽 정보부가 좀 부실한가 봅니다. 아니면 말이 와전된 거 아닙니까?"

대놓고 뻔뻔하게 굴자, 그는 기가 막힌 듯 주위를 둘러봤으나 아무도 동조하지 않았다. 상식적으로 이 상황에서 누가 백작을 도와주겠냐고. 인성이니, 평판이니 이제 그런 건 모르겠다. 나는 뻬딱하게 선 채 팔짱을 꼈다.

"여태 말할 줄 아는 걸 숨겨 온 이유는 뭡니까!"

"그게 아니라, 직전에 제가 고쳐 준 겁니다."

"그, 그렇다면 저치들은 뭐란 말입니까! 작위도 없던 사람이 남몰래 세력을 키워 왔는데, 이건 무어라 설명하시겠소!"

그는 세시오가 데려온 무리를 가리키며 말했다. 나도 세시오에게 소개받지는 않았지만, 오소리단인지 족제비단인지 하는 청부 단체도 있었으니 다른 세력도 있겠지. 지목당한 이들은 흠칫 어깨를 떨었지만, 나는 전혀 당황하지 않았다.

"리한의 기사들인데요."

그러고는 그것으로 그치지 않고, 개중 하나를 끌어다 어깨동무를 했다.

"그렇지? ……에이 경."

작명 센스가 없는 건 스스로도 좀 유감이었지만. 괜찮다, 무력과 뻔뻔함이 부족한 센스를 메꿔 줄 테니까. 하나 내게 지목당한 기사는 얼굴에까지 갑옷을 내두르지는 못한 모양이었다.

"예? 저 말입―."

그래도 세시오가 주먹으로 옆구리를 치자, 그는 빠르게 무장할 수 있었다.

"예! 그렇습니다. 에이브 에이라고 합니다."

하필이면 이름이 에이브라니, 리듬감 넘치는 이름이 됐다.

"비 경, 씨…… 가 아니라 디 경도 수고했어."

아무나 끌어안아 턱턱 어깨를 두드려 주자, 그들은 움찔하며 고개를 끄덕거렸다.

"아니, 이름이 에이, 비, 씨, 디란 말이오?"

"씨는 아닙니다. 이 사람들이 이래 봬도 형제라, 이름이 비슷하더라고요."

"무슨, 방금 성이 에이라 하지 않으셨소? 가문이 다 다른데 어찌 형제라―."

"의형제요. 꼭 피가 섞여야만 형제입니까, 그런데 멘델 백작님께서 불만이 많아 보이시네요."

슬슬 짜증이 치솟아, 검의 손잡이를 만지작거리며 말하자 멘델 백작이 입을 다물었다. 역시 리한은 난폭하니, 어쩌니, 쫑알거리는 소리가 들렸지만 어쩌라고. 사람이 생긴 대로 살아야지, 뭐.

"혹시 다른 분들도 의문이 있으십니까?"

"그럴 리가요!"

협박성으로 내뱉은 말인데 뜻밖에도 명랑한 대답이 돌아왔다. 상대는 롭티나였다. 아직 세상에 실체를 밝힐 생각은 없는지 그녀의 목소리는 평소처럼 통통 튀었으나, 두 눈은 짙게 일렁이고 있었다. 그러고 보니 내가 시체를 만들어 낸 건, 롭티나와 면회한 직후였다. 그녀가 놀랐을 걸 생각하니, 많이 미안해졌다.

"아무 문제도 없어요, 그렇죠?"

그런 심경을 알아차리기라도 한 걸까, 그녀가 밝게 웃으며 말했다. 걱정하지 말란 뜻 같았다. 나는 롭티나를 향해 고개를 끄덕이고는 입 모양만 움직여 말했다.

'곧 찾아갈게.'

그리고 뒤늦게, 나는 롭티나의 옆에 그레텔 공작이 있다는 사실을 알아차렸다. 화해한 건지 협상한 건지, 롭티나의 부축을 받으며 희게 질린 얼굴로, 그는 마냥 타니타르 공작을 바라보고 있었다. 나와 눈이 마주쳤을 때는 표정이 굳어서, 그레텔 공작이 무슨 생각을 하는지 조금 짐작할 만했다. 모쪼록, 이번 반역이 부녀 사이에 도움이 되면 좋겠는데.

그들을 전부 돌려보내고, 나는 엉망진창이 된 대전에서 한숨을 내쉬었다.

"드디어 다 끝났다."

이제 나머지 일은 다른 사람들한테 떠넘기고 나는 조금 쉬면……. 거기까지 생각했을 때, 문득 대전의 황좌가 눈에 들어왔다. 그러고 보니.

"우리 폐하를 잊고 있었네."

세시오의 천리안 덕에, 우리는 로잘린느가 있는 비밀 통로를 쉽게 찾아냈다. 피를 토하던 걸 몇 번 본 탓에, 계속 힘을 쓰는 게 신경 쓰이긴 했지만, 그는 멀쩡해 보였다. 여전히 내 손을 놓아주지 않는 것만 빼고.

떨어지는 돌조각을 쳐내며 걸어가자, 금세 로잘린느를 찾을 수 있었다. 그녀는 통로의 한구석에 반듯이 누워 두 눈을 부릅뜨고 있었다. 다행히 어딘가 크게 다친 것 같지는 않았지만, 애당초 누가 그녀를 빼돌린 걸까. 짧은 의문을 느끼는 동안, 세시오가 입을 열었다.

"몸이 온건해지길."

인사말도 건네기 전인데, 참 성급한 치유였다. 그 말에 빠르게 변화가 일었다. 뻣뻣하게 굳어 움직이지 못하던 로잘린느가 손끝을 두어 번 움찔거리더니, 몸을 일으켜 앉았다. 그러고는.

"괜찮―."

"엔릴 타니타르는요!"

다급히 외친 소리에 나는 눈을 깜박였다. 갑자기 그 이름이 왜. 그레텔 공작 저에 갇혀 있다고 하지 않았나?

"아까 그대의…… 가짜 시신을 가져온 게 그자였어."

"뭐? 타니타르 소공작이?"

대전에서 나는 그 얼굴을 보지도 못했는데, 그새 도망갔던 건가. 눈치가 빠르다고 해야 할지, 감이 발달했다고 해야 할지. 타니타르는 가문의 문양을 미꾸라지로 바꾸는 게 옳다. 어차피 이제 멸문밖에 안 남긴 했어도.

"그래요. 아까 저를 데리고 도망치다가 바닥에 놓인 소공작의 시신을 들고는 상황을 보고 오겠다고 가더군요. 이리 멀쩡히 살아 계신 걸 보면 가짜였던 모양이지만."

로잘린느가 분노를 담아 이를 갈아붙였다.

"애당초 비밀 통로의 한구석에 굴러다니는 시신이 진짜일 리 없는데, 뇌에 주름을 다 밀어 버리기라도 한 건지 그걸 써먹겠다고."

우리에게 하는 말인지 혼잣말인지는 몰라도, 너무나 맞는 말이었다. 그러고는 돌연 그녀가 세시오에게로 고개를 돌렸다.

"도망쳤다고 해도 분명 황궁 안의 어딘가에 있을 거예요. 천리안을 써 주시면 금방 잡을 수 있어요."

불길이 인 듯한 로잘린느의 말에 세시오가 얼떨떨하게 고개를 끄덕였다.

소공작의 행방을 찾아낸 그가 앞장서고 로잘린느가 의욕적으로 그 뒤를 따라 걸었다. 그녀의 분노가 워낙 확연하여 어영부영 따라붙었으나, 새삼 궁금해졌다.

"그런데 왜 엔릴 타니아르가 황녀, 아니 황제 폐하의 신병을 빼돌린 겁니까."

"나를 살려 주겠다고 하더군요. 제깟 놈이."

살려 준다……? 확실히, 독을 써서 사지를 못 쓰게 해 놓고 반역까지 저지르는 가문에서 할 소리는 아니었다. 그자가 로잘린느를 살릴 만한 이유가 있을까, 혹 소공작은 공작과 대립하고 있던 건가.

생각이 거기까지 갔을 무렵, 문득 떠오르는 말이 있어 나는 입을 열었다.

"연정?"

"그딴 마음을 연정이라 하는 건, 사랑에 대한 모욕이에요. 알량한 우월감과 동정심 나부랭이죠."

말 잘하네. 그녀는 퍽 불쾌해 보였기에, 나는 어깨를 으쓱이고 입을 다물었다. 크게 궁금한 것도 아니었다.

제국의 역사가 오래된 탓일까, 황궁의 비밀 통로는 참 다양한 구조로 이루어져 있었다. 거미줄을 뜯어내면 열리고, 석상을 밀면 열리고. 걷다 보니, 황궁에 들어와 있는지 고 유적지를 탐방하고 있는지 모를 기분이었다.

얼마나 걸었을까, 마침내 우리는 엔릴 타니타르를 발견했다. 그는 쥐새끼처럼, 좁은 통로를 숨죽여 기고 있었다. 아직 뒤에서 우리가 쫓아온다는 것도 모르는 모양이었다.

그 모습을 보고 로잘린느는 발걸음을 뚝 멈추더니, 돌연 통로의 벽면에 걸린 램프 하나를 집어 들었다. 그러고는 살기가 뚝뚝 떨어지는 눈으로 그를 노려보며 타니타르 소공작에게 다가갔다.

"살고 싶어 발악을 하는구나, 엔릴 타니타르."

그 목소리에 흠칫 놀란 소공작이 고개를 돌렸다. 엔릴 타니타르는 로잘린느를 보고 멍하니 눈을 깜박이다가, 이내 체념한 듯 웃었다.

"안녕, 로잘린느. 결국 당신은 내 도움 없이 무사해졌군요. 내가 당신을 살려 주고 싶었는데."

"나를 살려? 살려고 통로를 기는 모습을 보이고도, 그렇게 주둥이를 놀린단 말이야?"

"나까지 잡히고 나면, 당신을 도울 사람은 하나도 없을 줄 알았어요."

"스스로가 무슨 비극의 주인공인 양 착각하고 있는 모양인데."

아득 소리가 나게끔 이를 악문, 로잘린느가 램프로 소공작의 머리를 후려쳤다. 정타가 제대로 들어갔는지, 엔릴 타니타르는 비명 한 번 내지르지 못하고 툭 쓰러졌다. 그 모습을 벌레 보듯 내려다보며 그녀가 말을 이었다.

"웃지 마, 네 도움이 필요한 적은 한 번도 없었어. 타니타르의 버러지 같으니."

속이 후련한 듯 로잘린느가 개운하게 웃었다. 동작이 정말 깔끔해서, 나는 세 번 정도 박수했다. 검을 배워도 잘하겠다.

그러고는 힘이 풀린 듯 그녀가 털썩 자리에 주저앉았다. 황족답지 않은, 털털한 모양새였다. 로잘린느는 그 상태 그대로 고개만 꺾어 우리를 보며 물었다.

"이제 와서 묻는 게 이상하다는 걸 알지만, 반역은 어떻게 됐나요?"

"타니타르의 반역은 실패했고, 세시오의 반역은 없던 셈 치기로 했습니다."

"……무슨 말이에요?"

"말 그대로의 의미로, 세시오가 황제가 될 일은 없단 이야기입니다."

의아한 듯 그녀가 눈을 깜박였다.

"그 자릴 바라시는 게 아니었어요?"

"그래도 그대들이 원하는 바는 이루어질 테니, 염려할 건 없어."

"뭐라고 생각하시는지는 모르겠지만, 저는 굳이 세시오 님이 황좌에 앉길 바라는 건 아니에요."

그녀는 퍽 무뚝뚝한 목소리로 말했다가, 문득 불안해졌는지 빠르게 말을 이었다.

"말해 두지만, 저를 황좌에 눌러 앉힐 생각이라면 그만두세요. 독이 남았다는 핑계로 물러나 버릴 테니까."

"그런 생각은 하지도 않았지만……. 그러면 그대가 바라는 건 뭐지."

"돈이요."

명쾌하다.

"결혼하지 않아도 될, 남한테 휩쓸리지 않을 수 있는 부를 주세요. 애당초 타니타르 소공작과 약혼하며 세시오 님의 비위를 맞췄던 것도 그것 때문이었으니까."

진심이라는 걸 어필하듯, 로잘린느는 한 자 한 자 꾹 눌러 말했다. 욕망이 너무도 분명하니 외려 시원스럽다. 태어날 때부터 황족이던 사람이 돈을 바라는 게 신기하긴 해도, 원래 사람들의 욕망은 백인백색인 법이니까.

반면, 돈에 별로 자신이 없는 세시오는 표정이 미묘해졌다. 저러다 언령으로 금화를 찍어 내는 건 아니겠지, 제국의 화폐 경제가 염려돼 나는 그를 대신해 입을 열었다.

"그건 제가 해결할 문제 같군요. 폐하께서도 아시겠지만, 아무래도 이쪽은 좀 빈곤해서."

로잘린느가 원하는 부가 어느 정도인지는 모르겠지만, 세시오의 재산이 나보다 부족한 건 사실이니 영 틀린 말은 아니었다. 그는 눈을 가늘게 뜨고 나를 쳐다봤지만, 부정하지는 못했다. 그러면 진실이다.

"소공작…… 님이요? 어째서?"

"그야 바라는 게 있기 때문이죠."

"좋아요, 알기 쉽네요. 말씀해 보세요."

이렇게나 순순히 응해 줄 줄이야. 나는 조금 로잘린느가 좋아졌다.

"콰르테와 왈릿 사이의 영지전을 승인해 주시면 좋겠습니다."

"……리한에는 황제의 승인 없이 영지전을 치를 특권이 있다면서요."

"폐하도 모르셨습니까? 거짓말입니다."

명쾌한 자백에 그녀는 헛웃음을 터뜨렸으나 고개를 가로젓지는 않았다.

비밀 통로에서 엔릴 타니타르를 끌어내고 우리는 다시 밖으로 나왔다.

뒷수습은 이제 로잘린느의 몫이었다. 타니타르 공작이 억지로 앉힌 자리라고 한들, 그녀는 당대 템그리아의 황제였으니까.

그녀는 두 다리로 서 제가 무사해졌음을 알리고 황궁의 인력을 불러 모았다. 그들 대부분은 타니타르에 굴복하여 그의 수발을 들었기에 퍽 불안한 눈치였지만, 애당초 처벌할 수 없는 인력이었다. 상황을 참작해서이기도 했고, 그들을 다 도려내고 나면 대체할 인력을 찾기도 힘들었으니까.

하나, 공작과 긴밀히 결탁한 시종장만은 봐줄 수 없었기에 그는 지하 감옥에 처박혔다. 대신해서 시녀장이 로잘린느의 일을 도왔다. 대략적인 조사를 마치면 그녀는 타니타르 공작과 직접적으로 공모한 세력을 줄줄이 엮어 지하 감옥에 집어넣을 것이다.

세시오가 제 수하들과 이야기를 나누러 간 동안, 나는 다 무너진 대전을 보며 기다렸다. 정작 싸움 자체는 싱거웠으나 이것만 보면 아주 마왕이라도 때려잡은 것 같단 말이야.

그러면서 나는 머릿속으로 할 일을 정리했다. 북부에 소식을 전하고 그 뒤 세시오와 남은 이야기를……

"소공작님."

익숙한 목소리에 고개를 돌리자 그리넬 경이 보였다.

"모시러 왔습니다. 참전할까 했지만 제가 있으면 더 번잡할 듯하여."

"잘했어. 안 그래도 허무하리만큼 일찍 끝났거든. 그런 것보다 세시오나 좀 말려 주지 그랬어."

"불안해 보이긴 했지만 몇 시간 만에 그리될 줄은 몰랐습니다. 죄송합니다. 처벌을 내리신다면 달게 받겠습니다."

"아니, 뭘 그런 걸로 처벌이야. 그냥 아쉬워서 한 소리니 신경 쓰지 마."

내 말에 그리넬 경이 순순히 고개를 끄덕였다. 그런데 희한하게도 그녀의 표정이 만족스러워 보였다. 왜지.

"세시오 공자께서는 소공작님이 죽은 줄 알고 수도를 뒤엎으신 게 맞습니까?"

"그렇…… 지?"

"백설 기사단원에게 듣기로는, 제국을 멸망시킬 것 같은 분위기를 풍겼다고요."

"그것도 그런데……."

왜 미소를 짓는 걸까. 도무지 그 얼굴의 의미를 이해할 수가 없다.

"왜 웃어?"

"달리 말하면, 소공작님 없이는 공자에게 아무것도 의미 없다는 말이 되니까요."

"아. 그러니까 세시오가 다른 걸 다 포기하고 북부로 올 것 같아서……?"

"그쯤은 돼야 리한의 안주인에 걸맞다고 생각해서 웃었습니다. 이제는 반대하지 않겠습니다."

반대하더라도 이따금 세시오를 노려보는 정도였으니 그런 건 상관없었으나, 나라를 멸망시킬 정도는 돼야 걸맞다니. 생각보다 그리넬 경이 판정하는 사랑의 합격 기준이 높았다. 어쩌면 아버지보다 더할지도 모른다. 반쯤은 짓궂은 마음으로 또 반쯤은 진심으로 궁금해서, 나는 그녀에게 물었다.

"그럼 아버지가 돌아가셨을 때, 어머니도 나라를 멸망시켜야 한다고 생각해?"

"두 분은 경우가 다릅니다."

그리넬 경도 아버지랑 똑같은 소리를 한다고 생각하는 순간.

"전하껜 어떤 상대를 가져다 붙여도 상대가 아까우니까요. 전하께서 돌아가시더라도 공작부인께서는 행복한 여생을 누리셔야 합니다."

더할 나위 없이 냉정한 말에 나는 입을 다물었다. 어쩌면 모든 북부인이 리한 공작을 경외하는 건 아닐지도 모른다.

나와 세시오는 공작저로 돌아가는 마차에 올랐다. 이제는 내 다리에 마나를 불어넣어 달릴 필요 없이, 가만히 의자에 기대면 됐다. 이 맛에 도구를 쓰는군.

　육체적인 피로보다 정신적인 피로가 극심하여 눈앞이 가물가물하다.

　"오소리단? 이었나, 뭐라고 설득했어."

　"설득이고 뭐고 할 것도 없어, 결과는 결국 그들이 원하는 대로 돌아갈 거라고, 마법 계약서를 써 주겠다고 했지."

　"아아, 마법 계약……. 뭐?"

　이젠 30분 만에도 사고를 치네. 잠이 확 달아난다. 얼굴을 일그러뜨리며 몸을 일으키자 그 또한 의자에 기댄 몸을 일으켰다.

　"그래서 그걸 썼어?"

　"그쪽에서 거절하더군."

　"……왜?"

　"내가 수도에서 벌인 일을 보니 나를 믿을 수 있겠다고."

　권세가들을 쓸어버린 걸 말하는 모양이다.

　"말로는 그런데 실상은 계약이 의미 없다고 생각한 거겠지. 그냥 내 인격에 기댄 거야."

　조금 전, 세시오가 하려던 말을 정확히 들은 사람은 아마 나뿐일 것이다. 하나 다른 사람들도 그 분위기는 알아차린 듯했다. 당장 그리넬 경만 하더라도, 그런 말을 했으니까.

　"백설 기사단원에게 듣기로는, 제국을 멸망시킬 것 같은 분위기를 풍겼다고요."

언령을 아는 이라면 그 순간 세시오가 무엇을 생각했는지 짐작하는 건 어렵지 않을 터. 그리고 그런 힘을 봤다면 마법 계약서에 아무런 의미가 없다고 생각하는 것도 무리는 아니다. 이걸 잘됐다고 해야 할지, 어떨지. 나는 한숨을 내쉬며 뻣뻣이 세웠던 허리에 다시 힘을 풀었다.

"딱히 신뢰가 필요한 건 아니지만 어쨌거나 마무리는 해야 하니, 되도록 빨리 아노비스에 가야겠어."

"오늘 갈 건 아니지?"

"그래, 나도 마음을 정리할 시간이 필요하니까."

덤덤히 답해 놓고 그는 잠시 머뭇거리다가 말을 이었다.

"그대가 함께…… 가 줬으면 해."

"좀 불안하긴 하겠네. 알았어, 애초에 내가 한 제안이니까."

"그런 건 상관없어. 그보다 계속 앞에 있어 주겠다고 하지 않았나."

세시오의 말에 나는 멈칫했다. 확실히 그런 말을 했으나 하루 종일을 상정하고 말한 건 아니었다.

내 생각보다도 그의 불안이 심각한 걸까. 나는 조심스럽게 물었다.

"내가 몇 시간 안 보인 게 불안했어?"

"불안할 이유를 늘어놓자면 많지. 시신에 남은 흔적, 최상급 저주의 존재, 천리안으로 본 저주. 하지만 사실 다 상관없어."

그가 양손으로 얼굴을 쓸었다.

"그래, 그냥 그대가 죽었을지 모른다는 조그만 가능성이 마음대로 커졌어. 앞으로도 그럴 거야. 약간의 불안을 산만큼 부풀려서 이상한 일을 벌이겠지."

세시오는 자조적으로 말을 이어 갔다.

"소중한 사람의 목숨을 잃어 본 적도 없는데, 그대가 강한 사람인 걸 알면서도 마음이 통제가 안 돼. 귀찮겠지만 당분간만이라도 사정을 봐줘."

부디. 덧붙인 한 마디는 아주 작게 말했음에도, 내 귓속으로 그대로 흘러들어 왔다. 알 수 없는 기분에 나는 두어 번 눈을 깜박였다.

"당신이 그렇게까지 솔직하게 나오니까 생소하다."

"……."

"아니, 죽상 하지 마. 좋다는 이야기니까. 알았어, 이제 더 할 일도 없으니까."

그렇게 말했음에도 세시오의 분위기가 쉬이 풀리지 않아서, 나는 그의 손을 잡아 주었다. 끌어안는 거에서 이제는 다른 쪽으로 넘어왔군.

그는 말없이 손가락을 맞물리더니, 내 손등에 제 이마를 기대었다. 그러고는 픽 웃음을 터뜨렸다.

"왜 웃는데."

"그냥…… 내가 너무 어린애처럼 구는 것도 우습고, 그걸 그대가 받아 주는 건."

"우습다고?"

"좋아서."

좋다기보단 웃긴다는 얼굴인데. 의미 없이 시작된 웃음은 점차 커졌다. 세시오가 왜 웃는지 이해하지 못했으나, 그에 전염되어 이상하게 나 또한 터져 나오는 웃음을 참지 못했다. 남들이 보면 함께 미친 줄 알 테지만.

"아, 역시. 네가 너무 좋아, 테릴."

깊은 곳에서 우러난 말을 내뱉으며 그가 내 손등에 뺨을 비볐다.

'그대'가 아닌 '너'. 아마도 별생각 없이 내뱉었을 호칭이 조금 생소해서, 새삼스레 가슴께가 간지러웠다.

"그대도 날 사랑하면 좋을 텐데."

이번엔 다시 '그대'다.

"도대체 그 말을 언제까지 할 거야, 이젠 알지 않아?"

"수도의 일이 다 끝나지 않아 안타까워 말이야."

무슨 소린가 하다가 나는 아직 아노비스 공작부인을 찾아가지 않았다는 걸 떠올렸다. 가만히 보면, 그 말에 묶여 있는 건 나보다 세시오가 더 하다.

그럼에도 아직 입을 열지 못하는 나 자신을 가장 이해할 수 없었지만. 어차피 그도 알고 나도 아는 내 마음을 털어놓는 게 왜 이리 힘겨운 건지. 수도의 일이 다 정리된 이후로 날짜를 잡은 건 나였지만, 그러다 보니 괜히 부담이 커졌다.

목구멍 안쪽을 덜그럭거리는 말들을, 나는 한숨과 함께 삼켜 냈다. 내가 무슨 생각을 하는지 모르면서 그는 입매를 당겨 웃었다.

"아까, 제몬이 타니타르 공작을 속였다는 이야기는 뭔지 물어도 되나."

그러고 보니 제몬 데이브릭의 존재 자체를 잊고 있었네. 아까 황궁에서도 보지 못한 것 같은데 여전히 지하 감옥에 있나? 달란트의 재판을 한 데다가 타니타르 공작을 도운 시늉까지 했다는 걸 생각하면 이해할 수 없는 일이다.

하나 더 깊이 생각하지는 않고 나는 세시오에게 제몬과 있던 일을 다 털어놓았다. 그리 긴 이야기는 아니었다.

말을 다 듣고 그가 느리게 제 입가를 매만졌다. 조금 당혹스러워 보이기도 했다.

"실수할 뻔했군."

"왜. 살해 계획이라도 세우고 있었나."

"……"

"진짜?"

달란트 데이브릭과의 일화를 아는 상태라 굉장히 미묘한 기분이 들었다. 하나 세시오가 내 표정을 살피는 기색이었기에, 나는 감정을 흩어 내고 입을 열었다.

"하기야, 제몬이 좀 죽이고 싶은 상이긴 해."

그가 다시 웃음을 터뜨렸다. 울상일 때보다 훨씬 보기 좋은 얼굴이다.

"그리고 아까부터 신경 쓰였는데."

세시오는 나와 맞잡지 않은 쪽의 손을 뻗어 내 눈가를 쓸었다. 순순히 얼굴을 내어 주면서도 의미 모를 행동이 의아했다.

"눈이 부었더군."

"내 눈이 왜……."

말을 하던 중 떠오른 사실에 나는 말끝을 흐렸다. 그러고 보니 내 눈도 멀쩡할 리는 없다. 아버지의 품에 안겨 펑펑 울었던 게 불과 몇 시간 전의 일이니. 떠올리자 멋쩍어져서 나는 세시오를 공격했다.

"당신도 울었으면서 나보고 뭘……."

"그대에게 울었냐고 물어보지는 않았는데."

업보가 바로 돌아왔다.

"그대가 울 일이라니 상상이 안 가. 혹 나쁜 일이 있었나?"

어쭙잖은 자존심과 오기. 세시오가 평소 리한에 가진 이미지들을 생각하며 나는 말하지 않으려 버텼다. 하나 그의 두 눈은 집요했고 또 그 이상으로 다정했다. 버티지 못하고 나는 한숨과 함께 말을 내뱉었다.

"내가 썼던 그 아티팩트, 시신이 있어야 쓸 수 있어."

그게 아니라고 해도 어차피 죽여야 할 사람들이긴 했지만.

"……힘들었겠군, 많이."

평소 리한을 철인 취급하던 세시오가 보인 반응은 예상과는 좀 달랐다.

그는 맞잡은 손을 끌어당겨 나를 제 품에 넣었다. 오랜만인지라, 내가 안아 주는 게 아니라 안기는 상황이 생소했다. 어차피 누가 먼저 팔을 끌어당기느냐의 차이지, 체구 차이 때문에 내가 그의 품에 들어가게 되는 건 변함이 없는데도.

다시금 목이 메어 왔다. 별로 울고 싶은 기분은 아닌데, 아까 그렇게 질릴 만큼이나 울었는데도. 숨어 있던 감정은 기회를 놓치지 않고 머리를 내민다.

나는 세시오의 가슴에 얼굴을 꾹 누른 채 숨을 골랐다. 그가 움찔하는 것이 느껴졌지만, 잠깐이라도 뺨을 떼어 내고 싶지 않았다.

한동안 말은 오가지 않았다. 마차 바퀴가 구르는 소리와 사람의 숨소리, 그리고 그보다 미미하게 들리는 심장 박동. 온갖 소리는 옅지만, 빈틈없이 공간을 메웠고 그 덕에 세시오의 존재감도 확연히 느껴졌다. 함께 있는 것만으로 마음의 상처가 아무는 듯한, 기이한 기분이 들었다.

"당신은."

조금 전까지 눈물이 났기 때문인지 목이 갈라졌다. 나는 큼큼, 소리를 골라내고 다시 입을 열었다.

"당신은 사람 죽여 본 적 있어?"

"제법 많지. 악인을 죽이는 게 선행이 될 수 있다는 것도 한참 전에 알았으니."

"……어쩌다가?"

"그대에게 말한 적은 없지만, 오소리단에는 노예 상단 출신도 상당해."

처음 듣는 말이 조금 놀라웠으나, 왜 세시오가 제 세력을 저버리지 않았는지 이해가 되었다. 그는 끌어안은 내 머리에 입을 맞추었다.

"그래서 혼자 운 건가?"

"울 생각 같은 건 없었는데 아버지가 오시는 바람에."

말하고 나니 정말 어린아이라도 된 것 같다. 나는 민망해 그의 품을 밀어냈다. 다행히 눈에서 나온 눈물은 몇 방울 되지 않아 그의 옷에 다 닦인 정도였다. 세시오는 엄지로 내 눈 밑을 다시 한번 쓸어 냈으나, 눈가에 열이 몰린 터라 사람의 체온이 외려 시원할 지경이었다.

"여전히 그대의 곁에 있어 줄 사람은 많군."

그는 웃으며 말했으나 조금쯤 씁쓸한 목소리였다.

"당신도 그중 하나잖아. 이제 와서 모르는 척 도망가려고 해도, 늦었는데."

"뭐?"

"말했잖아, 나 북부에 간 뒤로 포기한 게 하나도 없다니까."

분위기를 바꿀 겸 일부러 재며 말했으나 세시오 두 눈은 조용히 일렁였다.

"그렇다면, 그대에게 힘든 일이 있을 때 가끔은 내게도 기대 줄 수 있나."

"뭐……. 지금처럼?"

"나도 한 번씩 그대에게 도움이 되고 싶어. 그래야 내 존재 가치를 확인할 수 있으니까."

나는 눈가를 살짝 찡그렸다. 이번에도 그는 아무렇지 않게 자기 비하적인 말을 입에 담았다. 갈 길이 멀다. 그래도 전보단 말이 순해졌으니 희망적이라고 해야 할지.

"당신이 자기 몸을 함부로 하지만 않으면 얼마든지."

"뭐?"

"나도 제법 귀한 몸이란 말이야. 주인이 값어치를 적게 매긴 품에 기대고 싶진 않아."

스스로를 귀하게 여기란 은유에 세시오가 웃음을 터뜨렸다. 별로 즐겁지도 않은 주제였지만 그가 꽤 기뻐 보여서, 나도 따라 웃었다.

마차가 저택 앞에 도착했다. 즉위식이 아침에 진행됐기에 그 난리를 치고도 해는 아직 중천에 있었으나 몸은 다른 소리를 했다. 여러 가지 일을 겪은 데다가 밤까지 새운 터라, 하품이 멎지 않았다.

사용인들의 마중을 받으며 안으로 들어서 나는 곧바로 계단을 올라갔다. 침실이 있는 3층, 나와 마찬가지로 피곤해 보이는 세시오를 향해 나는 손을 내저었다.

"내일 아노비스에 가려면 푹 자야겠네."

"그대는 바로 잘 건가?"

"북부에 서신 좀 쓰고 자려고."

그는 느리게 고개를 끄덕이고 걸음을 옮겼다. 그 모습을 보다가, 나 또한 내침실로 향했다. 서신 하나 쓰는데 집무실까지 가고 싶진 않았으니까.

중간에 모리나에게 건네받은 종이를 들고 터덜터덜 들어와, 나는 침실의 문을 열었다. 한쪽에 배치된 작은 테이블에 그걸 내던지듯 내려놓고 만년필로 손을 뻗은 순간. 벌컥, 문이 열렸다.

"세시오? 왜 갑자기—."

의아해 물은 말은 끝까지 나오지 못했다. 몹시 조바심이 난 손길이 내 양 뺨을 감싸고 곧 입이 덮였다. 난데없는 입맞춤이 당혹스러웠으나 그 몸짓이 마냥절박해 보여서 나는 세시오를 떼어 낼 수 없었다. 그러고 싶지도 않았던 것 같지만.

당혹감은 잠시. 나는 그의 옷깃을 바싹 잡아당겼다. 목 안 깊은 곳에서 물기를 빨아들이는 양 입에서 갈증이 멎지 않았고 숨은 엉망으로 뒤섞였다. 세시오와 닿아 있는 이 시간이 좋았고 떨어지고 싶지 않았다.

하나 입술을 떼어 냈을 때는, 심장이 덜컹 흔들렸다. 세시오의 얼굴은 고통스럽게 일그러져 있었다.

"……안 되겠어."

"뭐가."

"그대와 떨어져 있을 수가 없어."

그는 익숙하게 나를 끌어안고 내 어깨에 얼굴을 묻었다.

"뭔가 고장 나 버린 기분이야. 왜 이렇게 된 걸까. 질리게 하고 싶지 않은데 도무지 통제가 안 돼. 난—."

또 자기 비하로 흐르는 말을 끊어 내고 나는 그의 양 뺨을 붙들어 얼굴을 들게 했다. 세시오의 황금빛 눈동자가 초조함으로 떨리고 있었다.

나는 그 눈을 똑바로 마주한 채 말했다.

"그럼 여기에 있어. 간단한 얘기잖아."

"……계속 그럴 수는 없잖나. 서신을 쓰는 동안이라면 몰라도 그대도 자야 할 텐데."

"한 침대를 쓰면 되지, 뭘 새삼스레."

내 말에 멈칫하더니 세시오가 느리게 고개를 들어 올렸다. 흔들리는 두 눈을 나는 덤덤히 마주 보며 말했다.

"이제 가짜 약혼 관계도 아닌데 뭐 어때."

그가 입매를 비튼 채 웃었다.

"솔직히 이번엔 자신 없는데. 그땐 감정도 묶여 있고 그대의 마음도 모를 때라 참았지만. 아니면, 내가 여전히 아무런 바람이 없는 사람으로 보이나."

그나 나나 같은 말을 하고 있는데 진짜 못 알아듣네. 그 모습이 귀여워 나는 웃었으나 속에서 무언가 뚝 끊기는 소리가 들린 것도 같았다.

"가능하면 좀 더 정돈된 상황에서 말하고 싶었는데 말이야."

나는 세시오의 얼굴을 붙든 손을 천천히 내리고 그의 이름을 불렀다.

"세시오."

"……그래."

"세시오, 세시오, 세시오."

"테릴?"

당연한 말이지만, 반복해서 부를수록 그의 이름자가 내 귓속을 가득 채웠다. 참 달게 들리는 이름이었으나 그것으론 부족했다.

희한하기도 하지. 전에 키스할 때는 그것만으로 소름이 돋아 어쩔 줄을 몰랐는데 지금은 그게 부족했다. 어쩌면 마음이 자라난 만큼 욕심도 커졌기 때문인지. 그래서.

"당신이 나한테서 떨어질 수 없다는 거, 솔직히 나쁘지 않아. 당신한테 미안한데 좀 기쁘기도 해."

"테릴……."

"그러니까 같이 있고 싶다고 미안해할 필요는 없고 당신이 내게 하면 안 될 짓도 없어."

크게 뜨인 두 눈을 보고 나는 잠시 숨을 골랐다.

"왜냐하면. 왜냐면 말이야."

그러고는 입 밖으로 내뱉으려 했으나, 내 마음은 또다시 목에 걸려 넘어오지 않았다. 수년이 지나 사라진 줄 알았던 감정이 한구석에 숨어 있던 경험은 이미 몇 번이나 했다. 그러나 그때는 달갑지 않아도 아무렇지 않게 넘어갔으나, 지금은 이 기분이 몹시 마음에 들지 않았다.

사랑한다는 말이 뭐가 그리 무섭다고. 거짓말을 하는 것도 아니면서 입이 틀어 막혀 있단 말인가. 더는 내가 답답해서라도 안 되겠다. 나는 얼굴을 일그러뜨리고, 억지로 말을 밀어냈다.

"내가 당신을 사랑하니까."

아, 말했다. 꽉 막혀 있던 병의 마개를 연 것처럼 온 가슴이 시원해졌다. 나는 한껏 웃으며 반복해 말했다.

"사랑해, 세시오."

그래, 이렇게 마음에 있는 걸 그대로 내뱉기만 하면 되는데. 내 망설임이 쌓이고 쌓여 입을 붙이는 아교가 된 것이다. 그 찌꺼기를 털어 내고 나니 그렇게 상쾌할 수가 없었다.

"뭐, 수도 일은 아직 정리되지 않았지만 굳이 일정을 딱 맞출 필요는 없잖아?"

"난⋯⋯."

"그래서 들어 놓고도 모른 척할 셈이야? 표정이 왜 그래, 모르던 것도 아니면서."

"그대가 날 동정하는 거라고만―."

"뭐?"

말이 다 나오기 전에 끊어 냈으나 중요한 단어는 이미 나온 뒤였다. 동정하는 줄 알았다고? 내가 여태 저에게 품은 감정이 겨우 그건 줄 알았다고? 어이가 없어 목소리가 날카로워졌다.

나는 롭티나의 말을 떠올리며 그에게 따져 물었다.

"당신은 그냥 동정하는 사람 때문에 구휼 식량으로 만 골드를 넘게 퍼부어?"

"그대는 거래에 신실한 사람이니까."

"아니⋯⋯. 그럼 불쌍하다고 가문의 검술을 가르쳐 줘?"

"그건 네빗 엔하르트에게도 가르쳐 줬잖나."

"그놈의 네빗, 네빗, 네빗. 지겨워 죽겠네. 당신이랑 다른 거, 본인이 더 잘 알잖아, 이젠."

세시오가 아무것도 모르는 얼굴로 눈을 깜박였다. 울화로 나를 암살하려는 건가.

"그럼 죽지 말라고 약속하라 말한 건 내 박애주의라고 하려고?"

리한의 박애주의라니 지나가는 개도 비웃을 말이다. 하나 그렇게까지 말했는데도 그의 표정이 변하지 않은 게 가장 황망한 지점이었다.

그나 나나 서로의 감정을 이미 알고 있다고 생각했는데 새까만 착각이었다. 힘겹게 꺼내 놓은 고백의 결말을 받아들이는 것이 다른 의미로 버겁다. 나는 허망하게 중얼거렸다.

"당신 분위기 망치는 데 제법 일가견이 있어."

"……무슨 말을 해야 할지 모르겠어. 그대가 날 사랑한다니 그런 말을──."

"정 모르겠으면 그냥 아무 말도 하지 말든가."

"화가 났나?"

"어, 내 약혼자가 너무 둔해서 짜증 나."

테이블 앞 소파에 널브러진 채로 나는 아무렇게나 중얼거렸다. 지금 뭘 하고 있는 건지. 그러면서도 내 머릿속은 착실히 내 감정을 납득시킬 방법을 찾고 있었다.

마침 설렘 때문인지 횟병 때문인지 심장 박동이 심상찮은데 먹힐까. 문득 든 충동에 나는 세시오의 손을 끌어다 내 목의 맥박으로 가져왔다. 내 괴행에 당황한 듯 그가 어깨를 움찔했으나 내 손을 뿌리치진 않았다.

그 울림을 느끼라고 나는 아무런 말도 하지 않고 숨소리조차 조용히 냈다. 얼마나 그러고 있었을까, 천천히 세시오의 표정이 변했다.

"사랑이라고, 그대가…….'"

"정 못 믿겠으면 믿을 때까지 말해 줄게. 이걸로도 안 되면 하는 수 없이 물량 공세 해야지."

무슨 생각인지 모를 얼굴로, 다만 종전과 달리 혼란과 당혹감이 아닌 표정으로. 그는 입술을 달싹이다가 돌연 물었다.

"키스해도 되나."

"이제 와서 물어?"

면박을 주는 말에 그의 눈이 가만히 휘어졌다. 세시오가 내 뺨을 감싸며 내 얼굴을 끌어당겼다. 다시 입이 맞닿으며 눈을 감기 직전, 그의 어깨 너머로 널 브러진 종이 쪼가리가 보였지만 나는 모르는 체했다. 몰라, 서신은 개나 주라 지. 그대로 눈을 감자 시야가 검게 물들었다.

익숙한 일인데도 머리끝부터 발끝까지 기이한 충족감이 흘러넘쳤다.

북부, 화이트폴의 공작성. 이즐릿과 나란히 앉아 담소를 나누던 중, 라셰드 리한이 불현듯 얼굴을 일그러뜨렸다.

"왜 그래요, 라셰드?"

"어쩐지 불길한 예감이 들어. 수도 쪽인데."

"어머. 릴리가 공자와 잘되고 있는 모양이네요."

반가운 어조의 말에 라셰드가 뚱하니 그의 부인을 바라봤다.

"아무리 당신이라도 그런 터무니없는 말은 삼갔으면 해."

"정말 포기를 모르고 세시오 공자를 싫어하시네요."

"내버려 뒀더니 수도에서 가문이나 무너뜨리고 다니는 꼴 좀 봐. 그게 미친 망아지가 아니면 뭐겠어."

"아무리 생각해도 당신이 할 말은 아닌걸요."

그녀의 목소리는 부드러우나 내용은 뼛속 깊이 냉기가 서릴 만큼이나 차다. 차마 아무런 반박도 하지 못하고 라셰드가 앓는 소리를 냈다. 이즐릿이 제 남 편을 달래듯 그의 등을 토닥였다.

"너무 심술부리지 말아요. 거기서 더 가면 당신은 전대 리한의 원로회처럼 되는 거예요."

어쩌면 달래는 말은 아닐지도 몰랐다.

"당신은 그놈에게 너무 후해."

"당신이 야박하니 내가 그만큼 다정해져야지요."

"도대체 그놈의 어디가 그렇게 마음에 든 거야?"

"당신은 어디가 그렇게 성에 안 차는데요."

"……황족이니까. 제가 잘난 줄 알고, 황제라도 되겠다고 설치면 골치 아파."

"왜요, 릴리가 황궁에 눌러앉을까 봐요?"

한 번씩 이즐릿 리한은 지나치게 예리하다. 정곡을 찔린 라셰드의 눈썹이 움찔 튀었다. 그가 꿍얼거리듯 말했다.

"……20년이나 떨어져 살았어. 나도 아비 노릇은 좀 해야 할 것 아니야."

"당신이 그런 걸 신경 쓰는 줄은 몰랐는데."

의외로운 말에 눈을 깜박이다가 이즐릿이 조금 짓궂게 미소 지었다.

"그런데 그 말, 릴리에게 하면 뭐라고 할 것 같아요?"

"작위나 떠넘기지 말라고 하겠지."

"언제 이렇게 우리 애를 잘 알게 되셨을까."

감탄 어린 놀림에 라셰드가 뚱하니 바닥을 노려보았다.

"염려하지 않아도 돼요. 릴리는 화이트폴을 떠나지 않을 거고 세시오 공자는 그 애의 뜻을 따라 줄 테니까."

"뭘 믿고 장담해?"

"감이죠."

"……."

"왜요, 당신 마음도 모르고 떠났던 제가 직감을 운운하니 못 미더워요?"

"그렇게 생각하진 않았어. 그럴 자격도 없고."

무겁게 한숨을 내쉬고 그가 이즐릿의 한쪽 어깨를 감아 끌어당겼다. 그녀를 다시 만난 지 3년 반이란 시간이 흘렀으나, 라셰드에게는 아직도 이 온기가 꿈처럼 느껴지기도 했다. 떨어져 있던 세월이 너무 길었다.

"제대로 말하지 않아 잃어버린 20년이 아직도 너무 무거워."

"나도 그래요, 왜 당신을 믿지 못했을까. 릴리에게도 너무 미안해요. 그렇게 힘들게 살지 않아도 됐는데……."

덤덤하던 목소리에 갑자기 물기가 섞이더니 그녀가 말끝을 흐렸다. 라셰드는 놀라지 않았다. 이미 몇 번이나 겪은 일이었으니까.

그는 이즐릿의 머리를 부드러이 감싸 제 가슴팍으로 당기고 그녀를 끌어안았다. 그러길 기다린 것처럼, 가슴께가 빠르게 젖어 들었다.

"그 애가 그런 말을 한 적이 있어요. 자기가 없었으면 더 잘살았을 텐데 내게 미안하다고."

그녀의 등을 두드리던 라셰드의 손이 멈칫 떨렸다.

"어떻게 그렇게 억장 무너지는 말을 해요. 내 가슴을 찢어 놓으려는 게 아니면 어떻게……."

"전부 나 때문이야, 나를 탓해."

"그래요, 당신이 미웠어요. 원망하려 애쓰기도 했고. 수도에서 봤을 때도 내 딸을 죽이러 온 줄 알았어요. 당신은 아이를 바라지 않았으니까."

"……그래서 그렇게 부정하던 거였군."

"그런데 그게 오해였다는 걸 아니까 나는……."

맺지 못한 말 뒤에는 수많은 감정이 숨어 있다. 그것들을 다 알 것 같았으나, 반대로 하나도 모르는 것 같기도 했다. 심장이 저릿해 그는 이즐릿을 끌어안은 양팔에 힘을 주었다.

"오해하게 한 것도 포함해서 전부 내가 짊어질게. 전부 나한테 떠넘겨, 이즈."

"못 그래요. 안 그럴 거예요."

이 와중에도 퍽 고집스러운 말이었다.

"……라셰드, 정말 릴리를 바로 공작 위에 올릴 거예요?"

"그 애가 원한다면."

예상치 못한 말에 이즐릿은 그의 품을 밀어내고 남편을 올려다봤다. 그는 감정이 드러나지 않는 얼굴로 그녀와 눈을 마주하며 눈물이 맺힌 눈가를 닦아 주었다.

"원하지 않으면요."

"내가 단명하지는 않을 테니 충분히 기다려 줄 수 있어."

"공작이 되는 것 자체가 싫다고 하면?"

"제국의 황제도 굽신거리는 자리야. 돈, 명예, 권력, 무력 뭐 하나 빠질 것 없는 자리가 싫다고?"

약간 날이 선 반응이다. 이즐릿은 잠시 그를 바라보다가 곧 붉어진 눈을 휘어 웃었다.

"여태 왜 당신이 그렇게 빨리 작위를 떠넘기려는지 의아하면서도 묻지 못했는데, 이제 알 것 같아요."

"뭐라고 생각하는데?"

"리한 공작이 되면, 그 애는 화이트폴을 떠날 수 없을 테니까."

라셰드의 숨이 잠시 멈추었다. 별로 티가 나지는 않았으나 이즐릿이 알아보지 못할 정도는 아니었다.

"그 애가 북부를 떠나 버리는 게 무서웠군요. 데려올 때 그 앤 이미 둥지를 떠날 나이였으니까."

"……."

"그래도 심했어요. 1년 만에 마스터를 만들어 버리실 건 뭐예요."

"……나름대로는 봐준 거야. 내 아버진 더 독하셨다고. 나는 10대의 절반을 마수랑 뒹굴었는데."

"무슨 소리예요? 당신과 대련하는 것보단 그편이 낫잖아요."

부정할 수 없는 진실에 라셰드가 입을 다물었다.

"당신의 본심을 아니 결심이 섰어요. 나는 릴리가 공작이 되고 싶지 않다고 하면 지지해 줄 거예요."

"이즐릿."

"침묵과 강요로는 일만 키운다는 걸, 당신도 알지 않나요?"

그의 얼굴이 복잡 미묘한 빛으로 얼룩졌다. 그러면서도 그러겠다는 답은 하지 않는 게 지독히 라셰드답다고, 이즐릿은 생각했다.

"겨우 3년 반이야. 그나마도 최근에는 수도에 가 있었고."

"보낸 건 당신이면서."

"난…… 조금 권력의 맛이나 보고 오라고 보낸 거였지. 리한이라고 하면 여기저기서 굽신거릴 테니까."

당신답지 않게 간사하다며, 이즐릿이 웃음을 터뜨렸다. 그러고는 그의 양 뺨을 잡아 끌어내리고 이마에 쪽 입을 맞추었다.

"릴리가 떠나지 않길 바라시면 차라리 그 마음이나 솔직하게 말해 주세요."

"……어렵군."

"그래도 수십 년을 또 잃어버리는 것보단 낫잖아요."

"……그보다 반역 진압은 진작 끝났을 텐데 왜 아직도 서신이 안 오는 건지."

"말 돌리기는. 그리고 서신은 그리넬 경이 보냈는걸요."

"테릴 말이야. 일은 진작 끝났을 텐데 수하한테 떠넘긴 게 괘씸하니까."

"아무래도 화이트폴의 추위가 당신의 솔직함을 얼려 버린 모양이네요."

그 말에, 라셰드 리한이 입을 달싹이다가 한숨을 내쉬었다.

"노력할게."

잠은 푹 잤다. 일찍 일어나는 습관이 있다고 생각했는데 어쩌면 정해진 시간에 일어나는 습관일지도 모른다. 하루의 절반이 넘는 시간을 잠으로 때우기는 처음이라, 눈을 뜨면서 머리가 아팠다. 그뿐 아니라.

"배고파."

배 속이 텅 빈 것처럼 허전했다.

옆으로 고개를 돌리자 내 머리칼을 땋으며 놀고 있는 세시오가 보였다. 나와 시선이 마주치자 그가 눈을 휘며 웃었다. 기분 좋아 보이네.

"먹고 싶은 게 있나?"

"허기를 지울 수 있으면 아무거나 괜찮……. 인데 잠깐만!"

실수로 모리나에게 하듯 말해 버렸다. 세시오라면 주방에 말을 전하지는 않을 텐데도.

"흰 빵과 잼."

아니나 다를까, 어느새 그의 손에 트레이가 생겨났다. 말 한마디면 생겨 버리니 눈치채도 말릴 틈이 없네. 창조는 아니라고 하던데 그러면 어디서 이렇게 가져오는 걸까. 어이가 없어 눈을 깜박이자 그는 나를 보며 한 마디 덧붙였다.

"우유?"

"……커피."

"속 쓰릴 텐데."

그렇게 말하면서도 트레이에 커피가 금방 추가됐다. 이번에는 아무런 말도 하지 않았는데? 의아함에 그를 올려다보자 그가 웃으면서 답해 주었다.

"언령은 의사의 표현이라고 전에 말했던가."

"설마 의사가 강하면 말하지 않고도 되는 거야?"

"힘이 많이 쌓였기 때문인지 소소한 일 정도는 말없이도 가능하더군."

그럼 언령이라고 하면 안 되지 않나. 나는 잠시 혼란을 느꼈다.

"그러고 보니 궁금했는데 말이야, 수도를 휩쓸고 다닐 때 그 폭풍은 뭐야?"

"딱히 의도한 건 아니었어, 바라지도 않았고."

"그럼."

"글쎄……. 어쩌면 바람이라고 거창하게 명명할 것 없이 내 기분에 영향을 받는지도 모르지."

어째 갈수록 능력이 요란해지는데.

"거기서 더 가면, 당신은 세상에서 제일 알기 쉬운 사람이 되겠네."

놀라 일으켰던 몸에 힘을 풀며 나는 침대 헤드에 몸을 기대었다. 그러고 나자 다시 세시오가 소환한 것들이 눈에 들어왔다.

"침대에서 식사라니."

"더러워질 게 염려된다면 그럴 거 없어."

세시오의 말이 끝나자 침대 위에 테이블이 생겼다. 매트에 빵 부스러기가 떨어질 걸 염려했는지 테이블보는 주위를 다 덮도록 넓었다. 그 위에는 잼 나이프와 핑거볼도 있었다. 그쯤 되니 인정할 수밖에 없었다.

"그래, 편리하긴 하다."

세시오는 핑거볼로 손을 씻고 나이프를 집어 빵에 잼을 발랐다. 처음부터 잼이 발린 빵을 불러내면 되지 않았을까, 잠깐 의문이 들었지만 물어볼 새도 없이 그가 내게 빵을 건넸다.

한 입 베어 물자 배 속이 더 법석을 떨어댔다. 빵 몇 조각이 다 사라지는 데까진 오래 걸리지 않았다. 그러고 나서 커피를 홀짝이고 있으니 게을러진 기분이었지만, 원래 게으름의 또 다른 이름은 행복이다.

"오늘 아노비스로 갈 거지?"

"말은 번복해 미안하지만 같이 가 주지 않아도 돼."

"와, 하루 만에 사람이 변하네."

"내가 해결하고 올 문제니까."

어제보다는 덜 불안해진 모양이군. 나는 어깨를 으쓱였다.

"중간까진 같이 가. 나도 그레텔 공작저에 잠깐 다녀올 생각…… 인데, 아노비스 공작부인 지금 수도에 있나?"

"아직 미련을 못 버렸는지 영지로 내려가진 않았더군."

"이런 상황이니 나쁜 얘긴 아니지만 정말 염치도 좋지."

"그보다 그대는 북부에 서신을 보내야 하지 않나?"

"서신이야 금방 쓰는데, 뭐."

아버지도 한 줄로 보낼 때가 있었으니 나도 간단히 적어도 괜찮을 것이다. 상세한 이야기는 어차피 그리넬 경이 보냈을 테니까 대충.

「잡았어요.」

라든가. 성의 없어 보여도 어차피 곧 북부로 돌아가니 괜찮다. 제대로 된 이야기는 얼굴을 보고 하는 게 나을 테니까.

세시오는 고개를 끄덕이다가 문득 눈가를 찡그렸다.

"그러고 보니 잊었군."

"뭘……."

77

물어볼 새도 없이 그가 고개를 숙이더니 내 이마에 입을 맞추고 웃었다.

"좋은 아침이야, 테릴."

일부러라도 찾아보지 않았는데, 아노비스 공작저는 세시오의 기억 속 그대로였다. 황궁도 수도도, 여러 가지 일로 난리였는데 이 저택만은 조용하다. 타니타르 공작이 황제가 되었다면 이미 불바다가 되었겠지만.

그가 무감하게 저택을 바라보는 동안, 세시오와 함께 온 시종이 경비에게 그의 방문을 알렸다.

"세시오 데이브릭 공자님이시라고요? 그, 리한 소공작님의 약혼자인…… 아, 잠시만 기다려 주십시오, 어서 알리겠습니다."

예기치 않은 세시오 데이브릭의 방문에 놀라, 경비가 허겁지겁 안으로 뛰어들었다. 세시오는 차고 무감한 얼굴로 건물의 외벽을 바라보며 연락이 오길 기다렸다.

태어나 네 살이 될 때까지 살았던 곳이지만, 약간의 감흥도 일지 않는다. 겨우 몇 달을 지낸 리한 공작저만도 못했다. 그 이유는 아마도…….

"와 줬구나!"

경비가 안으로 들어간 지 얼마 되지도 않았는데, 중년 여인이 화색이 되어 달려 나왔다. 모나크 아노비스였다. 달려 나오며 그녀가 한 말에, 함께 온 사용인들이 당혹스럽게 눈을 깜박였다. 보는 눈이 있는데도 반말이라. 이제는 대외적으로 세시오와 그녀가 남이라는 자각도 사라진 걸까. 확실히 전보다 낯빛이 수척해진 모양새가, 여유가 없어 보이긴 했지만.

테릴에게 말하지는 않았으나 그는 제가 황족이라는 걸 눈치챈 사람들을 입

단속 한 상태였다. 언령을 썼으니 그 사실이 공공연하게 드러날 일은 앞으로도 없을 것이다. 그래서 아노비스 공작부인이 여지를 흘리는 것이 조금도 달갑지 않았다.

"처음 뵙겠습니다, 아노비스 공작부인. 드릴 말씀이 있어 찾아왔습니다."

거리를 명확히 드러내어 말하자 그녀는 뒤늦게 제 실수를 깨닫고 당황했다.

"아, 미안해요. 경황이 없어서 말을……. 일단 안으로 들어가도록 하죠."

두 사람은 응접실로 자리를 옮겼다. 아노비스 공작부인은 억지로 표정을 멀쩡히 꾸몄으나 사용인들을 다 내보내고 나자 가면은 빠르게 무너졌다. 불안을 덕지덕지 기워 낸 얼굴이, 애써 곱게 말을 골라냈다.

"그래, 씨. 네가 여기에 왔다는 건 네 아버지를 도와주려는 거로구나, 그렇지?"

"아노비스 공작은 아직 살아 있습니까?"

직설적인 말에 울컥한 듯 그녀는 입술을 짓씹었으나 차마 화를 내지는 못했다.

"살아 있어. 하지만 얼마 남지 않았단다. 황궁에서의 일을 들었어, 네가 타니타르 공작의 반역을 진압했다며. 너도 네 아버지가 그렇게 된 데에 화가 나서―."

"해독해 주겠습니다."

무의미한 말을 들어줄 여유는 없었다. 말을 자르고 세시오는 곧바로 본론을 꺼냈다.

"대신 대가가 있습니다. 아노비스 공작부인께서 황제가 돼 주셔야겠습니다."

"뭐…… 가 되라고?"

"허수아비가 되란 말은 아닙니다. 그저 자리에 앉아 있는 것만으로는 부족하니까요."

말뜻을 알아듣고, 아노비스 공작부인의 낯빛이 창백하게 질렸다. 그러나 세시오에겐 그녀를 봐줄 생각이 조금도 없었다.

"모든 일에서 본인의 안위보다 제국민을 생각하는 선군이 되겠다고 마법 계약서에 서명하십시오."

"세시오……!"

"그렇게 할 자신이 없다면 언령으로 강제해 드릴 수도 있습니다."

그러면 원하든 원치 않든 모나크 아노비스는 선군으로 박제될 테니까.

탕, 참지 못하고 그녀가 테이블을 내리쳤다. 그 위에 놓여 있던 꽃병이 바닥으로 떨어져 조각나고, 안에 들었던 물이 사방으로 튀었다.

"그게 무슨 말도 안 되는 소리야. 나더러 황제가 되라니!"

"카트리예도 죽은 마당이니 상관없잖습니까."

그는 무감하게 말하며 떨어진 꽃병의 파편을 바라보았다. 짓이겨진 꽃은 하필 남빛이다.

"세—!"

"이제 와 말하는 것도 우습지만 저는 반역을 계획하고 있었습니다."

"뭐……?"

"표정이 왜 그러십니까. 제가 반역을 선포했었다는 소문도 이미 들으셨을 텐데요."

테릴이 리한의 힘으로 수습해 주긴 했으나 사방팔방으로 퍼지도록 소문을 퍼뜨린 건 세시오였다. 반역을 선포한 이후 마주치는 이들은 모두 그 사실을 알고 있을 정도로. 칩거 중이라고 한들, 아노비스 공작부인씩이나 되는 사람이 그 소문을 몰랐을 리는 없었다.

"그, 그건 리한 소공작을 도와 반역을 진압한 거였잖나."

"원래대로였다면 카트리예가 살아 있을 때 저질렀을 겁니다. 너무 급작스럽게 죽어 실패했지만."

공작부인이 크게 숨을 들이켰다.

"대체…… 대체 무슨 짓을 하려던 거야. 네가 왜 캣의 자리를……!"

"이제 와서는 의미 없는 일이지만요. 결국 제 복수는 시작도 전에 끝났으니까."

"복수라고? 누구에게 복수한단 말이야. 캣은 네게 아무런 죄도 짓지 않았어."

떨리는 목소리를 들으며 세시오가 그녀를 여지없이 비웃었다.

"반역을 일으켜 황좌를 빼앗고 그 자리에서 언령으로 제 정당성을 증명할 셈이었습니다. 그러면 카트리예 폐하께서도 아셨겠지요."

세시오 데이브릭을 낳은 황족이 누구인지. 뒷말을 잊지 않았으나 그것만으로 부인은 그가 복수하려던 대상이 누군지 알아차린 듯했다. 애당초 바로 알아듣지 못한 게 이상할 지경이었지만.

'여태 그렇게 생각해 온 걸까.'

아노비스 공작부인은, 그리고 공작은 죄인이 아니라고. 세시오를 버린 건 어쩔 수 없는 선택이었다고 그렇게……. 생각하니 불쾌해져서 그는 살짝 눈가를 찡그렸다.

세시오의 입이 다시 벌어졌다.

"그리고."

세시오는 못내 신경 쓰이던 꽃의 줄기를 집어 들었다. 사방으로 흩어져 꽃잎을 잃었던 줄기에서 새로운 잎이 하나하나 더 아름답게 피어났다. 마침내 원래 모습을 되찾은 꽃을 세시오는 테이블 위에 내려 두었다. 그걸로 만족했기에 꽃병까지 만들어 낼 필요는 없었다. 공작부인은 입이 멍하니 벌어져서는 뱀의 허물처럼 바닥에 흩어진 꽃잎과 새로 피어난 꽃을 번갈아 쳐다보았다.

"복수를 계획했음에도 이런 게 가능한 걸 보면, 신계서는 제 복수를 악행이라 판단하지는 않으신 모양입니다."

"아, 아……."

그녀의 입에서 의미 모를 신음이 새어 나왔다.

"이제는 제의에 대한 답을 듣고 싶군요."

"난…… 그럴 수 없다. 아무리 캣이 죽었다고 한들 내가 어떻게―."

"그렇다면 이야기는 끝났군."

주저 없이 말을 끊어 내며 세시오가 자리에서 벌떡 일어났다. 황망한 시선이 다급히 그를 뒤쫓았다.

"어딜 가는 거니, 레이븐을 살려 줘야지!"

"저는 자비를 베풀러 온 게 아니라 거래를 하러 온 겁니다."

"거래라고? 황제가 되라는 게?"

"그러니 선택하십시오. 레이븐 아노비스의 목숨과 당신의 일생, 어느 쪽이 더 귀한지를요."

공작부인이 무거운 침음을 내뱉었다. 세시오가 생각했던 것과 달리 대답은 쉬이 나오지 않았다. 자식을 버릴 때는 거침없었으면서 제 일생을 버리는 건 곤란하단 말인가. 혹은, 시간을 끌면 둘 다 거머쥘 수 있다고 생각하는 걸까.

그의 입매가 차갑게 뒤틀렸다. 그 모양새를 보고 공작부인이 분통을 터뜨렸다. 다시금 그녀의 말에 고압적인 말투가 섞여들었다.

"어쩜 그렇게 잔인한가. 신의 자비로 태어난 목숨이면서 어찌 네 아비의 목숨을 인질 삼아 내게 부당한 일을 강요한단 말이야."

"신의 자비가 아니라 당신의 충동이겠지요."

"제발, 세시오. 그런 건 할 수 없다. 아무리 캣이 죽었다지만 내가 어떻게 내 동생을 배신한단 말이냐!"

들어줄 가치도 없는 말. 세시오는 잠시 멈췄던 걸음을 옮겼다. 공작부인이 비명을 지르며 그의 이름을 불렀으나, 그의 걸음은 조금도 느려지지 않았다.

마침내 그가 응접실의 문에 다다라 문고리를 돌렸을 무렵. 허겁지겁 달려온 공작부인이, 반쯤 열린 문을 쾅 소리가 나게 닫았다. 이어 그녀는 문에 등을 붙이고는 그의 앞을 막아섰다.

세시오를 노려보는 두 눈에 핏발이 섰다. 하나, 조금도 두렵지 않은 시선이었다. 두 사람은 한동안 서로를 노려보며 가만히 서 있었다.

그렇게 수십 초를 흘려보내고서야 모나크 아노비스는 받아들였다. 세시오 데이브릭은 무른 동정에 짓눌리지 않을 거라고, 그녀는 어느 한 가지를 선택해야 한다고.

그녀는 파르르 입술을 떨더니 힘겹게 내뱉었다.

"……좋아, 알았어. 레이븐을 살려주기만 한다면 네 뜻대로 해 주마."

원하는 답이었으나 세시오는 크게 기쁘지 않았다. 이리될 걸 알고 있었으니까.

"그럼 어서 레이븐을—."

"한 가지 더 있습니다."

"뭐?"

"각하와 부인 덕에 제 이름자 뒤에 반역자의 성이 붙어 버렸습니다."

그 죄목에 묶여 처형당할 일은 없을 테니, 전이었다면 그리 개의치 않았을 것이다. 하나 지금은 상황이 달랐다. 의미 없는 형식에 불과하다고 한들, 그는 희고 깨끗한 땅으로 가며 오점을 묻혀 가고 싶진 않았다. 제 영혼에 달라붙은 해묵은 얼룩들을 다 지워 낼 수는 없겠지만, 최소한 털어 낼 수 있는 것만큼은 지우고 싶었다. 되도록 테릴의 명성에 누가 되고 싶지 않았다.

"그래서 뭘 어쩌라는 이야기야."

"저를 아노비스로 입적시키고 작위를 넘겨주십시오."

예상치 못한 말이었는지 그녀의 두 눈이 크게 흔들렸다.

"내가 너를 만들었다고 세상에 공표하란 말인가?"

"아니요, 말을 고르자면 입양입니다. 필요한 건 작위뿐이니까요."

"……."

"어차피 후사도 없는 두 분께는 필요 없잖습니까."

조롱 섞인 말에 입술을 떨다가 공작부인은 느리게 고개를 끄덕였다. 모욕적이라 한들 맞는 말이었다.

논의된 내용을 마법 계약서에 적어 서명하고, 공작부인은 세시오를 아노비스 공작에게 데려갔다. 그가 있는 곳은 저택 꼭대기 층의 침실이었다. 문을 열고 들어서자 확연한 죽음의 기운이 세시오를 덮쳐 왔다.

누군가 침실에 들어온 걸 알았는지, 공작이 힘없이 눈을 떴다. 그러한 단순한 행동에도 눈꺼풀이 파르르 떨리는 모양새가 영락없는 환자의 형상이었다. 세시오를 보고 놀란 듯 공작의 두 눈이 커졌다.

세시오는 천천히 그 모습을 바라봤다. 검을 단련할 때의 마나는 그대로 남았으나 살과 근육이 빠져 볼품없는 모양새다. 눈빛은 흐리고 호흡은 거칠어, 일전의 네빗 엔하르트보다도 상태가 심각해 보였다. 마스터가 되기 직전의 사내가 이런 몰골이 되었다.

그는 새삼스럽게 타니타르 공작이 마냥 무능하지는 않다는 사실을 깨달았다. 하필이면 타니타르의 적이 리한이었던 탓에 덧없이 꺾여 버렸을 뿐. 상대가 달랐다면 지금은 그의 시대였을지도 모른다.

"좀 괜찮은가, 레이븐."

"……부인, 이게 어찌 된 일입니까."

"이제 괜찮아, 걱정할 것 없어. 이 아이가 그대를 고쳐 줄 테니."

그 말에 심상치 않은 기색을 느꼈는지 공작이 눈가를 좁혔다. 세시오가 느리게 걸음을 옮겨 침대 가까이 다가갔다. 경직된 아노비스 공작 부부의 시선이 그 모습을 따라 움직인다.

이상하기도 하지. 어린 날의 세시오는 그들을 보면 물어보고 싶은 것이 있었다. 왜 제게 그렇게 잔인했느냐고. 5년이 지나면 데리러 오겠다는 약속을 왜 지키지 않았느냐고. 정말 한 번도 제가 보고 싶은 적이 없었냐고. 저를 버린 걸 후회한 적이 없냐고.

그러나 지금, 그는 새로운 사실을 알게 됐다. 그 질문의 답이 궁금했던 건 아노비스 공작 부부에게 애정이 남아 있기 때문이었다. 그들에게 기대도 정도 하나 남지 않은 지금, 세시오는 이제 무엇도 궁금하지 않았다.

"네가 날, 고쳐 주겠다고?"

숨도 제대로 쉬지 못하면서 레이븐 아노비스는 의심스럽게 물었다. 그 안에 반가움이나 죄책감 같은 인간적인 감정은 하나도 존재하지 않았다.

새삼스럽지도 않지, 세시오는 실소를 참지 않았다.

"당연히 자선은 아닙니다. 공작부인께서 써 주신 마법 계약서에 대한 답례일 뿐."

"마법 계약서? 안 됩니다, 쓰지 마십시오!"

그 말에 놀란 공작이 소리치다가 기침을 터뜨렸다. 온몸이 들썩이도록 요란을 떨어대어 공작부인이 다급히 그의 손을 쥐었다.

"레이븐! 괜찮은가, 레이븐!"

"마법 계약서라니 말도 안 됩니다. 그 위험성을 아시지 않습니까!"

"그렇더라도 할 수 없어. 그대를 잃을 순 없지 않나! 제발 살아만 주게, 레이븐. 제발."

'세기의 사랑이 따로 없군.'

아노비스 공작부부가 하는 양을 보니 절로 조소가 나왔다. 세시오는 팔짱을 끼고 그들을 내려다보았다.

"공작께서 무어라 생각하시든 부인은 이미 계약서에 서명하셨습니다. 물릴 수는 없습니다."

"뭐라고? 네놈이 감히!"

"탓하려거든 본인의 무능을 탓하십시오. 타니타르의 독 따위에 당해 이 꼴이 났잖습니까."

공작은 금방이라도 찢어 죽일 듯이 세시오를 노려봤으나 그의 몸은 주인의 분노에 호응하지 못했다. 손가락 하나 까딱하지 못하는 모습을 보자, 세시오에게 문득 변덕이 들었다.

"됐으니 어서, 어서 이 이를 치료해 주렴. 더는 이런 모습을 보고 싶지 않아."

"알겠습니다. 다만 전과 아예 같지는 않을 겁니다. 공작이 쓴 독이 제법 지독하니까."

"살아만 있다면 그런 건 아무래도 좋아. 그러니 어서!"

눈물이 뚝뚝 떨어지는 얼굴을 보며 그는 무감히 내뱉었다. 아노비스 공작의 몸을 온전하게 되돌려 달라고. 그러면서도 진심 어린 바람을 담을 수는 없어 혹 실패하는 게 아닌가 염려가 일었지만 다행히 언령은 제 일을 해냈다.

아노비스 공작의 얼굴에 빠르게 혈색이 돌았다. 잃어버린 살과 근육이 돌아오지는 않았으나 미미하던 호흡은 강건해졌고 두 눈에도 빛이 돌았다. 다만 아예 온전하지는 못했다.

"유감이지만 공작 각하께서는 이제, 걸을 수는 없을 겁니다."

세시오가 차갑게 선언했다. 그 말에, 아노비스 공작의 얼굴이 멍하니 변했다. 그의 목소리에 극심한 동요가 묻어났다.

"걷지 못한다니 그게 무슨 말이냐, 나는 검사다. 검을 단련한 몸인데 멀쩡하던 다리가 갑자기 움직이지 않을 거라고?"

"검을 더 다루기도 힘드실 거고요."

특수 제작한 의자에 앉아 휘두를 수는 있겠지만, 전처럼 성에 차진 않겠지.

세시오는 무감한 투로 덧붙였다.

"그래도 죽는 것보다는 낫지 않습니까."

"웃기지 마라, 폐 기능을 상실시킨 독을 해독하는데 그 과정에서 다리를 못 쓰게 되다니, 이게 말이나 되는 치료법이더냐!"

"레이븐!"

분기를 이기지 못하고 일어나려다가 공작이 침대 밑으로 고꾸라졌다. 모나크가 다급히 받쳐 준 덕에 다치지는 않았다.

하나 레이븐 아노비스는 제 다리가 움직이지 않는다는 걸 확실히 느낀 모양이었다. 극심한 충격에 물든 공작을 보며 세시오는 비웃음을 참았다.

"내 다리가……."

"레이븐, 괜찮나? 진정해 제발!"

"저는 약속대로 공작 각하의 목숨을 구해 주었습니다. 그러니 부인께서도 계약을 이행해야 할 겁니다."

"네 다리를 그렇게 만들었다고, 내게 복수하려는 거냐?"

아노비스 공작이 들끓는 소리로 물었다.

'복수라…….'

딴은 틀린 말도 아니다. 몸에 있는 독만 지워 주려다가 문득 어린 날이 떠올라 생각을 바꿨으니까. 그러나 그게 전부인 것도 아니었다.

마법 계약서로 옭아매긴 했지만, 아노비스 공작은 퍽 집요하고 모나크에 대한 집착이 상당한 사내였다. 제 부인을 황좌에서 내리기 위해 끊임없이 수작질을 부릴 걸 생각하면, 그것만으로 피곤해 제약을 줬다. 모나크와 세시오 사이의 계약을 알게 되면 어떻게 반응할지 너무도 뻔했으니까.

"생명의 은인에게, 복수를 운운하며 불합리한 원망을 뒤집어씌우다니 역시 그 염치가 어디 가진 않는군."

"웃기지 마라, 그럼 독을 치료하고도—."

"그만하게, 레이븐!"

눈에 핏발이 서 외치던 레이븐 아노비스가 주춤 말을 멈추었다. 여전히 제 부인에는 끔찍한 모습이다. 모나크가 그를 붙들고 눈물을 쏟기 시작하자 공작의 흥분은 아예 늪 속으로 가라앉은 듯했다.

"이러다 저 아이가 생각을 바꿔 모든 걸 되돌리기라도 하면, 난 어찌 살란 말이야."

"……부인."

마치 세시오가 악당이라도 되는 듯 구는 모양새에 어이가 없었으나, 상황이 정리된 것 자체는 달가웠다. 이 이상 아노비스에 용건은 없었으니까.

"자세한 사항은 공작부인께 들으시고 약속이나 잊지 마십시오. 사랑하는 부인분의 목숨을 염려해서라도요."

"네놈……."

"조만간 연락하마."

"다음에 뵐 땐 폐하라 불러야겠군요."

약간의 심술로 세시오가 폭탄을 집어던지자, 아노비스 공작이 두 눈을 부릅 떴다. 그러나 무용한 대화를 이어 가고 싶은 건 아니라서, 세시오는 강렬한 의사로 그의 입을 다물렸다. 레이븐 아노비스는 이제 그가 돌아갈 때까지 아무런 말도 하지 못할 것이다.

'잠깐이라도 침묵을 경험해 본다면 그것도 좋겠지.'

"레이븐, 갑자기 왜 말을—."

"자꾸 성가시게 해서 잠시 다물렸을 뿐입니다."

"언령이라고……? 하지만 넌 아무 말도 하지 않았는데."

"조금 전에도 보지 않았습니까."

엉망이 된 꽃에서 새로운 잎을 피워 내던 기적을.

그 말에 모나크의 얼굴이 복잡 미묘한 빛으로 물들었다.

"네 힘은 어릴 때보다 강해졌구나. 짐작한 것 이상으로 더욱."

"그 주제를 거론하시니 묻고 싶은 게 있습니다."

"뭘 말인가."

"공작부인께는 언령이 있는데 카트리예는 왜 죽은 겁니까?"

언령을 잘 활용하면 타니타르에게서 그녀를 지키기란 어렵지 않았을 것이다. 힘이 약하다고 한들, 다룰 수 있는 기적의 범위가 적다는 거지 언령을 깨뜨릴 수 있다는 말은 아니니까. 이를테면 카트리예가 자는 동안 침실에 누구도 들어오지 못하게만 해 뒀어도, 그녀는 병사로 위장한 독에 당하지 않았을 것이다. 혹 사이가 틀어졌던 걸까 생각하기에도, 여태까지의 반응을 보면 그건 아닌 모양이고.

세시오가 던진 의문에 모나크의 두 눈이 사정없이 떨렸다. 답은 한동안 나오지 않았다. 꼭 알아야겠다고 생각한 건 아니기에 세시오가 그냥 돌아서려던 차.

"……할 수 없었다."

"할 수 없었다니요?"

그녀가 자조적으로 웃으며 답했다.

"너를 버린 뒤로 언령을 쓸 수 없었으니까."

상념에 사로잡힌 채, 세시오는 아노비스 공작저를 나와 마차로 향했다. 그러나 마차에 막 오르기 전, 귀에 익은 목소리가 그를 붙잡았다.

"세시오 님."

파넬로 앵게스트였다. 평소에는 긴급히 전할 소식이 없으면 먼저 연락하지 않는 이가 웬일로 그를 찾아왔다. 그 이유를 짐작하면서도 세시오는 태연히 물었다.

"무슨 일이지, 파넬로."

"아노비스에 심어 둔 세작에게서 이상한 말을 들었습니다."

파넬로의 말에, 그는 새삼 제가 보안에 그리 신경 쓰지 않았다는 사실을 깨달았다. 주위를 둘러보자 다행히 사람은 없었지만 세시오는 주위의 소리가 새어 나가는 걸 막았다. 그걸 알아차린 듯 파넬로가 본론을 꺼냈다.

"세시오 님께서 황위를 아노비스 공작부인께 넘긴다는 이야기였습니다. 사실이…… 맞습니까?"

"그래."

"그 말대로라고요?"

"상관없잖아. 어차피 결과는 같을 텐데. 오히려 내가 황제가 되는 것보다 평화로운 세상이 올지도 모르지."

"같지 않습니다!"

언제나 충성스럽던 수하는 혼란이 가득 담긴 얼굴로 표정을 일그러뜨렸다.

"대의를 접지 않겠다고 하셨는데, 언제 생각이 바뀌신 겁니까."

"내가 생각이 바뀔 때마다 그대에게 일러 줄 의무는 없지."

"……그러면 앞으로는 뭘 어찌하실 생각입니까."

"그걸 보고해야 할 의무도 없고."

"테릴 리한을 쫓아 북부로 가려 하십니까?"

무던하게 수하의 말을 받아치던 중 그의 입이 처음으로 멈추었다. 세시오의 눈매가 서늘해졌다.

"세시오 님께 위험한 환경입니다. 소공작뿐 아니라 그곳엔 리한 공작도 있으니까요."

"새삼 리한을 들먹거릴 필요 없이 바라는 게 있다면 지금 말해."

눈가를 찡그리며 그는 머리를 쓸어 넘겼다. 거론된 대상 때문에 목소리에는 퍽 날이 서 있었다.

"그대는 여태 내가 시키는 일에 충실히 따라왔지. 원하는 정도는 들어줄 수 있어."

"세시오 님!"

"생각해 보니 그렇군. 내 기적에 취해 있는 것만 알았지, 그대가 뭘 바라는지 한 번 묻지 않았어."

그는 돌연 태도를 바꾸어 온화하게 미소 지었다. 그러나 달리 보면 조롱이나 비웃음과 같은 표정이었다.

"뭘 바라나, 파넬로."

"저는…… 그저 보고 싶었을 뿐입니다. 그 언령으로 하시는 일을 곁에서 직접."

"그래서 봤잖나."

"이런 게 아닙니다, 제가 보고 싶던 건!"

"기적? 혁명? 아니면 신의 강림이라든가, 뭐 그런 거창한 행보 말인가?"

정답을 맞힌 걸까, 파넬로가 꾹 입을 다물었다.

"신의 힘을 이용해 역사서에 기록될 법한 일을 해 주길 바란 모양이지."

"……."

"유감스럽게 됐어, 내가 바라는 길과는 맞지 않으니."

그는 턱을 쓸며 말하다가 문득 치솟은 의문을 입에 담았다.

"복수를 포기할 거라면 말해 달라고 했을 때 실은 무슨 생각이었나."

파넬로 앵게스트는 별로 답하고 싶지 않은 모양이었지만 그의 입은 멋대로 벌어졌다. 세시오는 그의 침묵을 바라지 않았으니까.

"……다른 계획을 실행하실 거라고 생각했습니다. 그 힘을 그대로 묵히실 리 없다고."

"하하, 10년이 넘는 세월을 곁에서 지내 왔으면서도 그대는 날 참 몰라."

"제가 세시오 님을 모른다고요?"

"하기야 궁금하지도 않았겠지. 내 기적이 아닌 인간, 세시오에 대해서는."

"왜, 왜 그렇게 말씀하시는 겁니까? 제가 세시오 님께 뭔가 잘못이라도 했습니까?"

"아니."

"……정말로, 말이 안 나오십니까? 그럼, 언령도 쓸 수 없으시겠군요."

예전의 일을 떠올리며 세시오가 쓴웃음을 삼켰다.

"그게 잘못은 아니지."

"그러면!"

"그냥 다 지겨워졌을 뿐이야. 언령도, 기적도, 복수도, 그리고 그대 또한."

커다란 충격을 받았는지 파넬로의 낯빛이 희게 질렸다. 그러나 세시오는 일말의 감흥도 느끼지 못한 채 돌아섰다. 그러며 그는 그림자처럼 한마디를 흘렸다.

"파넬로 앵게스트에게 막대한 부가, 권력이, 명예가 뒤따르기를."

"세시오 님! 제게 필요한 건 이런 게 아닙니다!"

"그럼에도 내가 해 줄 수 있는 건 이런 것뿐이지. 애당초 그대가 나를 찾아왔을 때 말하지 않았던가."

"바라는 건 아무것도 없습니다, 그저 거두어만 주십시오."

흐리게 마모된 그들의 첫 만남을 떠올리며 세시오가 걸음을 옮겼다. 마차로 향해 가는 발걸음 소리는 느리지도 빠르지도 않고 다만 일정했다.

"이제 와서 특별한 보수를 구걸하더라도 난 내줄 게 없어."

그는 차고 단호한 목소리로 마지막 말을 남기고, 마차에 올라탔다.

"기억을 지우고 싶다면 언제든 들어주지. 단, 북부에까지 따라오진 않았으면 해."

파넬로는 아직 할 말이 남은 모양이었으나 제 주인을 붙잡을 수 없었다. 그가 그토록 숭배하던 기적이 입을 틀어막고 발목을 붙들고 늘어졌으니까.

마차의 문이 닫히고 세시오는 가볍게 한숨을 내쉬었다.

"어디로 모실까요, 공자님."

마부의 말에 그는 고민하지 않고 답했다.

그레텔 공작저의 응접실. 간단한 인사를 나누고 자리에 앉자마자 롭티나가 곧바로 입을 열었다.

"그래서 어떻게 되셨어요?"

"어떻게 됐냐는 말은 내가 물어야 할 것 같은데."

"뭐가요?"

"그레텔 각하 말이야, 침실에 가둬 됐다고 하지 않았어?"

나는 공작저에 들어서면서 자연스럽게 그레텔 공작과도 인사를 나누게 됐다. 예상과 달리 그는 퍽 평안해 보였다. 자유롭게 저택을 돌아다니는 것도 그렇고 표정도 그렇고, 어제 일로 생각을 바꾼 걸까.

아드윈의 다리를 부러뜨릴 정도로 못 마땅해했음에도 끝내 후계를 바꾸지는 않던 이라, 그 고집이 염려스러웠지만 어쩌면 그럴지도 몰랐다. 타니타르와 공모한 권세가들이 줄줄이 감옥에 처박히고 있으니까.

그러나 롭티나의 입에서 나온 말은 내 질문에 대한 답은 아니었다.

"않았어······?"

무슨 소리지. 잠시 당황하다가 그녀가 내가 한 말을 반복했다는 사실을 깨달았다. 반말해서 당황했구나.

"말 편하게 해도 괜찮다고 한 거 아니었어?"

"아니요····· 가 아니라 아니."

"······안 된다는 이야기야?"

"그러니까 그게 아니······."

반말이 어색한지 그녀가 말끝을 흐렸다. 롭티나의 두 뺨이 복숭앗빛으로 달아올라서 좀 귀여웠다.

"친구랑 말을 놓아 본 적이 없어서 좀 어색하네······."

습관적으로 존댓말이 튀어나오는지, 겨우 말끝만 흐리는 모양새였다. 하다 보면 익숙해지겠지.

민망해할 것 같아, 웃으면서도 나는 그 점을 놀리진 않았다.

"그레텔 각하, 내 아버지 말이지. 조금은 해결됐어. 어제 일을 겪고 생각이 바뀌셨나 봐."

"역시."

"그렇다고 해도 나를 아예 받아들이신 건 아니고 아직 배신감을 느끼시는 모양이지만."

그렇게 말하면서도 롭티나의 얼굴빛은 나쁘지 않았다. 일이 퍽 순조롭게 흐르는 모양이다. 조금 신경 쓰였는데 달가운 소식이었다. 타니타르를 거름 삼아 모쪼록 잘 해결되면 좋겠네.

"그럼 이제 내 차례지. 테릴은 어떻게 된 거야?"

"시체? 그건 내 외관을 뒤집어씌우는 아티팩트가─."

"아니, 세시오 공자 말이야."

"세시오……?"

"물론 죽었다는 소식도 신경 쓰이긴 했지만 다 믿지는 않았어. 확인해야겠다는 생각에 즉위식에 가긴 했어도."

"아."

"그리고 테릴이 황궁에 나타났을 때, 그럴 줄 알았다는 확신이 들었으니 그건 괜찮아."

롭티나의 믿음이 세시오보다 굳건해 보이는 건 내 착각일까. 나는 이따 내 약혼자를 놀려 주기로 마음먹었다.

"어떻게라고 말해도…… 그냥 보이는 대로야."

"고백, 받아 준 거야?"

나는 잠시 롭티나가 어디까지 알고 있는가, 기억을 되짚어 보았다. 감옥에서 세시오의 얘기는 못 했으니 그가 내게 고백했다고 상담한 정도였다. 말하지 못한 동안 많은 일이 있었으나, 길게 늘어놓을 것 없이 결론은 단순했다.

"받아 주고 말고 할 것도 없지, 나도 세시오를 계속 좋아했으니까. 걸리는 게 있어 미뤘을 뿐이야."

"아아."

"네 조언 덕분에 그래도 많이 용기 냈어."

그녀의 말처럼 시원스럽게 행동하진 못했더라도 그래도 그 말이 등을 밀어 줬으니까. 롭티나가 웃으며 고개를 끄덕이고는 곧 조심스럽게 물어왔다.

"걸리는 거라고 하면 그 일이지? 세시오 공자는…….."

"데이브릭의 핏줄이 아닌 거?"

데이브릭 후작이 세시오를 먼 친척의 아이라 소개한 걸 떠올리며 나는 말했다. 이제 와 숨길 수 있는 일도 아니었다. 세시오는 보란 듯 언령을 남발했고, 그걸 보고 옛 황족의 기적을 떠올린 노귀족들이 제법 있었으니까. 그레텔 공작쯤 되는 인사라면 어차피 눈치챘을 테니, 롭티나에게 숨길 수도 없었다.

그녀가 느리게 고개를 끄덕였다. 조금 신경 쓰였는데, 왜 말해 주지 않았는지 서운해하는 기색은 아니었다.

"내 이야기가 아니라 자세히 말해 주긴 좀 힘들어."

"그건 괜찮아. 중요한 건 결론이니까. 황좌에 앉으실 생각은 없는 거지?"

"무슨 근거로 하는 말이야?"

"그 말 말이야, 이상하게도 절대 입 밖에 꺼낼 수가 없더라고. 물론 글로 쓰는 것도 안 됐어."

다소 모호하게 들리는 말이었지만, 나는 롭티나의 말을 바로 이해할 수 있었다. 세시오가 언령을 써서 귀족들의 입을 막아 둔 건가. 소 잃고 외양간 고치기가 아닌가 싶었지만, 그래도 안심이 되긴 했다. 나는 여전히 그가 황제가 되길 바라지 않았다.

"입을 막으셨다는 이야기는, 그걸 명분 삼아 황제가 될 생각도 없다는 말일 테니까."

"맞아, 네가 생각한 대로야."

"당분간 황위 다툼이 치열해지겠네."

"머잖아 깔끔해질 거야."

"그러면 테릴은 곧…… 북부로 돌아갈 거지?"

"하려던 일을 마쳤으니 그렇지."

티 내지 않으려는 것 같았으나 롭티나의 눈꼬리가 처졌다. 이쪽이야말로 토끼 같은데.

"서신도 자주 하고, 자주 올게."

"당분간은 괜찮아. 나도 후계 임명식 때문에 바쁘니까."

"그레텔 각하가 거기까지 물러났어?"

"일단은 '마지못해'라는 느낌이지만 별수 없지. 솔직히 네 덕이 커."

"내 덕이라니?"

"이번에 리한의 위신이 크게 올라가면서 나랑 네 친분도 무시하지 못하시겠나 봐. 그야 그러시겠지. 리한과 연줄을 만들려고 안달 난 사람들이 얼마나 많아졌는데."

저택에 들어오는 서신은 다 불태워 버리라고 지시한 통에, 그게 늘었는지 줄었는지 체감하지는 못하겠지만 그럴 것이다. 타니타르를 진압한 일로 명성이 좀 올라갔을 테니까. 의도한 목적이었기에 기꺼운 소식이다.

"테릴이 수도에 오기 전까지만 해도 말이야. 노귀족을 제외한 사람들은 리한을 무서워하면서도, 의혹을 품고 있었거든."

"종이 호랑이라든가?"

"비슷해. 당장 나만 해도 사냥대회 전까지는 비슷하게 생각했고."

"알 만해."

아버지가 30년 전의 반역을 진압한 사실은 알려지지 않았으니, 리한의 최근 활약이라고 해 봐야 50년을 더 올라가야 한다. 그 긴 세월 동안 아무런 활약이 없었는데 여태 그 위명이 남아 있는 것만으로 사실 신기한 일이고.

"그런데 이번 일을 보고 확실히 체감했나 봐."

황궁에서의 일을 떠올리며 나는 고개를 끄덕였다.

백설 기사단의 수는 황궁 기사단에 비해 확연히 부족했지만, 실력 차는 압도적이었다. 당장 나만 하더라도, 로첼리나 경이 몇 분 만에 타니타르를 기절시켜 끌고 올 줄은 몰랐으니까. 생각해 보니 그럼 공작을 호위하던 마법사들은 몇 초 만에 끝장났던 건가.

"그래, 우리 기사들이 날뛰는 걸 보고 말이야."

"너도 마찬가지야. 최상급 저주에 공격받았는데도 아무렇지 않게 살아났잖아."

좀 다르지 않나? 당장 그 저주에 당하더라도 무사할 자신은 있었지만, 엄밀히 말해 내가 저주를 받아내지는 않았다. 세시오와 엮일 때부터 생각한 건데, 역시 소문은 사람들의 입맛대로 와전되나 보다. 내게 나쁜 소식은 아니니 정정할 생각은 없으면서도, 나는 이제 소문을 믿지 않기로 했다.

"황궁을 정복하기까지 한 타니타르를 어린아이 다루듯 해치워 버린 것도 그렇고."

"그건 솔직히 세시오의 공이 더 크지."

"흑마법사 잡을 때 멀리서 얼려 버린 것도 그랬고, 아 왈릿의 호수도 네가 얼렸다며. 아직 안 녹았다던데."

후자는 나도 처음 듣는 이야기다. 겨울이라 그런가, 얼린 지가 언젠데 아직도 그 모양이람. 그런 걸 다 떠나서 왜 남의 행적을 영웅담처럼 퍼뜨리고 있는지도 의문이었다.

　나는 퍽 떨떠름했지만, 롭티나는 호기심 어린 눈으로 질문을 이어 갔다.

　"아무리 봐도, 마스터 초입의 실력은 아닌 것 같은데 도대체 언제 마스터가 된 거야?"

　"일단 스물한 살 때긴 해."

　"아아, 스물한……."

　뚝, 그녀가 말을 멈추었다. 약간의 웃음기가 어렸던 얼굴에서도 표정이 싹 지워졌다.

　"잠깐만, 북부로 간 게 스물 때로 알고 있는데."

　"그렇지?"

　"그러니까…… 그 말은…… 1년 만에 마스터가 됐다는……."

　롭티나 그레텔이 나를 아버지 보듯 바라봤다. 왠지 억울해졌지만 무어라 할 말도 없어 시선을 피하자 잠시 뒤 감탄사가 들려왔다.

　"……정말 대단하다."

　예상과는 조금 다른 말인데. 다시 눈을 돌리자 그녀의 눈이 별처럼 반짝이고 있는 게 보였다.

　"정말, 진짜 대단해! 1년 만에 마스터라고? 영웅 소설 주인공 같잖아!"

　감탄이 아니라 비꼬는 걸지도 몰랐다. 아버지를 상대로 내가 했던 말을 똑같이 돌려받고 있으니 뭐라고 할까, 기분이 좋지 않았다. 나는 아직 괴물 라인이 아닌데요. 그러나 항변한들 돌아올 대답은 뻔했기에 난 그저 대화의 주제를 바꿀 수밖에 없었다.

　우리는 몇 마디 더, 의미 없지만 즐거운 대화를 나누었다. 그러다 보니 시간은 금세 흘렀다.

　"너도 바쁠 텐데 이만 일어날게."

"북부로 바로 갈 건 아니지?"

"아무렴 즉위식은 보고 가야지."

"즉위식……. 그래."

미묘하게 흘린 말에 그녀가 고개를 끄덕였다. 누구의 즉위식이냐 묻지도 않아서 나는 입을 달싹이다가 어깨를 으쓱했다. 막 몸을 일으킨 순간, 누군가 응접실의 문을 두드렸다.

"죄송합니다, 작은 아가씨. 세시오 데이브릭 공자께서 리한 소공작님을 찾아오셨습니다."

전과 같은 상황에, 나와 롭티나는 서로를 쳐다봤다가 문득 웃고 말았다.

"그대를 보고 싶어서."

그래, 이 말 할 줄 알았지. 하지만 적어도 마차에 탄 다음 할 줄 알았다.

이제 막 나가는구나. 롭티나와 저택의 사용인들이 배웅을 나온 상태에서 세시오는 천연덕스럽게도 내 뺨에 입을 맞추었다. 약간 당혹스럽긴 했으나 별로 민망하진 않았다. 다만 롭티나가 중얼거리는 소리에는, 좀 웃을 뻔했다.

"내가 남의 가면에 속을 줄이야……."

세시오의 성격이 좀 앞뒤가 다르긴 하지. 나는 애써 웃음을 참으며 그녀에게 인사를 건네고 마차에 올랐다. 그리고 마차의 문이 닫히자마자, 나는 그마저도 세시오가 몹시 참아 준 거란 걸 알게 됐다.

이마, 코, 뺨, 입술. 그는 그야말로 온 얼굴에 키스를 퍼부었다. 강아지가 얼굴을 핥아대는 걸 떠올리면 실롄가. 그렇게 생각하니 그의 애정 행각을 받아 주던 중, 웃음이 터져 나왔다.

조금 당황한 듯하던 세시오도 곧 나를 따라 웃었다.

"보고 싶었어, 테릴."

"말로 안 해도 알겠어."

그는 자연스럽게 내 옆자리에 앉았다. 절로 자리가 비좁아졌으나 그만큼 밀접해진 거리감이 조금도 불편하지 않았다.

"아노비스는 어떻게 됐어?"

"마법 계약서까지 썼으니 조만간 황궁에 출두할 테지."

"아이러니하네. 마법 계약서로 당신을 데이브릭에 떠넘겼던 사람들이 이제는 외려 거기에 얽매이다니."

카르마라는 게 정말 있을지도 모르겠다. 그렇게 중얼거리자 세시오는 무언가 생각난 듯이 고개를 주억거렸다.

"그래, 앞으론 조심해야겠더군."

"뭘?"

"꽤 험한 생각을 했는데도 여전히 언령을 쓸 수 있기에, 어쩌면 영원한 힘일지도 모른다고 착각했거든."

미묘한 어감의 말에 나는 멈칫했다. 어쩐지 언령이 사라질 수 있다는 걸 보고 온 사람 같았다. 순간 든 추측을 난 곧바로 입에 담았다.

"아노비스 공작부인이 언령을 쓸 수 있다고 했지?"

"지금은 불가능하지만."

"잃어버렸단 소리야?"

놀라 외쳤다가, 나는 뒤늦게 내가 대화 중인 상대가 세시오라는 걸 깨닫고는 다급히 덧붙였다.

"말해 두지만 그냥 놀라서 말했을 뿐이야. '어떻게 언령 같은 귀중한 힘을 잃어버릴 수가!' 같은 의미로 한 말 아니니까 혹시 속으로 삽질하고 있었으면 땅에 판 구멍 도로 메꿔."

숨도 안 쉬고 내뱉은 말에 그가 웃음을 터뜨렸다. 웃어? 이런 이야기에 날 민감하게 만들어 놓고 웃어?

"그보다는 다른 생각을 했지."

"무슨 생각."

"염려해 주니 황송하다?"

"이젠 걱정하는 거냐고 묻지도 않고 확신하네."

"그대를 예민하게 만들고 싶지 않아. 그 정도 자신감은 생겼는데, 아직은 이른가?"

"아니, 좋아. 그러니까 자신감에 계속 물 줘."

쑥쑥 자라나서 오만방자해질 때까지. 어디까지나 진심으로 한 말이었지만 그는 농담으로 받아들인 모양이었다.

픽 웃고는 세시오가 나를 끌어안고 내 머리에 뺨을 비볐다. 넘쳐나는 스킨십에, 그가 날 좋아하는 마음이 정말 온몸으로 느껴졌다. 출처가 분명한 충족감이 발끝부터 머리끝까지 차올라, 입에서 나는 숨마저 달게 느껴졌다.

"테릴."

"응."

아직 입 밖에 꺼내 놓지 않았지만, 이어질 말이 뭔지 알 것 같았다. 그러나 세시오는 두 눈을 일렁이다가 무언가 답답한 표정으로 콧잔등을 찡그렸다. 사랑한다고 말할 줄 알았는데.

"그대가 왜 말하지 못했는지, 조금은 알 것 같아. 다른 이유일지도 모르겠지만."

"……이번엔 당신 입이 틀어 막혔어?"

잘만 내뱉다가 갑자기? 한 번에 한쪽 입만 열리는 체계인가, 생각하니 어이가 없었지만 큰 문제는 아니었다. 세시오와 달리 내게는 그가 날 사랑한다는 확신이 있었으니까. 그러니.

"그럼 내가 말하지, 뭐."

"테릴?"

"사랑해, 세시오."

그의 옷깃을 잡아당겨 입을 맞추자 입술 너머로 잔떨림이 느껴졌다.

어쩌면 내가 로잘린느를 과소평가했는지도 모르겠다. 그녀는 내 생각보다 유능한 황제였다. 시종장에 눌려 이를 갈아붙이던 시녀장 덕분인지도 모르겠지만. 일은 빠르게 진행되었다.

그녀가 가장 먼저 처리한 건 데이브릭의 반역 재판이었다. 타니타르가 반역 건으로 지하 감옥에 구금되면서 후작은 제 사정이 나아질 거라 기대한 모양이지만 유감이다.

타니타르 공작저를 뒤져 나온 증거는 오히려 후작을 나락으로 몰아붙였다. 아마도 데이브릭의 반역을 확정 짓기 위해 추가로 조작해 놓은 단서들 같았지만. 아무도 데이브릭 후작을 감싸지 않았기에 재판은 일사천리로 진행됐다.

"데이브릭의 모든 작위와 영지는 황실로 환속할 것이며, 앞으로 어떤 귀족도 그 이름을 쓰지 못할 것이다."

반역의 죄가 인정돼 데이브릭은 귀족의 작위를 상실했고, 후작이 가지고 있던 모든 작위와 영지가 황실에 돌아갔다. 데이브릭의 성을 달고 있는 방계도, 후작의 일을 얼마나 가까이에서 도왔느냐에 따라 처벌을 피하지 못했다.

왈릿의 가신들은 상당수가 데이브릭의 성을 버린 터라 문제 될 것이 없었지만, 지하 감옥에 갇혀 있던 데이브릭 백작만은 피할 수 없었다. 결국, 형제는 같은 날 처형이 예정되었다.

"이상 4인을 7일 뒤 정오, 처형토록 한다."

사전에 해 둔 수작질로 인해, 달란트와 제몬, 세시오는 빠져나왔으나 귀족 신분을 잃는 건 어쩔 수 없었다.

"달란트 에이브 웨거, 세시오 달란트 데이브릭, 제몬 알버트 데이브릭. 이상 3인은 알버트 데이브릭을 고발한 몫을 참작하여 면죄하되, 귀족의 작위를 박탈토록 한다."

다행히 달란트는 조용히 앞을 보고 있었고, 제몬은 허무한 표정으로 고개를 꺾고 있었다. 세시오는 아무런 표정도 드러나지 않는 얼굴로 바닥을 내려다봤다.

"이상으로, 재판을 종료한다."

그리고 모든 일이 마무리되었다고 생각했을 무렵 시녀장이 로잘린느에게 무언가를 건넸다. 예정된 일의 하나인 듯, 그녀는 제가 받은 양피지를 펴고는 재판장을 향해 고개를 들었다.

"더하여, 이번 재판과는 관련이 없는 이야기지만 하나 공지할 것이 있소."

로잘린느의 말이 이어졌다.

"아노비스 측의 요청대로 평민, 세시오를 아노비스의 일원으로 입적하여 그 이름을 세시오 레이븐 아노비스로 명명한다."

뭐?

"또한 아노비스 측의 장자, 세시오가 작위를 계승할 자격을 갖춘 아노비스 소공작으로서 제국에 충성할 것을 허한다."

예상치 못한 선언에 참관석에 자리한 귀족들이 웅성거리기 시작했다. 개중 몇몇은 분을 이기지 못하고 자리에서 벌떡 일어났으나.

"무슨 말씀이십니까, 폐하! 반역도의 자식을 어찌—!"

"있을 수 없는 말입니다, 승인을 거두어 주십시오!"

"닥치지 못하시겠소! 어느 안전이라고 언성을 높이는 게요!"

엔하르트 백작의 외침에 찔끔하여 도로 주저앉았다. 그야말로 쭉정이들이 따로 없었으나 당연한 일이다.

세력의 규모가 좀 큰 권세가들은 대부분 타니타르의 협박에 넘어가 공모한 터라 소리를 내지 못했다. 가주들이 죄 지하 감옥에 처박혀 버렸으니 더더욱 그랬다. 그리고 타니타르가 손을 내밀 가치조차 없는 이들은 입을 열어 봐야 의미가 없다.

개중 아노비스와 그레텔은 최근 상황에서 자유로웠으나, 아노비스는 지금 일의 당사자였고 그레텔은 내 친구의 가문이었다. 어떤 의미로는 황권이 가장 강한 시기다.

그래도 롭타나가 당황한 듯 내 쪽을 살피기는 했지만, 당혹스럽기는 나 또한 마찬가지였다. 처음 듣는 이야긴데. 세시오를 쳐다보자, 그는 내 쪽을 보며 입만 움직여 속삭였다.

'나중에.'

나는 눈가를 찡그리면서 생각에 잠겼다. 왜 성을 아노비스로 되돌린 걸까. 본래의 신분을 드러낸 것 같지는 않으나, 아노비스 공작부인을 황제로 만들기 직전 벌어진 일이 못내 찝찝했다.

설마 이제 와서 수도에 남겠다는 건 아니겠지. 불길한 추측이 떠올라서 손끝이 움찔거렸지만, 당장은 지켜보는 수밖에 없었다.

재판장을 벗어난 뒤에도 우리는 할 일이 남았다.

"이 사람을 따라가면 살 곳에 데려가 줄 겁니다."

나는 이제 성을 잃어버린 달란트에게 사람 하나를 소개하며 말했다.

데이브릭의 재산은 전부 황실에 환속되었고 그녀는 살 곳을 잃었다. 당연하단 듯이 웨거에서는 입을 씻었기에 도와줄 만한 사람이라곤 나뿐이었다. 당장 반역에서는 건져냈더라도, 사람을 죽이는 게 꼭 그뿐만은 아니었으니까. 그래도 그녀가 부담스럽다며 고갯짓을 해서 대단한 집을 마련해 주진 않았다.

"둘이 살기 부족하지는 않을 겁니다. 그리고 주치의도 구해 두었으니 내쫓지 말고 상담 잘 받으세요."

"감사합니다, 리한 소공작님. 저는 끝까지 소공작님께 결례만 끼치는군요."

"뭐……. 사정이 있었으니까요. 재판 때 용기 내 주신 것만으로 감사합니다."

"그리고 말을 편하게 해 주세요. 저는 이제 평민이니까."

"음……. 뭐……."

말을 놓기가 어려워서 나는 그저 고개만 끄덕였다. 전처럼 아예 사이가 나빴다면 시원하게 놨겠지만 일이 이렇게 되고 나니 선뜻 입이 떨어지지 않는다. 왠지 롭티나의 심정을 알 것 같았다.

내 어설픈 태도에 웃고, 달란트는 이어 세시오에게로 고개를 돌렸다.

"나중에 한 번쯤, 단 한 번이라도 좋으니 찾아 주면 좋겠습니다."

반말이 아닌 존댓말. 뒤바뀐 신분 차이가 여실히 드러나는 말에 어쩐지 속이 쓰리다.

세시오는 복잡 미묘한 얼굴로 그녀를 바라보다가 한숨을 내쉬며, 외투를 벗어 그녀에게 둘러 주었다. 막 황궁을 벗어난 터라 달란트의 차림이 지나치게 가벼운 걸 신경 쓴 탓이겠지.

"건강히 지내세요, 달란트."

어쩌면 싱겁기까지 한 단조로운 인사말이 신경 쓰였지만, 그게 끝은 아니기에 나는 참견하지 않았다. 수도와 북부는 멀다 한들 여전히 연결되어 있다. 제몬과는 어떤 인사도 나누지 않았다. 그가 거부하기도 했고 이쪽에서도 별로 할 말이 없었으니까.

마차에 오르며, 나는 그가 쩝쩝하게 돌변하기 전 몇 대 더 패 주면 좋았을 거라고 생각했다. 마차의 창밖으로 달란트의 뒷모습이 보였지만, 말이 달리면서는 점점 멀어져 갔다.

마차에 오른 뒤로도 세시오는 계속해서 그 모습을 바라보았다. 그녀가 작아지고 멀어져 점이 되고, 그러다가 사라져 버리고 나서도 줄곧.

마음이 몹시도 복잡해 보여서 나는 일단 그를 내버려 두었다. 꼿꼿이 앉아 허공을 바라보며 시간을 죽이기를 한참. 창밖에 리한 공작저가 어렴풋이 보이기 시작했을 무렵에야 참지 못하고 입을 열었다.

"이제 남은 건 새 황제의 즉위식과 타니타르의 재판뿐인가."

"보진 못하겠지만."

"그렇지, 타니타르의 신병만 인도받으면 굳이 확인할 필요 없으니까."

당장 오늘의 재판은 데이브릭의 반역죄였지만 타니타르의 재판도 머지않았다. 다만 새 황제로 즉위할 모나크에게 최소한의 보상을 주기 위해, 공작의 재판은 즉위식 이후로 예정되어 있었다. 타니타르 공작이 죽인 사람 중에는 그녀의 동생인 카트리예도 있었으니까.

물론 재판의 결과는 극형으로 정해진 채였고, 그는 다른 시체와 바꿔치기 당해 북부로 끌려오게 될 테지만. 재판을 모나크가 진행하는 것만으로 나름의 의미가 있겠지. 우리야, 살아 있는 하일리 타니타르를 확보하기만 하면 과정은 아무래도 좋았다.

"그 점에서는 안심해도 좋아. 살아서 북부로 올 테니까."

"또 언령을 썼구나."

"그편이 확실하잖나."

"이견은 없어. 그보다 말이야……."

당장 타니타르의 이야기는 중요하지 않았다. 그저 마차 안의 정적을 깨기 위해 아무 말이나 골랐을 뿐이니까. 내가 꺼내고 싶은 건 다른 말이었다.

나는 약간의 불길함을 누르고 입을 열었다.

"아노비스는 어떻게 된 거야. 그런 말 없었잖아."

다행히 목소리가 떨리진 않았다. 다만 세시오가 곤혹스럽게 눈썹을 일그러뜨리는 모양새를 보고, 조금 더 긴장하긴 했다. 만약 생각이 바뀌었다고 하면 뭐라고 해야 할까. 불길한 상상이 부풀자 가슴 안쪽에 검고 차가운 것이 진득하니 달라붙었다.

"누를 끼치고 싶지 않았을 뿐이야."

"뭐?"

"반역도의 자식, 평민의 입장으로 북부로 향하면, 그대의 가문에 오점을 남길 테니까."

그러면서 그는 장난스럽게 덧붙였다.

"리한에 바칠 지참금 정도는 가져와야지."

맥이 탁 풀렸다. 약간 뻣뻣했던 등줄기가 느슨히 녹아 내려, 나는 무너지듯 등받이에 몸을 기댔다.

"평민이든 반역도든 사실 상관없지만, 그럼 말은 왜 안 했는데."

"그대가 오해하는 게 싫었으니까."

"오해라니?"

"내가 여전히 황좌를 탐내고 있다고 착각해서 바라지 않는 배려를 할까 무서웠거든."

그 말에 가슴께가 뜨끔 찔려 왔다. 바로 전에까지 그렇게 생각하긴 했지. 하지만.

"그 이야길 미리 하나 지금 하나 무슨 차이가 있다고."

"내일 새벽 중으로 북부로 떠날 예정이잖나. 생각할 시간이 적으면 오해할 시간도 적겠지."

"생각보다 섬세한 이윤데."

"오해받고 싶지 않았을 뿐이야. 잠깐이라도."

"당신이 했던 말을 내가 또 하게 될 줄은 몰랐지만……. 그냥 그렇게 말하면 되잖아."

한숨을 섞어 말하자 그가 느리게 눈을 깜박였다. 바로 알아듣진 못한 모양이다.

"이러이러한 이유니 오해하지 말라고 직설적으로 말이야. 당신이 뭐 숨기면 불안하다고."

"불안…… 했다고."

"잠깐만, 말 이상하게 하지 마. 하필 마차라 또 어떻게 시비를 걸어올지 심장이 뛰니까."

"이제 건방진 소린 안 해."

뭐가 즐거운지 세시오는 웃었으나 나는 눈을 찡그렸다. 그러나 그러면서도 불안이 온전히 녹아내려 마음은 꽤 평안해졌고 여유도 돌아왔다.

그러고 나니 스스로의 마음이 우습기도 했다. 세시오의 진심은 몇 번이나 봐 놓고 뭘 또 불안해한 건지.

"호적에 이름을 올린 지 어느 정도 시간이 지나야 작위 계승이 가능하다더군. 시일만 차면 작위도 가져올 생각이야. 그대가 싫다고 하면 그만두겠지만."

"그렇게 말하진 않았어. 당신도 출생 배상금은 받아 와야지."

"출생 배상금이라니. 이상한 말이지만 정확한데."

그는 내 생각 없는 농담이 마음에 든 모양인지, 눈을 휘어 웃었다. 의도한 바는 아니겠지만 연신 웃는 모양새에 마음속에 남은 불안의 잔재물마저 지워졌다. 나는 한결 가벼워진 목소리로 입을 열었다.

"그럼 계약서에 서명한 이름이 되는 건가. 세시오…… 뭐였지, 레이븐 아노비스?"

"그래, 첫 아이는 가주의 이름을 물려받으니까. 하지만 그렇게 불리는 일은 없을 거야."

"지금 당신한테 있는 성이 그것뿐이지 않아?"

"머잖아 하나 더 생길지도 모르지. 그건 그대의 허락이 필요한 일이지만."

미묘한 어감의 말에 멈칫하는 찰나, 마차가 멈추었다. 어느새 공작저의 대문이 코앞이었다.

일단은 대화를 멈추고 우리는 마차에서 내렸다. 막 사용인들의 인사를 받으려는 때, 콧잔등에 무언가 떨어져 내렸다. 차고 동그란 것.

"눈이 또 내리는군."

느리게 흰 빛을 쏟아내고 있는 건 눈이었다. 연말 무도회 이후로 처음인가. 나는 하늘을 올려다보며 답했다.

"그러게."

이제 막 내리기 시작했는지 세상에 쌓인 건 얼마 없었지만, 쉽게 그칠 것 같진 않았다.

꺾었던 고개를 제자리로 되돌리자, 홀린 듯 하늘을 보는 세시오가 보였다. 눈 같은 건 스스로도 얼마든지 내릴 수 있을 텐데도, 정말 좋아하는 모양이다. 그러고 보니 전에는 사람들이 몰아닥쳐 제대로 구경할 여유도 없었지.

나는 웃으며 제의했다.

"잠깐 걸을래, 세시오?"

저택의 사용인들을 안으로 돌려보내고 우리는 정원을 걸었다. 몇 번 둘러 본 적이 있으나, 자주 찾던 곳은 아니었다. 익숙하다는 말보다는 낯설다는 표현이 어울릴 정도로.

하기야 공작저에서 그런 곳이 한둘이던가. 끊임없이 몰아닥치는 일 때문에 제대로 살필 겨를도 없었다. 네빗 엔하르트가 아니었다면 어쩌면 연무장에도 먼지가 내렸을지 모른다. 정원 자체를 그리 즐겨 찾지 않는 편이라 더더욱 그랬다.

잘 꾸며 놓은 곳을 보면 예쁘다는 생각이 들긴 해도 그뿐이다. 힘들게 자라 취미가 들지 않았다고 포장하고 싶지만, 이쪽엔 그냥 흥미 없이 태어난 것 같기도 했다. 내 생부가 다름 아닌 리한 공작이니, 그렇더라도 이상한 말은 아니지.

그래도 사방으로 눈송이가 내려앉는 모습은 퍽 그럴싸하게 보였다. 그 가운데에서 걷고 있는 사람이 세시오라 그런가. 그렇게 생각하니 새삼 웃음이 나왔다.

"사람 일이란 게 신기하다."

눈에 홀려 있는 채라, 작게 내뱉은 말을 못 들을 줄 알았는데 그는 바로 걸음을 멈추었다.

나를 돌아보는 세시오의 두 눈이 빛난다. 세상이 무채색으로 뒤덮이는 중이라 더더욱 그 빛이 예뻐 보였다. 문득 그 눈에 입 맞추고 싶다는 충동이 일 만큼이나. 욕망을 참고 나는 그를 보며 웃었다.

"당신이랑 내가 이런 사이가 될 거라고 어떻게 알았겠어."

객관적인 상황만 나열하더라도 어지간한 소설이나 연극이 부럽지 않을 정도다. 근 몇 달간 있던 일이 머릿속을 흘러 지나갔다. 북부에서 수도로 오면 삶이 여유로워질 줄 알았는데 돌이켜 보니 그렇지도 않다. 육체적으로든 정신적으로든, 퍽 빠듯하게 달려온 몇 달이었다.

"마찬가지야. 상상도 못 한 일이지, 그대가 날……."

사랑한다니. 뒷말은 생생히 그려졌으나, 며칠 전과 마찬가지로 세시오의 말문은 또 막혀 버렸다. 답답한 듯, 그가 얼굴을 일그러뜨렸다. 듣지 못한 말이 아쉬웠으나 아직 조바심이 일지는 않아서 나는 그를 달랠 수 있었다.

"그 말이 하기 힘든 건, 나도 겪어 봐서 알아. 이유는 좀 다른 모양이지만."

그는 앓는 소리를 내며 나를 한 번 끌어안았다가 놓아 주었다. 눈을 그대로 맞으며 걷고 있는 터라 축축해서 그런 모양이다.

그렇지만 잠깐 닿았던 그 서늘한 습기가 불쾌하기보다는, 금세 떨어져 버린 것이 아쉬웠다.

"그 말이 너무 무거워졌어."

하늘에서 내려온 눈송이 하나가 그의 콧등에 내려앉았다가 스르르 녹아 사라졌다.

"내 말엔 별 가치가 없다고 생각했는데 그대에게 사랑한다는 말을 듣고 나니 무게가 달라지더군."

"……."

"내 말이, 내 마음이 더 무거워지는 기분이라 이상하게 목이 막혀."

"하나 빠졌는데."

"음?"

"당신이란 사람의 가치도 함께 무거워져야지."

그는 느리게 눈을 깜박이고는 웃었으나 조금은 인위적인 웃음이었다. 괴로워 보이진 않았지만.

세시오는 다시 걸음을 옮기려는 모양이었으나 채 두 걸음을 내딛지 못하고 멈추어 섰다. 그의 목소리 한 자 한 자가 묵직하게 끊겨 울렸다.

"……그대가 날 사랑하면 좋겠어."

"이미 사랑하고 있지만."

"그 사랑이 평생이 되면 좋겠어."

익숙하지 않은 변형에 나는 잠시 멈칫했다. 그러고는 세시오가 벌린 거리만큼 느리게 걸어 그의 옆에 나란히 섰다.

"한 단계 더 나갔네."

"그리고 그걸로, 그대가 행복해지면 좋겠어."

"내 행복은 내가 알아서 챙길 수 있어. 막말로 그래야 할 것 같으면 당신을 가둬 둘지도 모르니까."

"그래."

마냥 농담은 아니었는데 못 알아들은 건지, 아무래도 상관없는 건지 그는 조금도 개의치 않았다. 세시오는 내 머리칼에 쌓인 눈을 조심스레 털어 내고 머리칼을 걷어 내 내 이마에 입을 맞추었다.

"실은 내가 행복해지고 싶어."

그 말에 고장 난 것처럼 심장이 덜컥거렸다. 여태까지와는 궤도가 다른 말. 비슷한 듯하면서도, 아예 다른.

나는 그를 가만히 올려다봤다. 세시오는 좀 전보다는 한결 편안히 웃고 있었다.

"알지, 세시오. 행복해지려면 일단 살아 있어야 한다는 거."

"그래."

그는 한 번 입을 다물었다가, 곧이어 말을 이었다.

"그대가 나와 함께해 준다면 언제까지고 그런 기분이 들 것 같아."

"말의 시작부터 마무리까지 빈틈없이 완벽한 말이네."

마음 안쪽이 빠듯하게 차오른다. 어쩌면 사랑한다는 말보다 만족스러울지 모른다.

나는 허공을 휘적거리는 그의 손을 잡아챘다. 조금 멈칫하다가도 세시오는 자연스럽게 손가락 얽어 왔다. 꽉 맞물려 이따금 마디가 부딪는 그 느낌이 좋았다.

바로 앞에 쏟아지는 눈도 한결 더 아름다워 보였다. 조금 전까지도 보고 있던 풍경이었으나, 눈 닿는 모든 곳이 나를 기쁘게 했다. 의식하지 못한 새 입이 열렸다.

"사랑해, 세시오."

맞잡고 있는 손이 움찔 떨렸다.

"사랑해."

그래서 나는 한 번 더 내뱉었다.

"알지? 내가 적당히 내뱉고 있는 게 아니란 것쯤은."

"……알아."

"나도 알아, 당신이 진심인 거."

나와 눈을 마주치고 있는 세시오의 얼굴이 기묘하게 일그러진다. 기쁜 듯 답답한 듯 온갖 감정이 다 모여 있는 표정에 나는 고개를 돌려 시선을 피해 주었다.

맞잡은 손에 조금 더 힘을 주고 나는 정면을 보며 다시 다리를 움직였다. 세시오는 말없이 함께 걸었다.

"그러니까 그 말이 무거워졌으면 좀 천천히 해도 돼. 아예 못 들은 것도 아니고, 여러 번 들어봤으니까."

"……."

"막말로 그땐 내가 못 했으니 못 기다려 줄 것도 아니지."

아쉽긴 하겠지만 내일이면 북부로 돌아가니 세시오가 도망칠 곳도 없다. 북부 사람들은 다 내 편이니까.

"그것보다 아까 신경 쓰였던 이야기가 있거든."

"……아직 남은 게 있었나?"

"당신이 불리고 싶은 이름은 뭐야?"

나는 마차에서 들은 말을 떠올리며 물었다. 엄밀히 말하면 그가 한 말은 조금 달랐지만.

"머잖아 하나 더 생길지도 모르지. 그건 그대의 허락이 필요한 일이지만."

내 허락이 필요하다는 건 그 또한 바라고 있다는 말이 아닌가. 세시오 역시도 내 말이 틀렸다고 정정하지 않았다. 그렇다고 바로 답이 나오지도 않았지만.

그는 침묵하며, 몇 걸음을 더 내딛다가 느리게 말했다.

"세시오 리한."

들을 거라 예상한, 그러면서도 내가 원하던 답. 내가 콩깍지가 쓰여 그럴지도 모르지만 신기하리만치 잘 어우러지는 어감이다. 그러려고 한 게 아닌데도 절로 웃음이 나와, 나는 아주 잠깐 걸음을 멈추었다. 아차 싶어 바로 움직인 탓에 세시오가 알아차렸을지는 모르겠다.

나는 한 자 한 자 힘주어 말했다.

"그렇게 될 거야, 내가 당신을 그렇게 만들어 줄게."

그를 데이브릭 후작으로 만들겠다고 했을 때. 달란트 데이브릭을 포기하지 않아도 된다고 말했을 때. 전에 썼던 화법이지만, 이번에는 느낌이 영 달랐다.

대답은 바로 들려오지 않았으나, 잠시 뒤 웃음소리가 터져 나왔다. 그러고 나니 세시오를 배려하고 싶은 마음보다 호기심이 커져 나는 그에게로 고개를 돌렸다.

아몬드형의 눈매가 물결치듯 휘어지고, 황금빛 눈동자가 유쾌한 빛으로 반짝인다. 그 색이 너무 예뻐 홀릴 것만 같은데, 더는 마음을 통제할 필요가 없다는 점이 가장 기꺼웠다.

그는 웃으며 맞잡고 있는 내 손을 끌어당겨 그의 앞에 세웠다. 그러고는 반대쪽 손을 허공에 펼쳤다. 어느새 그 손에는 한 쌍의 반지가 들려 있었다.

익숙한 생김새였다. 블루다이아몬드가 정교하게 세공된 반지는, 내가 준비해 북부에서 세시오에게 건넸던 것이니까.

다만 내가 준비했던 반지는 한 쌍이 아니었기 때문에, 조금 당혹스러웠다. 창조는 안 돼도 복제는 되는 건가. 시장을 망치기 딱 좋은 기술이다.

내가 무슨 생각을 했는지 모르고, 그는 웃음기 어린 목소리로 말했다.

"그대의 애칭엔 내 색이, 내 애칭엔 그대의 색이 있었지."

그 말과 함께, 똑같던 반지 하나의 크기가 줄어들었다. 반지에 박혀 있던 보석 또한 푸르른 바닷빛에서 백금빛으로 색을 바꾸었다. 백합의 꽃술을 표현한 건지, 아니면 제 눈동자를 떠올리게 하고 싶은지는 몰라도 가운데 부분은 황금빛이었다.

그는 한 쌍의 반지 중 백금빛을 내게 건네며 말했다.

"이젠 확실히 듣고 싶어. 내가 그대와 파혼하지 않아도 괜찮겠나? 전에 한 약속을 지키지 않아도 돼?"

"……당신 어법은 너무 간접적이야."

확실히 듣고 싶으면, 더 확실히 물어보든가. 나는 한숨을 삼키고 세시오가 건넨 쪽이 아닌 바닷빛 반지를 가져왔다. 그러고는 얼떨떨해하는 그의 손가락에 반지를 끼워줬다.

길고 모양새 좋은 손가락에서 남빛이 예쁘게 빛났다. 세시오의 애칭인 바다의 색이며 내 머리칼과 내 마나의 색인 남빛.

그 모양새가 마음에 들어 웃으며, 나는 그를 향해 내 손도 내밀었다. 내 뜻을 알아듣고, 그는 느릿하게 눈을 깜박이다가 이내 내 손가락에 반지를 끼워줬다. 백합이라는 애칭이 정말 나와 어울리지 않는다고 생각했지만, 내 손에서는 그 빛이 제법 어우러졌다.

그렇게 생각하며 반지를 내려다보는 때.

"사랑해."

처음 세시오의 목소리를 들었던 때처럼, 나는 놀라고 말았다.

그 소리에는 이미 익숙해질 대로 익숙해졌지만, 그 입에서 나오는 세 음절은 놀랍도록 진했다. 감정을 꾹꾹 눌러 담아 농축하면 그럴까, 같은 소린데 전과 같이 들리지 않았다. 나는 조금 전 세시오가 했던 말을 온전히 이해할 수 있었다.

고개를 들자 그의 얼굴이 보였다. 웃지 않고 일그러진, 조금의 여유도 없는 표정. 이상하게도, 그 표정이 세시오의 감정을, 그의 사랑을 더 잘 말해 주는 듯했다.

세시오가 내 숨을 덮쳐 왔다. 그에게 욕망이 있다는 것이 여실히 느껴지는, 조급하고 진득한 입맞춤이었다. 조금 놀랍긴 했지만 겁먹을 정도는 아니다. 내 마음도 그리 순수하지는 않았으니까.

숨은 섞이고 감정은 폭발적으로 치솟았다. 아무런 말도 없는 육체적인 행위였으나, 닿아 있는 시간이 길어질수록 서로의 마음을 더 이해하게 되는 듯한 착각이 일었다. 이따금 피부 위로 떨어지는 눈과 대비되어 입안은 더 뜨겁고 격렬했다.

얼마나 그런 시간을 보냈을까, 그는 느리게 입술을 떼어 냈다.

세시오는 퍽 만족스럽게 웃었다. 처음 보는 표정이라, 잠시 거기에 매료되어 있는 차에.

"하고 싶은 게 생겼어, 테릴."

뭐냐고 묻기도 전에 그의 두 손에 다른 물건이 생겼다. 반지와 마찬가지로 이번에도 익숙한 모양새였다. 달을 중심으로 유니콘이 달리는 듯한 모양의…… 오르골.

"그, 그거…… 어디서 나온 거야?"

말을 더듬을 정도로 당황했으나, 그는 태연하게 오르골의 태엽을 감기 시작했다.

"소중히 간직하고 있었지. 잃어버리고 싶지 않았으니까."

지금 보니 싸구려 티가 풀풀 난다. 세월의 흔적이 녹았기 때문인지는 모르겠지만, 보고 있기가 버거울 정도다. 없애 버릴까? 그러면 세시오가 싫어하려나? 다른 좋은 오르골을 사 주면 저걸 버려도 괜찮지 않을까?

머릿속에 갖은 계략이 떠다니는 동안 태엽을 다 감은 세시오가 오르골을 나무 옆에 내려 두었다. 그러고는 한 걸음 물러서 거리를 늘리고 내게 손을 내밀었다. 그 자세만으로 그가 뭘 바라고 한 짓인지는 분명해졌다.

"한 곡 추겠나."

그 말에 무심코 웃음이 터졌다. 지나간 날이 떠올랐다. 데이브릭의 응접실에서 그가 춤을 청했던 일. 그 또한 같은 것을 기억하고 있었는지, 이어진 말도 기억대로였다.

"그대는 별로, 남 눈치를 보지도 않잖아."

그때 한 생각도 고스란히 기억났다. 의미 모를 행동에 세시오가 술에 취한 게 아닌가 의심했었지. 하지만 그의 기분이 퍽 좋아 보여서 그걸 망치고 싶지 않아서 순순히 응했다. 그걸 고스란히 기억하고 있는 게 스스로도 놀라웠지만.

나는 바닷빛 반지가 반짝이는 손을 보고, 그 위에 손을 올렸다.

"아니, 이래 봬도 남 눈치를 제법 봐."

"뭐?"

"어쩌겠어, 내 애인은 너무 섬세한 사람이라 그렇게 해야 다치지 않는걸."

그때는 그렇게 생각했던가. '오늘은 이상한 짓을 하는 날인가 보지.'라고. 하나 지금 감상은 반대였다.

"져 줄게, 계속. 평생."

한껏 웃으며 말하자, 세시오도 나를 따라 웃었다. 우리는 몸을 움직이기 시작했다.

오늘은 썩 괜찮은 날이었다. 그리고 앞으로는 이보다 더 좋은 날들이 이어질 것이다. 그날의 눈은 오래도록 아름답게 흩날렸다. 몇 번이나 춤을 출 만큼 계속해서.

에필로그

신데렐라는
내가
아니었다

겨울은 해가 뜨는 시간이 늦다. 우리가 일어나 마차에 오른 건, 거무룩한 밤이 다 가시지는 않은 때였다. 잠이 덜 깬 건 아니지만, 정신이 아예 맑지도 않다.

나는 흐린 눈을 몇 번 깜박였다.

"졸린가?"

"아니, 좀 멍해."

하품이 나와 나는 손등으로 입가를 누르며 바깥을 내다봤다. 달리기 시작한 마차 밖으로 수도의 리한 공작저가 보인다. 저택이 꽤 마음에 들긴 했지만 지낸 시간이 짧다 보니, 별로 정이 붙지는 않았다. 잠깐잠깐 수도에 머무를 때를 제외하면 앞으로 쓸 일도 없겠지?

그렇게 생각하니 좀 아까워져서, 나는 창가에 얼굴을 기대며 중얼거렸다.

"팔아 버릴까."

"저택?"

"수도에 오더라도 롭티나를 만날 때뿐이고 그럴 땐 그레텔 공작저에서 자고 가라고 했거든."

"······수도에 거처 하나쯤 남겨도 좋을 것 같은데."

저택을 파는 게 그리 내키지 않는 말투다. 나는 조금 놀라 세시오를 쳐다봤다.

"저 저택이 마음에 들어?"

"내겐 전환점이었으니 조금쯤은."

그 말에 새삼스럽게 저택의 역사가 떠올랐다. 굳이 서정적으로 명명하자면, 세시오와 사랑에 빠진 저택이었다. 중요한 건 장소가 아니라 사람이라고 생각하지만, 그의 견해를 들으니 생각이 바뀌는 것도 같았다.

"물론 그대의 저택이니 어떤 결정을 내리든 간섭할 생각은 없어."

모처럼 의견 표명을 해 놓고 또 발을 빼다니. 나는 눈을 가늘게 뜨고 세시오를 쳐다봤다.

"그 화법 말인데 세시오, 이제부터 뭔가 의사 표명을 할 때는 '그래.' '아니.'로만 대답해 줄래."

"뭐?"

"저택을 팔까?"

"그게 무슨······."

"답을 유보하는 것도 안 돼. 제삼의 선택지가 돼 버리니까 시간제한을 걸게."

"테—."

"시간 내로 대답을 안 하면 파는 걸로. 그럼 5, 4······."

"그냥 둬 줘."

1초를 남기고서야 겨우 말할 줄 알았는데, 생각보다 답이 빨랐다. 저 저택이 정말 마음에 들었나 보다. 세시오는 내 강요가 마땅치 않아 보였으나, 어쨌거나 난 기꺼웠다.

"답이 정해진 질문이잖나."

"아닌데, 팔라고 했으면 팔 생각이었어."

"……."

"그래도 안 팔게 돼서 좋다. 후회할 뻔했어."

다시 창밖을 내다보니 멀리 보이는 저택이 예뻐 보였다. 저거 하나 판다고 재산의 자릿수가 달라지는 것도 아니니까 세시오의 저택으로 남겨 두자.

"그러니까 앞으로도 바라는 게 있으면 분명히 말해 줘, 나를 위해서 말이야."

천연덕스럽게 말하자 그는 황당해하다가 곧 웃어 보였다.

"옆으로 가도 되나."

말로는 질문이면서, 몸은 이미 내 쪽으로 움직이고 있다. 뭐라고 할 생각은 없었다. 가끔이나마 세시오가 내 긍정을 당연시하며 움직이는 게 좋았으니까. 옆으로 몸을 비켜 그의 자리를 만들어 주면서, 그래도 한마디를 얹긴 했다.

"그런 거야말로 묻지 마."

그가 내 옆으로 옮겨 오면서, 나는 딱딱하고 이따금 흔들거리는 창문에 기댔던 고개를 반대로 기울였다. 세시오 역시도 말랑하진 않았지만, 사람인 이상 창보다는 나았으니까.

그는 조금 움찔했지만 몸을 피하지는 않았다. 뭔가 걸리적거려 쳐다보니 그가 안주머니에 넣어 두었던 회중시계를 꺼냈다. 아직 해가 뜨지도 않은 시간, 반사적으로 화이트폴에 도착했을 때를 가늠해 보고 나는 눈가를 찡그렸다.

"이제부터 네 시간을 가야 도착이네."

제국의 최북단으로 가는 데 네 시간밖에 걸리지 않았다고 경악한 게 언제였던가. 내 몸은 이미 그때의 새로움과 놀람을 잊었다. 왈릿에 들락거릴 때에 비하면 짧다지만, 사실 40분이라 해도 길다. 이따금 수도에 올 일이 있을 텐데 그때마다 왕복 여덟 시간을 날려야 한다니. 상상만으로 지겨워져 한숨을 내쉬자, 위쪽에서 낮은 웃음소리가 났다. 세시오는 익숙하게 날 끌어안고는 내 머리칼을 만지작거리며 손장난을 쳤다.

　새삼 북부로 가는 게 다행이라고 생각했다. 곧 봄이 오고 날이 더워질 텐데 수도에 있었다면 사람의 온기가 답답하게 느껴졌을 테니까. 그렇다고 스킨십은 좋지만 더운 건 싫으니까 세시오더러 체온을 낮추라고 말하기도 민망하고. 어쩌면 체온을 너무 낮추는 것도 건강에 안 좋을지 몰랐다.

　속으로 그를 북부로 데려가는 걸 합리화하는 동안, 그는 내 머리카락을 한 번 다 땋았다가 풀어냈다.

　"포탈의 거리를 늘려 줄까?"

　"거리를 늘린다는 게…… 소요 시간을 줄인다는 얘기지?"

　"그래, 중간 지점을 여러 개 만드는 게 좋을지도 모르겠군. 제국 전역을 돌아다닐 수 있도록."

　"그거 영구적이야?"

　"내가 살아 있는 동안에는."

　"당신 몸에 뭔가 지장이 생기지는 않고? 아, 내가 말하는 지장이란 건 꼭 목숨을 잃을 만한 위험이 아니라도 몸살을 앓는다거나 피를 토한다거나—."

　세시오가 자의적으로 형편 좋게 해석할까 봐 말을 늘어놓으니, 그는 웃으며 내 머리칼에 입을 맞추었다.

　"그렇게 교사처럼 하나하나 말해 주지 않아도 괜찮아. 감기 한 번 걸리지 않을 테니."

　"좋아, 딱 좋네."

　그가 죽으면 사라진다고 하지만, 어차피 후대야 어찌 살든 내 알 바 아니다. 아쉬우면 언령 있는 황족 하나 꼬시든가.

　"정 지루하다면 지금 바로 포탈을 이어 줄 수도 있어. 그대가 있으니 마차를 통째로 옮기긴 힘들겠지만 공간을 잇는 정도는 간단하니까."

"음……."

나는 잠시 말을 끌다가 고개를 저었다. 직전에 투덜거린 터라 멋쩍었으나, 바로 북부에 도착하길 바라는 건 아니었다. 그런 내 답이 의아했는지 세시오가 느리게 눈을 깜박였다. 나는 슬그머니 그의 시선을 피하며 재차 말했다.

"지금은 이렇게 갈래."

"왜?"

의도한 것 같지는 않았으나 가까이서 난 소리에 귓속이 간질거렸다. 민망한 기분에 망설이다가 나는 그냥 솔직히 답했다.

"이렇게 당신한테 기대고 있는 게 좋아서."

마차에서 이처럼 온기를 붙이는 시간이 앞으로 얼마나 되겠는가. 화이트폴에 다다르면 일단 마차에 탈 일부터가 별로 없다. 더군다나 세시오를 마땅치 않아 하는 아버지가 엄청 눈치를 줄 것이 불 보듯 뻔했다. 그러니 지금 그와 체온을 나누는 시간이 새삼 아쉬웠다.

기껏 마음을 그대로 드러냈는데도, 돌아오는 답은 없다. 못 들었나? 기댄 채 올려다보자 그는 좀 멍한 표정을 짓다가 나를 좀 더 끌어안으며 눈을 휘었다. 부채꼴 모양의 속눈썹이 팔랑 흔들리는 모습이 예뻤다.

"그댄 너무 직접적이야."

"……이게?"

나야 조금 창피하기는 했지만, 대단한 말을 하지도 않았는데. 그동안 내가 얼마나 솔직하지 못했는지 새삼스럽게 실감이 되어 나는 입을 달싹였다.

"미안해. 당신한테 자신감이 부족한 거 내 탓도 있는 것 같아."

진지하게 꺼낸 말인데 그에겐 농담처럼 들렸는지, 재차 웃음소리가 들렸다. 그 소리에 날 향한 애정이 묻어나는 것 같았다. 어쩌면 반대로, 내가 세시오를 사랑스럽다 여겨 그렇게 생각되는지도 모르지만.

순간 마차가 덜컹거렸다. 수도를 벗어나면 길이 험해지는 터라 할 수 없었으나, 마부석에서 죄송하다고 소리치는 것이 들렸다. 괜찮다는 의미로 그쪽의 벽을 두어 번 두드려 주고, 나는 세시오에 기댄 몸에 완전히 힘을 풀었다.

"수도를 아예 떠나는 게 심란하진 않아?"

나는 문득 세시오를 향해 물었다. 평생 살아온 거처를 바꾸는 거니 그의 마음이 염려스러웠다.

"글쎄……."

"계속 여기서 살았잖아. 아쉽거나, 아니면 반대로 후련하다든가."

"어느 쪽도 아니야. 오히려 기쁘다는 감정에 가깝겠군."

"기쁘다고?"

"그대가 날 버리고 가지 않은 게."

그는 담백한 투로 말했으나 난 가슴이 좀 아팠다. 세시오는 축 늘어진 내 왼손을 들어 올리더니, 반지의 백금빛 보석을 매만졌다. 나는 그대로 그 손을 들어 세시오의 뺨을 쓸었다.

"무슨 개 말하듯 해. 당신, 사람이야."

"사람이라도 얼마든지―."

"안 버려, 못 버려."

단호하게 부정하자 그는 내 손에 얼굴을 묻고 가만히 눈을 감았다. 세시오가 달란트에게 뺨을 맞아 입에 포션을 부어 줬을 때가 생각났다. 그때랑은 관계도 감정도 모든 게 달라졌으나, 세시오의 표정에 묘한 기분이 드는 건 같았다.

그의 얼굴을 쓸던 손길이 멈추자 의아한 듯, 세시오가 눈꺼풀을 떠올렸다. 속눈썹 모양대로 그늘진 눈동자는 평소보다 조금 더 아름다운 빛깔이다. 괜히 목이 타서 나는 일부러 장난스러운 투로 말했다.

"당신을 버리면 나는 평생 후회할걸."

"얼굴 관리에 힘써야겠군. 평생 이 모습을 유지할 수 있도록."

"……당신이 말하니까 농담으로 안 들리는데."

"말 한 마디면 되는 힘이니 손해 볼 건 없잖나."

농담이 아니란 뜻이다.

세시오에게 말려들어 나도 모르게 진지하게 생각하다가 얼굴이 일그러졌다. 마스터에 다다랐으니 나 또한 일반인보다야 노화가 더디겠지만 늙지 않는 건 아니다.

세시오가 언령으로 제 외관을 박제해 놓기라도 하면……. 시간이 지날수록 나이 차가 많아 보일 것이고, 어쩌면 언젠가는 조손 소리까지 듣게 될지도 모른다. 생각만으로 진저리가 났다.

"혼자만 늙어 가긴 싫으니, 우리 자연스럽게 살자. 미중년도 나름의 멋이─."

다시 한번, 마차가 덜컹 흔들렸다. 이번에도 마부석에서 죄송하다는 외침이 들려왔으나 나는 답하지 않았다. 첫 번보다 조금 더 세게 흔들린 탓에 중심을 잃은 걸까. 세시오의 손이 내 얼굴 바로 옆자리를 짚고 있었다.

자연스럽게 눈이 감기고 입술이 맞닿았다. 따뜻하고 부드러운 감각이 입의 안팎을 오갔다. 사방이 막힌 좁은 공간이라 그럴까, 귓속의 소리가 더 크게 울렸다. 잠시 얼굴이 떨어졌을 때에도 숨이 섞일 정도로는 가까운 거리였다. 빠듯해진 호흡을 고르며 눈동자를 굴리자, 시야 한구석에 바닷빛이 보였다. 세시오의 손에 끼워진 약혼반지. 그 색을 보니 문득 충동이 인다.

그가 다시 입을 맞춰 오기 전, 나는 조심스레 말했다.

"씨…… 라고 했잖아."

"응."

"가끔 불러도 돼? 그러니까…… 당신이 괜찮다면 말이야."

"그대가 불러 준다면 뭐라도 기쁠 거야."

"말을 너무 잘해서 외려 못 미더울 때가 있어."

옅게 패는 입꼬리 위로 그의 뺨이 붉다. 입을 맞춘 탓인지 조금 전 내가 한 말 때문인지는 몰라도 기뻐 보이는 얼굴에 내 마음도 차올랐다. 세시오는 다시 몇 번 입술을 비비더니 한숨처럼 느른한 소리로 말했다.

"곤란하군, 그대를 너무 좋아해서 북부에서 참을 자신이 없어져."

"참다니 뭘? 스킨십? 왜?"

"리한 전하의 눈치를 봐야 하잖나."

"뭐, 그건 걱정할 필요 없어."

예전이었다면 조금은 염려했겠으나, 지금은 괜찮다.

"좋은 공략법이 있거든."

음? 눈을 깜박이는 세시오를 보고 웃으며 나는 다시 그의 목을 끌어당겼다. 아직 입 안의 갈증이 가시지 않았다.

네 시간이 길다고 투덜거린 것이 새삼 민망하다. 창밖으로 새하얀 전경과 리한 공작성이 선명히 눈에 들어왔다. 마차는 금세 화이트폴에 도착했다.

물론 바깥의 시간은 착실히 원래 속도대로 흘렀겠지만, 마차 안의 시간은 얼음길을 미끄러지듯 빨랐다. 그러나 얼떨떨한 건 둘째 치더라도 다시 보는 이 땅이 그리 반갑지는 않았다. 겨우 며칠 만에 오는 터라 향수가 쌓일 겨를도 없던 데다가 하필이면.

"눈이…… 오고 있군."

세시오가 굉장히 미묘한 어감으로 말했다. 그래, 눈이 내리고 있었다. 다만 수도의 크고 동글동글한 함박눈과 달리 이쪽의 눈은 뾰족하고 물기가 섞여 있으며 심지어는 얼어붙은 채다. 조금만 더 단단해지면 하늘에서 떨어지는 흉기라고 칭해도 과언이 아닐 만큼.

"어쩐지 저번에 왔을 때 날씨가 얌전하다 했지."

나는 크게 한숨을 내뱉었다. 연인을 데려왔더니 참 반갑게도 맞아 준다. 어쩌면, 저번은 초면이라고 북부의 하늘도 내숭을 부렸는지 모르지. 저번의 언령이 남아 있는 건지 세시오는 추위를 타진 않았으나, 다소 아연해 보였다.

"여기 눈은 원래 이래. 낭만이라곤 없지."

"아니야, 나름대로의 거친 멋이―."

세시오가 애써 좋게 해석해 주려던 차에 돌풍이 불어닥치며, 마차의 벽면에 따다다닥 눈이 부딪혔다. 이 정도면 거의 우박 아닌가.

나는 재차 한숨을 내쉬었고 세시오는 웃음을 터뜨렸다. 그러는 동안에도 마차의 바퀴는 착실히 굴러 우리를 성문의 앞으로 데려갔다. 내가 올 거란 소식을 들었기 때문인지 문은 이미 열린 채였고 그 바로 앞에 사용인들이 단체로 나와 있었다.

윽, 부담스러워.

"왜 저렇게 본격적이야."

"그대가 아주 그리웠던 모양이지."

마차에서 내리며 투덜거리자 세시오가 대수롭지 않다는 듯 답했다. 아무래도 나중에 한번, 그에게도 이렇게 마중해 줘야겠다. 그 상황에 부닥쳐 보면 내 기분을 이해하겠지.

우리가 내리는 모습을 보고 선두에 있던 론타르 백작이 다가왔다. 그는 퍽 과장스러운 모양새로 허리를 구부려 인사했다.

"귀환을 환영합니다, 소공작님. 세시오 공자께서도 어서 오십시오."

실로 떨떠름했지만, 우리는 일단 적당히 인사를 나누었다.

"왜 이렇게 거창하게 나와 있어요."

"찾아올 손님들이 많아서요. 리한의 작은 주인에 걸맞은 대접을 해 드려야지요."

그 말에 나는 눈가를 찡그렸다. 내가 화이트폴이 아니라 수도에서 자랐기 때문에, 보는 눈이 많을 때 성의 사람들은 내 대접에 더 신경 쓰는 편이긴 했다. 그런데.

"손님이요?"

"예, 오늘은 연회 날이니까요."

이건 또 무슨 소리야.

"생일 연회요? 북부로 오자마자?"

성문의 안에서는 아버지가 우리를 기다리고 계셨다. 간단히 인사 —세시오를 너무 열렬히 쳐다봐서 불타는 줄 알았다.— 를 나누고 자리를 옮긴 뒤에야, 나는 참아 왔던 질문을 터뜨렸다.

"벌써 잊어버렸나? 말했잖아, 네 생일 축하 연회는 성대히 열어 준다고."

백설 기사단과 함께 수도에 오셨을 때, 검을 선물하며 한 말이었다. 기억하긴 하는데.

"타이밍이 그렇잖아요. 생일은 이미 지났는데 도착하자마자 연회라니."

"화이트폴에도 네가 뭔 일을 하고 다녔는지 정도는 알려야 해. 수도에서 북부까지 소문이 들어오길 기다리면 한참은 걸릴 테니."

"무슨 소리예요, 생일 연회라고 하셨잖아요."

"반역 한 번 진압한 걸 연회의 명분으로 삼긴 쪽팔리니까 네 생일이 포장지로 괜찮지."

실로 어처구니가 없는 발언이다. 아버지에게는 반역 진압이 '토끼 사냥 성공!' 정도로 보이는 건가. 황궁에서 타니타르를 제압하던 것 자체는 그 정도로 간단하긴 했지만, 거기까지 가는 과정이 퍽 지지부진했다. 그러면서 얼마나 짜증, 아니 마음고생을 했는데. 억울한 마음이 솟구쳤지만, 산책 가듯 홀로 반역을 진압하고 오신 아버지께는 씨알도 먹힐 리가 없었다.

나는 입을 꾹 다물고 한숨을 삼켰다.

"얼마나 하는데요."

"봐준 줄 알아, 일주일밖에 안 되니까."

"아니……. 역시 어머니께서 하신 말이 틀리지가 않네요."

"뭔 소리냐."

나는 오래전에 아버지께 읊어 드렸던 대목 중 하나를 다시 끄집어냈다.

"허세가 지나쳐 영지는 척박한데 사치품을 사들이지 않으면 자길 무시한다고 윽박질러댔다는 제 생부 얘기요."

내 생부의 눈썹이 꿈틀 움직였다.

"네 눈엔 리한이 척박해 보이냐?"

"그러면 화이트폴이 기름진 땅인가요."

농사는 개뿔, 풀 한 포기 안 자라는 동네가 척박하지 그럼 풍요로운가.

"기껏 생각해서 연회까지 열어 줬더니만 수도에서 불효만 배워 왔군."

"염려 마세요. 아버지께 못 하는 것만큼 어머니께 두 배로 잘할 테니."

"그건 당연한 얘기고."

이쯤이면 슬슬 협박이나 경고나 뭔가 험한 게 날아올 때다. 그러나 무슨 생각인지, 아버지는 뚱한 눈으로 나를 노려보기만 했다. 독한 말로 받아치지 않으니 정말 내가 패륜아가 된 기분인데.

멋쩍게 머리칼을 헤집다가 나는 한숨을 내쉬었다.

"취지도 알겠고 생각해 주신 것도 감사하지만 솔직히 피곤해요."

"어차피 일주일이나 되니까 내키지 않으면 마지막 날에나 얼굴 한번 비추든가."

주인공 없는 생일 연회라니, 그게 말이나 되는 소린가. 어이가 없었지만 내가 황당하게 보든 말든 아버지는 눈 하나 깜짝하지 않았다.

"일단 오늘은 안 갈래요."

"마음대로 하라니까."

그의 답은 좀 신경질적이었으나, 불참한다는 것 자체에 화가 나 보이지는 않았다. 진짜 괜찮은 건가? 내가 사는 성에서 열리는 연횐데 성안에 있으면서 가지 않다니. 조금 껄끄러웠으나 오늘 파티에 참석하고 싶지 않다는 건 진심이었다. 약간만 더 뻔뻔해지기로 하며, 나는 얼굴에 한 겹의 철갑을 더 발랐다.

"어머닌 어디 계세요, 인사드려야 하는데."

"자고 있으니 깨우지 마. 몸살 기운이 있다."

"상태는요. 심하세요?"

"평소대로야."

"그나마 다행이에요. 신관은요."

"신관을 부를 정도는 아니야."

어머니에게 난 상처면 긁힌 자국도 숨넘어갈 중상으로 만들어 버리는 게 아버지의 특징이었으니 그답지 않은 말이었다. 하나 무슨 말인지는 이해할 수 있었다. 신성력은 독을 몰아내고 온갖 질병을 고치고 심지어는 잘린 팔, 다리를 붙여 주기도 하는 기적이었으나, 마냥 이롭기만 하진 않았다. 기댈 곳이 생기면 기울어지는 사람의 마음처럼, 그 몸 또한 마찬가지였으니까.

"면역력이 많이 약해지셨어요?"

"······쯧. 매일같이 신성력을 퍼부어대니 할 수 없지."

평소대로의 모난 말투였으나, 그 안에는 속상한 기색이 역력했다.

어쩔 수 없는 일이다. 아이를 품어 한창 힘들 때, 어머니는 쫓기듯 북부에서 수도로 거처를 옮기셨다. 수도에 있는 건 그녀를 북부에 팔아치운 윈터글라스 남작가뿐이었고 거기서 받을 수 있는 도움도 미미했다. 시녀로 일하실 때도 그리 건강하지 않은 편이었다던 어머니의 몸 상태가 더 나빠진 건 당연했다. 주기적으로 몸살을 앓으셨고 신성력을 끌어 쓸 때마다 몸은 더 안 좋아지기만 했다. 이 악순환의 고리를 어떻게 끊어야 할까. 내가 빠르게 작위를 계승받고 어디 따뜻한 영지에 부모님 두 분을 요양 보내면 조금은 좋아질까.

속이 복잡해지는 생각에 한숨을 내쉬려다가 문득 삐딱한 마음이 들었다.

"그런데 연회요?"

"그런 눈으로 보지 마라. 네 입지를 다져 주고 싶다고 이즈가 강행한 거야."

괜히 물어봤네.

무어라 형용할 수 없는 기분이 들었다. 마음이 따뜻해지는 것 같기도 했고 차가워지는 것 같기도 했다. 그런 걸 안 해도 아버지한테 숨겨 놓은 다른 자식이 있는 게 아닌 한 내 자리엔 문제가 없을 텐데. 내게 미안해서일까 아니면 내가 못 미더워 보여서일까. 혀끝에 알 수 없는 쓴맛이 차올랐다.

"테릴."

"왜요."

"그냥 부르기만 했을 뿐인데 왜 그렇게 삐딱해?"

마음이 영 온화하지가 않으니 반사적으로 말이 거칠게 나왔다. 반면, 아버지의 말투는 평소보다 한결 누그러져 있어서 좀 미안한 마음이 들었다.

"죄송해요. 그냥 이런저런 생각을 하다가요. 그런데 왜 부르셨어요?"

내 말에 그는 눈을 가늘게 뜨고 한동안 나를 노려봤다. 이따금 입술을 달싹거리는 모양새가, 속에 든 말을 꺼낼까 말까 고민하는 것처럼 보였지만.

"……흥."

아버지는 끝내 아무 말도 안 하고 몸을 돌렸다. 쾅 소리가 나게 닫히는 문을 보며 나는 얼떨떨하게 눈을 깜박였다. 내가 삐딱하게 말하니까 화나셨나. 아버지의 알 수 없는 행동이 당황스러웠지만, 가끔 이상해지시는 게 하루 이틀 일도 아니라서 금방 잊어버렸다.

그의 집무실을 나와, 난 곧장 세시오가 있는 방으로 향했다. 그를 데려온 사람으로서 그가 잘 지내고 있는지 확인해야 한다는 핑계였다. 실상은 기분이 영 나아지지 않아 세시오의 얼굴을 보고 싶었을 뿐이지만. 그럼에도 내 감정을 별로 티 내고 싶지는 않아, 두어 번 노크하며 나는 마음을 갈무리했다.

"세시오."

문은 곧바로 열렸다. 급히 다가오는 기척을 느끼지 못했으면 문에 부딪힐 만큼이나 벌컥. 놀라서 그를 올려다보자 그 또한 당황한 표정을 짓고 있었다. 아니 당황보다는 불안과 두려움이 더 적절한 말일지 몰랐다.

세시오는 어정쩡하게 벽면을 짚고 있는 내 손을 가져가 꽉 움켜쥐었다. 저번보단 덜했으나, 이번에도 몸을 단련하지 않은 사람이면 손뼈가 으스러질 만큼이나 강한 힘이었다.

"세시오? 왜 그래, 무슨 일 있었어?"

"아……."

그는 멍하게 눈을 깜박이다가 느리게 고개를 저었다. 그러면서 천천히 손에서 힘이 빠졌다. 아직 그때 일을 신경 쓰는 건가. 그런 세시오가 안쓰러워서 나는 그가 움켜쥔 손을 고쳐 잡고 그의 손등을 툭툭 두드렸다.

"어디 도망 안 가. 여기가 내 집인데 어딜 가겠어. 아버지 계신 곳에서 죽을 일도 없고."

"……그렇지. 그랬지."

그의 입에서 무거운 한숨이 쏟아졌다. 그러면서도 내 손을 놓아 줄 생각은 없어 보였다. 나도 별로 놓아야겠다고 생각한 것도 아니기에, 그냥 그 상태로 우리는 안으로 들어섰다.

소파에 등을 기대자 온몸이 느른했다. 놀랐다가 긴장이 풀린 탓일까.

"오자마자 연회라니 생각도 못 했군."

"그러게 말이야."

그 말을 들을 때만 하더라도 그냥 가슴이 뭉클하고 말았는데 생각해 보면 뜬 어말려야 했다. 아니지, 연회를 일주일 동안이나 한다는 걸 보면 그전부터 이미 준비 중이셨던 게 분명하다. 언제라도 돌이킬 수 있는 순간이 없었다고 생각하니 외려 마음이 후련해졌다.

"파티를 싫어하나?"

"딱히 좋지도 싫지도 않은데…… 좀 걱정스럽긴 해. 누가 당신한테 집적거리면 어떡하지?"

"……설마."

"수도 귀족은 눈 나쁜 사람이 많지만 북부인들은 눈이 제대로 박혀 있거든."

"전부터 느꼈는데 그대는 은근히 수도에 야박해."

"뭐?"

예상 못 한 반응이다. 나는 느리게 눈을 깜박이다가 뒤늦게 나와 손을 맞잡은 이가 수도 귀족이라는 사실을 알아차렸다. 말장난하자면 수도 황족이긴 했지만. 왜 이제야 알아차렸을까 싶을 정도로, 대단한 눈치다. 이것이 지역 차별주의자의 말로인가. 당황하면서도 나는 다급히 수습에 나섰다.

"수도에 살 때 별로 좋은 경험을 못 해 봐서……. 당신한테 한 말은 아니야, 당신도 이제 북부 사람이니까. 알지?"

"여태까지는 나도 그 대상에 들어갔다는 말이군."

"아니 그…… 그래. 이제 안 할게. ……안 하도록 노력할게."

"이제부터는 별로 상관없어."

내가 허둥대는 모습이 재미있다는 듯 세시오는 웃었다. 정말로 개의치 않는 표정이었지만 외려 반성이 들었다. 세시오가 자기비하에 능하다는 걸 알면서도, 좋은 말을 한 번 더 해 주지는 못할망정 옆에서 같이 삽질을 하고 있었군.

나는 잠시 반성했다. 3초, 2초, 1초. 좋아, 끝.

"오늘은 연회에 참석하지 않기로 했는데, 오늘이 아니라도 한 번은 얼굴 비춰야 할 것 같아. 당신은 어쩔 거야? 원하는 대로 해 줄게."

"그대가 연회에 나가는 날에는 참석하지."

"그래?"

그렇단 말이지. 나는 의미심장하게 말끝을 늘였다.

"그러면 인형 놀이 좀 하자, 세시오."

돌아온 복수의 기회에 나는 눈을 빛내며 웃었다. 내 뒤끝은 절대 쉽게 끝나지 않는다. 내가 무슨 생각을 하는지 모르지도 않을 텐데, 세시오는 뜻밖에도 선선히 고개를 끄덕였다.

"바란다면."

제 꾀에 제가 넘어갔다고 인형 놀이에 당한 건 나였다. 세시오는 이번이 그의 차례라는 걸 아는지 별로 나를 공격하려 들지는 않았지만, 복병은 다른 곳에 있었다.

"네? 얼굴만 비추신다고요? 아, 어떡하죠. 일주일 치로 300벌이나 준비했는데."

"제복이며 연미복이며 드레스며 종류별로, 세트별로 갖춰 놨어요. 마음에 드시는 걸 잠깐 입어만 보시는 것도 안 될까요?"

"약혼자분과 함께 오신다고 해서 두 벌씩 맞췄는데 다시 생각해 보시면 안 되겠습니까?"

내 시녀들이었다. 내가 파티에 갈 기회가 적다 보니 이때를 기다리고 있었던 가. 평소에 마냥 얌전하고 조용하던 아이들이라 노골적으로 서운해하는 모습이 조금 당황스러웠다. 그럼에도 별로 따라 주고 싶지는 않았지만.

"연인을 소개하는 자리니, 한 번만 허락해 주시면 안 될까요?"

그렇게 말하니 나는 질 수밖에 없었다. 어쩌면 연인에게 약한 건 리한의 종족 특성일지도 모르겠다. 나 혼자만 옷을 계속 갈아입었다면 지겨웠겠지만, 세 시오도 함께였으니까. 생각보다 ―눈이― 즐거운 시간이었다.

마침내 연회에 입고 나갈 옷을 정하고 이튿날 우리는 파티장에 나섰다. 이미 각오는 했지만 다가오는 사람은 정말 많았다.

"기억하십니까, 소공작님! 저번에 300미터 거리에서 두 번 뵀는데."

"전에 함께 사냥대회에 갔던 카멜입니다!"

수도의 귀족들보다 훨씬 적극적……. 이것도 차별적인 발언인가. 아무튼 저돌적인 이들이 많았다. 무시하는 정도로는 떨어져 나가지도 않아서 퍽 귀찮았다. 그리고 개중에는.

"이게 누구야, 리한 소공작!"

환하게 웃으며 한 중년 여인이 가까이 다가왔다. 여우상의 화려한 미인. 그녀의 이름은 앙그레아 폴룩스, 혼인 전 이름은 앙그레아 멘힐이다.

북부 유력가인 멘힐 백작가의 차녀인 그녀는 우리와는 여러 가지로 연이 있었다. 앙그레아는 아버지와 혼담이 오가던 예비 약혼자였고 동시에 어머니가 수도로 가게끔 도운 조력자였다. 이렇게 말하면 소설 속의 전형적인 악역 같지만, 그리 나쁜 사람은 아니다. 그녀가 아버지를 사랑한 건 맞으나 혼인을 밀어붙인 건 멘힐 백작가였고, 수도로 가는 걸 도운 건 어머니의 정신 상태가 극한으로 내몰린 걸 먼저 알아봐서였다. 더군다나 앙그레아의 가문에서 어머니를 암살하려는 걸, 몇 번이나 막아 주기도 했다. 그 때문에 앙그레아는 어머니의 도주 조력자였다는 걸 들키고도 목숨을 잃지 않았다. 정확히는 그 말 때문이었다.

"제 아이를 죽일 듯한 인상을 풍겨 놓고 이즐릿을 찾으시다니, 정말 염치도 좋으시네요. 겉가죽에 홀렸던 내가 천치지."

"뭐?"

"이즐릿의 행방이요? 제가 알 턱이 있나요. 당연히 안 듣겠다고 했어요. 제가 알면 전하께서는 고문을 해서라도 제 입을 여실 거잖아요. 아이를 찾아 죽일 게 뻔한데 제가 그걸 어떻게 감당하겠어요?"

강제로 무릎 꿇고 목에 칼이 들어온 채로도 그녀는 독기를 품고 말했다. 물론 앙그레아의 말에는 약간의 오해가 섞여 있었으나, 당시 상황을 생각하면 대단한 용기였다.

그 말을 들은 아버지는 앙그레아를 채근하고서야 모든 진실을 알게 됐다. 어머니가 무슨 오해를 했는지, 왜 북부에서 도망친 건지, 그리고 내 존재에 대해서도 처음으로. 그래서 앙그레아는 살아남았다. 물론 멘힐 백작가는 폭삭 망했지만. 그 다사다난한 시기를 지나고 그녀가 폴룩스 백작과 혼인한 지금, 앙그레아는 그저 어머니의 친구였다.

"무슨 생각을 그렇게 해. 나 안 반가워?"

"오랜만이에요, 앙그레아. 공적인 자리인 만큼 존댓말을 써 주면 좋겠지만."

"좀 봐줘, 자기가 공작이 되면 평대도 못 하잖아."

"그건 또 무슨 소리예요. 제가 왜 벌써 공작이 돼요."

"소문이 파다한걸, 그것 때문에 배우자감을 구해 온 거 아니었어?"

황당한 소리를 왜 이리 진지하게 한담. 어처구니가 없었지만 종종 듣던 소리라 나는 익숙하게 흘려들으려 했다. 그러다가 문득, 이상한 기분이 들었다.

잠깐만.

타니타르를 잡는 건 후계 시험이었다. 그 후 북부로 돌아오며 앙그레아가 말한 대로 배우자감까지 데려왔다. 지금 벌어지는 연회는 성대해서 북부의 귀족들이 거의 다 온 것 같다.

"……설마."

생일 축하니, 수도의 소식을 알리니 하는 건 다 페이크 아니야? 이 자리에서 공작 승계 같은 중대 발표를 하시려는 건 아니겠지.

생각해 보니 아버지의 말투가 온건했던 것도, 뭔가 말씀하려다 말았던 것도 다 신경 쓰였다. 추측만으로 간담이 서늘해졌다. 도망쳐야 하나, 반사적으로 퇴로를 확보하다가 뒤늦게 나는 연회에 어머니가 없다는 사실을 깨달았다.

"휴……."

설마 어머니도 없는 자리에서 일을 치진 않으시겠지.

"자기 얼굴 되게 다양하게 변한다. 엄청 재밌어."

"놀리지 말아요."

볼멘소리에 앙그레아가 깔깔 웃음을 터뜨렸다. 그러고야 그녀의 시선이 내 옆으로 옮겨 왔다.

"인사가 늦었네. 이쪽이 소공작님의 약혼자? 안녕하세요, 앙그레아 폴록스……."

"세시오라고 합니다."

인사를 하던 중 그녀의 두 눈은 세시오의 얼굴에서 멈추어 미동도 하지 않았다. 잠시 얼이 빠진 사람처럼 쳐다보다가 그녀는 곧 고개를 주억거렸다.

"소공작님 눈 엄청 높다. 확실히, 북부에서 혼담을 구하지 않을 만하네."

세시오가 잘생기긴 했지. 덩달아 고개를 끄덕이자 그는 좀 당황한 듯 눈가를 살짝 찡그렸다.

"세상에, 찡그려도 잘생겼네."

앙그레아는 휙 고개를 돌려 내 손을 붙잡고는 두 눈을 빛냈다.

"그래, 나도 이편이 보기 좋아. 자기는 외모, 무력, 권력, 재력을 다 가졌는데 뭐가 아쉬워서 다 딸리는 남자랑 결혼해. 잘 골랐어!"

"취했어요, 앙그레아."

"으응? 샴페인 두 병 정도 마시긴 했지만 그런가? 미안해요. 실례했네요. 초면인데."

그녀는 고개를 기우뚱하면서도 사과했으나 태도가 별로 나아지진 않았다.

"결혼할 때 의상 어디서 맞출 거야? 화려한 데로 하자. 요즘 라델리안 의상실에서 그렇게 옷에 보석을 갈아서 뿌려 댄대."

"결혼은 무슨 결혼. 10년은 멀었어."

귀에 익은 목소리가 끼어들었다. 온 세상 불만을 혼자 끌어안은 듯 구겨진 얼굴의 주인은 아버지, 리한 공작이었다.

그 모습을 보자 앙그레아의 얼굴 역시도 와락 일그러졌다. 말을 내뱉지는 않았으나, 재수 없다는 메시지가 그 표정에 담겨 있었다. 아버지의 눈썹이 크게 까딱였다.

"안녕하세요, 공작 전하. 죄송하지만 선약이 있으니 실례할게요."

그녀는 아버지와 눈 한 번 마주치지 않고 몸을 돌려 획 가 버렸다. 그러면서도 나와 세시오에게 윙크를 남기는 걸 보면, 그녀가 얼마나 과감한지 짐작할 만했다. 어머니와 앙그레아가 아버질 오해했다는 사실이 밝혀지고 나서도 그녀의 마음은 되돌아오지 않았다. 그녀가 아버질 사랑한 건 정말 한때였고 지금은 오히려 싫어하는 쪽에 가까웠다.

멘힐 백작가를 멸문시킨 원한은 아니었다. ─가문에 가장 불만을 품은 사람이 앙그레아였다고 들었다. ─ 왜냐하면…… 어머니가 떠난 후 폐인이 된 아버지의 꼴이 외모, 인성, 행적 등 모든 면에서 정말 말이 아니었다고. 아버지는 마땅치 않다는 듯 눈을 찡그렸으나 그녀를 어쩌진 못했다. 북부에서 어머니가 친하게 지내는 친구는 앙그레아뿐이었으니까.

"내가 저걸 언제까지 봐줘야 한다고 생각하냐, 테릴."

"그걸 왜 저한테 물으세요. 어머니께 여쭤보세요, 아니면 아버지의 마음에 대고 물어도 좋고요."

"갈수록 건방져지는구나, 아주 보기 좋아."

"앞으로도 증진하겠습니다."

내 말에 아버지가 나를 노려봤지만, 이번에도 험한 경고는 없었다. 심지어는 세시오를 보고도 트집을 잡거나 험담을 늘어놓지도 않았다. 도대체 무슨 심경의 변화가 있으셨던 걸까. 그 모습이 기껍다기보다는 왠지 걱정이 들었다. 사람이 변하면 죽을 때가 된 거라던데 혹시…….

한동안 나를 노려보다가 아버지가 한숨을 내쉬었다.

"할 말이 있으니 잠시 따라와."

중요한 이야기를 꺼낼 분위기다. 할 거면 어제 하시지 않고서. 나는 세시오를 돌아보며 혼자 있어도 괜찮겠냐고 물었고 그는 고개를 끄덕였다. 그러고야 나와 아버지는 자리를 옮겼다.

발코니는 모두 차 있었지만 아버지가 노크하자 빈 곳이 생겨났다. 나는 저러지 말아야지, 속으로 다짐했다.

"생각해 보니 묻는 걸 잊었더군. 분명 나는 타니타르 놈을 잡아'오라'고 했는데 왜 빈손이지?"

"곧 수도에서 이송될 거예요. 일단은 그쪽에서도 절차를 밟아야 하잖아요."

"쓸데없이 형편 봐주긴."

혀를 차며 말하고 아버지는 한동안 말이 없었다. 설마 이거 하나 이야기하려고 자리를 만드신 건 아니겠지. 의혹이 들려던 찰나에 제대로 된 본론이 나왔다.

"일이 다 끝났는데 북부로 데려온 건, 네 마음이 진지하다는 거겠지."

세시오의 이야기였다. 분명히 작위 얘길 꺼내실 거라고 생각했는데, 예상과 다른 주제였다. 그래, 이쪽도 한 번은 말을 나눠야 했지만.

"반발이 클 거다. 저놈이 황족이란 소문은 여기까지 들어오지도 않았어. 알려진 신분이 너무 부족해."

"아노비스를 붙여 왔던걸요."

"맥락도 없이 갑자기 입양한 꼴이니, 사람들은 네가 아노비스를 협박해 그리한 줄 알 거다."

내게 쌓인 악명을 생각하면 어쩐지 그럴싸한 이야기였다.

난 아무 짓도 안 했는데.

"무력은 어떠냐?"

"몸은 좀 괜찮게 써요. 평기사 수준은 넘을 거예요."

"부족해. 당장 마스터여도 고깝게 볼 놈이 천지일 텐데. 그럼 가진 거라곤 외모랑 네가 쥐어 줬다고 생각할 아노비스 공작위가 전부군."

객관적인 상황이 그렇다고 해도 별로 기분이 좋은 말은 아니었다.

"어때요, 직접적으로 간섭할 원로회가 있는 것도 아닌데. 아니면 세시오의 신분을 드러내길 바라시는 거예요?"

"터무니없는 소리. 황궁에서 질척거릴 여지를 줘 봐야 좋을 게 하나도 없어."

"그러면요."

"……."

"아버지께서 무슨 말씀을 하시려는지 알겠지만, 누굴 데려와도 마찬가지잖아요."

북부엔 귀족이 적었고 그 적은 귀족 가운데 그런 빽빽한 조건을 만족시킬 사람은 없다. 아버지께서 그걸 모르시지도 않을 텐데 조건이나 상황을 나열한다고 해도 내 마음이 흔들릴 리가 없었다. 더군다나 조건에 안 맞는 결혼을 강행한 건 아버지가 선배 아닌가. 부루퉁하게 그를 노려보자 아버지께서는 웃는 듯 화를 내는 듯 알 수 없는 느낌으로 입매를 일그렸다.

"그 고집스러운 표정을 보니 생각을 바꿀 일은 없겠군."

"알아주시니 기쁘네요."

"약혼까지만 한다고 거듭해서 말한 게 엊그제 같은데 말이야."

"그땐 그럴 생각이었죠. 사람 생각이 어떻게 매일 똑같겠어요."

나는 뻔뻔스럽게 턱을 쳐들고 말했다. 그런 내 표정이 몹시도 못마땅한지 아버지는 눈썹을 가만 내버려 두지를 못했다.

"정말로 세시오가 그렇게 마땅치 않으세요? 심술부리는 게 아니라 진지하게요."

"내가 진심으로 반대하면 그만둘 거냐?"

"아니요, 결혼까지 할 건데요."

죄송하지만 양보할 수 있는 문제는 아니라서.

"그럴 거면 뭘 물어."

"왜요, 아버지도 원로회 말 안 들었잖아요."

"내 부모 말은 잘 들었지. 네 할머님께서는 이즐릿을 반대하지 않았어. 아주 예뻐했지."

그 목소리에 옅은 그리움이 배었다.

"돌아가시면서 한 유언도 그러셨으니."

"뭐라고 하셨는데요?"

"말조심하고 살라고."

"그렇게 곱게 말씀하셨어요?"

"……제발 그 주둥이 좀 곱게 놀리라고."

당신의 심정이 고스란히 담긴 말에 나는 웃음을 터뜨렸다. 한 번도 만나 뵌 적 없는 분이지만 어쩐지 친근감이 들었다.

"이즈는 마음이 섬세해서 언젠가 크게 다칠 일이 있을 거라고 하셨지."

"맞는 말이네요."

"혹 착각하고 있는 건 아니냐. 그 제몬이란 놈에게 복수하려고 오기가 일었거나, 혹은 동정이나 동질감을 느낀다거나."

"아니에요."

나는 단호히 즉답했다. 부가적인 말을 덧붙이지는 않았으나, 내 마음을 전하기엔 그걸로 충분했다. 아버지는 잠시 내 속내를 들여다보기라도 할 것처럼 내 눈을 뚫어지게 보다가 혀를 찼다.

"고얀 놈. 북부에 온 지 얼마나 됐다고, 벌써 결혼 이야기를 운운하다니."

마지못한 투일망정 그것은 승낙이었다.

생각한 것보다 훨씬 쉽게 얻어 낸 결과가 얼떨떨했다. 원래 계획은 이게 아니었다. 어머니께서 세시오에게 호감을 품은 듯하니, 그분을 방패 삼아 아버지의 인정을 뜯어내려고 했을 뿐인데 거기까지 갈 필요도 없었다.

놀란 눈으로 아버지를 쳐다보자 그는 짓궂게 웃었다.

"왜, 계속 반대해 줄까?"

"한 입으로 두말하시기예요?"

"한 입으로 같은 말만 할 수 있다면, 태어나 첫 울음을 내뱉은 직후 혀가 잘렸겠지."

"끔찍한 소리 마시고요."

익숙하게 투덜거리면서도, 내 마음은 영 흐물거렸다.

아버지가 많이 양보해 줬다는 걸 안다. 객관적인 조건이나 상황을 생각해서 하는 말이 아니라 세시오가 마음에 차지 않는 티를 계속해서 내셨으니까. 그에 기분이 상하기도 했지만, 그건 아마 세시오가 부족하기 때문은 아닐 것이다.

최근의 언행을 생각하면 조금 전 말씀하신 그대로가 아닐까? 내가 벌써 결혼하는 것이 마땅치가 않아서. 아버지가 그런 딸 바보 같은 생각을 했다니 영 어울리지 않았지만, 전보다는 이질감이 덜했다. 솔직히는 마음이 따뜻해질 만큼 좋았다.

그래, 여기까지 해 주셨으면 나도 조금은 양보해야겠지. 아까는 생각한 것만으로 간담이 서늘해진 문제지만, 마냥 피할 수는 없었다. 혀 밑으로 망설임을 누르고 나는 입을 열었다.

"저도 하나 묻고 싶은 게 있어요."

"뭔데."

"타니타르를 잡아 오는 게 후계 시험이라고 하셨죠. 그래서 말인데요, 저한테 작위를 언제쯤 넘길 생각이세요?"

"……."

"후계 수업도 벼락치기로 한 터라 잘 모르니까 그건 좀 꼼꼼히 알려 주세요. 영지 날려 먹는 거 보기 싫으시면요."

"갑자기 왜 생각이 바뀐 거냐."

"솔직히 크게 바뀐 건 아니에요. 여전히 부담스럽고 무거워요."

소공작으로 임명될 때는 별생각이 없었지만, 공작은 이야기가 달랐다. 이 땅에 사는 모든 영지민의 삶이 내 책임이 된다. 그건 꼭 그 사람들의 무게를 다 합친 것만큼이나 무거운 일이었다.

"그런데 왜."

"하지만 얼추 짊어질 수는 있을 것 같아요. 수도에 나가 보고야 알았지만 제가…… 화이트폴을 많이 좋아하게 됐나 봐요."

겨우 3년을 살아 놓고, 뭘 아냐고 비웃으시면 할 말은 없었지만.

아버지는 나를 비웃지 않았다. 좋다고 반색하지도 않고 마땅치 않은 듯 눈썹을 일그러뜨리지도 않았다. 그러나 그 무표정한 얼굴 덕에 외려 말하기가 편했다.

"작위 넘기시면 어머닐 데리고 북부를 떠나 계세요. 따뜻한 영지로 가도 좋고 여행을 다니셔도 괜찮고요."

"뭐?"

"따뜻한 곳에서 어머니 건강 좀 좋아지시게요. 그러는 동안 화이트폴은 제가 지키고 있을게요."

내가 말했지만 낯 뜨거운 말이었다. 내 의지를 드러내 보이려고 일부러 아버지의 눈을 보며 말했지만, 결론까지 꺼냈으니 이제는 괜찮다.

슬쩍 눈동자를 굴려 시선을 피하자 그의 입매만 눈에 들어왔다. 그리고 그 입꼬리는 곧 시원스럽게 올라갔다. 그 모습을 보며 나도 모르게 안도하는 찰나 아버지는 소리 내서 웃음을 터뜨렸다. 그러고는 무어라 말하기도 전에 내 머리를 마구잡이로 헝클어뜨렸다. 뭔가 사람 머리보다는 개를 쓰다듬는 모양새다.

잠시 멍하게 굳어 있다가 뒤늦게 정신을 차리고 나는 소리를 질렀다.

"악, 아니, 이거 모리나가 열심히 만진 건데! 원망을 듣는 건 전데요!"

"내 딸은 누굴 닮아서 이렇게 건방질까, 응?"

"아니, 건방진 게 어머닐 닮은 거겠어요?"

"됐다."

되긴 뭐가 돼? 울컥해서 소리치려는 순간 아버지의 손이 머리에서 떨어져 나갔다. 나는 신경질적으로 머리칼을 빗어 내며 항의하려고 고개를 쳐들었고 그와 눈이 마주쳤다.

그러고 나자 이상하게도 짜증이 녹아 사라졌다. 아버지는 퍽 개운한 얼굴로 웃고 있었다. 악마나 깡패처럼 웃으시는 건 종종 봐 왔지만 이런 얼굴은 처음이라 다른 사람을 보는 듯했다.

"네 머린 아직 덜 여물었어. 서른도 안 먹은 게 공작은 무슨."

"······갑자기 또 무슨 변덕이세요."

"공작이 되는 건 네가 준비됐을 때 해라."

"네?"

"충분히 준비됐을 때, 상황에 떠밀려서가 아니라 네가 하고 싶어졌을 때."

그 생소한 표정 때문일까, 말소리에 온기가 있는 것처럼 느껴졌다. 이상한 기분에 입술을 달싹이는 동안에도 그의 말은 이어졌다.

"네 할아버지가 요절하는 바람에 난 어쩔 수 없이 이른 나이에 공작이 됐다만 별로 달가운 일은 아니었어."

"그러고 보니 20대 때 이미 공작이셨죠. 할아버님은 어쩌다 돌아가신 거예요?"

"성급하게 욕심을 부린 결과였지."

욕심? 무언가 짐작되는 건 없었으나, 적어도 리한과는 굉장히 잘 어울리는 단어였다.

"너는 아직 모르겠지만, 마스터에는 다음 단계가 하나 더 있다."

"네? 검의 극한이라 '마스터'라고 칭하는 게 아니었어요?"

"보통 인간은 거기까지밖에 못 가니까 모르지. 하지만 리한의 역대 가주들은 거의 다 그 벽을 넘어갔다."

인간 같지 않은 설정이 또 하나 추가됐다. 왠지 타니타르 공작이 한 말이 떠올랐다. 인간 같지 않은 것들이 어쩌고저쩌고, 그랬넌가. 복부로 신병이 인수되어 오면, 그 귀에 이것도 속삭여 줘야지.

"하지만 충분히 준비되지 않은 채 벽 너머의 경지를 넘보면 골로 가기 딱 좋다."

"그 말은……."

"타니타르 놈이 한 말 중에 한 가진 맞아. 리한은 오만하다. 태어난 이후 실패 없이 살아 그렇지만, 그러다가 처음 한 실수가 돌이킬 수 없게 커지는 일도 많아."

"선조 중에 젊은 나이에 돌아가신 분이 몇 계시던데……."

"사인은 전부 같다. 선례를 알면서도 자기는 그 꼴이 안 날 거라 생각한 머저리들이 같은 절차를 밟았지."

선조를 상대로 하기에는 지나치게 신랄한 어조였다. 하나 그 '머저리'에 할아버님이 포함된 걸 고려하니, 그게 퍽 자조에 가깝다는 걸 알 수 있었다.

"그래서 난 이 성을 달고 있는 인간치고는 겁이 많은 편이었어. 그 겁 때문에 이즈를 잃을 뻔했지만."

"아버지는 그 경지를 넘으셨어요?"

"이 나이쯤 되면 준비가 덜됐다고 말하기도 민망하지. 넘어갔다, 안전하게."

아버지가 편 검지에서 남색 운무가 흘러나왔다. 거기까진 퍽 익숙한 광경이었으나, 운무의 색은 점점 옅어지더니 오로라처럼 투명하게 펼쳐졌다. 예쁘긴 했다. 그런데.

"색이 달라진 거 말고 모르겠는데요."

"아티팩트로 어쭙잖게 기척 숨기는 거에 몇 번 당했지?"

그 말에 아픈 기억이 떠올랐다. 왈릿의 후작성에서 데이브릭 백작이 독을 날릴 때라든가. 황궁 지하 감옥에서 롭티나와 얘기하던 중에 제몬이 찾아왔을 때라든가. 특수 기능에만 특화한 아티팩트의 능력을 제대로 감지하기 곤란했었다.

"여기까지 오면 그런 거 안 통한다."

좋긴 한데 경지를 한 번 더 넘은 것치고는 어중간한 장점이었다. 할아버님은 뭘 바라셨던 걸까. 나는 느리게 고개를 끄덕이며 실용적이라고 애써 칭찬을 덧붙였다. 아버지의 눈썹이 한번 꿈틀했지만, 같은 생각인지 날 비난하지는 않으셨다.

"너무 겁을 먹고 살 필요도 없지만, 너무 성급하게 굴지도 마라. 전부 네가 준비됐을 때 해, 계속 기다려줄 테니."

아버지에게서 느끼기는 처음이지만 정말로 어른 같은 말이었다. 웃으려고 했으나 속이 희한하게도 울렁거렸다.

"여태 하셨던 말과 정말 다른데요."

"본 대로 했을 뿐이야. 내가 본 자식 양육법은 그것뿐이었으니까. 그리고……."

그는 입을 달싹이다가 돌연 눈을 찡그렸다. 경우는 좀 달랐으나 본 적 있는 표정이었다. 무언가 말을 하려고 해도 도저히 꺼낼 수가 없을 때. 나와 세시오가 한차례 겪었던 일이다.

뭐, 맥락도 안 맞고 죽었다, 깨어나도 딸에게 사랑한다는 소리는 안 하실 분이었지만.

"빌어먹게도 혀가 무거워선."

"할 말 있으신가 본데 천천히 하세요. 앞으로 시간 많잖아요, 제가 어디 가는 것도 아니고."

"……그래."

그렇게 답하는 아버지가 기뻐 보이는 건 내 착각일까. 어쩐지 입꼬리가 간질거렸다.

"모처럼 아버지다운 말을 해 주신 건 좋은데, 그래도 근본적으로는 해결이 안 됐어요."

"뭐가 말이냐."

"어머니요, 여기 계속 있으시면 상태가 점점 나빠지실 거예요."

지금 그분께 북부의 추위는 극심한 독이었다. 당장은 몸살 정도지만, 내버려 뒀다가는…….

"그건 네가 신경 쓸 일이 아니야."

아버지의 반응은 예상외로 담담했다.

"이즈의 건강은 내가 알아서 챙길 테니 너는 지금 네 일에나 신경 써."

따로 생각하고 계신 거라도 있는 걸까. 의아해하면서도 나는 고개를 끄덕였다.

이야기를 마친 뒤 아버지와 나는 발코니를 나왔다. 그는 연회장을 아예 나섰고 나는 세시오를 찾아 두리번거렸다.

장신에 백금발, 워낙에 눈에 띄는 조합인지라 나는 금세 내 연인을 찾아냈다. 그리고 그쪽으로 발걸음을 내딛는 찰나 노골적인 험담이 귀에 들려왔다.

"성자니 뭐니 그럴싸하게 지껄여 봤자지, 검을 못 다루는 북부인이 말이나 되는 소리야?"

"소공작님께서 아직 수도 물이 덜 빠지셔서 그래. 아직 본인의 가치를 잘 모

르신다니까."

"속상해 죽겠어. 평민이랑 뭐가 다르단 거야."

이것들 봐. 좋았던 기분이 와르르 무너져 내렸다. 세시오 쪽을 쳐다보자 그는 아무렇지 않은 표정으로 와인 잔을 기울이고 있었다. 다만 그 속까지 멀쩡할지는 모르는 일이지만.

내가 근처에 있다는 걸 알아차린 몇몇이 흠칫하며 몸을 물렸다. 하나 세시오에게 들으란 듯 떠들어대는 이들은 내가 가까이 갈 때까지도 입을 놀리기 바빴다. 나는 무리의 가운데에 있는 이에게 어깨동무하듯 팔을 걸었다. 그리고는 팔에 힘을 줘서 아래로 끌어내렸다.

"아아악!"

"사람이 참 과감하기도 하지."

그가 커다란 비명을 내지르며 주저앉았다. 어차피 기사인 것 같으니, 이 정도 고통쯤이야 감당할 만하겠지.

나는 바닥에 널브러진 이를 내려다보며 남은 말을 이었다.

"내가 있는 자리에서 내 약혼자를 모욕하다니 어디서 배워 온 용기야?"

"소, 소공작님!"

나도 북부 사람 다 됐다고 수도와 비교하며 엄청 편을 들었는데 멍청한 짓이었다. 이런 놈들은 정말 어딜 가나 있구나. 수도 사람과 다른 점이라고는, 그래도 근성은 있어서 탈골된 어깨를 제 손으로 맞추고 있다는 점뿐이다. 그렇게 생각하니 차라리 수도가 나은걸. 입매를 비뚤게 기울이자 주저앉은 이의 눈이 떨렸다. 배 속에 술을 좀 부어댔는지 취기가 오른 눈빛이 영 흐리멍덩했다.

"……제가 틀린 말을 한 건 아니잖습니까. 제 구애는 본 척도 안 하시더니."

그 말을 듣고 보니 새삼 얼굴이 낯이 익었다. 이름이 에리……. 혀 꼬이는 이름이었지, 아마. 성에서 지낼 적 끊임없이 얼굴을 비춘 것 같았는데 그게 구애였단 말인가.

"소공작님께서 데려온 사람이 저보다 뭐가 낫습니까?"

"여기 거울 있는 사람?"

"여기 있습니다!"

조롱 삼아 꺼낸 말이었는데 뜻밖에도 거울이 세 개씩이나 튀어나왔다. 이렇게 과잉 충성할 거면 험담을 떠들어대는 입이나 좀 틀어막든가. 나는 좀 당황해서 손에 닿는 대로 아무 거울을 하나 집어 들었다. 선택받은 이의 얼굴에 승리감이 떠오르고 다른 사람의 얼굴이 시무룩해지는 건 못 본 척했다.

그러고는 집어 든 거울을 주저앉은 이에게 건넸으나, 그는 두 손으로 공손히 받으면서도 애써 거울을 쳐다보지 않았다. 그렇지, 직접 비교해 봐야 비참해질 뿐이니까.

"얼, 얼굴이 다는 아니지 않습니까."

"그럼 넌 뭐가 나은데?"

"제가 검을 더 잘 다룹니다. 가문도 괜찮고, 더 먼저 소공작님께 반했습니다!"

어느 것 하나 맞는 소리가 없었지만, 마지막이 가장 가관이었다.

"한 30년쯤 쫓아다닌 사람처럼 구네."

"30년 정도 쫓아다니면 돌아봐 주실 겁니까?"

"그렇게 오래 쫓아다니긴 힘들걸. 진작 목이 잘릴 텐데."

웃으며 말하자 그가 흠칫 몸을 떨었다. 그러면서 거울을 떨어뜨려서 파편이 사방으로 조각났다. 가지가지 한다, 정말.

"이름이 뭐지?"

쫓아다니면서 내가 제 이름도 몰랐다는데, 그는 자존심도 없는지 넙죽 답했다.

"에뤼셀 몬트입니다."

과연, 기억대로 혀 꼬이는 이름이다.

"그래, 몬트 경. 내가 만만해 보이나?"

"예?"

"내가 배우자를 고른 기준이 뭔지, 내 상급자도 아닌 사람한테 보고하고 허락받아야 하듯 말하던데."

웃으며 말에 기세를 실어 내자, 머잖아 사내의 몸이 덜덜 떨리기 시작했다.

"아니면 몬트 경이 내 상사인가?"

"그, 그게."

"뒷이야기야 얼마든 할 수 있지. 그런데 이렇게 무도회장에서 들으란 듯 떠들어대는 게 뒷말이라긴 좀."

"용서……."

"착각하지 마, 에뤼셀 몬트. 경이 내게 무슨 감정을 품었든 내 약혼자의 조건이 어떻든, 그건 경이 간섭할 수 있는 문제가 아니야. 왜냐하면."

점점 더 많은 마나를 풀어내자 이제는 그의 이가 딱딱 부딪는 소리가 났다. 그러더니 돌연, 에뤼셀 몬트의 낯이 파랗게 질렸다. 그걸 보고도 막연히 위협이 잘 먹히고 있다고 생각했으나.

"몬트 경은 내 아랫사람ㅡ."

"그우웩!"

다음 순간, 기사가 토사물을 쏟았다. 사방에 다 튈 만큼 요란한 기세였다.

"으악!"

"이게 뭐야, 더럽게!"

"이런 미친!"

뭘 얼마나 처먹은 거야. 더러워서 다급히 몸을 물렸지만, 이상하게도 내가 있던 자리는 깨끗했다. 피하지 않았어도 내 옷엔 그 흔적조차 스치지 않았을 것이다. 비정상적인 모양새에 설마 싶어, 나는 세시오 쪽으로 눈을 돌렸다.

그는 이쪽을 가만히 구경하다가 나와 시선이 마주치자 순진하게 눈을 깜박였다. 저게 자백이랑 뭐가 다르담. 그러는 동안에도 에뤼셀 몬트의 식단 자랑은 멈추지 않았다.

"죄송, 잘모우웩 토가 멈추웍!"

"비위 상하니까 치워!"

"죄, 죄송합니다!"

그와 떠들어대던 무리가 몬트를 끌고 사라졌다. 그가 지나간 자리에 남은 흔적이 마치 헨젤과 그레텔을 보는 듯하다. 신경질적으로 머리칼을 쓸어 넘기자 눈치를 보던 귀족들이 숨을 들이켰다.

"뭘 쳐다보세요. 일들 봐요."

작위가 있는 귀족도 섞여 있어서 짜증을 누그러뜨리고 말했는데도, 말투가 영 신경질적이다. 점점 인성 파탄이 되는 것 같았지만. 그러게 누가 저 소릴 가만히 듣고만 있으랬나.

나는 입가를 매만지며 세시오에게 다가갔다. 곁에 선 순간 그가 나를 보며 빙긋 웃었다. 이런 상황에 할 말은 아니지만 참 예쁜 웃음이다. 그렇게 생각하자마자 자조감이 들었다. 나는 왜 이렇게 세시오의 얼굴에 약한 걸까.

드러내 놓고 언령 이야기를 꺼낼 수가 없어 나는 발코니로 그를 데려갔다. 마침 빈 발코니로 들어서려던 사람이 있었지만 나를 보더니 주춤주춤 물러났다. 내가 꺼지라고 한 게 아니니 괜찮겠지. 왠지 쫓아낸 것 같아 조금 미안해졌다.

커튼을 쳐 사람들의 시선을 가로막고, 나는 바로 입을 열었다.

"어차피 당신 험담을 하던 사람이니, 자력 구제를 하더라도 상관은 없는데 좀 깔끔하게 해 줘."

웬만한 건 얼마든지 모르는 척 넘어가 줄 수 있지만, 구토는 너무하잖아. 내 말에 세시오가 눈꼬리를 늘어뜨렸다.

"서운하군, 아무 말도 안 하고 얌전히 있었는데 범인으로 의심받다니."

그래, 아무 말도 안 하긴 했지. 다만 황궁에서 일을 치른 이후, 세시오가 말없이 언령을 쓸 수 있다는 걸 알고 있으니 의미 없는 항변이었다.

"모르쇠로 굴 거면, 내 옷에만 안 튀는 그 부자연스러운 서비스는 빼든가."

"그대의 옷에 더러운 걸 묻힐 수는 없지."

천연덕스러운 답에 나는 눈을 가늘게 뜨고 그를 쳐다봤다. 혹시.

"일부러 더러운 수단을 고른 거야? 정떨어지게 하려고?"

"음……. 나날이 눈치가 좋아지는군."

"왜, 날 쫓아다녔다고 해서?"

"화가 났나?"

세시오는 나를 끌어안고는 화내지 말란 듯 내 머리에 뺨을 비볐다. 나는 무어라 화도 못 내고 그를 달랬다.

"이 성을 탐내는 사람들이 한둘인가. 너무 신경 쓰지 마. 일일이 신경 쓰다간 당신이 먼저 피를 토할걸."

"염려된다면 어디까지 해도 되는지 분명히 말해 주면 좋겠군."

"……감당될 정도로만 해, 더럽지 않은 선에서."

솔직히는 그냥 신경 쓰지 말라는 정도로 마무리하고 싶었지만, 사람의 마음이란 게 그리 간단하지는 않을 것이다. 세시오의 험담을 듣고 어깨를 탈골 시킨 내가, 도덕을 운운할 수도 없는 노릇이고.

내 답이 마음에 들었는지 그가 소리 내어 웃었다.

"청탁하는 김에, 자력 구제의 범위를 넓히고 싶은데."

"무시무시한 단언데."

"그대에 대해 이러쿵저러쿵 떠들어대는 이들이 있더군."

잠시 어리둥절했으나, 곧 그 말을 이해했다.

"할 수 없어. 내가 여기에 온 지 몇 년 안 됐으니까."

거의 모두라 해도 좋을 사람들이 아버지를 존경했고 그들 중 대부분이 나를 인정했으나 그렇지 않은 부류도 몇 있었다. 최근에야 북부로 왔다는 이유도 있었고, 지금 세시오를 화제로 떠들어대는 것처럼 어머니의 신분을 책잡는 이들도 있었다. 대놓고 말할 만큼 멍청한 사람은 없었으나, 세시오를 데려온 일로 돌려서 나를 험담하는 모양이다. 하지만.

"당신이 염려할 문제는 아니야."

"테릴."

"개인적으로 화풀이를 한다고 해결되지는 않잖아. 뭣보다 인식을 바꾸기에 더 좋은 해법을 알고 있고."

굳은 세시오의 미간을 문지르며 나는 짓궂게 웃었다.

"조만간 사냥대회를 한 번 열려고."

"갑자기?"

"주기적으로 마수들을 사냥해 줘야 하거든. 그런데 화이트폴의 마수가 제법 위험해서 한 번씩 손을 삐끗하게 된단 말이야."

보통 위험해야 말이지, 무서워 손이 떨리니 할 수 있나. 그러다 보면 검의 방향도 마수에서 사람으로 좀 옮겨 가기도 하고, 마나탄도 잘못 쏘기도 하고. 그래도 사람들한테는 피 한 방울 나지 않으니 괜찮지 않나? 사람이 실수할 수도 있지.

주절주절 늘어놓고 나니 나 자신이 좀 철없게 느껴졌으나, 세시오가 만족한 듯 웃어서 그런 건 괜찮아졌다. 철없는 게 하루 이틀 일도 아니었으니까.

"그럼 그쪽은 그대에게 맡기지."

그 순간, 바깥에서 바람이 불어닥쳤다. 발코니를 단단히 닫아 놓은 커튼이 살짝 열렸다. 이 공간을 엿볼 수 있을 정도로. 예전, 무도회에서의 일이 생각나서 나는 픽 웃고 말았다.

"이번엔 주정뱅이가 드나들지도 않았는데, 커튼이 열렸네."

그러고는 커튼으로 손을 뻗었으나, 세시오가 내 팔을 붙들어 만류했다.

"수도에서 했던 일 말이야."

그는 꼭 그때의 일을 재현하는 것처럼 난간에 반쯤 기대앉았다. 바람은 커튼을 연 걸로도 모자라 계속해서 불어왔고, 그 흐름을 따라 백금빛 머리칼이 희게 흩날렸다. 마침 흉기처럼 쏟아지던 눈도 잠시 멎은 터라 고요한 밤을 배경으로 그의 모습이 달처럼 보였다.

세시오의 눈이 초승달처럼 휘었다.

"한 번 더 해 주면 안 되겠나? 지금이야말로 사랑이 필요한 때잖아."

"……당신, 아버지한테 말 들어가면 어떻게 될지 장담 못 하는데."

"목숨 정도야 기꺼이 걸 수 있어."

"내가 그 소리 싫어하는 거, 세시오 공자는 아직 모르나?"

마땅치 않은 말에 삐딱하게 말하자 그가 좀 당황한 듯 입술을 달싹였다. 그 모습을 보고 나는 웃고 말았다.

"봐줬다."

손을 뻗어 세시오의 옷깃을 당기고 입술이 맞닿았다. 몇 번이나 거듭한 행위인데도 이상하게 점점 그 숨결이 달게 느껴졌다.

모자람이 없는 밤이었다. 꼭 보름달처럼.

이튿날 아침, 침실을 나온 세시오는 알 수 없는 생물체와 마주쳤다. 온몸에 표범 같은 무늬가 새겨져 있고 전체적인 털은 회다. 발도 크고 꼬리도 두꺼워서 온몸이 도톰하고 동글동글하다. 덩치는 그리 크지 않지만, 얼굴은 고양이과의 맹수를 닮아 있었다.

그런데.

'왜 꼬리를 물고 있지.'

그 짐승은 거추장스러운 것처럼 제 꼬리를 입에 물고 세시오를 빤히 보고 있었다. 어떻게 대응하면 좋을지 몰라, 그가 눈을 깜박이는 때.

"얘가 왜 당당히 성을 걸고 있어."

익숙한 목소리가 둘 사이를 끼어들었다. 테릴이었다. 세시오를 빤히 보던 짐승도 휙 고개를 돌리더니 퍽 우아한 걸음걸이로 그녀에게 다가갔다. 테릴이 자연스럽게 그 머리를 쓰다듬어 주었다.

"그건 뭐지?"

"성에서 기르는 고양이. 이름은 밀키야."

"고양이……?"

아무리 봐도 그런 작고 귀여운 생명체는 아니었다. 그때, 그 짐승이 울음소리를 내며 테릴에게 몸을 비볐다. 그 소리는 마치.

"봐, 야옹 하잖아."

"……."

북부의 고양이는 진짜 저렇단 말인가.

그녀가 동물의 머리를 매만져 주는 걸 보고 그의 표정이 묘하게 변했다. 리한이 사는 땅인 걸 감안하면 정말일지도 모른다. 세시오가 막 넘어가려는 차였다.

"밀키!"

누군가 복도로 달려오다가 헉 소리를 내며 멈추었다. 가죽옷을 입은 청년이다. 그는 테릴에게 다급히 허리를 꺾어 인사했다.

"안, 안녕하십니까, 소공작님."

"안녕하긴 한데, 하이디. 안 그래도 연회 때문에 오가는 사람 많은데 밀키를 풀어 놓으면 어떡해. 사람 덮치면 어쩌려고."

자기는 그런 짓을 하지 않는다고 항변하듯, 짐승이 또 야옹 울었다.

"죄송합니다. 갑자기 달려 나가는 바람에 놓쳤습니다. 제 목숨을 걸고 다시는 이런 일이 없게 하겠습니다!"

"그렇게까지 말할 건 없는데."

테릴이 민망해하며 제 머리칼을 매만졌다. 그 모습이 귀여워 세시오가 입매를 늘여 웃었다.

"아, 인사가 늦었습니다. 안녕하십니까, 공자님. 설표 사육사인 램퍼드 하이디입니다."

적당히 인사를 나눈 뒤, 세시오는 희고 얼룩덜룩한 생명체에 대해 물었다.

"저 짐승의 종족이 설표인가?"

"아, 처음 들으시겠군요. 설산에 사는 고양이과의—."

"북부에 사는 고양이야."

테릴이 간단히 답했다. 사육사는 그녀의 말을 정정하고 싶은 듯 입을 달싹였지만, 결국 아무 말도 꺼내지 않았다.

고양이가 아닌 설표를 사육사의 품에 돌려보내고, 두 사람은 잠시 멀어져 가는 그 뒷모습을 바라봤다.

"신기하게 생겼군. 야생의 짐승이 저토록 희다니."

"그래? 여기서 털 달린 건 거의 그렇던데."

"꼬리는 왜 물고 다니던 건가."

"입이 심심했나 보지."

아무리 생각해도 그건 아닌 듯했지만, 세시오는 그냥 고개를 끄덕였다.

"보여줄게, 북부에서도 사냥대회 열리면 다음에 한번 가자."

테릴의 입에서 자연스럽게 다음이 나온다. 그 말이 날가워 그는 웃고 말았다. 테릴에게 손을 뻗자 그녀는 의아해하지도 않고 제 얼굴을 내주었다. 아침 인사로 이마에 입을 맞추고 떨어지려는데, 그녀가 세시오의 뺨에 키스를 되돌려 주었다. 마음 안쪽에 폭신한 구름 같은 감각이 차올랐다.

"일찍 일어났군."

"이젠 피곤할 일도 없으니까. 어머니가 새벽에 깨셨다고 들어서 잠깐 뵙고 오는 길이야."

"공작부인께서 아프시다고 했던가."

"다행히 이번엔 증세 자첸 가벼워."

"신관은?"

"계속 신관을 부르는 것도 곤란하지. 몸이 약해지잖아."

근육을 안 쓰면 퇴화하는 것처럼 사람의 자연 치유력도 그랬다. 그건 신성력으로 회복시킬 수도 없었으니까. 하나 신성력으로 불가능할 뿐이다.

세시오는 입술을 달싹이다가 조심스럽게 입을 열었다.

"체력이 좋아지면 되겠군."

목소리는 꽤 담담하게 나왔으나 그의 눈은 정교하게 짠 그물 같았다. 테릴의 표정이 미세하게 변하는 걸 하나하나 다 잡아낼 만큼. 그녀가 곧바로 답하지 않자 세시오는 기다리지 못하고 조급히 말을 이었다.

"그대가 말한 공략법이 그런 게 아니었나."

"……어머니 덕을 보려고 하긴 했어."

"그러면 내가 언령을 쓰는 편이 빠르지 않나."

"그렇긴 한데 말이야."

말끝을 끌다가 그녀가 느리게 한숨을 내쉬었다.

"당신을 사사로이 이용하는 것 같아 내키지 않네."

슬쩍 부풀었던 세시오의 가슴께가 천천히 되돌아왔다. 실로 다정한 이유였다. 그제야 그는 다시 웃을 수 있었다.

"몸이 약한 어머님의 건강을 회복시키는 건 옳은 일이지, 그걸 그렇게 표현할 사람은 없어."

"당신이 그렇게 말하면 내가 불효녀 같잖아."

"새벽부터 일어나 어머닐 뵙고 오는 사람이?"

"……그래도 제몬 일로 배운 게 있어, 뜻이 좋더라도 근시안적으로 몰입해 있으면 결과는 좋지 않다는 걸."

세시오는 작게 소리 내어 웃었다. 그녀를 좀 더 가까이에서 보고 싶어 무의식중에 그가 허리를 낮추었다.

"이용할 수 있는 방식이 있다면 얼마든 해도 좋아."

"이용 수단 같은 이야기 나오는 거 별론데."

"변하려고 노력하겠지만 당장은 그게 안심이 될 테니까."

"……."

"사랑하는 사람을 위해 뭔가 하게 해 줘, 그건 내 커다란 기쁨이 될 거야."

세시오의 진심 어린 말에, 테릴은 눈을 가늘게 뜨고 한동안 그를 바라보았다. 그러고는 잠시의 침묵 끝에 한숨으로 마침표를 찍었다.

이리 와, 테릴이 하는 말에 세시오의 허리가 더 낮아졌다. 그녀는 그의 등을 끌어안고 그 위를 느리게 도닥였다.

"무리하지는 마."

세시오는 한 번 고개를 끄덕이고 그녀의 입술에 짧게 입을 맞추었다.

세시오는 공작부인의 침실로 향했다. 테릴은 함께 가지 않았다. 마침 부인을 간호 중이던 리한 공작이 세시오를 부른 탓이었다. 혼자 오라고 덧붙인 말이 불길함을 자극했는지, 그녀는 부친의 말을 무시하고 함께 오려 했으나.

"나를 믿어 줘."

그가 그렇게 말하자 고개를 끄덕여 주었다. 세시오도 물론 예상치 못한 일이 난감했으나, 크게 부담이 되지는 않았다. 몇 번이나 생각했듯 세시오 아노비스에게는 온기가 냉기보다 어려웠으니까.

공작부인을 만나러 가며 공작이 있는 것쯤은 대단한 문제가 아니었다. 그러나 침실로 들어서자마자, 공작이 꺼낸 말에 조금 당황하기는 했다.

"거래 하나 하지."

침대 옆에 가져다 둔 스툴에서 일어나지도 않고 그가 뻣뻣한 자세로 말했다. 미처 인사도 채 건네기 전이다.

세시오가 느리게 눈을 깜박였다. 그러며 그는 무심코 지나간 일을 떠올렸다. 처음으로 리한의 마차에 올랐던 때.

"원하는 걸 말해."

모든 게 본격적으로 시작되었다고 말할 수 있는 그날을. 떠올림과 동시에 가슴에 묘한 감상이 차올랐으나, 그는 오래가지 못했다.

"귓구멍이 얼어붙었나? 아님 혀?"

날이 선 공작의 말에 세시오가 고개를 저었다.

"아닙니다. 바라시는 걸 말씀해 주십시오."

"네놈이 할 수 있는 거."

그거야 당연하지 않나. 세시오는 조금 난감해했지만, 제가 못마땅해 죽겠다는 얼굴의 사내에게 섣불리 입을 열진 않았다.

"알겠지만 이즐릿의 건강이 좋지 않다."

조금은 누그러진 목소리에 세시오는 고개를 돌려 침실의 주인을 쳐다봤다.

보는 것만으로 열기가 느껴지는, 붉은 물이 든 얼굴. 살짝 일그러진 눈썹 사이로 땀방울이 배어난다. 머리칼은 흐트러진 데 없이 잘 정돈되어 있었으나 그게 공작부인의 고통을 희석하지는 못했다.

"그래서 원래는 잠깐 정도 북부를 떠나 있을까 했지. 몸이 회복될 때까지만이라도."

"……테릴에게 공작위를 넘기고서요."

세시오의 말에 라셰드 리한이 입매를 비틀어 웃었다.

"마음에 안 든다는 투로 말하는군."

"테릴은 준비되지 않았습니다."

"네놈이 나보다 내 딸을 더 잘 안다는 말이냐?"

말할 때는 자신만만했으나, 곧이어 무슨 생각을 했는지 공작의 눈가가 움찔 떨렸다. 그러더니 한없이 치켜 올랐던 눈꼬리가 조금 내려왔다.

"어쩌면 조금은, 만에 하나쯤은, 설산의 용암만큼은 그럴지도 모르지만."

도무지 알 수 없는 비유였다.

눈꼬리가 계속해서 내려가는 걸 보며 세시오는 미묘한 재미를 느꼈다. 그러나 공작은 예리한 인사인지라 오래 즐길 수는 없었다.

"북부를 떠나 지낸다 한들 공작부인의 건강이 쉬이 회복되지는 않을 겁니다.”

“네놈이 뭘 알아?”

“근 20년간 수도에 머무르셨는데도 북부에 오자마자 앓으셨다고 들었습니다.”

수도는 북부에 비할 바 없이 따뜻하고 20년은 긴 시간이다. 생활고로 고생한 것과 별개로 자연 치유력은 회복되고도 남았을 정도로. 그럼에도 공작부인의 건강은 이랬다. 이제 와 다른 지역에서 잠깐 요양하더라도 별다른 의미가 없을 것이다.

“……수도에선 고생을 많이 해서 회복이 덜 된 거야. 돈을 퍼부으면 말이 달라지지.”

“그걸로 해결되지 않는다는 건 전하께서 더 잘 아시는 듯합니다.”

세시오의 말이 마땅치 않았는지, 공작은 눈을 가늘게 뜨고 잠시 그를 노려봤다. 그러다가 느른한 한숨이 바닥으로 가라앉았다.

“그래, 어차피 들킨 마당이니 더 발뺌해도 우습겠군.”

그렇게 말하며 공작이 자리에서 일어났다. 두 사람 사이의 거리감은 그대로, 그저 앉은 자리에서 몸을 일으켰을 뿐이다. 그런데도 세시오에게 느껴지는 압박감은 차원이 달랐다. 겨울을 형상화해 사람으로 빚어내면 이럴까. 언령의 힘이 많이 커졌음에도 그 앞에 서 있는 것조차 버거울 지경이다. 세시오의 등이 식은땀으로 젖어 들었으나 그는 공작의 시선을 피하지는 않았다. 오히려 다른 생각을 하기도 했다.

‘수십 년이 지나면 테릴도 이처럼 강대한 겨울이 될까.’

그렇게 생각하니 외려 가슴이 일렁였다.

세시오의 머릿속을 들여다본 것도 아닐 텐데 공작은 그가 다른 생각에 잠긴 걸 용케 알아차렸다. 어처구니가 없다는 듯 혀를 차는 소리에 세시오가 빠르게 상념을 정리했다.

그러나 그뿐, 라셰드 리한은 실속 없는 험담을 쏟아내진 않았다. 스툴에서 일어났을 때부터, 그는 세시오를 못마땅한 사윗감이 아니라 거래 상대로 보고 있었으니까. 그래도 김이 빠지기는 했는지 그의 기세가 한풀 꺾였다.

"언령을 쓴다면 내 아내의 건강을 되돌리는 것쯤은 어려운 일이 아니겠지."

"물론입니다."

"솔직히 네놈이 뭘 원하는지는 모르겠단 말이야. 그러니 직접 들어야겠군."

말로는 원하는 걸 들어준다고 하지만, 목소리나 말투만 봐선 뭐라도 갈취해 가겠다는 것처럼 들렸다.

"참고로 테릴이라고 대답하면 목을 보전하기 힘들 줄 알아라."

"그래도 테릴뿐입니다."

공작의 눈썹이 크게 꿈틀했다. 그의 손이 번개처럼 움직여 제 허리춤으로 향했다. 그 모습을 담담히 보며 세시오는 남은 말을 이었다.

"전하께서 주실 수 있는 건 아니지만요."

스릉. 거의 검집을 빠져나왔던 칼날이 도로 그 안으로 빨려 들어갔다.

라셰드 리한이 검을 되돌리는 걸 보며 세시오가 마른침을 삼켰다. 대충대충 내뱉는 것 같아도 공작의 입에서 나오는 건 전부 진심이었다.

"알긴 아는군."

"공작부인의 몸을 고쳐 드리는 건 어렵지 않습니다. 전하께서 말씀하시지 않았어도 애당초 그러려고 여기까지 왔습니다."

"……흥, 테릴에게 점수를 따려 아주 안간힘을 쓰는구나."

"겨우 15점밖에 받지 못했으니까요."

그 말에 공작이 의아해했지만, 세시오는 가벼이 웃을 뿐 답하지 않았다. 대신에 그는 공작부인이 누워 있는 침대로 느리게 걸음을 옮겼다. 한 걸음 한 걸음 가까워질수록 살갗을 헤집는 기세가 강해졌다.

거래를 청한 사람은 공작이면서 세시오를 보는 눈빛은 도둑이나 사기꾼을 보는 듯하다. 식은땀에 젖은 셔츠가 그의 등에 빈틈없이 몸을 붙여 왔다.

그러나 그 외에, 세시오의 긴장을 드러내는 지표는 아무것도 없다. 걸음걸이가 느려지지도 않았고 몸짓도 평소와 다름이 없었다. 그 모습을 보며 공작의 눈이 살짝 가늘어졌다.

침대 곁에 다다라, 세시오는 이즐릿 리한을 내려다보며 입을 열었다.

"부디 강건해지시길."

테릴이 더 이상 걱정하지 않도록. 제가 그녀의 행복에 도움이 될 수 있도록. 절 향한 그녀의 사랑이 더 강해질 수 있도록. 그의 말에는 삿된 소망까지 녹아 평소보다 진한 바람이 서렸다. 그런 만큼 언령은 이즐릿의 몸을 열렬히 끌어안았다.

가장 먼저 사라진 건, 피부 아래서 들끓던 열기. 이어 다소 거칠던 숨소리가 가라앉고 일그러져 있던 표정이 평온하게 풀어진다. 수십 년간 쌓여 온 고생으로 약해졌던 뼈와 근육이 튼튼하게 자리 잡고 비틀렸던 척추가 펴지면서 키도 조금 자랐다.

몸 안의 탁기가 모두 녹고 묘하게 불규칙적이던 심장 박동에 온전한 질서가 깃든다. 살과 머리칼에도 반질반질한 윤기가 돌았다. 그 모습을 바라보며 세시오의 표정이 묘하게 변했다.

'네빗 엔하르트보다 몸이 좋아진 것 같은데.'

무골이 되길 바란 건 아니었음에도, 바람이 강했던 탓인지 언령은 열심히 일했다.

'나쁠 건 없겠지.'

그때, 공작이 다가와 세시오를 밀어냈다. 빈말로도 부드럽다고 말할 손길은 아니었지만 우악스럽거나 강압적이지도 않았다.

라셰드 리한은 한동안 제 부인을 바라보았다. 촛불이 일렁이는 것처럼 공작의 눈동자 안에서 온갖 감정이 온기를 내뱉었다. 그 시선을 느낀 걸까, 잠들어 있던 이의 눈꺼풀이 움찔 떨리더니 느리게 눈이 열렸다. 테릴과 같은 빛의 눈동자에 어렴풋이 공작의 형상이 비추었다.

"라셰드……?"

목소리에는 잠기운이 섞였을망정 고통은 한 점도 보이지 않았다. 그걸 알아차렸는지 공작은 다소 먹먹한 소리로 물었다.

"……몸은 어때."

"뭘 물어요. 몸이야 늘 괜찮……."

그녀는 익숙한 투로 거짓말을 하려다가 말끝을 흐렸다. 제 몸이 나아진 걸 알아차린 건지, 느리게 눈을 깜박이기도 했다. 그러더니 곧 공작부인의 눈동자가 세시오에게로 향했다.

"그렇게 타박하시더니 당신이 부탁할 줄도 알았군요."

"부탁? 난 부탁이 아니라 거래를—."

"목소리 높이지 말아요."

당황해서 커지던 소리가 단번에 죽었다. 입을 꾹 다문 남편을 보고 웃으며 이즐릿이 손을 뻗었다. 그녀의 손끝이 부드럽게 라셰드의 뺨을 쓰다듬었다.

"착해."

"……어린애 취급은."

"고마워요, 세시오 공자. 또 신세를 졌네요."

나른한 소리로 말하며 그녀가 눈을 몇 번 깜박였다.

"제대로 인사해야 하는데 어쩌죠, 너무 졸려서."

"아닙니다, 쉬세요."

"양해해 줘서 고마워요."

그 몇 마디를 내뱉는 게 한계였는지 공작부인의 눈빛이 금세 가물가물해졌다. 금방이라도 잠들어 버릴 모습을 보며 세시오는 망설이다 입을 열었다.

"일어나시면 말은 편하게 해 주십시오."

"말씀 편하게 하십시오, 공작부인."
"공자가 절 어려워하는데, 저만 편할 수는 없죠."

일전에 나눈 이야기가 머릿속을 지나갔다. 당연히 아직 공작부인이 편하다고 말할 수는 없었다. 제대로 된 대화라고 할 만한 것도 지금이 두 번째였으니까. 하나 편하지는 않더라도 편해져야 할 사이였다. 그녀는 테릴의 가족이었으니까.

무슨 생각인지, 이즐릿이 세시오를 보며 눈을 휘어 웃었다. 그러고는 곧바로 수마가 그녀의 눈꺼풀을 내리눌렀다. 공작은 너무 힘이 들어가지 않게 그녀의 손을 쥐고는 그 모습을 가만히 내려다보고 있었다. 혹 잠을 방해할까 걱정되었는지 숨소리조차 조용히 죽인 채로. 그러고는 공작부인이 깊은 잠에 빠져든 것이 확실해졌을 무렵에야 다시 입을 뗐다.

"호흡이 안정됐군. 체온도 정상이 됐고 내부 장기의 소리도 어지간한 기사 못지않아."

리한 공작쯤 되면 장기의 소리도 들을 수 있는 걸까. 그러면 테릴도 가능할까. 세시오는 호기심을 느꼈으나 일단은 지금 해야 할 말을 꺼냈다.

"건강해지셨습니다."

"앞으로는—."

"계속 건강하실 겁니다."

혹시 일이 생겨 몸을 다시 망치더라도 얼마든지 회복시킬 수 있을 테니까.

'앞으로도 착하게 살아야겠군.'

언령을 지켜야 하는 새로운 이유가 생겼다. 그 이유라는 게 조금은 이상했지만, 이유가 있다는 것 자체가 세시오는 기뻤다.

"내가 외지인에게 도움을 받는 날이 올 줄이야."

리한 공작이 두어 번 얼굴을 쓸어내렸다. 찰나, 그의 얼굴은 복잡 미묘한 표정으로 물들었으나 금세 원래대로 돌아왔다.

"내가 내줄 수 있는 걸로 말해. 바라는 게 없다고 말하면 이번에야말로 목을 내려놓을 줄 알아라."

말투는 여전히 거칠었으나, 목소리는 세시오를 향한 것 중 가장 온화했다. 바라는 거라……. 세시오는 잠시 바닥을 내려다보다가 느직이 말했다.

"없진 않습니다."

"너구리 같은 놈. 뭐냐."

"테릴이 바랄 때 공작이 되게 해 주십시오."

"허. 테릴과 그런 이야기까지 했나? 제 아비가 저보고 하루빨리 공작이 돼라, 다그치고 있다고?"

"연회에서 들었습니다."

테릴에게 직접 그 사정을 들은 건 아니었다. 다만 그녀의 생일 연회에서 그렇게 떠들어대는 소리가 컸다. 리한 공작이 자리에 신물을 내고 있다고. 머잖아 테릴이 다음 대 공작이 될 거라고. 앙그레아 폴룩스라는 여자는 그 말을 대놓고 테릴에게 하기도 했다.

그 말에 그녀는.

"그건 또 무슨 소리예요. 제가 왜 벌써 공작이 돼요."

세시오의 착각일지도 모르지만 제법 부담스러워 보였다. 그녀는 본인의 감정을 솔직히 밝히는 편은 아니라서, 물어보더라도 제대로 된 답을 들으리라 확신할 수는 없었지만.

그러나 테릴이 바랄 때 공작이 되게 해 달라는 말 정도는 괜찮았다. 설사 정말로 세시오가 오해한 거라고 한들, 그녀가 그 시기를 정할 수 있다면야. 다만 그녀가 곧바로 공작이 되길 바란다면 좀 아쉽긴 할 것이다. 그러면 그녀는 많이 바빠질 테니까.

"그래, 요즘 북부에 입 가벼운 놈들이 많아지긴 했어. 한번 날을 잡아야지."

그렇게 말하는 공작의 눈에 요란한 빛이 번쩍였다. 테릴이 얘기했던 사냥대회에서의 수작질 같은 건 귀엽게 느껴질 기세였다.

"들어주시겠습니까?"

"그러고 싶지 않다면?"

애당초 바라는 게 뭔지는 왜 물어봤던 걸까. 의아함이 들 만큼이나 삐딱한 어조였다.

"이미 난 거래의 목적을 달성했어, 굳이 되돌려줄 필요는 없지."

세시오는 그 말에 화가 나기보다는 감탄을 느꼈다. 참으로 악당 같은 모습이다. 그 생각을 읽었을 리도 없는데 공작은 한층 더 악당 같은 미소를 지었다.

"잘난 척은 다 해 놓고 얼뜨기가 따로 없구나."

"제가 전하께 청한 건 거래가 아닙니다."

예상치 못한 말이었는지 그가 눈썹을 움찔했다.

"부탁입니다. 혹은 청탁이라고 생각하셔도 상관없지만."

"……건방진 놈."

"……."

"그딴 건 못 들어준다."

칼 같은 말에 세시오가 어깨를 으쓱였다. 어차피 제 말을 들어줄 거라 확신한 건 아니었으니까.

"다른 건 없나?"

"테릴과의 관계를 반대하지 않으시면 좋겠습니다."

"……하루 종일 붙어 다니는 게 눈꼴시려도 봐줬는데, 대화는 안 하고 붙어만 있나 보지?"

공작이 미묘한 얼굴로 말했다. 그게 무슨 뜻인지 몰라, 세시오가 눈을 한 번 깜박였다.

"뒷북치지 말고 자세한 이야기는 직접 해."

뒷북이라니. 이미 테릴과 그 주제로 말을 마쳤다는 것처럼 들리는 어조다.

의아함을 누르지 못하고 세시오가 입을 열려던 차에, 공작이 손을 설렁설렁 내저었다. 이만 나가 보라는 손짓이었다. 묻는다고 그에게 답을 들을 수 있을 것 같지도 않아, 세시오는 별수 없이 문가로 향했다. 그 순간.

"내 딸 눈에서 눈물 빼면 네놈 눈에선 피눈물이 흐를 거다. 명심해."

음산한 목소리로 하는 말에 세시오는 웃고 말았다. 그건 반쯤은 허락이나 마찬가지였으니까.

세시오가 혼자 가겠다고 해서 일단 보내긴 했으나, 나는 계속 불길함을 느꼈다. 다른 사람도 아니고 세시오와 아버지였다. 사고가 터지지 않는 게 오히려 기적인 조합 아닐까?

어머니의 침실이 있는 복도를 계속 서성거리며 나는 문이 열리기만을 기다렸다. 그리고 정말 기적처럼 세시오는 온전히 걸어 나왔다. 그런데.

"아버지께서 벌써 말씀하셨다고?"

아니, 나한테 허락한다고 말하면 됐지 왜 사방팔방에 얘기하고 다니시는 거지. 그에게 청혼하며 말하려고 했던 나로서는 실로 맥 빠지는 일이었다. 물론, 서운해하는 세시오가 귀엽긴 했다. 안 그러려고 나름 애를 쓰는데도 표정에 노골적으로 티가 나는 모양새가 그답지 않게 솔직해서. 그렇긴 하지만.

"요즘 소설 보신다면서 스포일러가 싫은 건 왜 모르실까."

"⋯⋯스포일러?"

"서운해하지 마. 숨길 생각 없었어, 말하려고 했어."

"바로 말해 주지 않았다고 서운해할 어린애는 아니야."

"그게 안 서운한 표정이야? 정말 서운했다가는 울겠다."

내 말에 입을 다물고, 세시오가 날 빤히 쳐다봤다. 딴은 불만을 표하는 것 같았지만 그냥 귀여웠다.

"나름대로는 의미 있는 말이니까 바다를 보면서 말하고 싶었거든."

"바다라면 저번에 봤잖나."

"연안의 꽝꽝 얼어붙은 데 말고."

저번의 얼어붙은 바다가 기억에 콱 틀어박혔는지, 세시오가 의아하게 눈을 깜박였다.

"말했잖아, 북부로 멀리 나가면 여기도 바다 같은 바다가 있다니까."

희고 커다란 배의 위. 선상에서 바라보는 세상은 탁 트여 있다. 하늘도 바다도, 보이는 곳은 전부 채도와 명도가 다를 뿐, 푸른색으로 뒤덮여 있었다. 양심껏 말하자면, 눈과 얼음덩이도 제법 있긴 했다.

세시오에게 다양한 시간대의 바다를 보여주고 싶었기에, 해가 좀 설핏한 오후로 시간을 잡았다. 조금 더 있으면 놀이 질 것이고 빛이 다 가라앉은 밤에는 별도 예쁘게 빛날 것이다.

북부의 밤하늘을 제대로 올려다본 적이 없어 왈릿보다 아름다울지는 모르겠으나, 세시오는 만족할 것이다. 다소 어중간한 지금도 홀린 사람처럼 바다를 보고 있었으니까.

선미의 난간에 기대 턱을 괴며 나는 옆에 있는 사내를 바라보았다. 요란하게 몰아닥치는 바람 때문에 이마가 훤히 드러나 보였다.

"그래, 바다를 보니 어떤 기분이 드십니까, 바다 님."

"바다 님?"

"당신 애칭이잖아."

"글쎄, 내 바다는 여기에 있는데."

세시오가 웃으며 나를 등 뒤에서 끌어안았다. 퍽 기분이 좋아 보이는 얼굴이다.

"직접 보긴 처음이야, 고마워."

"기뻐해 주니 좋긴 한데 천리안으로도 볼 수 있지 않아?"

"그대에게도 보여줬으니 기억하지 않나? 별로 깔끔하게 보이진 않아. 사진기 같은 느낌이지."

"사진기면 흑백으로 보인단 소리야?"

"정정하지, 풍경화 같은 느낌이야. 직접 볼 때의 생동감은 전혀 없어. 할 수 없지, 눈이란 신체 기관을 빌리기만 할 뿐이니까."

"언령으로 그 차이를 커버할 수는 없어?"

"낭비할 수는 없으니까."

뒤늦게야 떠올랐다. 얼마나 지났다고 벌써 잊어버린 걸까. 세시오가 세력을 끌어모으고 황좌를 노리던 게 엊그제인데, 자연경관을 구경하는 일에 언령을 허비할 리 없었다.

"그리고 나는 자연적인 게 좋아."

그렇게 말하며 그는 내 머리칼로 손을 뻗었다. 세시오의 백금발과 마찬가지로, 내 머리 또한 바람 때문에 사방으로 요란하게 흩날리고 있었다. 시야를 가리는 게 신경 쓰여 귀 뒤로 넘겨도 금방 풀려나 나풀거렸다.

세시오는 그 머리칼들을 한데 모아 땋기 시작했다. 눈앞이 깔끔해지는 게 좋아 나는 순순히 그 손길에 내 머리를 맡겼다.

"아무래도 수상한데. 여자 머리 땋는 건 어디서 배웠어?"

"여전히도 믿어 주지 않는군. 이런 식으로 된 옷의 매듭이 있었을 뿐이야."

"아, 견장 같은 데에."

"간혹 풀리더라도 도와주는 이가 없으니 스스로 익혀야 했지."

"……데이브릭 사용인들 정말 마음에 안 들어."

"나도 그런 편이지만 당장은 고맙군."

그는 언령으로 끈을 소환해서 머리칼의 끝을 묶고는 웃었다. 그 모습을 보며 따라 웃다가 나는 다시 바다로 시선을 내렸다. 움직이는 배 옆으로 희게 부서지는 포말들이 보였다.

그걸 보고 있으니 왠지, 한때 흘려들었던 말이 떠올랐다.

"그거 알아 세시오, 바다는 밖보다 안에서 보는 게 예쁘대."

"뭐?"

"나도 들어가 본 적은 없지만 그렇다고 하더라고."

솔직히 들을 때만도 별 관심도 없는 이야기였다. 자연 광경이 얼마나 예쁘든, 그쪽에 취미 자체가 없었다. 하지만 세시오는 그런 걸 좋아하는 모양이니까.

나는 그를 조금 밀어내고 난간 위로 훌쩍 뛰어올랐다. 잠깐이지만 그의 눈높이가 나보다 아래 있는 건 오래간만이었다.

"다른 사람이라면 동사할지도 모르지만, 당신은 괜찮지? 체온 조절해 놨잖아."

북부에 올 때 추위를 느끼지 않도록 언령을 걸어놨으니 물속도 괜찮을 것이다. 세시오가 답하려는 때, 누군가 뛰쳐나왔다.

"소, 소공작님 혹시 바다로 뛰어드시려는 겁니까?"

배에 올라타면서 인사를 나눴던 선장이었다. 그는 사색이 된 얼굴로 난간에 서 있는 나를 올려다봤다. 북부에 내 걱정을 해 주는 사람이 남았던가.

"항해는 계속해. 옆에 배가 따라다니면 걸리적거리기만 할 테고 멀어져도 따라갈 수 있으니까."

"예, 시키신 대로 하겠습니다. 그런데……."

"할 말 있나?"

"마수는 잡으시면 안 됩니다. 지금 생태계의 균형이 딱 맞는 상탠데 어긋나면 사람들 사는 곳까지 밀어닥칠 거예요."

걱정이 아니었군.

"정말 못 참으시겠거든 최상위 포식자, 씨 서펜트 같은 놈 중에서도 길이가 50미터가 넘는 개체만 잡으십시오."

"……아무것도 안 때려잡을 테니 염려 마."

떨떠름하게 말하자 선장이 안도한 듯 제 가슴을 쓸어내렸다.

도대체 내가 뭘로 보이는 걸까. 회의감이 치솟았으나 선장은 커다란 임무를 완수한 것처럼 개운한 얼굴로 자리를 떠 버렸다. 북부인들에게 인간미를 기대한 내가 바보지.

"좀 늦은 대답을 하자면 동사할 일은 없을 거야."

"물속에서 숨 쉬는 것도 괜찮지?"

"그건 나보단 그대를 염려해야 하지 않나."

"괜찮아, 몇십 분 정도는."

그것도 안 되면 성을 바꿔야지.

"그러면 당신은 가능하단 소리지?"

나는 세시오에게 손을 내밀었다. 그는 웃으며 내 손을 잡고 자연스럽게 난간 위로 올라왔다.

"못 해도 해야지."

그러고는 풍덩, 요란한 소리가 바다를 갈랐다. 들어오고 나니 물살이 생각보다 세서 나는 세시오의 손을 더 힘주어 잡았다. 놓쳤다가는 아차 하는 순간에 떠밀려 갈 것이다.

우리는 물살을 가르며 바닷속을 구경했다. 햇빛이 물의 표면을 가르고 들어오는 것도 저 먼 아래가 어둑하게 보이는 것도 퍽 그림처럼 느껴졌다. 물속에 들어왔을 때 들리는 특유의 소리마저 현실감을 앗아 갔다.

이름 모를 물고기들이 많이 보였다. 그러나 나는 자잘한 물고기들을 무시하고 주위를 두리번거렸다. 큰 걸 보여주고 싶었다. 때마침 고래 같은 게 지나가 주진 않으려나. 이 근방에 고래가 사는지는 모르겠지만.

그렇게 생각하던 차에 저 깊은 곳에서 거대한 기척이 급속도로 다가왔다. 속도만 봐도 통상적인 바다 생물은 아니었고 머잖아 드러난 모습도 그랬다. 물보다 짙은 색의 기다란 형체. 몸을 빼곡히 덮은 비늘과 날카로운 이빨. 번뜩 빛나는 노란 눈.

나도 실제로 보긴 처음이었지만 분명하다. 저 바다뱀인지 용인지 모를 생명체는 마수 씨 서펜트였다. 깊은 데서 산다고 들었는데 인간 냄새를 맡고 잡아먹으러 온 모양이지. 단숨에 집어삼킬 듯 입을 쩍 벌리고 다가오다가 나와 눈이 마주친 순간 씨 서펜트가 움찔하더니 입을 다물었다. 그러며 눈치를 살피는 모양새는 좀 볼품없었지만 정말로 용과 같은 생김새다.

세시오와 맞잡지 않은 손이 자꾸만 움찔거렸다. 실제로 보니까 뭐랄까.

"마수는 잡으시면 안 됩니다."

잡고 싶다. 선장은 나보다 나를 더 잘 아는 모양이었다.

책으로 볼 때와 실제로 볼 때의 감상이 다른 걸 어쩌겠는가. 용이다, 드래곤처럼 생겼다. 모름지기 검을 다루는 사람이라면 누구나 드래곤을 사냥하는 로망 정도는 있는 게 정상 아닌가.

여태 잡은 사냥감 중 멋지게 생긴 건 하나도 없는데. 저건 진짜 사냥할 맛 날 것 같은데. 게다가 물속에 들어오자마자 나를 잡아먹으려 달려들지 않았나. 가까이 오고서야 마나를 감지한 둔해빠진 개체긴 해도 따지고 보면 먼저 적의를 표한 건 저쪽이다.

거기까지 자기합리화를 하고 나는 이 씨 서펜트의 길이가 50m가 넘을지 넘지 않을지를 열심히 재 보기 시작했다. 그러나 어떠한 확신도 얻기 전에 씨 서펜트는 꼬리 끝을 움찔거리더니 다가올 때와 마찬가지로 쏜살같이 도망쳤다.

"키이익!"

그 뒷모습을 보니 쫓아가고 싶었지만 할 수 없었다. 그래, 아무리 그래도 데이트 중에 대뜸 몬스터를 때려잡을 순 없으니까. 나중에 또 잡을 수 있을 테니까.

나는 아쉬움을 삼키며 다시 고개를 돌렸다. 그러자 세시오가 보였다. 내 연인은 손등으로 입가를 누른 채 어깨를 떨고 있었다. 같이 한 시간이 제법 쌓였다고 내가 무슨 생각을 했는지 다 알아차린 모양인데.

'웃어?'

입 모양으로 말하자 그의 떨림은 더 격렬해지고, 괜히 입을 벌리는 바람에 나는 바닷물만 삼켰다. 입 안이 짠맛으로 뒤덮였다.

여기서 화내 봐야 나만 손해지. 뚱하니 그를 노려보는데 돌연 주변이 어두워졌다. 다른 곳은 여전히 빛이 들어오는 걸 보면, 커다란 구름이라도 지나가는 모양이었다. 해가 지려면 얼마나 남았을까, 무심코 생각하던 때에 구름이 다시 몸을 비키고 위에서 햇살이 쏟아졌다.

어두워졌을 때와 밝을 때의 차이가 극명하기 때문일까. 세시오의 머리칼, 피부를 타고 흘러내리는 그 빛이 유독 반짝였다. 황금빛 눈동자가 햇빛을 빨아들인 것처럼 빛났다. 그 모습을 보니, 머릿속으로 바닷물이 흘러든 것처럼 의식이 희게 물들었다.

어느샌가 세시오의 웃음도 멎어 있었다. 멍하게 변한 그의 표정을 보니 내 얼굴이 어떤지도 상상할 수 있었다.

좀 전까지 억누르던 사냥 본능이 다른 곳으로 튄다. 그건 그도 마찬가지였을까. 누가 먼저라 할 것도 없이 얼굴이 가까워졌다. 소금기가 빽빽한 물속인 터라 입술을 비비는 감각이 평소와 달랐다. 귀를 감싼 물소리 사이로 익숙한 소리가 생소하게 섞여 든다.

살짝 눈꺼풀을 들어 올리자 눈을 감은 세시오가 보였다. 상황 때문일까, 욕망이 드러난 그 얼굴은 평소보다 훨씬 솔직했다. 충족감에 가슴이 빠듯하게 차오르면서도, 그 이상의 갈증이 행동을 재촉했다. 다시 눈을 감으며 나는 눈앞의 사내에게 몰입했다.

"푸하!"

배 위로 올라가며 나는 입 안에 든 바닷물을 뱉어 냈다. 그 말을 떠올린 스스로가 기특할 정도로, 물속은 아름다웠다. 햇빛이 들어올 때도 예뻤지만 노을이 질 때는 감격스러울 만큼이나 그랬다. 자연에 관심이 없다고 생각한 게 거짓말처럼, 나 또한 넋을 놓고 구경하기 바빴다.

놀은 금방 지니까 잠깐만 보고 올라왔어야 했는데. 정신이 들었을 때는 이미 사방이 새까매져서 배를 찾는 것도 힘들었다. 별빛은 해와 달리 물살을 가르고 들어오지 않았으니까. 그나마 세시오가 있기에 망정이지 하마터면 바다 미아가 될 뻔했다.

　죽는 줄 알았네.

　"죽은 줄 알았습니다."

　선장이 내 생각을 그대로 입에 담았다. 그러나 입 밖으로 나온 말은 같아도 그 이유까지 같지는 않을 것 같다. 의심스레 그를 노려보자 과연.

　"세시오 공자님이요."

　"무슨 소리야, 나보다 멀쩡한데."

　세시오는 물속에서 숨을 쉬지만 나는 못 쉰다. 누가 더 힘들지는 너무 당연한 얘기 아닌가.

　"아니, 나도 별로 멀쩡하진 않아."

　세시오는 천연덕스럽게 엄살을 부리며 젖은 셔츠에서 물기를 짜냈다. 그러고는 맥락도 없이 갑자기 날 끌어안았다.

　차가운 물속에 있던 건 그나 나나 마찬가지인데, 언령 때문인지 그는 평소처럼 따뜻했다. 따뜻한 것과 차가운 것 중 하나를 택하라면 무조건 후자였으나 세시오의 온기만은 좋아했기에, 나는 그의 품을 뿌리치지 않았다. 그가 엄살을 부리는 건 못마땅했지만.

　"그렇게 힘들면 사냥대회 때처럼 안아 줄까?"

　"나쁘지 않지."

　진심인가? 놀리려고 한 말인데. 외려 내가 당황하자 세시오는 웃으며 내 어깨에 이마를 비볐다.

　"연회 때 그대를 쳐다보는 사람이 너무 많았어."

　"창피함은? 수치심은?"

　"이제 와서 별로 중요할 것도 없지."

"정말 해 버린다?"

"농담이 아니라―."

"저기…… 저 아직 있습니다."

선장이 슬쩍 손을 들어 올리며 존재감을 표현했다. 두 눈은 하늘로 향한 채였다.

까먹고 있었다. 나는 민망해 헛기침을 내뱉었으나 세시오는 표정 하나 변하지 않고 나를 더 단단히 끌어안았다. 그러자 선장이 더 높은 곳으로 시선을 올렸다. 그제야 나는 세시오가 날 끌어안은 이유를 짐작했다.

내 옷이 젖은 게 신경 쓰였나. 비치지도 않는 재질인데.

"옷을 가져다드릴까요?"

"겉옷만 아무거나. 너무 덥지 않은 걸로."

"북부에서 덥다고 말씀하시는 건 소공작님뿐일 겁니다."

"모르는 소리. 아버지는 여름이 되면 털만 봐도 덥다고 하시거든. 포유류를 지옥의 짐승이라고 부르는 분이 무슨."

"제게도 그런 체질이 있으면 좋겠네요. 그럼 담요로 하겠습니다."

푸념하듯 말하고 선장이 배의 안으로 들어갔다. 얇은 담요는 금세 도착했다. 다만 그걸 가져온 건 여자 항해사라서 나는 세시오의 심정을 조금은 짐작할 수 있었다. 자기는 죄 비치는 옷을 입어 놓고.

나는 불만스럽게 담요로 그의 몸을 둘러 감으려다가 문득 깨달았다.

"당신 언령으로 말리면 되는 거 아니야?"

"……아."

둘이서 바보 짓에 열성이었군.

"그래, 뭐 바다 탐방한 흔적을 남긴다고 생각하면 나쁠 것도 없다."

바닷속에 들어갔다 온 건 처음이니, 티를 좀 내 줘도 괜찮을 것이다. 물론.

"그래도 염분은 없애 줘."

찝찝한 건 싫었지만.

담요 하나를 나누어 걸치고 나는 양 무릎을 접어 끌어안았다. 온종일 물속에 있다가 나왔기 때문인지, 졸음기가 눈꺼풀을 눌러 왔다. 그간 수련을 빼먹었다고 체력이 떨어진 모양이다. 아버지께 들켜 버리면 연무장에서 살아 나가지 못하겠지.

이런저런 생각을 하며 나는 턱을 괴고 무심코 하늘을 올려다봤다. 막 물속을 빠져나올 때는 지쳐서 몰랐지만, 쏟아질 것처럼 많은 별이 보였다. 이만하면 왈릿과 비교해도 괜찮은데. 마침 세시오도 밤하늘을 올려다보고 있었다. 나는 자부심을 품고 물었다.

"왈릿과 비교하면 어때."

"모자란 게 있군."

그게 뭐냐고 물어보기도 전에 바로 앞에 와인 병과 잔이 생겼다. 이거라면 인정할 수 있지. 나는 병마개를 열고 잔에 붉은색을 채워 넣었다. 쪼르륵 소리가 제법 유쾌하다.

"이제 완벽해?"

"터무니없이."

두 개의 잔이 부딪는 소리가 경쾌하게 울렸다.

"배고프진 않아?"

"바닷물을 너무 먹어서."

"누가 그렇게 키스를 남발하랬나."

"키스는 혼자 하는 거던가."

"그래서 나도 배부르단 소리지."

시답잖은 농담에도 웃음이 끊이지 않았다. 세시오는 기분이 좋아 보였고 그 눈에 비친 나 또한 그래 보였다. 여기에 그럴싸한 전략까지 있었으면 더 좋았겠지만. 나는 손끝으로 잔을 툭툭 두드리다가 조심스럽게 입을 열었다.

"아버지가 말씀해 버려서 김이 좀 새긴 하지만 허락해 주셨어."

어머니를 한 편으로 만들고 거의 전쟁 아닌 전쟁을 치를 생각까지 했는데, 성은 허무히 함락됐다. 비유하자면 콰르테와 왈릿 사이의 영지전 같은 느낌이다.

"그래서 이제는 청혼할 타이밍인데…… 미안해."

"……."

"아니, 놀라지 마. 결혼 안 한단 얘기가 아니라 내 레퍼토리가 떨어져서 그래."

말하고 나니 스스로가 한심해져서 절로 한숨이 나왔다. 아버지보고 안 어울린다고 놀릴 시간에 나도 연애 소설이나 읽을걸. 이래서 연륜은 무시 못 하나 보다.

"원래 정석적인 프러포즈는 반지를 주면서 무릎을 꿇거나 감동적인 선물을 준비하거나 그런 거잖아. 그런데."

"그런데?"

"난 이미 반지도 줬고 그때 당신이 별로 기뻐 보이지도 않았고. 달리 뭘 해 줘야 하는지도 모르겠고."

무릎을 꿇는 것도 반지를 새로 준비하는 것도 어렵지 않은 일이었지만, 그것만으론 부족했다. 너무 형식적인 느낌이 들고 세시오가 별로 기뻐하지 않을 것도 뻔했으니까. 그래서 그리넬 경에게 상담하기도 했는데.

"제가 듣기론 스스로 리본을 묶고 본인을 선물하는 방식이 있는 모양입니다만, 소공작님께서는 그러지 마십시오."

"내가 프러포즈 문제로 조언을 구한 게 맞지?"

"차라리 세시오 공자한테 리본을 묶고 그 영혼을 내가 가져 주겠다고 말씀하시는 것이 어울립니다."

"……그리넬 경도 무슨, 소설 봐?"

이상한 소리만 들어서 조언받기를 포기했다. 그리넬 경에게 연애 조언을 받으려던 내가 바보지.

차라리 세시오가 욕심쟁이면 훨씬 좋았을 것이다. 내가 미안해하는 모습을 보고 세시오가 웃었다. 화가 나거나 서운해하는 것 같지는 않아 나는 조금 용기를 얻었다.

"그래서 뭘 바라는지 직접 말해 줬으면 하는데."

"그럼 이번은 내게 넘겨주지 않겠나."

"뭐?"

"틸던 부상단주가 지나가듯 말하더군. 청혼은 아쉬운 사람이 하는 거라고."

서로만 에디즈. 진짜. 이! 내게 리본이 있다면 나나 세시오를 묶는 게 아니라 그 주둥이를 묶어 버려야 한다. 그다음 서로만을 씨 서펜트의 식사로 던져 줘서, 그 마수의 길이를 1미터라도 늘리는 게 그나마 내게 이롭겠지.

그러나 이어진 세시오의 말에는 분노가 담겨 있지 않았다.

"그런 말을 들으니 새삼 기쁘더군."

"……그게 왜?"

"약혼을 제의해 준 게 그대였으니까."

말하며 그가 웃었다. 농담이 아니라 정말 행복해 보이는 터라, 나는 무어라 말을 하지 못하고 그냥 세시오의 손을 잡았다. 서로 다른 색의 반지가 가까이서 반짝였다. 그걸 보고 있으니, 새삼 세시오가 왼손잡이인 것이 좋아졌다.

"그러니 이번에는 내 아쉬움을 표현할 기회를 줘."

"고맙긴 한데…… 뭘 하려고?"

"그저 고백뿐이지."

"뭐?"

세시오가 고개를 들었다. 무심코 그를 따라 위를 올려다본 순간, 나는 숨을 들이켤 수밖에 없었다.

푸른 빛, 녹빛, 그리고 연보랏빛. 언제부터였을까 하늘에 거대한 장막이 펼쳐져 있었다. 그 사이로 별들이 반짝이며 그 현상을 돋보이게 하고 있었다. 오로라였다.

순수한 아름다움에 사람이 압도될 줄은 몰랐다. 오로라를 목격한 사람들이 그 황홀함을 찬양할 때도 나는 한 귀로 듣고 한 귀로 흘려버렸으니까. 그러나 이것만큼은 나도 그들의 심경에 그대로 공감할 수 있었다.

"북부에서도 오로라를 보려면 화이트폴에서 3일은 배를 타고 위로 올라가야 한다던가."

"그렇지, 우리 땅에서 봤다는 사람은 없으니까."

"그렇다면 그대는 평생 보지 않을 거라고 생각했어."

"날 좀 아네. 솔직히 말해, 당신이 보여준 것 중에 가장 멋지다."

옆에서 나직한 웃음소리가 났다.

"그대가 뭘 바라는지 모르겠는 건 나 역시 마찬가지야. 모든 걸 다 가지고 있고 내 능력을 바라지도 않으니까."

"그런 것치고는 어머니 일로 너무 큰 도움을 받았는데."

"한시적이지 않나. 뭘 해야 좋을까, 계속해서 쓸모가 있을까 끊임없이 생각해도 답이 안 나오더군."

나는 고개를 돌려 세시오를 바라보았다. 그는 여전히 하늘을 향해 고개를 꺾고 있었지만, 두 눈이 오로라를 보는 것 같진 않았다.

"그래서 이제는, 그대가 해 보지 않은 걸 많이 가져올까 해. 그러다 보면 지금처럼 마음에 드는 게 나올지도 모르니까."

"감동적인 말이긴 하지만 세시오."

"……."

"당신이 가장 먼저 해결했으면 하는 고민은 그게 아니야."

"……그러면?"

"어떻게 하면 테릴 리한을 믿을 수 있을까."

그의 시선이 내게로 돌아왔다. 바다처럼 깊게 가라앉은 눈동자에 이따금 파도가 일렁인다.

"물론 힘들겠지. 제몬한테 한 번 배신당한 거로도 나도 모르는 후유증이 남았는데 당신은 어떻겠어."

"그렇게 간단히 말할 건 아니지. 그대 인생에서 처음 당한 기만이니 마음을 다치는 건 당연해."

"그 배려심, 당신 본인한테도 좀 써 봐."

세시오가 얌전히 입을 다물었다. 빈말로도 그러겠다는 소리는 안 하는군.

"나는 당신이 스스로를 사랑하면 좋겠어. 그래서 언젠가는 나한테 어떻게 그럴 수 있냐고 화내면 좋겠어."

"……별로 상상이 안 가는데."

"천천히 가도 돼. 급할 거 없잖아."

"……."

"결혼이란 건 평생을 함께하는 거니까."

어쩌면 세시오가 뭘 좋아하는지, 내가 뭘 좋아하는지 서로가 서로의 바람을 모르는 것도 그저 시간문제일지 모른다. 수년 전 함께한 때를 포함하더라도, 우리가 제대로 눈을 마주 본 지는 얼마 되지 않았다.

그러나 그 짧은 시간만으로도 울고 웃고 당황하고 화를 내고 온갖 감정을 나누었다. 끝내는 사랑까지도. 더 많은 시간이 주어지면 우리는 어떻게 변해 갈까.

"당신이 바라는 모든 걸 들어준다고 장담하지는 못해도, 적어도 내가 먼저 그 손을 놓지는 않을 거야."

"그거면 충분해."

"그러니 당신도 도망치지 마."

세시오는 웃었다. 그러나 무언가 울컥 치밀어오른 사람처럼, 다소 힘겹고 억지스러운 미소였다. 나는 그가 그리 서툴게 굴 때 얼마나 사랑스러운지 이미 알고 있었지만, 내 가슴은 그걸 몰랐던 것처럼 새로이 벅차올랐다.

세시오의 손길이 다급히 나를 끌었다. 나는 순순히 이끌려 그가 나를 으스러지도록 끌어안게 내버려 두었다. 그의 깊은 감정이 내 안으로 흘러드는 걸 가만히 끌어안았다.

세시오의 어깨너머로 밤하늘이 있었다. 그걸 보고 나는 하마터면 웃을 뻔했다. 수도에서 폭풍우를 불러낸 건 세시오가 의도한 게 아니었다고 했던가. 그의 기분에 영향을 받는지도 모른다고, 과연 그 가설이 정확한 모양이다.

조금 전에 비할 바 없이 화려해진 오로라는 공작새가 제 깃털을 자랑하듯 아름다움을 뽐내고 있었다. 저걸 보면 세시오가 무슨 생각을 할까. 소리 내어 웃는 건 참았어도 입꼬리가 올라가는 건 어쩔 수 없었다.

그때.

"사랑해, 테릴."

하늘의 오로라만큼이나 솔직한, 제 마음이 고스란히 담긴 목소리로. 이미 알고 있는 마음인데도 왜 듣는 것만으로 얼굴이 뜨거워지는 걸까. 나는 느리게 숨을 내뱉고 말했다.

"사랑해."

세시오의 말은 거기서 끝나지 않았다.

"테릴."

"응, 세시오."

"테릴."

"그래."

"테릴."

"응."

그는 내 이름을 부를 뿐 아무런 말도 잇지 않았다. 그 밤이 새도록 내 이름만 부른다고 하더라도 답할 수 있을 것 같았다. 그러나 거기까지 말한 세시오는 잠시간 바람 소리에 숨어 이어 할 말을 골랐다. 그러고는.

"나와, 결혼해 줘."

"더없는 영광이야."

나는 끌어안은 팔을 풀어내고 그에게 한 번 입을 맞춰 주었다.

세시오는 흐리게 웃었다. 퍽 장마 같은 웃음이다. 처음 보는 표정 뒤에·어떤 감정이 숨어 있을까, 궁금증이 일었으나 적어도 개중 가장 커다란 감정이 사랑일 건 분명했다.

처음 보는 표정이 많아질수록 나는 세시오의 더 많은 부분을 알게 될 것이다. 그는 속에 찬 우울을 더 많이 끄집어내게 될 것이다. 그러니 나는 그 모든 걸 사랑할 수 있었다.

우리는 나란히 앉아 오로라가 떠오른 하늘을 하염없이 바라보았다. 시야는 그 눈부신 장막에 갇혀 있었으나, 귀에는 여러 가지 소리를 담았다.

뒤늦게 오로라가 뜬 걸 알아차리고 소리를 지르는 사람들의 소리. 물살이 배에 닿아 부서지는 소리. 이따금 물고기가 튀어 오르는 소리. 바람이 머리칼을 헤집고 지나는 소리. 모든 게 좋았다.

나는, 바다가 좋았다.

이튿날 새벽. 수도에서 사람이 왔다는 연락을 받았다. 이렇게 은밀한 시간대에 올 손님은 뻔한 터라 나는 주저 없이 밖으로 나섰다.

빛이 반사되지 않도록 광을 죽인 마차가 보였고 그 주위로 일련의 무리가 보였다. 모두가 검은 후드를 입고 있었으나, 개중 선두에 선 사람의 얼굴은 익숙했다. 그녀는 나를 발견하더니 한껏 미소 지었다.

"그레텔의 소공작, 롭티나가 리한 소공작님을 뵙습니다."

소공작으로 임명되었다니 반가운 소식이다. 나는 웃으며 그녀를 끌어안았다.

"오랜만이야, 롭티나."

롭티나는 나를 따라 힘껏 끌어안았다가 한 걸음 물러났다. 가까이서 보니 낯빛이 좋아진 것이 더 확연히 보였다.

"드디어 소공작이 됐구나, 축하해."

"고마워, 덕분이야."

"타니타르의 신병을 네가 인수해 올 거라고는 상상도 못 했는데."

그녀가 이토록 은밀히 움직이며 데려온 건 다름 아닌 하일리 타니타르였다. 수도에서 재판을 받고 극형에 처해졌다고 알려진 만큼, 그가 살아 있는 게 세상에 발각되면 안 됐으니까.

"아무래도 너랑 친분이 있으니까 내가 마찰 없이 다녀올 수 있다고 생각했나 봐."

"번거롭게 된 건 아니지?"

"아무렴, 황실의 비밀스러운 일을 맡아 하는 건데 이득이지."

롭티나의 말을 듣고 나는 문득 새로 즉위한 황제가 어떤지 물어보고 싶어졌지만, 말을 삼켰다. 밖에서 할 이야기는 아니었다.

"리한 전하께서는? 인사드려야 할 것 같은데."

"음, 이 시간대는 힘들걸."

나는 애매하게 웃으며 말했다. 아버지는 간단한 서류 업무는 거의 어머니가 자는 동안에 처리하는 편이셨다. 수도에서 사람이 온 정도로 나와 보실 리 없다. 북부의 체면 문제 때문에 그 사정을 말해 줄 수는 없었지만. 다행히 롭티나도 리한 공작에게 인사를 건네고픈 마음이 크지는 않은 듯했다.

"아쉽지만 하는 수 없지."

"하일리 타니타르는 살아 있지?"

"당연히. 조금…… 상하긴 했지만 말이야."

묘하게 웃으며 하는 말에 나는 어깨를 으쓱였다. 숨만 붙어 있으면 그런 건 아무래도 상관없었다. 멀쩡히 오길 바랐다면 그쪽이 양심 없는 거지.

"잠깐 들어갈 시간은 안 되지?"

"나도 그러고 싶지만……. 응, 후계 수업도 있고 되도록 빨리 돌아오라는 황명도 있었고."

하기야 그녀가 수도에서 오랫동안 자리를 비우면 그걸로도 의심할 사람이 있을 테니까. 하는 수 없지, 나는 아쉬움을 삼키고 웃었다.

"괜찮을 때 언제든 연락 줘."

"그럴게, 테릴. 아, 그리고."

그녀는 품에서 무언가를 꺼내 내게 내밀었다. 수도의 신문이었다. 그쪽 소식이라면 다 받아 듣고 있는데.

"이건 재미있어 보여서 들고 왔어."

그녀의 의중을 알 수는 없었지만 나는 일단 고개를 끄덕였다.

룹티나를 돌려보낸 뒤, 나는 리한의 기사들과 함께 하일리 타니타르를 지하 감옥에 집어넣었다.

수면제를 마신 건지, 그는 북부의 언 땅에 맨발을 질질 끌리면서도 깨어나지 않았다. 그리고 몸 상태도 생각보다 나쁘지 않았다. 룹티나가 묘하게 웃어서 조금 걱정했는데, 이쯤이면 건강하다 소리는 안 나와도 멀쩡한——.

"이게 죄인의 몰골이냐? 왜 이리 멀쩡해, 저러고 꽃놀이도 가겠는데."

갑자기 들린 목소리에 놀라 나는 검을 뽑아 휘둘렀다. 그러나 힘껏 휘두른 검날은 파리를 쳐 내듯 휘적거린 손바닥에 튕겨 허공을 갈랐다. 몸이 휘청 기울었으나 다급히 무게 중심을 잡아 넘어지지는 않았다. 철창 다섯 개 정도는 그대로 내 검에 잘렸지만.

나는 이어 다음 공격을 펼치는 대신 목에 핏대를 세우고 외쳤다.

"아, 기척 좀 내고 다니세요!"

"오오냐, 다음에 올 때는 목에 방울이라도 달고 오마."

"안 그러시기만 해 봐."

아주 신전에서 울리는 종 같은 걸 목에 달아 드릴까 보다. 투덜거리며 말하자 아버지의 눈썹이 크게 꿈틀했다. 심기가 크게 상했을 때의 표정이라 나는 다급히 화두를 바꿨다.

"지금 업무 보실 때 아니에요?"

"이놈도 업무의 일환이지."

그렇게 말하는 아버지의 두 눈이 분노와 살기로 이글거렸다. 정말, 공과 사를 철저히 구분하시는 모습이다.

"그러고 보니 아버지께서 그러셨죠. 인간을 가장 고통스럽게 만드는 법을 연

구하고 있겠다고."

"그래, 이날만 기다리며 여태까지 참아왔지. 그런데 뭘 먹었는지 아주 단잠을 자는구나."

타니타르를 깨우려는지 아버지가 다리를 높이 들어 올렸다. 금방이라도 그 얼굴을 짓밟을 듯한 기세였다. 그러나 그의 발은 원수의 얼굴이 아니라 다시 감옥의 바닥으로 얌전히 돌아왔다.

왜 저러시지. 의아함에 고개를 기울이자 아버지가 나를 돌아보며 말했다.

"안 가냐, 테릴."

"네? 저도 타니타르에 원한 많은데요."

"그래서 참관이라도 하겠다고?"

"보면 안 될 이유라도 있어요?"

"참관 최저 연령은 35세야."

이건 또 어떤 소설에서 나오는 말장난일까.

"아버지, 저도 언젠가 작위를 이어받으면 똑같은 짓을 해야 할 텐데 굳이 저를 쫓아내실 이유가 있을까요?"

"그래도 아직 3년짜리에겐 이르다."

"정확히 말하면 3년 반이에요."

"시끄럽다, 말꼬리 잡지 마."

귀찮다는 듯 그가 나가라고 손을 내저었다. 그래도 내가 버티고 있자 가까이 다가와 내 어깨에 손을 올렸다. 그러고는.

"네가 해야 할 건 고문 참관 말고도 썩어 넘치니까 마음의 준비나 해 둬."

아버지는 꼭 지옥에서 올라온 악마처럼 웃었다.

막 북부에 왔을 무렵에도 그렇게 웃으셨지. 떠올리니 절로 몸서리가 쳐졌다. 그 익숙한 미소가 너무도 불길해서, 지하 감옥에서 내쫓긴 뒤 나는 아버지의 그림자만 보여도 도망 다녔다. 잡히면 그날의 지옥을 반복하게 될지도 모른다는 기묘한 확신이 들었으니까.

그러나 밖에 나가선 괴물이니 마왕이니 별소릴 다 듣는 나도, 북부에선 한낱 눈토끼에 불과했다. 아버지가 잡기로 결심하고 딱 30분 뒤, 나는 목덜미를 잡혀 집무실에 끌려와 있었다. 그리고 믿을 수 없는 말을 들었다.

"수업이요? 다시?"

이게 무슨 말도 안 되는 소리야.

"제가 붕어는 아니거든요, 전에 배운 거 다 기억나요. 시험이라도 볼까요?"

"그건 학문적인 이야기고 실전은 다르지."

"실전……? 검 얘기는 아니시죠?"

"하나만 예를 들자면 상업."

예상치 못한 말에 나는 눈을 깜박였다. 그건 서로만 에디즈가 알아서 할 텐데.

"사람한테 맡기는 거 좋다. 하지만 신뢰와 방임은 엄연히 다른 이야기야. 군주에게는 얕보이지 않을 책임도 있다."

"말로는 그럴싸한데요."

"생각해 봐라. 서로만 에디즈 같은 뺀질이 놈이 내버려 둔다고 열과 성을 다해 일할 것 같으냐?"

"목이 아까우면 그래야죠."

"멍청한 딸아, 당장 왈릿에서의 일을 다시 생각해 봐라. 그놈이 왜 소문을 듣고도 움직이지 않았겠냐? 그걸 흘려들어도 문제없을 거라고 판단했으니까지."

아버지의 목소리는 이간질을 하듯 간사했으나, 딱히 틀린 말 같지는 않았다. 왈릿에서 에콰이어의 전언을 전해 줘서 그냥 넘어가 주긴 했지만, 그가 게으름을 부린 원인은 아직 해명되지 않은 채였다.

"그게…… 저를 얕봐서였다고요?"

"내가 지시했으면 그놈이 감히 그럴 수 있었을 거라 생각해?"

"맞는 말이네요."

아버지가 시킨 일이었으면, 실수의 'ㅅ'도 저지르지 않았을 게 분명하다. 결정했다. 서로만 에디즈, 사형.

"그러니까 일이 어떻게 돌아가는지 알아야 해. 그래야 밑에 놈들도 들킬 걸 걱정하고 책임을 다할 거다."

"좋아요, 그게 필요하다는 건 알겠어요. 그런데 설마 전처럼 굴리실 생각은 아니죠?"

"……."

"아, 제발요. 또 그렇게 살면 저 단명해요. 곧 결혼도 해야 하는데 그러다 죽으면 세시오는 무슨 잘못이에요."

"걱정하지 말거라, 딸아."

아버지는 전에 없이 다정하게 웃으며 저세상 논리를 늘어놓았다.

"죽을 것 같다는 건 실제로 죽지 않는다는 뜻이니까."

그래, 말이 통하면 우리 아버지가 아니지. 나는 체념하며, 푹 고개를 꺾었다.

지옥의 두 번째 시즌이 열렸다. 나는 딱 죽지 않을 만큼만 휘둘렸다. 재정이니 상업이니 마수의 서식지니 번식 주기니. 머릿속에 쑤셔 넣어야 할 건 많았고 그 와중에 검술 수련도 다시 시작되었다.

나보고 욕심을 부리지도 말고 겁을 내지도 말라고 교훈을 줬던 아버지는 어디 가서 영혼이 바뀌어 돌아온 건지 온갖 욕심을 쏟아 내기 시작했다.

"설마 지금 나를 상대로 힘 조절하는 거냐? 네가? 3년짜리 풋내기가?"

"아, 아버지한테 하듯 했다가 수도에서 몇 번이나 실수한 줄 알아요."

"이 아비를 수도 것과 비슷하게 취급한다고? 네가? 3년짜리 풋내기가?"

"화병 날 것 같으니 그 후렴구만이라도 빼 줘요, 제발."

검에 마나를 가득 채워 날리더라도 연약하다, 부실하다, 그러다 파리 날개는 얼리겠느냐. 별의별 소리를 다 하며 아버지는 내 영혼까지 쥐어짜려 드셨다. 내 뺨에 긁힌 상처가 났다고 낯부끄럽게 굴 때는 언제고. 데이브릭 후작저의 샹들리에가 알았으면 죽어서도 눈을 감지 못했을 것이다. 그래서 그 이야기로 항변했더니 그는.

"뭐? 대련 중 다치는 거랑 그게 같으냐? 네가 다쳐도 되는 건 나와 대련할 때뿐이야."

"염려 마라, 테릴. 샹들리에가 아니라 산사태가 나도 네 피부가 멀쩡하도록 제대로 단련시켜 줄 테니까."

좀 사람이 변한 줄 알았는데 착각이었다. 이런 뒤틀린 딸 바보는 필요 없어. 가능하다면 어딘가에 반납해 버리고 싶었다.

그래도 신기한 점은 처음 북부에 와 수련할 때보다 훨씬 견디기 수월하다는 것이었다. 체력이 다 닳아 없어질 때까지 몰아치시니, 체력 차이는 아닐 텐데. 어쩌면 내 몸은 일찌감치 아버지의 수련에 굴복하고 체념했는지도 모르겠다.

하나 그렇다고, 내 마음이 첫 번째 수련 때에 비해 좋아졌다는 이야기는 아니었다. 내겐 어느새 다른 문제가 생겼으니까.

집무실에서 재계 자료를 훑어보던 중, 돌연 문이 열렸다. 조금은 익숙해진 일이기에 나는 놀라지 않고 만년필을 내려놨다. 문 쪽으로 고개를 돌리자 장신의 사내가 보였다. 눈에 초점이 풀린 백금발의 남자. 세시오다.

"악몽이라도 꿨어?"

그는 내게 성큼성큼 다가왔다. 그러나 처음만 그럴 뿐 나와 가까워질수록 그의 보폭은 작아졌고 걸음의 속도는 느려져서 내 앞에 다다랐을 무렵에는 아예 멈추었다. 뒤늦게 정신이 들었는지, 착잡해진 얼굴로 세시오가 한숨을 삼켰다.

하나 감정을 드러낸 건 잠시뿐이요, 곧 그의 표정이 얼추 평소대로 돌아왔다. 마음을 깊이 감추는 티가 여실히 났지만.

"……미안, 또 실례했군."

아버지의 수련 때문에 바빠지면서 세시오와 함께하는 시간은 줄어들었다. 그러자 거의 사라진 줄 알았던 그의 불안 증세가 다시금 튀어나왔다. 심지어 시간이 갈수록 점점 나빠져서, 아버지께 진지하게 상의하려 했으나 씨알도 먹히지 않았다. 오히려.

"넌 언젠가 공작이 될 거고 성을 며칠씩 비워야 할 일도 생길 거다. 그놈이 너와 결혼할 거라면 그놈에게도 견디는 훈련이 필요해."

"당분간만이라도 사정을 봐줄 수 있잖아요."

"그럼 어느 정도의 시간이 지나야 좋아지는지 확답할 수 있다면 그렇게 하마."

"……."

"특정한 기한을 입으로 내뱉을 수 없다면 그건 무기한과 다를 바 없어. 돌아가라, 테릴."

반박할 수 없는 정론인 데다가 아버지의 기세마저 지나칠 만큼 단호해서 나는 하는 수 없이 그의 집무실을 나와야 했다. 그러나 역시, 이대로는 아무것도 해결되지 않는다.

"업무 중 미안하게 됐어."

세시오는 사과하고 아무렇지 않은 표정으로 돌아섰다. 당연하게도, 난 이대로 보낼 생각이 없었다. 나는 그의 팔을 잡고 다시 그의 몸을 되돌렸다.

"말하지 않으면 아무것도 해결해 줄 수 없잖아."

"정말로 별일 아닌—."

"그리고 당신이 계속 감추면 내가 좀 슬플 것 같아."

세시오의 두 눈이 옅게 일렁였다. 웃으며 양팔을 벌리자 그는 쓰게 웃으면서도 나를 끌어안았다. 겨우 포옹을 하는 것뿐인데 왜 이리 애달플까. 나는 그의 등을 가두듯 끌어안으며 속삭였다.

"세시오."

"응, 테릴."

"그냥 다 때려치우고 도망칠까? 아버지도 한 번쯤은 당해 보시는 게 맞아."

"……진심으로?"

"결혼을 허락한다고 말씀하시면서, 작위는 내가 원하는 때에 계승하라고 하셨거든."

그 말을 들을 당시엔 감동적이었다. 그런데.

"요즘 보면, 계승시켜 달라고 애걸할 때까지 날 괴롭히시는 것 같아."

어쩌면 더 높은 곳에서 떨어뜨리기 위해 잠깐 달랬던 걸지도 모르지. 상대가 아버지라는 걸 감안하면 그럴싸한 추측이다.

"그리고 제대로 된 실전을 위해서는, 북부를 떠나 직접 겪어 보는 게 더 좋지 않을까."

"테릴."

"응."

"곧 봄이야."

"그렇지⋯⋯?"

세시오가 무슨 말을 하려는지 바로 이해하지는 못했지만, 나는 일단 고개를 끄덕였다.

"여름도 금세 오겠지."

"음⋯⋯."

"물론 내가 그대와 함께 다니며 근방의 기후를 차게 바꿔 줄 수는 있어. 하지만 너무 눈에 띄지 않겠나?"

금세 소문이 나 버릴 것 같은데. 세시오가 덧붙인 말에 나는 무심코 상상했다. 그의 말대로 눈에 띄지 않으려면 언령을 삼가야 했고 그러면 여름을 그대로 느껴야 했다. 햇빛이 피부에 켜켜이 쌓이는 느낌. 속에서 증기가 끓어오르는 듯한 답답함과 땀 때문에 옷이 온몸에 들러붙는 그 불쾌감. 상상하니 답은 금세 나왔다.

"농담이었어."

어차피 정말 진심으로 한 말도 아니었지만, 마음이 한결 굳건해졌다. 차라리 대놓고 아버지랑 싸우고 말지.

세시오가 작게 웃음소리를 냈다. 한결 여유가 돌아온 표정이 기껍다. 대화를 이어 갈수록 그의 마음이 편해 보여서 나는 대화를 끊지 않았다. 그런 의도로 꺼냈다기에는 좀 무거운 주제였지만.

"당신은 어떻게 생각해? 내가 공작이 되는 거."

"그대가 내 의견을 존중해 주는 건 고맙지만, 내 의사가 끼어들 분야는 아닌 것 같군."

"아니지, 우리 곧 결혼할 거잖아."

나는 그의 두 눈을 직시하며 말을 이었다.

"생판 남일 때와는 달라. 평생 한배를 타는 거니까."

"평생……."

"그러니 당신 의견도 중요하지."

"내 의견을 묻는다면 나는 그대가 리한 공작인 게 좋아. 그대가 이 땅의 주인이 되는 게, 황제도 발아래로 보는 리한 공작이 되는 게."

음, 예상 못 한 답이다. 몰랐는데, 내 무의식은 세시오가 공작이고 뭐고 때려치우라 말하길 기대한 모양이다. 말로는 조금만 떨어져 있어도 불안해하는 그를 안타까워하면서 실은 그러길 바랐던가. 참 질 나쁜 무의식이다. 나는 잠시 반성했다.

"물론 그대가 어떤 결론을 내리든 간섭할 생각은 없어."

"아니, 세시오. 뒤쪽은 못 들은 걸로 할게. 그건 당신 의견이 아니니까."

"야박하군."

세시오는 가짜로 우는 척을 했다. 성의조차 없는 시늉이었으나, 귀엽긴 하다.

"나도 그 자리가 싫은 건 아니야. 아버지가 사정 안 보고 조급하게 구시는 게 전에 하신 말이랑 너무 달라서 그렇지."

"그 이유라면 나는 오히려 알 것 같은데."

"뭐?"

그냥 아버지의 인성 문제가 아니었단 말인가.

"바깥에 피바람이 불고 있어."

"아버지랑 굉장히 어울리는 단어긴 한데 구체적으로 무슨 뜻이야?"

"그대가 수업에 매진한 동안, 정리해 둘 생각인 것 같더군."

"정리라니 뭘……."

"감히 주인의 흠을 잡으려는 들개들 말이야."

드물게 과격한 그 언사에 놀랐으나, 세시오가 어떤 이들을 지칭하는지는 금세 알아들었다. 연회에서 세시오가 주워듣고 말을 전해 주기도 했고, 내가 직접 목격하기도 했다. 어머니의 출신과 내가 북부에서 나고 자라지 않은 것을 흠잡아 수군거리는 몇몇.

"아버지가 정리하신다고?"

"아마도."

"뒷말이야 어디에나 도는 정도잖아."

그들에게도 머리가 달려 있긴 해서, 내게 불만이 있어도 문제가 될 정도로 티를 내진 않았다. 끽해야 뒷말을 수군거리는 정도. 그마저도 내 영향력이 확고해지면 사라질 수준이라, 크게 신경 쓰고 있지도 않았다.

그런데 당사자도 아닌 아버지가 왜?

"험담의 대상이 나뿐이라면 상관없겠지만, 나를 이용해 그대를 모욕하고 있으니까."

"뭐…… 입을 놀리는 정도야 별 의미도 없지 않나? 결혼식을 마치면 나도 대강 정리할 생각이긴 했는데."

"혹 결혼식 당일에 그런 말이 나올까 우려하신 모양이더군. 그러니 아마 수련은 눈속임이겠지."

여전히 그 필요성을 인정한 건 아니었지만, 나는 더 반박하지 않고 입을 다물었다. 최근 몇 번 느꼈으나 여전히 생소한 기분이 다시금 가슴께에 휘몰아쳤다. 아버지가 나를 생각해 움직이신다는 게 영 익숙해지지 않는다. 어쩌면 나는 그간, 너무 아버지의 비인간적인 면모에만 꽂혀 있었는지도 모르겠다.

"미묘한 데서 신경을 써 주시네."

"어디까지나 내 추측일 뿐이지만."

"진짜겠지. 당신은 통찰력이 좋잖아."

"믿어 주니 고맙군."

"그래도 정말 그런 거라면 아버지한테 다시 이야기해 볼게. 당신 마음이 점점 나빠지잖아. 수련 시간을 조정―."

"아니."

세시오는 조용하지만 단호한 목소리로 부정했다.

"내가 생각해도 상태가 과해. 그대는 북부의 주인이 될 몸이니 이상한 걸로 발목을 잡을 수는 없지."

그의 얼굴은 웃고 있지는 않아도 평소처럼 보였다. 딱 평소처럼 제 속내를 깊숙이 감출 만큼은 여유가 돌아온 모양이다. 아예 멀쩡하지는 않더라도 그 정도면 되었다. 나는 잠시 침묵을 지키다가, 지나간 질문을 다시 꺼냈다.

"악몽이라도 꾸는 거야?"

아까 물었던, 그러나 답을 듣지는 못했던 물음.

세시오가 불현듯 내 집무실에 들이닥치는 건 꽤 익숙해졌으나, 그럴 때마다 그는 번번이 예의를 차렸다. 노크하고 적당한 핑곗거리를 만들고 불안한 기색을 애써 감추며 물어봐도 아니라 부정한다. 그러나 오늘의 세시오에겐 그럴 여유도 없어 보였다.

그 또한 그 사실을 인지하고 있는지 짙은 한숨을 내쉬었다. 이제 와 태연한 척 구는 게 먹힐 리 없으니까.

"……그런 건 아니야, 그것뿐이라면 오히려 익숙해서 괜찮지."

"그러면."

"전에 이야기한 대로야. 그대가 눈에 보이지 않으면 신경 쓰이고, 시간이 갈수록 불안이 쌓여 가. 그러다가 정도를 넘으면 모습을 확인해야겠다는 강박이 들어."

세시오는 빠르게 덧붙였다.

"성가시겠지, 이해해. 하지만 시간이 지나면 괜찮을 거야."

"숨기는 게 더 능숙해진단 소리로 들리는데."

"……"

"당신은 계속 불안해할 거란 이야기이고."

다시금 그의 표정에 불안이 새어 나온다. 명확한 증거를 얻기 위해 나는 손으로 세시오의 가슴께를 짚었다. 그가 몸을 움찔했으나 내 손을 치우지는 않아서, 평소보다 커진 심장 박동이 고스란히 느껴졌다.

그래, 애초에 뜻대로 다스릴 수 있는 마음이었으면, 수도에서 하루 만에 반역을 일으키지도 않았을 것이다. 안일했던 건 나였고, 그러니 대책도 내가 찾아야 했다.

"당신, 잠귀가 예민하던가?"

"뭐?"

"내가 당신 침실에서 일을 보면 어때? 등불은 다 꺼도 돼. 그래도 난 보이니까."

물론 검을 수련하는 시간엔 함께할 수 없겠지만, 그 외의 시간은 전부 세시오에게 내어줄 수 있다. 지금보다는 훨씬 좋아지지 않을까.

"못 잘 걸, 내가."

"원한다면 기절시켜 줄 수도 있고."

"차라리 그편이 나을지도 모르겠군."

"……진짜?"

난 농담이었는데. 당황한 티를 고스란히 드러내자 세시오가 웃으며 말했다. 이어진 그의 말에는 자조 어린 심경이 그대로 묻어났다.

"생각 같아선 목줄이라도 하고 싶은 심정이었어."

"내 목에?"

"아니, 한다면 내 쪽이지."

"그러면 의미 없잖아."

"그대는 책임감이 강하니까. 손에 쥐여 주면 곤란해하면서도 놓지 않겠지."

그렇게 말하며 세시오는 나를 익숙하게 끌어안았다. 진심을 파묻어 놓은 말이 농담으로 흘러가길 바라는 듯했다. 나는 눈을 가늘게 뜨고 그 모양새를 보다가 문득 그의 목을 쳐다봤다. 길고 우아한 모양새.

"목줄은 모르겠고, 당신한테 초커 같은 게 어울리긴 할 것 같네."

전반적으로 색채가 엷고 이목구비가 화려하니 검은색 끈만 하나 걸어놔도 어울릴 것 같다. 내 말에 세시오가 느리게 눈을 깜박였다. 그제야 아차 싶었다.

"하라는 소리 아니니까 그렇게 귀담아들을 건 없어."

"음……."

"목줄은 말고 말이야."

나는 잠시 세시오에게서 떨어져 주위를 두리번거렸다. 집무실에 내팽개쳐 둔 선물 상자가 하나쯤은 있을 텐데. 머잖아 나는 원하던 걸 찾아냈다.

롭티나가 건네준 신문을 둥글게 감아 묶어 둔, 푸른 끈이었다. 내 친구는 멀리서도 날 도와주는구나. 고마움을 느끼며 나는 끈을 풀어냈다. 예상한 것보다 좀 더 길었다.

"북부에 그런 풍습이 있대, 결혼식을 할 때 사람들이 반지 대신 서로의 약지에 푸른 끈을 묶었다는 거야."

"왜지?"

"왜긴 왜야, 보석이 비싸니까."

어디서나 구할 수 있는 끈으로 대체한 것이다. 어쩌겠는가, 리한이 지배하기 이전의 북부는 그리 부유한 땅이 아니었는걸.

예상한 이유가 아니었는지 세시오가 헛웃음을 지었다.

"나름대로는 그럴싸한 의미가 있었어. 푸른색은 얼음의 색이고 북부에서 얼음은 어지간해서는 녹지 않으니까."

나는 그의 약지, 반지 위에 덧대어 푸른 끈을 묶고 그 끝을 잡아당겼다. 아무런 저항 없이 세시오의 손가락이 내게로 당겨 왔다.

"영원히 떨어질 수 없는 사이가 된다고 말이야."

끈을 쭉 끌어와 세시오의 손끝에 입을 맞추자 그의 몸이 움찔 떨렸다. 그 반응에 만족하며 나는 그에게 매듭이 지어지지 않은 끈의 반대쪽을 내주었다.

"지나가다 얼핏 들은 정도라, 좀 다르게 말했을 수는 있어."

"적어도 북부의 전통보다는 그대의 입에서 나온 말이 내겐 더 정확해."

그는 조금 머뭇거리다 내 약지에도 끈을 묶었다. 손재주가 좋은 사람인데 내 손에 묶은 매듭이 이상하게 엉성하다. 그래서 더 진심이 담긴 것처럼 보였다.

"하지만 결국은 풀거나 잘라야 하지 않나."

"그야 그렇지. 평생 이걸 묶고 다닐 수는 없으니까."

"……"

"그래서 이 땅에 돈이 좀 생기고 난 다음엔 말이야, 끈을 묶었다가 푼 자리에."

나는 말을 끊어 내며 끈의 매듭을 당겼다. 손가락에 감겨 있던 것이 언제냐는 듯 매듭은 쉽게 풀리고 세시오의 손끝이 움찔했다.

"반지를 끼웠다더라고. 그러면 그 흔적이 영혼에 새겨져 영원히 되돌릴 수 없게 된다고."

푸른색이 지나간 자리에 반지의 보석이 빛을 뿜냈다. 반지 위로 매듭을 지었으니 당연한 일이다. 그럼에도 그 빛은 평소보다 더욱 찬란하게 빛났다. 정말 영원의 약속이 그 밑에 가라앉은 것처럼.

"꽤 괜찮은 얘기지?"

"……무척."

세시오의 입매가 길게 늘어졌다. 그의 두 눈도 명확하지 않은, 그러나 알 것 같은 감정으로 일렁이고 있었다.

위로가 통한 것 같아 기뻐하다가 나는 웃을 수밖에 없었다. 깊은 감정에 휩쓸린 채로도, 세시오의 손은 푸른 끈을 다시 감아 챙기고 있었다. 저 신문은 다른 끈으로 감아야겠다. 그전에 세시오에게 보여 줘야지만.

"사실 이렇게 묶지 않아도 이제 빼도 박도 못 해. 아무렴, 사람들 말보다 더 강렬한 끈이 어디 있겠어."

"무슨 의미지?"

"롭티나가 주고 간 게 있거든."

나는 끈이 감고 있던 신문을 세시오에게 내주었다.

"우리, 결혼 날짜가 잡힌 걸 수도에서도 알았나 봐. 그 일로 기사가 났더라고."

그러니 이제 되돌릴 수는 없다. 약혼도 아닌 결혼 기사였고, 수도에서도 제법 법석을 떨어댔으니까. 사람들의 기억 속에 우리는 퍽 요란한 연인으로 남아 있을 것이다. 이제는 요란한 부부가 될 테고, 아마 평생토록 그렇게 기억되겠지. 전에는 그런 각인 같은 소문이 짜증스럽기만 했는데, 적어도 지금은 나쁘지 않았다.

마침내 세시오의 눈이 기사의 활자를 다 읽어 내려갔다. 그 중간쯤부터, 그는 어깨를 떨며 웃고 있었다. 그럴 줄 알았지. 세시오는 웃음기 어린 소리로 말했다.

"가끔 느끼지만, 신문사는 이상한 데서 용기를 낸단 말이야."

"만용이지. 잊고 있었는데 여기, 전에 나더러 신데렐라니 뭐니 떠들어대던 곳이더라고."

가만히 있으니까 이번에도 얌전히 가십의 소재가 되어 줄 줄 알았나. 성이 바뀌었는데 그렇게 해 줄 리가. 나는 신문을 내려다보며 입매를 틀어 웃었다.

"이번 주 중으로 폐간될 텐데, 그러고도 신데렐라 소리를 할 수 있을지 모르겠네."

"그러고 보니 나도 잊고 있었군. 시간 끌 거 없이 당장—."

"잠깐만."

나는 다급히 세시오의 말을 끊어 냈다. 그가 당황하며 눈을 깜박였다.

"방금 언령 쓴 거야?"

"아직…… 이지만 내버려 둬야 할 이유가 있나?"

"그런 건 아니야. 그냥."

그런 거창한 힘을 쓰지 않아도 해당 신문사는 멋진 꼴이 될 것이다. 그리고 무엇보다도 지금 당장은.

"애먼 데 힘 빼지 말라고."

나는 세시오의 뺨을 끌어당겨 입을 맞추었다. 아버지의 배려 아닌 배려가 시작된 이후로 처음 나누는 키스가 퍽 달다. 제 존재감을 과시하듯 서로의 욕망이 입 안에서 엉겨들었다. 시작한 건 나였으나, 주도권을 쥔 사람은 계속해서 바뀌었다.

어느샌가 나는 집무실의 책상 위에 걸터앉은 채였고, 나를 괴롭히던 종이 뭉텅이는 죄 바닥에 나동그라져 있었다. 퍽 보기 좋은 꼴이다.

"내가 하루쯤 농땡이를 치면 아버지께서 뭐라고 하실까."

"모르긴 몰라도 며칠간은 더 고달파지겠지."

"그 정도 이율이면 감당할 만한데."

"무리하는 거 아닌가?"

"무리는, 당신한테 시키려는 게 무리고."

"그대는 가끔 날 너무 얕잡아 봐. 언령으로 만든 몸이 아니라고 했는데도."

"어떻게 만들었든, 체력으로 나 따라오려면 멀었지."

세시오가 입매를 당겨 웃었다. 열기가 가득 담긴 그 표정은, 또 처음 보는 얼굴이라 나는 그를 마주 보며 웃었다.

"시험해 보면 알겠지."

"괜찮다는 말로 알게."

그리고 다시, 침묵이 말을 집어삼켰다.

밤이 깊어 가는 창밖으로는 눈이 내리고 있었다. 북부에서는 드물게도 크고 동그란 함박눈이었다.

「"신데렐라는 내가 아니었다?"

세기의 대역전, 신데렐라가 이제는 왕자로.

한때, 신데렐라라는 멸칭으로 조롱받던 테릴 윈터글라스가 당당히 배역을 바꾸었다.

그러면서 새로이 신데렐라로 지목된 사내가 있다.

한때 데이브릭의 장자였고 지금은 아노비스의 소공작이 된 세시오이다.

이 사내는 참으로 운이 좋다.

데이브릭의 반역죄가 확정되면서 평민이 되자마자, 공작가의 차기 주인으로 거듭난 것이다.

아노비스와 아무런 연고도 없던 이가 어떻게 그 자릴 거머쥘 수 있었을까.

일각에서는 그 이유를 연인에게 빠진 리한의 애정 공세라 추측한다.

말대로라면 세기의 신데렐라는…… (하략)」

끝.

외전

1
리한 공작

수북이 덮인 흰 털. 유인원을 닮은 이목구비에 누런 이빨이 빼곡하고 뾰족하다. 덩치가 족히 3미터는 넘을 듯했고 눈에 실린 기세도 범상치 않았다. 그 괴물과 눈이 마주친 것만으로 에뤼셀 몬트의 이가 떨리며 딱딱 부딪혔다.

"설인이라니 말도 안 돼."

이게 아니다. 그가 맡은 임무는 민가를 습격한 마수의 뒤처리였지, 북부에 있는지도 몰랐던 전설급 몬스터와 조우하는 것이 아니었다. 상처 입은 루비 울프는 진즉 처리했는데 왜 이런 괴물과 마주해야 하는가. 심지어 한두 개체도 아니었다. 그 몸체도 설산도, 눈에 보이는 모든 것이 흰 터라 마수의 수를 제대로 세기 어려웠으나 못해도 열은 됨직했다.

'저걸 다 처리하려면 마스터가 와야 해.'

아니, 어쩌면 마스터로도 불가능할지 모른다. 전설급 마수는 단일 개체로도 마스터를 상대할 수 있다는 괴물이다. 리한이 와야 했다. 그러나 그걸 알면서도 에뤼셀 몬트는 덜덜 떨 뿐 뒤돌아 도망치지 못했다. 왜냐하면 그의 바로 뒤에는 기사의 사냥을 참관하겠다며 따라붙은 종자가 주저앉아 있었으니까.

"모, 몬트 님. 어떻게 해야……!"

히죽 웃으며 설인 하나가 그들에게 다가왔다. 에뤼셀은 이를 악물고 검을 쳐들었다.

"북부의 기사는 적을 앞두고 도망치지 않는다. 와라, 이—!"

털북숭이 원숭이들아.

준비한 말을 채 끝마치지도 못했으나, 이미 에뤼셀 몬트의 앞으로는 새카만 그림자가 져 있었다. 기분 나쁘게 웃는 얼굴과 가까워지는 거대한 손. 저 덩치에 이렇게나 빠르단 말인가, 기사의 눈에 짙은 절망이 내려앉았다.

그러면서도 그가 이를 악물고 검을 휘두르려던 때.

"내 선조지만 정말 이해할 수가 없어."

날붙이가 허공을 가를 때의 바람 소리와 투덜거리는 사람의 목소리.

크고 둔탁한 무언가가 떨어지듯 거대한 울림이 났다.

"귀엽지도 않은 걸 왜 몰래 키웠는지. 키운 것까지는 좋아, 자기 죽을 때 되면 책임지고 죽이고 가야 할 거 아냐."

에뤼셀 몬트가 천천히 고개를 들었다. 제일 먼저 보인 건 허공에 흩날리는 남빛 머리칼. 뒤이어 설산을 배경으로는 이질감마저 드는 가벼운 셔츠 차림과 검날이 보였다.

그의 시선이 자연스럽게 검에 묻은 핏물을 타고 흘러내렸다. 핏방울이 떨어지는 곳에 거대한 괴물의 머리가 있었다. 제가 죽는 줄도 모르고 상대를 잡아먹을 식욕에 들뜬 그 얼굴이 고스란히.

"결계 마법으로 막아 두면 뭐하냐고. 마나 다 흩어지면 이 꼴 날 게 뻔한데."

"리…… 한."

딱히 그녀를 부르려고 했던 게 아닌데도, 에뤼셀 몬트는 신음처럼 그 이름을 내뱉고 말았다. 그제야 테릴 리한이 그를 돌아보고는 눈가를 찡그렸다.

"어디서 본 적 있는 얼굴인데."

"아, 저는──."

"뭐, 통성명은 나중에 하자고. 저 원숭이들이 도망치면 골치 아프니까."

그녀가 자리를 박찼다. 먼지가 피어나듯 눈이 흩날렸다. 다음 순간, 리한 소공작은 당황한 설인들의 바로 앞에 다다라 있었다.

첫 목표는 우두머리로 보이는 가장 커다란 개체였다. 껑충 뛰어 설인의 어깨에 올라탄 소공작은 그 머리를 베어 내고, 다른 몬스터 쪽으로 머리 잃은 사체를 걷어찼다. 거대한 동족의 몸에 시야가 가려진 마수들이 당황했을 때, 그들을 향해 둥글게 검을 휘둘렀다. 허리, 가슴, 늑골. 설인의 크기에 따라 각각 다른 부위에 붉은 선이 그어진다. 사체 셋이 늘었다.

소공작은 검을 휘두르는 것에 그치지 않고, 그 반동을 이용하여 반대쪽으로 몸을 돌렸다. 그녀가 있던 자리로 거대한 주먹이 내리찍혔다. 오죽 힘이 대단한지 그 여파로 눈보라가 일 정도였으나, 소공작은 검면으로 그 주먹을 막아 냈다. 다만 몸이 주르륵 뒤로 밀려나는 건 어쩔 수 없었다. 멀리서 지켜보던 에뤼셀이 긴장감에 주먹을 움켜쥐었으나, 그녀는 외려 입꼬리를 틀었다.

속수무책으로 밀려나는 듯한 소공작이 돌연 검날을 틀었다. 설인의 주먹을 흘리고 몸을 낮추며 마수의 몸 쪽으로 파고들었다. 그러나 미처 그 목을 베어 내기 전에 다른 설인이 땅을 내리찍어 그녀의 무게중심을 뒤흔들었다.

지진과도 같은 굉음이 나고 그 근방의 땅이 조나가 갈라진다. 발밑이 불안해지자 그녀는 단박에 땅을 박차고 허공으로 뛰어올랐다.

"안 돼!"

에뤼셀이 비명을 내질렀다.

허공에서는 몸을 피할 수가 없다. 남은 설인들 또한 그걸 알았는지 눈을 빛내며 일제히 손을 뻗었다. 우악스러운 손길들이 금방이라도 그들의 적을 찢어 발길 듯했다.

그때, 어디선가 이상한 소리가 났다. 벌이 날개를 비비는 것과 비슷한 불길한 소리. 진원지는 높이 쳐든 소공작의 손끝이다. 그녀의 검이 부르르 떨리고 깨끗한 빛깔의 검날은 주위의 그림자를 빨아들인 것처럼 짙은 남빛으로 물들었다.

이상을 느낀 설인 하나가 내뻗은 주먹을 회수하며 달아나려 했으나 이미 늦었다. 짙은 빛깔의 장막이 그들을 뒤덮었다. 마치 밤과 같은 어둠에 은빛의 알갱이가 박혀 얼핏 보면 은하수처럼 보이기도 했다.

그 아름다운 장막이 걷혔을 때, 설인들은 누구라 할 것 없이 전부 거대한 얼음덩이에 갇혀 있었다. 설산 위에 봉우리를 하나 더한 것처럼 얼음의 장벽은 높고 커다랗다. 툭, 장엄한 광경을 만들고 소공작이 땅에 내려앉는 소리는 경쾌하기까지 했다.

"어, 떻게……."

설인은 그리 지능이 뛰어나지도 않고 마법을 다룰 줄도 모른다. 그럼에도 이 마수가 만티코어나 그리핀처럼 괴물로 칭해지는 건 육체적인 능력이 그만큼 압도적이기 때문이다. 마나를 두텁게 내두른 검으로도 그 거죽에 할퀸 자국 하나 만들기가 쉽지 않았다. 그러나 리한의 검은 마치 종이를 썰어 내는 것 같았다.

에뤼셀 몬트의 심장이 터질 듯 뛰었다. 테릴 리한을 보며 심장이 두근거린 것이 처음은 아니다. 그는 오래도록 그녀를 짝사랑해 왔고, 그녀가 결혼한 이후로도 그 마음을 다 접진 못했으니까.

하나 지금의 감상은 이전과는 결이 달랐다. 에뤼셀은 제가 어떻게 테릴 리한을 짝사랑할 수 있었는지 의문을 느꼈다. 그런 인간적인 감정이 향할 대상이 아니다. 그녀에게 바쳐야 할 건 오롯한 경외뿐이었다.

기사의 무릎이 절로 꺾였다. 그가 지키던 종자 역시 마찬가지였다.

"추운 데서 왜 무릎을 꿇어. 죄지은 것도 없으면서."

리한 소공작이 그들에게 다가오며 말했다. 붉은 빛이 흐르는 검은 아직 검집에 들어가지 않은 채였다. 그게 저들을 베어 낼 리 없다는 거 잘 알면서 에뤼셀이 마른침을 삼켰다.

"도, 도와주셔서 감사합니다!"

"음, 솔직히 내가 고맙다는 말을 들을 입장은 아니야."

"예?"

"말하기 민망하지만, 이번 일은—."

"소공작님."

뒤늦게 그녀를 수행하는 기사들이 도착했다. 선두에 선 사람은 에뤼셀도 아는 이였다. 테릴 리한을 가장 가까이서 보좌하는 그녀 다음번의 실력자. 이마를 시원하게 드러내고 머리를 높이 올려 묶은 기사는 안도라 그리넬이었다.

"벌써 끝난 겁니까?"

"수가 얼마나 된다고."

그녀는 자연스럽게 주인에게서 검을 넘겨받아 검날에 흐른 피를 닦아 냈다.

"혹시 숨겨 키운 마수가 더 있는 건 아니지?"

"예, 올론드 전하께서 숨겨 키운 마수는 설인이 전부입니다. 더는 결계 마법의 흔적도 없고요."

"그래도 혹시 모르니 이따가 세시오에게 한번 확인해 둘게."

"……예."

"서운하게 생각하지 말고."

안도라 그리넬에게 검을 돌려받으며, 소공작이 그녀의 어깨를 툭 쳤다. 그러고는 다소 티가 나는 모양새로 말을 돌렸다.

"눈으로 보니 더 이해가 안 돼. 대체 저걸 왜 길러? 그리넬 경 눈엔 저게 예뻐?"

"아마 수련용이 아니었을까 싶습니다."

"수련용?"

"4대 전의 리한 전하께서는 역대 가주 중 가장 검술 능력이 뒤떨어지셨다고 합니다."

"하……. 하필 선조가 한 일이라 욕도 못 하고."

"……."

"패륜 발언 안 할 거니까 걱정 마, 그리넬 경."

"아니요, 무덤을 파헤치는 것 말고 어떤 보복이 있을까 고민했을 뿐입니다."

"……나 대신 패륜하지도 말고."

떨떠름한 목소리로 말하고, 테릴 리한의 시선이 다시금 에뤼셀에게 향했다. 멍하니 그들의 대화를 구경하다가 그 순간 그는 자세를 더 반듯이 했다.

"얘기 들었으면 알겠지만, 이쪽 책임이니까 신경 쓸 거 없어. 보상도 제대로 들어갈 테니."

"아닙니다!"

"그래, 아무튼 수고했어. 어……."

"에뤼셀 몬트입니다, 소공작님."

"이름도 들어 본 것 같은데."

그녀는 긴가민가하다는 얼굴로 눈을 가늘게 떴다. 그 모습에 에뤼셀은 제가 몇 년 전 고주망태가 되어 망언을 퍼부어댔던 걸 고백해야 하는지, 말아야 하는지 극심한 갈등에 휩싸였다. 종전과 다른 의미로 심장이 튀어나올 것 같았다.

그러나 다행히도, 그녀는 예나 지금이나 에뤼셀에게 별 관심이 없었다.

"미안, 기억이 안 나네."

그는 애써 안도의 한숨을 삼키고, 괜찮다고 소리쳤다.

"그럼 수고해."

"아, 소공작님."

"음?"

"경하드립니다!"

그 말에 테릴 리한이 입꼬리를 올려 웃었다.

선조의 포악질을 수습하고 나는 성으로 돌아왔다. 뭐 대단한 걸 하고 왔다고 성의 앞에는 사용인 몇이 마중을 나와 있었고, 그 선두에는 장신의 미남이 서 있었다.

햇빛을 받아 희게 부서지는 백금발, 체격 좋은 북부인들 사이에서도 단연 돋보이는 긴 다리. 셔츠에 털옷을 걸쳤을 뿐인데 세상의 빛을 다 빨아들인 것처럼 눈에 띄는 그 사내는 당연히 세시오 리한이었다.

번번이 나올 필요 없다니까. 그렇게 생각하면서도 내 입꼬리는 솔직하게 올라갔다.

그가 웃으며 말했다.

"수고하셨습니다, 소공작님."

그는 웃었으나 내 기분은 상했다. 뺨에 키스해 인사하려는 걸 피하며, 나는 곧바로 불만을 표했다.

"웬 존댓말?"

"곧 그대는 이 땅의 주인이 될 테니까. 공적인 자리에서 실수하지 않도록 연습해야지."

작위 계승식이 머지않았지 않나. 그가 덧붙였다.

그래, 나는 곧 화이트폴의 새로운 주인이 된다. 조금 시간이 지났다고 한들 여전히 서른도 넘지 않은 나이다. 급하지 않았지만, 더 미루고 싶지도 않았다.

여러 방면의 후계 수업이 끝나면서 나는 아버지를 따라 실무에 참여하기 시작했다. 그러며 몇 가지 일에서 아버지와 부딪히기도 했다. 예전에는 리한 공작의 위상 때문에 무조건 그가 옳겠거니 고개를 수그렸는데, 갈수록 그게 잘되지 않았다.

그래도 머리가 컸다는 건지. 나는 이 땅을 좌지우지하고 싶었다. 화이트폴을 갖고 싶었다. 책임감과 부담감은 어느새 자라 버린 욕망에 잡아먹혔다. 나는 지난달 부모님께 내 뜻을 전했고 두 분은 바로 자리를 준비해 주셨다.

그러나 그런 변화와 세시오는 별개였다. 솔직히 대단한 것도 아니었으나, 약간이라도 그와 거리감이 드는 게 싫었다. 나는 퉁명스럽게 말했다.

"됐어, 공적인 자리가 얼마나 있다고. 계승식 때나 조심하면 되지."

"황궁에 가게 될 땐?"

"내가 눈치 봐야 하는 황족이 더 있어?"

가족 눈치만 보면 됐지, 뭘.

"인사조차 받아주지 않으며 눈치라니. 혹 그대가 알고 지내는 다른 황족이 있던가?"

"아니, 그건 당신이⋯⋯."

내 답을 기다리지 않고 세시오가 재차 내 뺨에 손을 뻗었다. 별수 없이 나는 피하지 못하고 그의 인사를 받았다. 얼굴에 닿은 온기가 몸 안으로 스며들어 내 불만을 사르르 녹여 버렸다.

"알았어, 그대가 바라는 대로 하지."

"나는 그런 말—."

"안 좋아한다는 건 알고 있어. 별 의미 없는 장난이었으니까."

"거리감 드는 건 싫어. 아니, 이렇게 말하니까 어린애 같네."

"어린애 같지 않아. 마음에 드는 말이거든."

웃음기가 섞인 말인데도 목소리가 제법 무겁다. 제 속을 스스럼없이 드러내는 세시오의 태도가 기쁘다. 나는 그의 뺨에 키스를 돌려주었다.

우리는 성안으로 걸음을 옮겼다.

"다친 데는 없나."

"있으면 안 되지. 아버지께 왕창 깨질걸."

"그렇다면 다행이야. 그보다 난데없이 설인이 튀어나올 줄은 몰랐군. 괴물과의 연은 만티코어가 마지막일 줄 알았는데."

"4대 전 리한 공작이 동물 애호가였대. 그리넬 경의 추측대로면 애호가가 아니라 수련용일 수도 있겠지만."

"급사하면서 써먹지 못하고 죽은 건가."

"급사했다고? 나도 모르는 걸 당신이 어떻게 알아?"

"북부 공부를 좀 했지. 심심해서."

심심풀이로 공부를 하다니 도무지 이해 못 할 사고방식이다. 전에 없이 세시오에게 거리감을 느꼈지만 나는 입을 꾹 다물었다. 이미지를 깎아 먹는 말을 굳이 할 필요는 없다.

"설인이라……."

"왜 그래?"

"설인은 일반적인 마수와는 좀 다르다더군."

"그렇지, 특별하게 못생기긴 했더라."

진심이었는데 그는 웃음을 터뜨렸다. 사레가 들리진 않는지 우려스러울 만큼이나 갑작스럽게. 어깨를 떨며 웃는 모습을 보고, 나는 조금 뿌듯해졌다.

"그래서 외모 외에 뭐가 다르단 건데."

"과거, 리한이 주인으로 자리 잡기 전에 북부에서 숭상받은 적도 있는 괴물이야."

"그 털북숭이가?"

"약간이지만 신력을 가지고 있다더군. 그래서 설인을 해친 사람은 저주를 받는다는 일화가 있어."

저주라……. 나는 반사적으로 타니타르 공작의 최상급 저주를 떠올렸다. 그건 마나 뭉텅이였으니까 신력과는 관계없겠지.

공작은 아직 리한의 뇌옥에서 쥐를 벗 삼아 잘살아 가고 있었다. 건강하다고는 못 하겠으나 비명은 여느 젊은이들처럼 아직 생생했다. 나야 소리로만 들을 뿐인데, 아버진 정말 35세까지 못 보게 하시려는 건가.

"말로는 저주라도 타니타르처럼 거창하진 않을걸."

"어떤데?"

"악몽에 시달렸다는 사람이 많았어."

겨우 꿈? 그 생김새만큼이나 볼품없는 저주다. 단번에 마음이 허탈해져서 나는 고개를 가로저었다.

"현실도 아닌 꿈 정도야 뭐. 상관없어."

그런 말을 당당하게 뱉어 내면 으레 복선이 되는 법이다. 간단히 말해 상관없지 않았다.

잠에서 깨어났을 때, 나는 온 얼굴을 일그러뜨리고 있었다. 그렇다고 해도 소리를 내거나 몸을 일으킨 건 아닌데 어떻게 알았는지 세시오는 곧바로 눈치챘다. 그가 염려스러운 투로 물어 왔다.

"왜 그래, 테릴. 또 악몽이라도 꿨나?"

"아······."

세시오의 목소리를 들으니 깨어난 것이 확연히 느껴졌다. 나는 두 눈을 질끈 감았다 뜨며 욕지거리를 삼켰다. 몸을 일으켜 침대 헤드에 기대자 자연스럽게 세시오 또한 내 옆에 앉았다.

"악몽이네, 그래."

꿈에서 귀신이 나오거나 괴물에게 쫓기거나, 그런 거창한 내용은 아니라도 틀림없는 악몽이었다. 나는 윈터글라스이던 때의 일을 꿈으로 꾸고 있었다. 꿈과 현실이 혼동될 만큼이나 아주 선명한 감각으로.

가볍게 한숨을 내쉬자 주위를 살필 여유가 돌아왔다. 세시오의 얼굴은 짙은 걱정으로 물들어 있다. 난 그 뺨을 느리게 쓸어 주며 대수롭지 않은 투로 말했다.

"그냥 옛날 꿈이야."

그때엔 그저 일상이었다. 책으로 본 디저트에 침을 삼키고, 말라비틀어진 빵에 잼을 바르던 나날. 제대로 된 데뷔탕트 볼도 치르지 못하고 몇 번 입은 드레스를 계속해서 기워 입던. 살 집을 빼앗길까 떨기도 하고, 나이 든 부자와의 결혼을 진심으로 고민해 보기도 했던 그때. 이따금은 수치와 이따금은 분노와 싸워야 했던. 떠올리면 비참하나 생사가 위태롭지는 않은 그 어중간한 비극 하나하나가 꿈속에서 펼쳐지고 있었다.

그저 한 번에 그쳤으면 이리 기분이 불쾌하지도 않았을 것이다. 꿈은 매일같이 나를 과거로 끌어당겼다. 그 기분은 가슴에 하나둘 쌓이고 그러다 보니 현실과 꿈을 혼동하게 만드는 때도 있었다. 내가 윈터글라스인지 리한인지 한 번씩 헷갈릴 정도로.

정작 북부에 왔을 때도 수련이 버거워 힘들었던 때를 돌아보지 않았는데, 원숭이 좀 잡았다고 이렇게 될 줄은 몰랐다. 나는 길게 한숨을 내쉬었다.

"······말해 줘, 테릴. 무슨 꿈을 꾸는 거지?"

"숨기는 것도 아니고 정말 그게 다야. 내가 윈터글라스로 살 때 말이야."

"윈터글라스 남작에게 시달리던······."

"그래, 그런 거. 가끔 배고프고 가끔 우울해지던 그때 일을 그냥 꿈에서 다시 겪는 거야."

여태까지는 한 번도 그때를 돌아본 적이 없었고, 최근에 별다른 계기가 있던 것도 아니다. 그러니 내가 무시했던 설인의 저주가 나를 괴롭히는 게 분명했다. 정말 도움 안 되는 선조다. 그리넬 경이 했던 말이 탐욕스럽게 머릿속을 떠다녔지만, 남의 무덤을 헤집는다고 상황이 좋아지진 않을 것이다.

"그 설인의 저주란 거, 얼마나 간대?"

"구체적인 기록은 하나뿐이야. 마스터 초입에 다다른 이는 세 달간 악몽에 시달렸다더군."

"그럼 나는 한 달쯤 가려나."

뭐라 말하기 모호한 기간이다. 사람을 힘들게 만들 수는 있겠지만, 크게 망쳐 놓지도 않는 정도? 그래도 생각만큼 길진 않아 다행이었다. 그쯤이야 어떻게든 되겠지.

"······그보단 짧을 거야. 다른 방법을 찾아볼게."

"괜찮아. 한 달 안쪽이면, 죽을 만큼 힘들지도 않을 거고."

내 말에, 세시오는 무어라 말할 듯 입을 달싹이다가 말을 삼켰다. 그의 두 눈이 깊이 침잠해 있어 기분이 어떤지 짐작할 만했다. 한숨을 내쉬고 그는 나를 끌어당겨 품에 넣었다. 마침 세시오의 온기가 필요하던 때라, 나는 얌전히 그에게 등을 기대었다.

"피곤해 보이는군."

"조금?"

"그대가 힘들지 않으면 좋겠어."

"당신 피 토할까 무서우니까 안 되는 일에 언령 쓰지 마."

"그게 아니면 내가 할 수 있는 일이 없는데."

"왜 없어. 내가 얘기하는 거 듣고 나를 안아서 달래 주고 있잖아."

"그런 건 누구라도 할 수 있잖나."

"아닌데. 이렇게 내 몸에 손댈 수 있는 사람이 당신뿐인데 누가 뭘 해."

위에서 웃음소리가 났지만, 좀 힘이 없었다. 분위기를 바꿀 겸 나는 지나간 일을 끄집어냈다.

"손댄다는 소리 하니까 생각난 건데, 당신을 후작으로 만들러 왈릿에 갔을 때 말이야."

"4년 전쯤?"

"그래. 그때, 서로만 에디즈가 실수한 일로 내게 매달렸다가 당신이 쳐다보니까 홱 떨어진 일이 있었잖아."

예민해진 상태라 그런지, 그때 일을 떠올리니 다시금 약간의 짜증이 올라왔다.

서로만이 실수한 게 애당초 나를 얕봐서였다는 아버지의 말을 듣고, 나는 그와 한 번 술자리를 가졌다. 고주망태로 만드니 본심을 듣는 건 어렵지 않았다.

"리한 소공작님은 제 막냇동생이나 다름없죠, 헤헤."

다시 생각해도 열받는데, 성의 작은 주인에게 할 소리는 아니다. 당연히 쥐 잡듯 잡았고 좋은 결과를 얻었다. 이후로 서로만은 한 번도 실수하지 않았고 철도 좀 들었으니까. 그 희게 질린 얼굴이 동생을 보는 표정은 아니겠지. 하여튼 인격적으로 대해선 안 될 놈이다. 앞으로도 야멸차게 괴롭혀야지.

"테릴?"

"아, 미안. 서로만 생각하니 잠깐 짜증 나서. 그 이후에 당신더러 뭐라고 했는지 알아? 질투가 심한 상이니 조심하라고―."

"침대에서 다른 남자 얘기를 하는 건 좋지 않은데."

"뭐?"

"과연 상인이라 그런지 안목은 정확하군."

그는 고개를 들어 내 입에 키스하고, 입술을 깨문 뒤 떨어졌다.

"내가 질투가 많은 건 새삼스럽지도 않잖아."

"……세상에 남자가 서로만 에디즈 하나뿐이라도 질투할 일은 안 생길 텐데."

"굳이 남자가 아니라도. ……그냥 가끔은 그대 머릿속에 있는 다른 사람들의 이름을 모조리 지워 버리고 싶다고 생각할 때가 있어."

조용히 말하고 그는 다시 가벼이 입을 맞추었다.

"농담이야."

"뭐, 진심이라고 해도 실현 불가능하니까 상관없어."

"잔인하게 현실적이군."

역시 진심이었나 보네. 처음 보는 모습은 아니라 별로 새삼스럽지도 않았다.

"내 기분을 달래 주려던 건 알지만 굳이 그러지 않아도 돼. 지금 중요한 건 나보단 그대의 기분이니까."

"그걸 알면서 질투해?"

"……."

급격히 조용해진 모습에 나는 픽 웃었다.

"계승식을 미루는 건 어떻게 생각해?"

"마음이 많이 안 좋은가?"

"그런 것보다도 그냥. 이런 기분으로 공작이 돼도 좋을지 싶어서."

나는 가까운 곳에 있는 세시오의 눈동자를 바라보며 말했다. 착각일지 모르겠지만, 시간이 갈수록 그의 눈에 어린 황금빛은 더 진해지는 것 같다. 더 깊어지고 더 찬란해진다. 그래서 가끔은 그저 들여다보는 것만으로 가슴이 벅차오를 때가 있었다.

"꿈이 너무 사실적이라 깨고 나서도 그 기분이 남아 있어. 내가 여전히 윈터글라스인 것 같아서."

"남작을 죽여 줄까?"

"……뜬금없이?"

"내가 할 수 있는 게 그것뿐이야."

세시오가 눈꼬리를 늘어뜨렸다. 연기란 걸 알면서도 그 분위기가 처연해 보였다. 그 꾸며 낸 표정에 더해 쓸데없이 달콤한 목소리로 그리넬 경이 할 법한 소리를 하는 게 귀여워, 나는 소리 내 웃음을 터뜨렸다.

"아니면 그대가 화풀이할 수 있도록 끌고 온다거나."

"언제 언령이 필요할지 모르니 착하게 살겠다며."

"그 작자가 선인일 린 없잖나."

"그렇긴 해."

숙부가 선인으로 인정받을 정도면, 세상은 이미 지옥인 게 분명했다.

"원래도 한 번 더 손봐 줄 생각이긴 했어. 그런데 지금은 숙부가 문제가 아니야."

"아니면?"

순조롭게 이어지던 대화가 잠깐 멈추었다. 망설임이 목구멍을 가로막아 나는 잠시 입을 달싹였다.

세시오는 그저 나를 빤히 바라보고 있었다. 말로 답을 채근하지는 않았으나 시선은 내 입이 열릴 때까지 떨어지지 않았다. 나는 조금 힘겹게 목에 걸린 말을 끄집어냈다.

"오해가 있었던 걸 아는데, 이제는 마음이 많이 풀어졌는데. 그래도 그러네."

"리한 전하?"

구체적으로 이야기하지도 않았는데, 그는 내 말의 주체를 바로 찾아냈다.

"원래 과거에는 그렇게 생각했던 건지 아니면 지나간 일이라 감정을 부풀렸는지는 모르겠어. 그런데 꿈에서 난 자꾸 아버지를 원망하고 있더라고."

내 과거가 좀 더 괜찮았을지도 모른다는 생각이 드니까 더 그런지도 모르겠다. 아버지를 만나기 전후로 내 삶은 그야말로 땅 밑에서 하늘 끝까지 올라갔다.

그러니 생각하게 되는 것이다. 당신이 실언으로 어머니를 힘들게 하지 않았다면 우리는 훨씬 좋지 않았을까. 비참함과 굴욕감 같은 건, 태어난 데 대한 죄책감 같은 건 평생 모르지 않았을까. 이성적으로는 그 상황을 이해하더라도 그러한 생각이 불쑥불쑥 치솟았다.

이따금 드는 마음이 아버지를 향한 미움으로 번진 적은 없었다. 최근에는 그런 생각 자체를 거의 하지 않았고. 그러나 어쩌면. 나는 성인이니까, 머리로는 모든 걸 이해하니까 감정도 이성을 따라가야 한다고 억지로 내 마음의 이름을 모른 체했는지도 모르겠다.

나는 한숨과 함께 본심을 내뱉었다.

"진심은 그래. 내가 아버지를, 리한 공작을 원망하는 채로 계승식에 서고 싶지 않아."

"계승식 전이라 다행이군."

"그렇게 생각할 수도 있네. 역시 연기하는 게 맞겠지? 아버지께서 받아 주실지는 모르겠지만."

"전하께서 해 주지 않더라도 괜찮아."

세시오가 태연히 말했다.

"아무렴, 계속해서 성이 무너지더라도 계승식을 하실 순 없을 테니까."

"내 남편 든든하네, 내 재산 말아먹겠다는 소릴 아주 든든하게 해."

우리는 서로를 마주 보며 웃고 자연스럽게 입을 맞추었다. 그와 나누는 온기는 언제나 달다.

"사랑한다고 말해 줘, 세시오."

"사랑해."

속삭이듯 작은 목소리에도 세시오는 곧바로 답해 주었다. 그러나 결코 가볍지는 않은 말이었다. 깊고 무겁고 그 마음이 고스란히 담긴 진심. 언제나 내 속을 가득 채워 주는 무게감.

"사랑해, 테릴."

"나도 사랑해, 세시오."

"그대가 바란다면 몇 번이라도 말할 수 있어. 백번, 천 번이라도."

"천 번은 미루자. 아직은 한두 번으로도 벅차게 행복하니까."

농담처럼 말했지만 진심이었다.

"당신이 있어 다행이야."

"올해 들어 가장 기쁜 말이군."

그리고 다시. 온기가 하나로 이어졌다.

최근, 계승식 준비를 마친 리한 공작 성은 어느 때보다 폐쇄적이었다. 덕분에 안에서 기르는 고양이들도 자유롭게 성을 돌아다녔다. 사용인들을 포함하여, 성안의 누구도 설표에게 당할 만큼 약하지 않았으니까.

나는 복도를 지나던 고양이 하나를 쓰다듬고 있었다. 다른 개체보다 덩치가 좀 크고 사교성이 좋은 이 고양이는 밀키의 딸인 웨이였다(하이디의 작명 센스는 언제나 좀 유감이다).

"그럼 내가 예전에는 얘보다 약했다는 건가."

문득 든 생각에, 나는 웨이를 잡아 들어 올렸다. 통통한 뒷다리가 치즈처럼 길쭉하게 늘어났다. 자세가 불편한지 웨이가 꼬리를 불만스럽게 휘둘러댔다.

"고양이한테도 질 정도면 인간이긴 했나?"

매일 꿈으로 과거의 일을 겪고 있긴 했지만, 감정이 현실처럼 생생하다는 말이지 신체적인 차이를 체감한다는 이야긴 아니었다. 웨이가 내 손가락을 깨물고 신경질적으로 도망쳤다. 그 감각이 간지럽지도 않아서 나는 한층 더 심란해졌다. 야생에 풀어 두면 아사할 것 같은 공격인데.

그러나 잡념은 길지 않았다. 모리나가 가까이 다가와 말했다.

"공작부인께서는 정원에 계십니다. 안내하겠습니다."

꿈을 반복해서 꿀수록 그때의 감정이 고스란히 가슴에 남았다. 머리로는 현실을 인지해도 마음은 별개인지라, 내 행동에도 영향을 미쳤다. 최근 나는 아버지를 좀 피해 다녔고, 어머니께는 조금 더 의존하게 되었다. 오늘 어머니를 찾아온 건, 그런 이유 때문은 아니었지만.

나는 정원에서 바깥을 구경 중인 어머니께 다가갔다. 그녀가 나를 발견하고 빙긋 웃었다.

"좋은 아침, 릴리."

"네, 좋은 아침이에요. 그런데 왜 나와 계세요, 날도 추운데."

"이 정도 바람은 괜찮아. 세시오가 고쳐 줬잖니."

"아, 그랬죠."

몇 년이 지났는데도 여전히 어머니가 약하게 보여 큰일이다. 내가 멋쩍어하자 그녀는 눈을 한 번 깜박이고 표정을 바꾸었다. 나를 염려하는 얼굴이다.

"왜 그러니. 안 좋은 일이라도 있어?"

"그런 건 아니에요."

"아니긴. 요즘 계속 표정이 안 좋던데. 정말 무슨 일이 생긴 거야? 아니면, 계승식을 앞두니 마음이 심란해서 그래?"

악몽에 대한 이야기는 세시오밖에 몰랐다. 다른 사람에게 말할 정도로 거창한 이야기도 아니거니와, 해결책이라곤 시간뿐인 문제를 굳이 얘기해 걱정을 사고 싶진 않았으니까.

"음…… 비슷해요."

나는 뒤에서 매달리듯 어머니를 끌어안았다.

이상하기도 하지, 입이 근질거렸다. 원래는 적당히 만들어 둔 핑계를 대며 계승식을 연기하고 싶다고 말할 셈이었는데, 마음이 약해져서인지 자꾸만 솔직한 마음을 털어 놓고 싶었다.

꿈에서 보던 과거를 나와 공유한 사람은 어머니밖에 없었으니까. 그 설움을 나눌 사람도 그녀뿐인 듯했다.

"전에 잡았던 설인이요, 제게 제대로 복수하고 갔어요."

"아, 그 집무실의 러그가 된 마수?"

그건 또 언제 러그가 된 거래. 최근 아버지의 집무실에 안 가 봐서 몰랐는데, 최후 한번 요란하다.

"설인이 왜?"

"설인을 죽이면 저주에 걸린다나, 그런 말이……."

말을 채 맺지도 않았는데 어머니의 낯빛이 벌써 나빠졌다. 나는 다급히 말을 이었다.

"아니, 신경 쓸 정도는 아니에요. 그냥 꿈자리가 사나운 정도라."

"꿈……?"

"어릴 때 일이 자꾸 꿈에 나와요. 수도에서 살 때요."

하소연을 좀 하고 싶었는데, 그 표정을 보니 목구멍이 틀어 막혀서 나는 원래 하려던 말을 접고 요약했다. 그러나 그것만으로도 어머니의 얼굴은 아주 어두워졌다. 괜히 이야기했어, 약간의 후회가 쓴맛처럼 혀끝에 맴돌았다.

그녀가 느리게 내 뺨을 쓰다듬었다.

"그래, 네가 힘들게 살았지. 네가……."

"……."

"릴리."

"미안하다고 말하지 마세요, 어머니 잘못이 아니니까요."

"그게 어떻게 내 잘못이 아닐 수 있겠어."

"어머닌 최선을 다하셨잖아요. 제가 아는걸요."

"테릴."

"네, 어머니."

"릴리, 내 평생의 보물, 내 아가야."

"……네."

"어쩔 수 없었다는 사정이 모든 피해자를 구제해 주진 않아. 네게 원망이 남은 건 너무 당연한 일이야."

"가슴이 어떻게 이성을 따라가겠어요. 믿지 않으실지도 모르지만, 저는 어머닐 사랑하고 원망해 본 적 없어요."

"사랑과 원망이 함께할 수 없다는 건 착각이란다."

"맞아요, 그래서…… 아버진 좀 원망하고 있죠."

나는 내 뺨을 쓰다듬는 어머니의 손에 얼굴을 비볐다. 언제 맡더라도 그리울, 어머니의 향이 났다.

"이런 기분으로 계승식을 해도 될까요?"

"네가 하고 싶다면."

"하기 싫으면요?"

"릴리, 난 언제나 네 편이란다."

"아버지가 반대하셔도요?"

"벌써 잊었어?"

그녀는 퍽 장난스럽게 웃었다.

"나는 전에도 네 아버질 버리고 너를 지켰어."

"아무리 생각해도 저는 아버지 복이 없는 대신, 어머니 복을 넘치게 받은 것 같아요."

하기야 신도 양심이란 게 있으면 그래야지. 한결 기분이 나아졌다.

"응원해 주셔서 감사해요. 좀 더 생각해 보고 결정할게요."

"사랑해, 내 딸."

"저도 사랑해요."

세상에서 제일. 어릴 때는 쉽게 따라붙던 말이 목에 걸려 나오질 않았다. 이래서 자식 키워 봐야 소용없다는 말이 나오는 건가.

나는 그녀의 뺨에 키스하고 정원을 나왔다.

늦은 밤, 내 집무실. 오늘 보기로 한 서류는 다 봤음에도 나는 집무실을 나서지 못하고 멍하니 앉아 있었다.

많은 생각이 들었다. 기분을 이유로 작위 계승식을 미뤄도 되는 걸까. 그렇게 대단히 마음이 나쁜 것도 아닌데. 어차피 시간만 지나면 좋아질 텐데, 잠깐 우울한 게 뭐 대수라고.

그리고 그 고민은 좀 더 원초적인 방향으로 흘러갔다. 자는 게 싫다. 꿈꾸는 게 싫었다.

한때는 일상이고 당연했던 것들이 이제는 버거웠다. 감정의 격차가 너무 커서 힘들었다. 아버지를 원망하고 싶지 않은데 과거의 감정은 내게 미움을 강요했다.

그래서 계승식을 미루고 싶다는 말은 정작 꺼내지도 못했다. 아버지와 대면해서 입을 벌린 순간, 내 것 같지 않은 원망이 쏟아져 나올까 봐.

전에 품고 있던 감정들을 다 털어 내지 못한 채 어영부영 마음을 쌓아 와서 이렇게 된 걸까. 기분이 잠깐잠깐 좋아지더라도, 결국 또 답답함에 마음이 짓눌려 나는 크게 한숨을 내쉬었다.

"한 달이 언제 지나가려나."

사춘기 때도 이런 기분이 들진 않았던 것 같은데. 나는 의자에 기댄 몸을 한껏 늘어뜨렸다.

그때 누군가 집무실의 문을 두드리며 소리쳤다.

"소공작님, 세시오 공자님이!"

나는 다급히 자리를 박찼다.

"화내지 말아 줘."

"……어떻게?"

침실의 침대에는 세시오가 앉아 있다. 익숙한 광경인데도 개중 한 가지는 익숙지 않았다. 그의 황금빛 눈동자, 언제나 화려하고 또렷하던 그 빛깔에서 초점이 흐리멍덩하게 풀려 있었다.

나는 들끓는 화를 참으려 가늘게 심호흡을 했다.

"어떻게 화를 안 내. 상의도 없이 무슨 짓을 한 거야."

"테릴."

"무리해서 볼 때도 잠깐 안 보이다가 말 정도였잖아. 그런데 일을 치르고 시종이 알아챌 때까지도 시력이 안 돌아온 거면 도대체 뭘 얼마나 봤다는 거야."

"금방 나을 거야."

"그런 문제가 아니잖아."

억누르려고 해도 목소리가 덜덜 떨렸다.

"내가 지금 마음이 멀쩡해 보여서 그래? 하나 보태 주려고?"

"멀쩡해 보이지 않아서 봤어. 설인에 관련된 이야기들을 전부 봤으니 그 해결책도—."

"말하지 마, 안 들을 거니까."

"테릴, 제발."

"내가 그런 거 찾아 달라고 했어? 시간이 지나면 낫는다는데 그깟 악몽 따위가 뭐 대단하다고."

"……."

"당신이 많이 변한 줄 알았는데 그대로네. 여전히 자기 몸 귀한 줄 모르고, 여전히 원치 않는 호의를 퍼 줘."

"그렇게 치면 그대도 내게 말없이 설인을 잡고 그 저주에 걸려 오지 않았나."

"억지 부리지 마."

"억지지, 나도 알아. 그래도 내버려 두고 싶지 않았어."

세시오의 목소리가 좀 차갑게 울렸다. 적반하장도 정도껏이지, 나는 기가 막혀 입술을 짓씹었다. 그러나 그의 말은 거기서 멈추지도 않았다.

"솔직히 그 점이 나아질 거라고 생각하진 않아."

"뭐?"

"내가 내 몸을 그대보다 소중히 여길 날은 없어."

이젠 시늉도 안 하겠다? 기가 막혀 절로 언성이 높아졌다.

"당신이 잘못되면 내 마음이 어떨지는 생각 안 해?"

"내가 잘못될 일은—."

"상식적으로 한 달간 악몽을 꾸는 게 낫겠어, 아니면 사랑하는 사람이 평생 앞을 못 보는 게 낫겠어."

"평생이 아냐. 못해도 한 시간 내로는—."

"그러니까 그걸 내가 어떻게 아냐고!"

"……."

"말해 준다 한들, 내가 당신 말을 또 어떻게 믿어."

세시오의 두 눈이 크게 흔들렸다. 소리치고 싶지 않았는데 마음이 뜻대로 되지 않는다. 요즘 들어서는 내내 그랬지만.

나는 양손으로 얼굴을 쓸어내렸다.

"가끔은 그래. 깨진 그릇에 물을 부어 넣는 기분이고, 다 깨진 고물을 나 혼자만 소중히 여기는 것 같아. 당신 태도가 날 그렇게 만들어."

"……."

"대단하다, 정말. 근래 기분이 정말 안 좋았는데 그걸 다 합친 게 지금만 못하네."

"……미안."

"……."

"미안해, 테릴."

말하며 세시오가 손을 뻗었다. 하나 아직 시력이 돌아오지 않은 상태라서 그 손은 나를 붙들지 못하고 허공을 맴돌았다.

그 모습이 몹시 불안해 보여서, 나는 별수 없이 팔을 뻗어 주었다. 그러기가 무섭게 손마디가 단단히 엉겨들었다. 불안해할 거면서. 무서울 거면서. 그 모습에 마음이 아팠지만, 지금은 그냥 넘어가 줄 수 없었다.

내 손을 단단히 붙들고야 조금 안정을 찾고, 그가 다시 입을 열었다.

"그렇게까지 갈 생각은 없어. 나도 앞이 보이지 않으면 곤란하니까."

"곤란하기는 해?"

"……그대를 볼 수 없는 게."

맥이 탁 풀린다. 나는 한숨을 내쉬며 세시오의 옆에 털썩 앉았다.

"선조고 뭐고 무덤 다 엎어 버려야 해. 그놈의 설인 때문에 어디까지 온 건지."

내 기세가 한풀 꺾이자 세시오의 손에서도 힘이 빠졌다.

"좋을 대로 해."

"근데 내 손으로 안 하고 당신한테 시킬 거야."

내 말을 바로 알아듣지 못하고 그가 의아한 기색을 내비쳤다. 나는 몸에 힘을 풀어 그의 어깨에 기대며 남은 말을 이었다.

"아주 못된 사람으로 만들어 버려야지. 언령이니 천리안이니 다 도망가 버리게."

"뭐……?"

"농담 아니야. 아무래도 당신한테 그런 칼은 필요 없을 것 같아. 어떻게 된 게 날붙이로 맨날 베는 게 자기 살이야."

그가 입매를 가늘게 늘였다. 아직 웃을 때 아닌데. 나는 눈썹을 까딱이고 그에게 한소리 해 주려다가 멈칫했다.

세시오의 눈동자가 종전과 다르다. 그의 눈에는 천천히 초점이 돌아오고 있었다. 그걸 확인하자 가슴 안쪽에 단단히 굳은 불안이 녹아 내렸다. 안도했으나, 다시 겪고 싶지 않은 기분이다.

"내가 잠깐 힘들더라도 그건 당신 탓이 아니야. 그럴 때 해 줄 수 있는 건 위로 정도고, 당신은 잘해 줬으니까."

"……그래."

"이 고집쟁이야, 한 번만 더 이러면 나도 더 안 봐줄 거야."

낮게 웃음소리가 났다. 농담인 줄 아는 모양이지만, 이번엔 진지했다.

"마법 계약서 써 버릴 거니까."

"그대가 바란다면 지금이라도 쓸 수 있어."

"당신이 아니라 내가."

"뭐?"

그와 결혼한 지도 벌써 몇 년. 세시오를 모르진 않는다. 그의 안위를 인질 잡는 건 아무런 의미가 없고 통하는 건 하나뿐이다.

얼굴을 굳힌 세시오가 기대기 좋게 기울였던 몸을 바로 세웠다. 나 또한 그에게서 떨어지며 그의 두 눈을 똑바로 바라봤다. 내 표정이 또렷이 보일지는 모르겠지만, 내 진심은 전해질 수 있도록. 그러고는 느리고 분명한 어조로 말했다.

"세시오 리한의 안위를 지킨다, 그렇게 서약해 버릴 거라고."

그런 서약이 가능할지는 모르겠지만 비슷한 건 되겠지. 내 목숨이 걸려야 얌전해지겠다면 그 수단도 기꺼이 사용할 수 있었다.

마법 계약서는 서약자의 마나를 이용해 심장에 덫을 깔아 놓는다. 미량이라도 심장을 멎게 할 수 있었으나, 마나가 방대한 리한의 경우엔 더더욱 계약을 어길 수 없었다. 아버지도 거기서 벗어날 수 없었으니 나도 마찬가지다.

"테릴 리한."

"정색하지 마, 나 화 덜 풀렸어."

세시오는 얼굴을 굳히고 무어라 말할 듯 입을 달싹였으나, 아무런 말도 내뱉지 못했다.

제가 화낼 처지가 아니라는 걸 알았는지 그가 전략을 바꾸었다. 그는 떨어졌던 나를 끌어안았다. 이런 상황에서도 내가 뿌리치지 않을 거란 확신이 담긴 손짓. 절로 한숨이 나왔지만 세시오가 가진 확신이 많지는 않았기에, 나는 그걸 깨뜨릴 수 없었다.

"그러지 마."

차고 무겁게 내 이름을 부른 것이 언제였냐는 듯, 그의 목소리가 애달프다.

"내가 하고 싶은 말이야."

"난……."

"씨. 내가 공작이 된 걸 보고 싶다며."

"……."

"당신이 계속 이런 식으로 나오면, 내가 할 수 있는 건 배우자 감시밖에 없어. 기어이 날 의부증 환자로 만들어야겠어?"

화이트폴을 갖고 싶다고 말해도 내게 가장 중요한 건 땅이 아니라 사람이었다. 그리고 내게 가장 소중한 사람은 수년이 지나도 제 몸을 도구처럼 여겼다.

"자기 몸을 아끼란 말을 내가 몇 번이나 했고, 당신은 또 몇 번이나 그러겠다고 대답했어?"

"이번엔……."

"자꾸 이러면 나는 당신이 한 말을 믿을 수 없게 돼."

나는 할 수 있는 한 다정히, 세시오의 눈가를 쓸고 그 뺨을 쓰다듬었다. 내 고집쟁이는 폭풍에 외투를 벗지 않았으니까.

"무서우니까 제발, 내가 당신 좀 믿게 해 줘."

"……명심할게."

"봐, 그 소리도 벌써 안 믿기는걸."

"진심이야."

그는 무거운 목소리로 말하며 내 어깨에 머리를 기댔다.

"진심으로 그럴게. 그러니 그런 건…… 쓰지 마. 제발."

이거 봐. 마법 계약서를 쓰겠다고 말만 했을 뿐인데 목소리의 무게부터가 다르다. 그걸 알아차렸기 때문에, 세시오의 말에 진심이 꾹 눌려 있는 걸 알면서도 마냥 달갑진 않았다.

내가 대답하지 않자 조바심이 일었는지, 그는 내 등허리를 양팔로 단단히 휘감았다.

"한 번만 더 져 줘, 테릴."

과거, 내가 했던 말이 세시오의 소리에 겹쳐 든다. 수도를 떠나며 그를 북부로 데려가며 했던 말이다.

"져 줄게, 계속. 평생."

아무튼 기억력만 좋다. 나는 길게 한숨을 내쉬었다.

"내가 평생 져 준다는 소리는 왜 해서."

내 무덤을 내가 팠지.

나는 그의 팔을 풀어내고 그의 양 뺨을 잡아 끌어내렸다. 잘생긴 이마에 입을 맞추자 그 얼굴에 떠오르던 미세한 불안이 사르르 녹아 사라졌다. 도무지 이길 수 없는 사람이었다.

"그래서, 뭘 봤다는 거야?"

밤이 깊어 새벽이 되었으나 오히려 마음을 털어 놓기는 적당한 때일지도 몰랐다. 침실을 나와, 나는 성큼성큼 걸음을 옮겼다.

"말로는 신력이라고 하지만 저주의 메커니즘은 오히려 흑마법에 가까워. 마음에 남은 트라우마를 꿈으로 끌어 올려 정신을 피폐하게 하지."

"……좋아, 저주를 풀려면 내가 뭘 해야 하는데?"

"트라우마가 사라지면 저주도 힘을 못 쓰게 될 테지."

"간단하게 할 이야기가 아니잖아. 트라우마가 사라지는 것보다 저주의 효력이 다하는 게 빠를 것 같은데."

"한 번 뒤흔들어 주는 것만으로 괜찮겠지. 그대는 강한 사람이니까."

세시오와 나눈 대화를 계속 곱씹으며 걸은 탓일까, 오래 걸리지 않아 목적지가 보였다. 리한 공작의 집무실. 나는 노크도 하지 않고, 문을 벌컥 열어젖혔다.

"구체적으로 어떻게?"

"감정의 근원, 리한 전하와 이야기를 나눠 봐야 할 것 같더군. 그러고도 안 되면 다시 다른 방법을―."

"찾아보기만 해."

"―포기해야겠지."

"얘기 좀 해요, 아버지."

솔직히는 다 지나간 일을 다시 헤집어 놓는 것이 달갑진 않았다. 하나 시간이 지나 해결되길 기다리는 건 그보다도 더 내 취향이 아니었다.

기척을 조금도 숨기지 않고 당당히 걸어 왔기에, 갑작스러운 방문에도 아버지는 놀라지 않았다. 책상에 서류를 산더미처럼 쌓아 놓고 만년필을 움직이다가, 그가 고개를 들어 나를 쳐다봤다. 기세 좋게 찾아왔음에도 눈이 마주치자, 나는 시선을 피할 수밖에 없었다.

잠깐 사그라졌던 이상한 마음이 다시금 스멀스멀 올라온다. 원망, 설움. 이미 내다 버린 줄 알았던 어린 날의 감정들이 또다시.

"계승식 미뤄 달라고?"

"네? 그건 어떻게…… 는 어머니께 들으셨겠네요. 일단 다른 이야기부터요."

목소리는 애써 침착하게 가다듬었으나, 두 눈은 어느새 땅에 처박힌 채다. 설인의 거죽으로 만든 러그가 보였다. 나머지는 다 빙벽에 갇혔으니 처음 목을 베어 낸 개체임이 분명하다.

그 형상을 보자 울화가 치밀어 올랐다. 그 원숭이 놈들, 곱게 죽이는 게 아니었는데 내가 왜 그랬을까.

"앉아라."

아버지는 예상 밖의 담담한 목소리로 말하고 자리에서 일어났다. 그러고는 한편에 놓인 진열장에서 부탁하지도 않은 와인 병을 들고 소파로 다가왔다. 그 모습을 보며 나는 얼떨떨하게 그의 맞은편에 앉았다.

코르크 마개가 열리는 소리, 잔에 와인이 고이는 소리. 눈에 담기는 정보보다 귀에 들리는 감각이 더 선명하다.

나는 마른침을 한 번 삼키고, 아버지에게 잔을 건네받았다. 그래, 술이 있어 나쁠 상황은 아니지. 뭐라고 말문을 열면 좋을까 짧게 고민하다가, 나는 와인

한 모금을 망설임과 함께 삼켜 냈다.

"제가 최근에 이상했던 거 아시죠."

"작위 받기 싫다고 선전하고 다닌 거?"

"여태 그렇게 생각하셨어요? 제가 되고 싶다고 부탁드린 거잖아요, 공작."

"작위가 부담스러우니 도망갈 궁리만 하던 놈이?"

픽 웃으며, 아버지가 와인 잔을 기울였다. 그 모습에 억울해졌지만 내가 생각해도 별로 믿기지 않는 변화이긴 했다. 언제 이렇게 욕심쟁이가 된 건지, 나도 그 맥락을 몰랐으니까.

"전 그냥 설인한테 저주받아서 아버지를 피해 다녔던 거예요."

"취했냐?"

"한 입 마시고 무슨."

차라리 취하길 바라며, 나는 와르르 와인을 털어 마셨다. 순식간에 비어 버린 잔을 보고 아버지가 황당하다는 듯 혀를 찼다. 그러면서도 다시 잔을 채워 주시긴 했지만, 비꼬는 것도 잊지 않았다.

"정말 품위가 넘치는구나. 영웅의 기세가 따로 없어."

"비꼬지 마시고요."

"저주란 게 뭐야."

"악몽이요."

곧바로 비웃을 줄 알았는데, 아버지는 의외로 눈썹만 한 번 까딱하고 말았다. 계속 말해 보란 기세에 나는 설명을 이었다.

"악몽이라고 하니 거창한데 어릴 때 꿈이요. 제가 북부로 오기 전에 일, 개중에서 비참하거나 화가 나거나 기분이 안 좋았던 일화를 꿈으로 다시 보고 있어요."

"……그게―."

"매일같이 꾸다 보니 그때 감정이 되살아났고 그러다 보니까 아버지를 향한 원망도 그렇게 됐고."

나는 손으로 두어 번 얼굴을 쓸었다.

"알아요, 몇 년이나 지나 이런 얘길 하는 게 웃기단 거. 그냥 묻어 두고 싶었는데. 이 얘기를 해야 한다고 하더라고요."

"저준가 뭔가 하는 걸 떨치려면 말이냐."

"뭐, 내버려 둬도 언젠가 사라진다는데 그러기 싫었어요. 아버지가 예상하시는 것보다 기분이 더럽거든요."

"……."

"욕하셔도 되는데, 저 말고 원숭이 애호가를 욕하세요. 패륜 정도는 아버지께 대단한 흠도 아니잖아요."

분위기를 풀려는 농담이었는데 그는 웃지도 않고 재미없다고 트집을 잡지도 않았다. 다만 아버지는 지나간 단어를 다시 입에 담았다.

"원망이라고."

"……그럼 제가 그때 아버지를 사랑했겠어요?"

"그렇게 말하는 걸 보면, 설인이 만들어 낸 거짓 감정은 아닌 모양이군."

그 말에, 나는 집무실에 들어와 두 번째로 아버지를 바로 바라봤다. 생각에 잠긴, 깊게 가라앉은 눈이 보인다. 기묘한 기분을 느끼며 나는 느리게 눈을 감았다 떴다. 시선은 다시 아버지의 얼굴에서 떨어져 내렸다.

"당연히요."

한숨 소리가 들렸다. 그 소리에 집중하다가 나는 문득 온몸에 퍼지고 있는 열기를 알아차렸다. 이성이 흐려질 정도는 아니었으나 술기운은 느리고 분명하게 온몸으로 뻗어 가고 있었다.

"이제 와 잘잘못을 따지겠단 건 아니에요, 그냥 얘기하라고 해서 왔는데, 사실 뭘 어째야 하는지도 모르겠고요."

트라우마를 해소하는 게 목적이라고 했으니, 생각나는 그림이 있긴 했다. 울고 화내고 소리를 지르며 악을 쓰는, 속에 있는 걸 다 털어내는 대화 같은 거? 그러나 별로 그러고 싶진 않았다. 그렇게나 강렬한 감정은 아니었으니.

뜨겁진 않지만 무시 못 할 정도로는 불쾌한, 미지근한 원망. 감정을 다스릴 방법이 없어, 나는 다시 한번 취하길 기대하며 잔을 기울였다.

"세시오 놈이 갑자기 쓰러졌다고 하던데, 그 해결책의 출처가 네 남편이냐?"

"달리 누가 있겠어요. 지금은 괜찮아요."

"허약하긴."

아버지가 짧게 혀를 찼다. 그러고는.

"네 원망이 이상하단 말은 아니야. 그건 당연한 거니까."

"당연…… 하다고요?"

"세상에 다시없을 멍청한 실수였어. 아이를 낳다가 잘못될 게 무서우니 그러지 말라고 제대로 말했어야 했는데."

"……그러게요, 그 말이 어떤 필터를 거쳐야 '아이 따위는 필요 없다.'가 되는지."

말하다 보니 또 마음이 울컥했다. 다름 아닌 나 자신이 그 필요 없는 아이였으니까.

"지금 와서야 하는 말인데 절 보며 무슨 생각을 하셨어요?"

"네가 필요 없다는 결론으로 가진 마라."

"그러시겠죠, 20년 만에 만난 딸을 개처럼 굴리셨잖아요. 허비한 시간을 되돌리겠다면서 끝도 없이 수업, 수련, 수업, 수련."

"애가 닮았으니까."

"아버지의 말실수로 잃어버린 20년이 아까워서요?"

"아니—."

"전 제가 도구인 줄 알았어요. 어서 교육해 작위를 떠넘기고 어머니와 시간을 보내자. 써먹을 수 있는 덤 같은 거요."

"그렇게 생각했다고?"

아버지의 눈가가 미미하게 떨렸다. 처음 보는 표정, 동요가 여실히 드러난 얼굴을 외려 내가 믿을 수 없었다. 어쩌면 나도 모르는 새 취해서, 환각을 보고 있는 걸지도 모른다.

그러다가 문득, 나는 무언가를 알아차렸다. 내가 아버지의 눈을 바로 보지 못하듯이, 그 또한 내 눈을 보지 못하고 있었다. 나뿐 아니라 아버지도 그때의 일을 신경 쓰고 있었다. 와인을 가져온 것도 어쩌면 그 때문일지도.

뻔뻔한 철인처럼 굴었다면 화가 더 치밀었을 텐데 껍질 안쪽을 발견하자 그럴 수 없었다. 내 목소리가 좀 누그러졌다.

"지금은 좀 달라요. 아버지가 저를…… 그러니까 사랑이라고 하긴 뭐해도 제대로 자식으로 생각한다는 걸 아니까."

말이 이상하게 엉기긴 했지만 본심은 그대로 담겼다. 어머니 외의 사람을 사랑한다는 게, 아버지에겐 어울리지 않는다. 그게 가족애라고 해도.

"그때는."

"냉정히 말해 그때가 사랑은 아니었잖아요. 아버지한테 무슨 정이 있었겠어요. 처음 보기로는 피차 마찬가지였는데."

"다 아는 척 말하는군, 완두콩만 한 게."

"무슨 완두콩이 이렇게 커요."

"그게 사랑 같은 거창한 감정인진 모르겠다만, 아무렇지 않았던 건 아니야."

"그럼요?"

"……"

"……원망하셨어요?"

왜 그 말이 튀어나왔는지는 모르겠다. 몇 번 생각해 본 적 있는, 그냥 지나가다가 그럴 수도 있겠네, 잠깐 떠올려본 추측인데도.

물어본 나도 당황했지만, 내 질문을 들은 아버지에 비할 바는 아니었다. 그의 얼굴은 무섭도록 일그러져 있었다. 그러나 그걸 보면서도, 스스로도 이해할 수 없다고 느끼면서도 말을 멈출 수는 없었다.

"제가 생기지 않았으면 일이 이렇게 되진 않았을 거 아니에요. 20년간 어머니와 떨어져 지낼 일도—."

"거기까지만 해!"

기어이는 아버지가 언성을 높였다. 감정을 못 이겨 소리를 지르시는 모습에 놀라, 나는 입을 벌렸다.

"내가 네 눈에 얼마나 철없고 형편없이 보일지 안다! 하지만 그런 머저리는 아니야."

"……."

"자식이 태어난 걸 탓할 그런 밑바닥은 아니야. 다시는 그딴 말을 입 밖에 꺼내지 마, 아니 생각도 하지 마라, 난."

입술을 짓씹으며, 아버지가 휙 고개를 돌렸다. 잇새로 '젠장'이라고 욕설을 내뱉기도 하셨다.

그 인간적인 면모에 당황해 굳어 있다가, 뒤늦게 나는 웃음이 났다. 아아.

"그래요, 알 것 같아요."

"뭐?"

그는 얼굴을 일그러뜨리며 다시 나를 쳐다봤다. 이제는 아버지와 눈을 마주치는 게 조금도 껄끄럽지 않아서, 나는 그 시선을 피하지 않았다.

"그때도 자식이라고 생각하긴 하셨던 거네요."

"……테릴 리한."

"아버지도 서투르셨던 거죠. 20년 만에 만난 가족이 어색한 게 어디 저뿐이었겠어요."

"……."

"그러면 혹시, 제게 후계 교육을 강요하셨던 것도 영지에 묶어 둘 구실이 필요해서였어요?"

말하면서도 확신은 없었지만, 아버지는 내 물음을 부정하지 않았다. 새로이 얻게 된 본심에 안도가 된다. 그러나 곧바로 설움이 뒤따랐다.

"그런데 이거 좀 이상하지 않아요? 왜 제가 스스로 이유를 찾아내서 아버지의 사정을 이해해 줘야 하지?"

상대가 어린아이도 아니고, 떠먹여 주는 것도 좀 심하지 않나.

"아버지가 말씀하셔야죠. 당신 생각이고 마음이니까. 미안하다고 말할 사람도 아버지니까."

"……."

"서툴다는 핑계에 언제까지 숨으시려고요. 저는 아버지도 마음고생 심했으니 봐준다고 말하는, 그런 마음 좋은 사람은 아닌데."

내 몸에도 리한의 피가 흐른다는 걸 모르는 사람도 아니고.

노골적인 비난에 꽉 다물린 아버지의 입에서 신음이 새어 나왔다. 이리 약한 모습을 보이시다니, 공격하라고 등을 띠미는 것과 다름없었다.

"상황이 어쩔 수 없었단 건 이해해요. 그러니 그건 됐어요. 어머니는 털끝만큼도 원망스럽지 않은 걸 보면 제 가슴도 그 사정은 받아들인 것 같으니까요."

"테릴."

"말도 없이 북부로 끌고 오신 거, 싫다는데 후계 수업 강요한 거."

결혼을 앞두고 실무 수업을 몰아붙인 걸 덧붙일까 하다가, 그건 그냥 봐 드리기로 했다. 그 본의가 뭐였는지는 이미 알고 있었으니까.

"딱 그것만 사과해 주세요. 그러면 다 괜찮아질 것 같아요."

"미안하다."

거의 내 말이 맺어짐과 동시에 아버지의 말이 들렸다. 해 달라고 한 건 나였는데도 그 순순한 사과에 당황해 잠시 말문이 막혔다.

"미안하다, 테릴."

"음······."

"진작 말했어야 했단 걸 나도 알아. 너무 늦어졌다는 것도."

"이건 이거대로 별로네요. 그렇게 쉽게 말씀하시니까 오히려······."

"쉽지 않았어."

아버지의 입에서 흐른 무거운 한숨이 내 말을 끊어 냈다. 나는 잠자코 그의 말을 들었다.

"내가 한 첫 번째 실수였다. 평생 어머님께 말조심하란 이야길 들었어도 그럴 필요를 못 느꼈었지."

그는 회한이 담긴 눈으로 말을 이어갔다.

"나는 그저 속에 있는 말을 그대로 꺼내 놓을 뿐 말을 돌리지도 않았으니까. 건방지다는 소리는 듣더라도 오해 살 일은 없다고 생각했고, 설사 그렇더라도 상관없었다."

"······."

"그러다가 처음으로 배려해 말을 돌린다는 게 그 꼴을 만들었지."

"그게 배려였다고요?"

"배려란 걸 처음 해 본 애송이가 뭘 알았겠냐. 몸이 약해 형편없다는 비난으로 들릴까 봐 아이가 필요 없다고 말할 정도면, 그것만으로도 수준이 보이잖아."

과거의 자신을 비난하는 말이 당황스러울 만큼이나 신랄하다. 그리고 그 모양새가 더없이 익숙해 보였다. 아버지는 얼마나 과거의 스스로를 힐난해 왔을까. 어렴풋이 체감하고 나니 나는 그가 조금 안타까워졌다.

"하지만 말만으로 넘어갈 수도 없지. 잘못했다는 말에는 변상이 필요하니까. 네가 바라는 대가가 뭔지는 알고 있었다."

막 북부에 왔을 때 내가 바라던 것. 한창 후계 수업에 시달리고 있을 때니, 후계를 그만두는 것이 유일한 바람이었다.

"그걸 들어줄 수는 없었다. 그래서—."

"사과할 수 없으셨다고요."

"말뿐인 사과는 변명밖에 되지 않으니까."

"그럼 지금 말씀하시는 건 뭐예요, 제게 줄 대가가 갑자기 생기셨어요?"

"……."

"뭐야, 당당하게 말씀하셔야죠. 대가는 화이트폴이라고."

그의 눈썹이 크게 움직였다. 그걸 보고 웃으며 나는 아버지의 잔에 와인을 따라드렸다. 어느새 빈 잔이 되어 있었으니까. 그걸 채우며 이상하게도 내 마음은 점차 가벼워졌다.

"됐어요, 변상. 어차피 곧 이 땅이 다 제 손에 들어오는데 뭘 주든 무슨 의미가 있겠어요."

"계승식은 미룬다며."

"그러려고 했는데 이제 안 그래도 될 것 같아요."

한 번 뒤흔들어 주는 것만으로 괜찮다고, 세시오가 말했던가. 그 말의 의미를 알 것 같다. 그 주제로 대화를 시작했을 뿐인데, 내 입은 어느새 온갖 마음을 다 끄집어내 털어 놓고는 멋대로 홀가분해졌다.

"그냥 그거면 돼요, 미안하다는 말이면 리한 공작 입에서 나오는 사과면 충분히 귀해요."

물론 아예 괜찮아졌다고 장담할 수는 없었다. 잊고 있다가 또 어느 날 설움이 솟아날지, 뭘 핑계로 그때 나한테 왜 그랬냐고 분노와 짜증을 털어댈지. 나는 어떤 것도 확신할 수 없었으니까. 그래도.

"적어도 지금은 괜찮다고 말할 수 있는 기분이에요."

그러나 솔직하게 털어놓은 말에도, 아버지는 납득하지 못하겠다는 표정을 지었다. 도대체 얼마나 물욕적인 삶을 살아오신 건지. 하는 수 없이 나는 말을 덧붙였다.

"사람이 그렇잖아요, 자기가 사랑하는 사람한테 관대해지는 거. 그러니까 용서해 드리는 거예요. 그리고요."

비꼬고 화를 낼 때는 괜찮았던 마음이 다시금 몸을 움츠렸다. 슬그머니 시선을 내리자 설인의 러그가 다시 나를 맞아 주었다. 설인 알레르기가 있나, 내 마음이 꼭 그처럼 털북숭이가 된 것 같았다.

"낯부끄러워서 다시는 못할지도 모르니까 제대로 기억해 두세요."

"뭐가."

살면서 한 번은 다시 말할 일이 있을까, 의문이 드는 만큼 나는 본심을 꾹꾹 담아 말했다.

"사랑해요, 아버지."

그러자 숨소리조차 들리지 않을 만큼 사위가 조용해졌다. 아무런 반응이 없으니까 배는 창피하고 배는 민망하다. 슬그머니 고개를 들어 아버지의 표정을 살폈다가, 하마터면 사레들릴 뻔했다.

"우세요?"

"……안 울어."

"눈에서만 비가 오시나."

금방이라도 검을 꺼낼 듯 매서운 눈빛에 나는 꿈틀거리는 입꼬리를 애써 단속했다. 그러고는 아버지를 배려하는 차원에서, 일어나 창가로 향했다.

바깥에는 해가 뜨기를 기다리는 새벽이 있다. 보이는 건 온통 캄캄한데도, 그 아무것도 보이지 않는 광경에 속이 시원해 나는 웃었다.

그리고 그 순간, 아버지에게 평생 듣지 못할 거라 생각한 말이 귓속으로 흘러들었다. 돌아보니 아버지의 얼굴이 정말 믿을 수 없이 붉어 웃음이 터졌다.

아버지와 나는 가족이구나. 이미 알고 있던 사실이 새삼스럽게도 마음을 감싸 왔다.

이후로 악몽은 더는 날 괴롭히지 못했다. 세시오가 무리해서 벌인 일이 성과를 내다니, 일이 잘 풀린 기쁨과는 별개로 좀 찝찝해졌다.

혹시 또 그러진 않을까 나는 몇 번 더 그를 떠 봤지만 다행히, 내가 마법 계약서를 쓰겠다고 한 말이 빈말로 들리지는 않았던 모양이다. 정말 빈말도 아니었지만.

그는 전보다 제 몸을 아끼기 시작했다. 그게 본인의 몸을 소중히 하는 건지, 내 몸을 소중히 하는 건지 그 의도 자체는 불분명했지만.

계승식은 미뤄지지 않고 예정대로 치러졌다. 여태 경험한 모든 예식은 전부 약식이었으나, 이번만큼은 그 길고 복잡한 절차를 제대로 따랐다. 리한의 가신들을 양옆으로 세워 두고 나는 중앙으로 나가 아버지의 앞에 무릎을 꿇었다.

그는 내 머리 위에 검을 올리고 서약에 필요한 질문을 했고, 나는 정성스럽게 맹세했다. 그리고 마지막 순간.

"이로써 화이트폴을 주인이 바뀌었음을 선언한다."

내 머리에서 검을 들어 올린 아버지와 눈이 마주쳤다. 그때의 그 기분은 그대로 심장에 똬리를 틀었다. 평생 잊어버리지 못할 거라 확신할 만큼 강렬한 순간이었다.

공작위를 넘겨받고 나는 잠깐의 휴가를 얻었다.

영지 순례라는 명목이었다. 역대 공작들은 보통 화이트폴을 간단히 돌아보는 정도에서 그쳤지만, 난 그럴 생각이 없었다. 리한의 땅은 제국 전역에 퍼져 있는데 뭐 하러 휴가를 줄인단 말인가. 그렇다고 그 땅을 다 살펴보려는 것도 아니었지만.

오래간만에 나는 세시오와 함께 마차에 올랐다. 처음으로 향한 곳은 콰르테 백작령, 왈릿이었다.

세시오가 포탈을 손봐 준 덕에 출발한 지 두 시간도 지나지 않아 우리는 왈릿의 성 앞에 다다랐다. 이렇게 빨리 올 줄은 몰랐는지, 환영 인파도 당황한 기색이었다. 개중 한 명만이 동요 없이 우릴 맞았다.

"안녕하세요, 두 분. 이제는 리한 공작 전하와 세시오 공이라고 불러야겠지요?"

왈릿의 영주인 에콰이어 콰르테였다. 종종 서신을 주고받기는 했지만, 북부에 다시 틀어박힌 이후로는 처음이던가.

"오랜만이…… 야, 에콰이어."

하대가 입에 익지는 않지만 어쩔 수 없다. 이제 파트너라고 말을 높일 수 있는 지위는 아니었으니까.

"오래간만에 뵙는데 죄송하지만, 아직 성의 가신들이 다 모이지는 못했습니다.”

“우리가 너무 빨리 오긴 했지.”

“예상치 못한 제 잘못입니다.”

“그렇게 딱딱하게 굴지 마, 미안해지니까.”

가볍게 던진 말에 그녀가 웃었다.

“왈릿은 어때? 중간중간 보고받기로는 꽤 괜찮아졌다던데.”

“많이 좋아졌어요. 적어도 이젠 떠돌이 신관이나 무료 식량이 필요한 수준은 아니에요.”

이어 장난기가 실린 에콰이어의 두 눈이 세시오에게로 향했다.

“어쩌면 성자는 필요할지도 모르겠네요.”

“유감이지만 은퇴했다더군.”

“정말 유감이네요.”

눈꼬리를 늘어뜨린 표정이 진심으로 슬픈 듯 보여 우리는 웃음을 터뜨렸다.

“지내기 괜찮으실 거예요. 모쪼록 즐겁게 지내다 가세요.”

“놀러 온 게 아닌데 놀라고 등을 떠미네. 수상한걸.”

“음, 들켰네요. 은밀히 좀 빼돌리고 있었는데.”

천연덕스럽게 농담을 받아치는 모습이 보기 좋다.

4년 만에 보는지라 조금 걱정했는데, 그녀는 변하지 않았다. 에콰이어의 주위에 선 가신들은 많이 바뀌었으나, 놀랍지 않았다. 데이브릭 —전— 후작이 몸소 골랐던 쭉정이들이 아직 남았다면 그건 오히려 무능하다는 증거였으니까.

“그래도 거의 구색은 갖춘 것 같은데, 누가 빠진 거야?”

“이오마테르 대원로가 상단 문제로 잠시 나가 있습니다. 세 시간 내로 돌아올 거예요.”

"아아, 아직 현역이구나."

"그럼 안으로 모셔도 괜찮을까요? 영지의 현황을 살펴보실 만한 자료들은 다 준비해 뒀어요."

"대원로까지 도착하면."

"일단 쉬시겠어요?"

"아니, 잠깐 왈릿을 돌아보고 올게. 밤에 수도로 떠날 건데, 사람들 사는 것 좀 확인하려면 해 떠 있을 때 봐야 하잖아."

내가 왈릿에 온 건, 영지민들의 얼굴을 확인하기 위해서였다. 리한의 다른 영지와 달리 왈릿은 데이브릭에게서 빼앗아 온 땅이었다. 내가 개입한 후 사람들의 삶이 어떻게 바뀌었는지, 봐야 할 책임이 있었다.

"하루도 묵지 않고 가시는군요."

"상관이 오래 있어 봐야 불편하기만 하잖아."

"할 수 없지요, 전하께서도 바쁘실 테니까. 그럼 안내인을 붙여 드릴게요. 아니, 제가 직접 안내해 드릴까요?"

"아무리 그래도 영주를 부려먹을 순 없지. 적당히 붙여 줘."

에콰이어가 서운한 얼굴로 고개를 끄덕였다.

안내인 하나만을 데리고 우리는 왈릿 곳곳을 돌아다녔다. 물론 사람들의 시선을 피하고자 후드를 뒤집어쓴 채로.

영지민들의 삶은 좋아 보였다. 모두가 행복한 웃음을 짓고 있는 건 아니었지만, 낯빛도 차림새도 이전에 비할 바 없이 괜찮았다.

그러나 왈릿은 양지와 음지의 차이가 극명한 땅이기에, 드러난 부분을 살피는 건 별 의미가 없다. 마음의 준비를 마치고 우리는 빈민가로 향했다.

복잡한 골목을 돌아 돌아 깊이 들어가야만 나오던 곳. 퀴퀴한 악취에 찌들고 사방에 오물이 굴러다니던 그 암울한 골목으로. 그곳에 다다라 나는 잠시 익숙하되, 익숙하지 않은 장소를 바라보았다.

"깨끗해졌군."

세시오의 말대로다. 더러운 냄새도 인생을 비관하는 이들의 음산한 분위기도 모두 감쪽같이 사라졌다. 오가는 사람들의 표정은 그리 어둡지 않았고 입고 있는 옷 또한 깔끔하다. 곳곳에서 아이들의 웃음소리가 들리기도 했다.

비로소 확신할 수 있었다. 왈릿이 정말 변했다는걸. 미약한 의심이 녹아 사라지고, 성취감과 뿌듯함이 차올라 기쁨이 되었다.

"더 볼 필요는 없겠네."

웃으며 돌아서려는 때.

"저기요!"

우리를 부르는 소리가 발을 붙들었다. 시선을 한참 내리고서야 똘망똘망한 눈동자를 바라볼 수 있었다. 내 허리춤에 겨우 미칠 만한 어린아이였다.

"날 부른 건가?"

"왈릿에 안 살죠?"

"뭐?"

"아이, 그러니까 놀러 온 거죠?"

답답하다는 듯 아이가 발을 동동 구르며 물었다. 얼떨결에 고개를 끄덕이자, 반색이 된 아이가 내게 무언가를 불쑥 내밀었다. 뿌리에 흙덩이가 달린 들꽃이었다.

"잘 됐다! 그럼 제 꽃 좀 사 줘요!"

아직도 꽃을 파는 애가 있다고?

나는 당황하며 아이를 위아래로 살폈다. 개구진 얼굴에 멜빵바지. 차림새는 깨끗하고 표정은 밝다. 다행히, 생계 때문은 아닌 듯하다. 그럼 용돈벌인가.

"……얼만데?"

"정말 사 주게요? 와! 좋아요, 제가 딱 5실버에―."

"피터!"

뒤쪽에서 튀어나온 부름에 아이가 합, 입을 다물었다. 얼굴이 파랗게 질린 게, 잘못을 저지르다가 딱 걸린 표정이다.

그러나 나는 그보다도 들려 온 목소리가 익숙해서 시선을 멀리 던졌다. 얼굴을 찡그린 10대 초중반의 소녀가 씩씩거리며 우리 쪽으로 다가오고 있었다. 젖살이 다 빠지지 않아 볼록한 두 뺨, 찡그린 이목구비가 익숙했고 아이의 댕그란 눈동자도 기억에 있는 빛깔이다.

샐리? 홀쩍 자란 모습에 확신하지 못하고 세시오를 쳐다보자, 그가 고개를 끄덕였다. 아이는 금방금방 자라는구나. 나는 신기해하면서도, 후드를 더 깊게 눌러 썼다. 골목의 모든 사람을 다 불러 모으고 싶진 않았으니까.

마침내 코앞까지 다다른 샐리가 우리에게 꽃을 팔려던 남자아이의 뺨을 꼬집었다.

"너 정말! 내가 여행 온 사람들한테 강매하지 말라고 했지!"

"아, 아냐! 난 그냥 살지 말지 물어봤을 뿐이야!"

"아니긴 뭐가 아냐! 너, 이러다 걸린 게 한두 번이야?"

"왜 나한테만 그래? 꽃을 팔고 다닌 건 샐리도 마찬가지랬잖아!"

"그, 그건 벌써 몇 년 전이고 그때는 어쩔 수가 없었다고 했잖아."

"그리고 이 사람들이 정말 사 준다고 했어! 얼만지 물어봤다고!"

당황하던 샐리가 믿을 수 없다는 얼굴로 이쪽을 쳐다봤다.

"정말 꽃을 사 주시려고 했어요?"

"그러려고 했지. 바가지를 씌우지 않았다면."

"바가지?"

"꽃 한 송이에 5실버는 좀 비싸잖아?"

"피터 브랜든! 너 그 장난감 포기 안 한 거야?"

"……."

"자꾸 이러면, 너희 부모님께 이를 거야."

"내가 뭘 어쨌는데! 바보! 바보 샐리!"

"피터, 너 정말!"

"씨이, 사기 싫으면 안 사면 되지. 왜 일러요? 됐어요, 나도 안 팔아!"

피터라고 불린 아이가 울먹울먹한 표정으로 이쪽을 노려봤다. 뺨을 부풀리고는 두 눈에 눈물이 그렁그렁한 모양새가 귀엽다. 그렇다고 남의 집 아이의 버릇을 망쳐 놓을 순 없으니까.

"아무리 물가가 올랐어도, 5실버는 너무 비싸지."

나는 덩그러니 서 있던 안내인에게 손을 내밀었다. 그는 당황하다가 허겁지겁 돈 주머니를 열더니, 은화 한 움큼을 꺼냈다.

"여, 여기 있습니다!"

이건 뭔, 돈 뺏는 건달 같잖아. 그 모습을 보고 아이들의 눈은 묘하게 변했고, 세시오는 웃음을 참듯 입매를 당겼다. 나는 오해를 풀기 위해 분명한 어조로 말했다.

"좀 이따 줄게."

"예, 예. 편하게 쓰십시오."

안내인이 안도하는 걸 보고, 기분이 한층 더 껄끄러워졌다. 그리넬 경 데려올걸. 아니지, 그녀도 은화를 들고 다니진 않으니 안내인에게 '은화를 바쳐라.' 같은 오해 살 소리를 했을 게 뻔하다.

한숨을 삼키며, 나는 그의 손바닥 위에 있는 은화 더미에서 동전 하나를 집어 들었다. 위로 몇 번 튕겼다가 잡아내자, 피터가 침을 꼴딱 삼켰다. 두 눈이 반짝 빛나는 모양새가 여느 상인 못지않다.

"마침 꽃이 필요했거든. 딱 1실버면 살 수도 있을 것 같은데."

"좋, 좋아요. 그럼 특별히 이번만!"

"안 돼요! 피터 버릇 나빠지는데! 나나 아주머니가 말리라고 했단 말이에요!"

"우리 엄마가 그랬어? 그래서 날 졸졸 쫓아다닌 거야?"

"졸졸 쫓아다니긴 누가!"

발끈해서 소리치는 모양새가 영락없는 어린애다. 그래, 전보다 많이 자랐다고는 해도 성인이 된 건 아니니까.

"그래도 어떡하지. 난 지금 꼭 꽃이 필요한데 말이야."

"하지만 피터가…… 그런데 꽃이 갑자기 왜 필요하신 거예요?"

"음……."

물어볼 줄은 몰랐는데. 말을 끌수록 샐리의 눈에 의심이 들어차서, 나는 세시오를 곁눈질하곤 입을 열었다.

"연인을 보기로 했는데, 선물을 준비하지 못했거든."

거짓말은 안 했다.

"그, 그렇구나. 그래도 안 되는데, 나나 아주머니가……."

"그러면 전부 없던 일로 하면 되겠지."

돌연 세시오가 끼어들더니, 안내인의 손에 있는 은화 하나를 더 집어 들었다. 그러고는 샐리에게 동전을 내밀면서.

"비밀 유지 비용인데, 어때?"

애한테 뭔 소릴 하는 거야. 나는 그저 어이가 없었으나, 뜻밖에도 아이의 얼굴엔 진지한 고민이 떠올랐다. 그것도 얼마 가지 않았다. 샐리는 유혹을 이기지 못하겠다는 듯, 금방도 고개를 끄덕였다.

그 모습을 지켜보던 피터가 환호성을 내질렀다.

"이번만이니까 다음부턴 그러면 안 돼."

"응응, 알았어!"

"그리고 고맙습니다, 해야지!"

"고맙습니다!"

둘은 꾸벅 인사를 하더니 나란히 동전 하나씩을 받아 갔다. 내 손에 꽃을 쥐여 주는 것도 잊지 않았다.

아이들이 멀어지는 걸 보고 돌아가려던 때, 샐리가 걸음을 멈추고 돌아섰다. 아직 볼일이 남았나, 눈을 깜박이자.

"그런데요."

"응?"

"그거 쓰고 있어도 다 티 나요."

그 아이는 개구쟁이처럼 웃으며 한 손을 하늘 높이 쭉 뻗었다.

"둘 다 이렇게 크니까."

"어……."

"그래도 비밀로 할게요! 고맙습니다, 백작님!"

무어라 반응하기도 전에, 샐리는 허리를 한 번 더 숙이고는 뒤돌아 피터의 손을 잡고 달려갔다. 그 뒤로 흙먼지가 이는 걸 바라보며, 나는 느리게 눈을 깜박였다.

4년이나 지났는데 키만 가지고 용케 알아보네, 눈썰미가 좋다. 반갑기도 하고 기특하기도 했다. 그런데.

"웬 백작……?"

"이 땅의 주인을 콰르테로 알고 있을 테니까."

"아아."

하기야 리한 공작보다는 콰르테 백작이 더 익숙하겠지. 아예 틀린 말도 아니라서, 나는 고개를 끄덕였다.

"애들은 금방금방 자라네, 정말."

여자아이의 성장 속도가 빨라 그런지, 못 알아볼 뻔했다. 시간이 지난 게 시각적으로 체감되어 조금 이상한 기분이 들었다.

그때, 세시오가 내게 불쑥 손을 내밀었다.

"그래서 연인을 위한 선물은 언제 줄 거지?"

"뭐? 그건 핑계…… 였긴 한데, 갖고 싶어?"

얼떨결에 나는 들꽃을 그대로 세시오에게 넘겨주려다 뿌리에 매달린 큼직한 흙덩이를 발견했다. 아무리 그래도 이대로 줄 수는 없지. 서둘러 흙을 정리하려는데 그러기 전, 세시오가 꽃을 쥔 내 손을 붙잡았다.

샐리가 알아볼 만큼이나 훌쩍 큰 사내는 모든 것이 큰 탓에, 그 커다란 손으로 감싸고 나니 꽃은 건들 수도 없게 됐다. 그러고선 세시오가 눈매를 휘어 웃었다.

"고맙게 받을게."

그다음 순간, 손아귀에 있던 꽃이 사라졌다.

손을 펴자, 당연하게도 내 손엔 아무것도 보이지 않았다. 심지어는 흙이 묻었던 흔적조차 없었다. 원래 줄 생각이긴 했지만 이러니 뺏긴 기분이다.

"내가 들고 있었는데 용케도 보냈네."

"갈수록 요령을 알 것 같아서."

"이건 뭐, 선물을 받은 게 아니라 뜯어 간 거 아냐?"

"어쩔 수 없지. 그대가 내 선물의 일부를 훼손하려 해서."

꽃에 묻은 흙을 털어 주려고 한 걸, 세상의 어느 누가 그렇게 해석한단 말인가. 기가 막혀 입을 벌리는데, 어느새 손깍지를 낀 세시오가 내 손을 가져가 그 끝에 입을 맞추었다. 뭐라고 받아치지도 못하게 만든다.

"도대체 어디에 보낸 거야."

"내 보물 창고에."

"……설마 오르골 있는 데?"

세시오에게 주고서 난 까맣게 잊고 있던 것들을 그는 다 보관하고 있었다. 오르골, 행커치프, 반지, 내가 준 게 아니라 그가 그린 그림들까지도. 얼마 전의 그 푸른 끈도 거기에 놓였을 게 분명했다.

이쯤 되면 그가 먹이를 파묻어 두는 다람쥐처럼 느껴질 때도 있었지만, 확실히 그 조그만 동물보다 골치 아팠다. 세시오는 그게 다 어디에 있는지 찾아낼 수 있었으니까.

그런데 진짜 어디에 둔 거지, 다른 건 몰라도 오르골은 찾고 싶은데.

"찾을 생각은 안 하는 게 좋을 거야. 그대가 못 찾을 곳에 숨겨 뒀으니까."

"누가 뭐래."

괜히 찔려서 퉁명스럽게 답하고 나는 잠시 입을 다물었다. 머릿속에 오르골의 모습이 다시금 떠올랐다. 북부로 돌아가기 직전에 봤던, 낡고 촌스럽고 싼 티가 풀풀 나는 그런…….

"있잖아, 새 오르골을 선물하면―."

"내 보물 창고에 오르골이 두 개가 되겠지."

"버려 주겠단 소리는 죽어도 안 하는구나."

"거짓말을 해 줄 순 있어."

"그 오르골의 외관을 바꾸는 건 어때?"

"그 상태 그대로 보존되길 바라는 바람이 더 커서 못 쓸걸."

이럴 때만 단호하지. 쳇. 혀를 차며 고개를 돌리자 웃음소리가 났다. 세시오가 달래듯 내 어깨를 끌어안는 걸 못 이기는 척 받아 주다가, 나는 뒤늦게 안내인을 발견했다. 그는 이 상황이 민망한지 먼 산을 보고 있었다.

"아."

하마터면 잊어버릴 뻔했네. 나는 품에서 주머니 하나를 꺼냈다.

안내인의 입이 벌어졌다. 그의 왼쪽 눈에는 '당신에게도 돈이 있었어?'라는 질문이, 오른쪽 눈에는 '그런데 왜 나한테 뜯어간 거야?'라는 질문이 적혀 있는 것처럼 보였다. 이렇게 표정이 솔직해도 되나.

"무슨 생각하는지 뻔히 보이는데 그런 건 아냐."

"예?"

"금화밖에 없으니까."

해명하며 나는 주머니를 열어 안쪽을 보여 주었다. 그의 솔직한 두 눈에서 의심이 사라지고 슬픔과 부러움이 담겼다. 난 한 움큼을 집으려다가 도로 주머니를 묶어, 그에게 던졌다.

"이자 겸 수고비."

"예. 예……? 이 많은 금화를 전부 말입니까? 이렇게 많이는……."

"나도 에콰이어한테는 비밀로 할 테니 챙겨 둬."

"가, 감사합니다!"

그가 눈을 반짝 빛내며 소리쳤다. 나를 강도로 보는 듯하던 아까의 표정은 온데간데없다. 목소리에도 의욕이 깊게 배어서, 나는 새삼 돈의 힘이란 위대하단 것을 체감했다.

"그럼 이제 어디로 모실까요?"

"더 봐야 할 곳이 남았나?"

"음, 확인할 건 거의 했지. 마지막으로 가고 싶은 곳이 있어."

세시오가 의아해하는 걸 보고, 나는 웃으며 말했다.

"일레인호로 가지."

작고 우중충하고 음침한 호수. 데이브릭 —전— 백작이 명소로 소개했던 것이 우스울 만큼이나 별것 없는 물웅덩이는 기억 속 그대로였다.

다만 달라진 게 아예 없는 건 아니었다. 일단 이상하리만치 사람이 많이 보였고 쪽배도 많았다. 그리고 무엇보다도 호수의 앞에 팻말 두 개가 새로 새워져 있었다. 그 내용은.

「암살자가 숨었던 그 호수」
「리한이 역도를 처리한 그 호수」

"······이건 뭐야."

"전하의 일화가 알려지면서 언제부턴가 있었습니다. 아무래도 영지민 중 하나가 세운 모양입니다."

"나름의 명소 같은 느낌이군."

"아니, 암살자들을 처리한 게 어떻게······. 그땐 역도도 아니었······."

어이가 없어 나는 말을 제대로 끝맺을 수도 없었다. 이 우중충한 호수에 사람이 왜 이리 많아졌나 했더니, 설마 이런 이유였나. 암살자가 튀어나온 장소가 무섭다면 모를까, 이걸 또 기념 삼아 관광지로 삼을 줄이야. 도무지 이해할 수 없는 사고방식이었다.

"어쩐지 쪽배도 많더라니."

한편에 가지런히 놓인 쪽배들을 보니, 기가 차 헛웃음이 나왔다. 차라리 마왕 취급을 받을 때가 나았지. 세시오가 그림을 그려 주었던 장소를 다시 보고 싶었을 뿐이지만, 일이 이렇게 되니 의욕이 빠졌다.

그냥 돌아가려고 발걸음을 돌리려던 때, 그가 입을 벌렸다.

"이용료는 여전히 2골드인가?"

"예? 아니, 쪽배를 타는 정도로 그런 거금을 요구할 리가요."

"거기까지 재현되지는 않은 모양이군."

"……타려고?"

"모처럼 여기까지 왔으니."

얼굴을 가리고 있다고는 쳐도 사람들이 이렇게 많은 데서 참 과감하기도 하다. 나는 할 수 없이 고개를 끄덕였다.

뱃삯은 2골드까지는 아니어도 꽤 비쌌다. 어쩐지 물에 뜬 배가 한 척도 없더라니. 덕분에 호수에는 우리밖에 없었고, 노를 저어 깊숙이 들어오자 사람들의 시선에서도 퍽 자유로워졌다.

노를 내려놓고 나는 길게 숨을 내쉬었다. 아무것도 하지 않고 가만히 있으니 그 평화가 고스란히 느껴졌다.

이렇게 보면 일레인도 꽤 괜찮은 호수였다. 전에는 너무도 작위적인 상황 때문에, 암살자밖에 신경 쓰지 못했지만. 밑에 또 있는 건 아니겠지, 나는 나도 모르게 물 밑을 바라봤다.

"생각해 보면 신선하긴 했어."

"암살 방식 말이지. 또 있길 바라나?"

"그런 건 아닌데, 그래도 이왕 엄습에 당할 거면 진부한 방식보단 신선한 게 낫잖아."

"뭐가 좋은지는 모르겠지만."

그렇게 말하면서도 세시오는 웃었고, 순간 바람이 불어 닥쳤다. 후드 안으로 들어온 바람이 좁은 공간에서 머리칼을 마구 헝클어뜨렸다. 머리칼이 살갗에 비벼지는 그 감각이 퍽 답답해서 나는 순간적으로 손을 들어 올렸다.

"아, 벗으면 안 되지."

꽤 깊이 들어왔으니 후드를 벗더라도 누가 알아볼 가능성은 적었지만, 그래도 조심하는 편이 좋았다. 시끄러워지는 게 싫었으니까.

그러나 내가 손을 다시 내린 보람도 없이, 다가온 세시오가 내 후드를 걷어 냈다. 그 역시도 어느새 얼굴을 훤히 드러낸 채였다.

"세시오?"

계속해서 불고 있는 바람 때문에 머리칼이 마구잡이로 흩날렸다. 그는 내 머리칼을 조심스럽게 잡아 귀 뒤로 넘겨주며 말했다.

"배 자체에 인식을 흐려 놨으니 아무도 알아보지 못해."

"당신과 있으면 인생이 너무 쉬워지는 것 같아."

세시오가 말없이 웃었다. 그 표정이 내 마음만큼이나 편안해 보였다. 어쩌면 만족감이라는 표현이 더 어울릴지도 모르겠다. 그리고 그건 배에 타기 전부터, 왈릿에 발을 들였을 때부터도 계속 그랬다.

나는 한쪽 무릎을 접고 거기에 턱을 괴었다.

"왈릿에 오고 당신 표정이 계속 좋아 보이네."

"그런가."

"왈릿이 바뀌어서? 당신도 이 땅을 바꾼 사람 중 하난 거 알지?"

"그래, 좀 기뻤어. 성취감이라고 하면 지나칠지 모르겠지만."

"지나칠 건 또 뭐야. 말도 못 하게 열심히 해 놓고."

"하하, 정말 말 그대로군."

"이 영지, 당신한테 줄까?"

세시오의 눈이 둥글게 커졌다. 전부터 계속 생각하고 있던 문제였다.

"어차피 당신에게 주기로 했던 땅이잖아."

"콰르테 백작위는 넘겨받지 않았잖나."

"달라고 하면 주시겠지. 작위 계승을 한꺼번에 떠넘기지 않은 건 그저 귀찮아서야."

"내게 준단 걸 아시면 절대로 넘겨주지 않으실 텐데."

"아닐걸. 요즘 좀 약해지셨어."

저번에 속내를 털어놓은 일 이후, 아버지는 많이 물러지셨다. 그래도 천성이란 게 있어 포악한 기질이 아예 사라지진 않았지만, 아버지를 기준으로 그 정도면 개과천선이다.

"어차피 당신한테 콰르테 백작위를 준다고 영지가 제삼자에게 넘어갈 걱정도 없잖아."

"무슨 의미지?"

"물려준다고 해 봐야 당신 자식에게 줄 텐데, 당신 자식이면 내 아이잖아."

입에서 나오는 대로 아무렇게나 말하니 세시오가 웃었다. 그는 내가 옆에 놓아 둔 노를 들어 반대편에 놓고는 가까이 다가왔다.

"그래, 이쯤에서 한 번은 아이 얘기를 해야 한다고 생각하긴 했어."

"음, 아이 얘길 하려고 화두 던진 건 아닌데 말이야."

"그렇더라도 필요한 이야기지. 여태까지는 소공작이었으니 후계 문제로 말이 들어오지 않았어도 이제는 다를 테니까."

틀린 이야기는 아니었다. 후계자가 없는 가주라니, '분란의 씨앗'이란 말과 완전히 같은 뜻이다.

"어떻게 생각하나."

"어떻게…… 라고 해도 사실 깊이 생각해 본 적은 없어."

잠깐씩 생각해 보긴 했어도, 깊어지진 않았다. 이런저런 일이 많기도 했고 머릿속에 '아이'란 말을 떠올리는 것만으로 어색하고 낯간지러웠으니까. 하나 이제는 그렇게 흘려버릴 수 있는 일이 아니었다.

세시오와 나의 아이라……. 원래 상상력이 좋은 편은 아니라서, 그 이미지가 잘 떠오르진 않았다.

"아이를 갖기 싫다거나."

"거부감 같은 게 있진 않아. 아, 문제가 하나 있긴 한데."

"문제?"

"리한은 손이 귀한 편이거든."

"그러고 보니 후계 다툼이 한 번도 없었다고 했지."

"그래, 하나씩만 태어났어."

이 피를 이어받은 형제가 서로 공작이 되겠다고 치고받은 역사가 있었으면, 리한의 땅은 반의반도 남지 않았을 것이다.

"워낙 타고난 마나가 많고 거칠어서 생명을 잉태하기 좋은 조건은 아니래."

"용케 피가 끊기지는 않았군."

"나름대로 꼼수가 있었어."

"꼼수?"

"의도적으로 마나 소비량을 늘려서 몸속을 좀 비우면 돼."

물론, 그렇게 하지 않아도 태어나는 아이가 있긴 했다. 당장 나만 하더라도 두 분이 계획해서 생긴 건 아니었으니까.

내 말을 듣고 그는 눈가를 찡그렸다.

"일부러 몸을 약하게 만들면 위험하지 않나?"

"그래서 리한의 직계 빼고는 아는 사람도 없지."

나도 극히 최근에야 아버지께 들은 이야기였다. 그렇다고는 해도 내가 정말로 위험해질 일은 없었다. 아는 사람도 적거니와 그렇게 되면 늘 마스터가 붙어 다닐 테니까.

"먼저 생각해야 할 건 그게 아니라 당신 의사지."

"그대의 의사는?"

"모르겠어, 솔직히 상상이 안 돼. 내가 부모가 된다는 게 무슨 의민지도 모르겠어."

"피차 마찬가지야. 아이라니 생각해 본 적도 없어, 그리고."

"그리고?"

"좀 무섭기도 해."

예상치 못한 말에 놀라 나는 세시오를 쳐다봤다. 장난 같은 게 아니었는지 그는 나와 눈을 맞추지 못하고 시선을 피했다.

"무섭다고?"

"……내가 내 부모와 같은 사람이 될까 봐."

그는 양손으로 얼굴을 쓸어내리고는 쓰게 웃었다.

나는 그 모습을 물끄러미 바라보았다. 제법 긴 시간을 함께했는데도, 여전히 저 머릿속에는 내가 모르는 생각이 있구나. 조금은 입안이 썼고 조금은 안도가 들었다. 세시오가 숨긴 상처가 남아 있다는 말은 그의 마음이 더 나아질 수 있다는 이야기였으니까.

"아무것도 자신이 없어."

"나도 그렇긴 한데 한 가지는 확신할 수 있어."

"뭐지?"

"아이가 생기면 당신은 엄청 좋은 아버지가 될 거야. 적어도 우리 아버지보다 수천 배는 그럴걸. 이야, 내 자식은 운이 좋네."

내 농담에 세시오가 입가를 일그러뜨리고 웃었다.

"그대는 언제나 전하께 야박하군."

"나 정도면 효녀지."

이 말은 순도 100퍼센트 진심이었다.

그는 계속 웃으려고 했으나 입매는 곡선을 지키지 못하고 어그러졌다. 세시오가 손을 뻗어 나를 끌어안았다.

"……고백할게, 거짓말을 했어."

"무슨 거짓말?"

목소리가 가라앉아 있어서 그의 얼굴을 보고 싶었지만, 그는 나를 놔주지 않았다. 그제야 난 세시오가 날 안은 게 표정을 가리려는 수작질이었다는 사실을 깨달았다. 알아도 별수 없었지만.

"그대와 내 아이를 생각해 본 적이 있으니까."

예상 못 한 말에 당황하여 멈칫했다가, 나는 세시오의 머리를 느리게 쓰다듬었다. 조금 굳었던 사내의 몸에서 금세 긴장이 빠져나갔다. 그가 다시 겁먹지 않게 신경 쓰며 나는 되도록 여상한 목소리를 냈다.

"어떤 식으로?"

"그대를 닮은 아이를 보고 싶었어."

"음…… 그렇게 말하니 나도 보고 싶긴 해. 당신을 닮은 아이. 상상력이 부족해서 머릿속에 안 그려지니까 현실로 보고 싶어."

"볼 수 있다면 그대를 닮았건 나를 닮았건 하나만 가능하겠지, 리한은 손이 귀하다 했으니."

"그래도 당신은 운이 좋다며."

"갑자기 그게―."

"내기할래, 씨?"

그의 품을 밀어 떨어뜨리고, 나는 세시오의 얼굴을 끌어와 그 이마에 입을 맞추었다. 그는 다소 얼떨떨하게 눈을 깜박이다가 곧 내 뺨에 키스를 되돌려 주었다.

"둘 중 누구를 닮은 아이가 태어날지."

"대가는?"

"글쎄, 원하는 건 뭐든 들어주기로 할까."

"별로 매력적인 조건은 아니군. 지금도 그러고 있으니."

완전히 여유를 되찾고는, 그의 입매가 길게 늘어졌다.

별개로 나는 좀 실망했다. 뭐든 들어주겠다는 말을 한 번쯤 해 보고 싶었는데, 이리 싱거운 반응이라니. 뭐, 대가가 중요한 건 아니었지만.

"그럼 내기에 뭘 걸지는 천천히 생각해 보고 안 되면."

"안 되면?"

"무화과 수플레로 하든가."

내뱉고, 나는 세시오를 당겨 키스했다. 그 또한 같은 걸 기다리고 있었는지, 조금도 당황하지 않고 곧바로 응해 왔다.

암살단의 습격을 물리친 호수 위에 새로운 추억이 쌓였다.

일레인호를 나와 우리는 성으로 돌아갔다. 에콰이어가 말한 대로, 성에는 이오마테르가 도착해 있었다.

그들은 내게 성대한 만찬을 대접하고는 비장하게 서류의 산을 내밀었다. 왈릿의 세율, 제도, 인구 추이, 생산액 기타 등등, 내부 정황을 살필 만한 서류는 다 준비한 것 같았다.

"준비는 됐습니다, 확인하십시오."

보기만 해도 질리는 걸, 이오마테르가 내게 당당히 내밀었다. 대원로의 말이 너무도 자연스럽게 존대가 된 건 신기했지만, 그 요청은 사양했다. 서류를 일일이 뜯어 보면 그게 휴간가, 일이지. 문제가 있었으면 진작 보고가 올라왔을 것이고 이리 당당하게 굴지도 않았을 것이다.

나는 되도록 온화하게 웃으며 본심을 꾸며 냈다.

"확인할 게 뭐 있겠어. 나는 왈릿의 사람들을 믿어."

"공작 전하……!"

순진한 가신 몇은 감동한 듯 손을 맞잡았다. 그러나 노회한 너구리는 눈을 가늘게 뜨고, 에콰이어는 미묘한 웃음을 지었다. 그래도 대놓고 항의하지 못한다는 점에서 나는 권력의 단맛을 느꼈다.

아, 의외로 넬리사는 내 말을 믿고 감동하는 쪽이었다. 순수하긴.

그럼에도 그들은 쉽게 포기하지 않고 어떻게든 내게 서류를 읽히려고 애써서, 나는 단호하게 작별을 입에 담았다. 마차에 홀랑 타 버리자 대원로의 눈도 화르륵 타 버렸지만, 내가 알 바는 아니었다. 고혈압은 스스로 조심해야지.

그리하여 왈릿의 밤하늘을 배경 삼아 우리는 수도로 향했다. 포탈의 거리를 짧게 조정해 놨어도 출발한 시간이 늦다 보니 도착했을 때는 거의 새벽이었다. 다행히 수도의 저택을 팔지 않아서, 우리는 금세 잠자리에 들 수 있었다.

그리고 그 이튿날.

"오랜만이야, 롭티나. 잘 지냈어?"

나는 그레텔 공작저를 찾았다. 비교하기는 뭐하지만, 왈릿보다 훨씬 익숙한 장소였다. 북부로 돌아간 뒤에도 난 종종 롭티나와 만났으니까.

그녀는 나를 끌어안으며 반갑게 맞아주었다.

"테릴, 보고 싶었어! 세시오 공도 함께 오셨네요, 와 주셔서 감사해요."

응접실로 자리를 옮긴 뒤, 우리는 간단한 안부 인사를 나누었다. 그러다가 차가 나왔을 무렵에야 나는 숨기고 있던 호기심을 입에 담았다. 서신을 통해 롭티나에게 들은 간단히 들은 소식이었다.

"또 파혼했다고?"

"아."

롭티나의 얼굴이 곧바로 일그러지더니, 그 입에서 짙은 한숨이 흘러나왔다.

"어쩔 수 없었어. 내가 연기할 때 성격이 더 마음에 드니까, 자기 앞에선 다시 그렇게 해 달라는데 봐줄 수 없잖아."

"세일러 백작 영식은 장기를 배 밖에 꺼내 놓고 사나 보네. 그래서?"

"사적인 보복은 하지 않았어. 그 부모가 와서 고개 숙여 사과했으니까."

"그걸로 끝?"

"백작 부부가 자기네 자식을 오지에 처박아 버린 게 내가 한 보복은 아닌걸."

알 만하군. 혹시 롭티나가 보복이라도 가할까 봐, 멀리 보내 버린 모양이다. 그렇게 겁먹을 거면 애당초 자식을 잘 키우든가.

"원로회가 시끄럽겠네."

"여러 가지로. 게다가 아드윈도 요즘 이상한 생각을 하는 것 같아."

"무슨 헛꿈을 꾸길래?"

"내가 결혼하지 못하면 자기 딸을 후계로 들이밀려는 것 같아."

가문이라도 뒤엎으려는 줄 알았는데, 생각보다 순하고 부드러운 야망이었다. 나는 헛웃음을 지었으나 이어진 말에는 당황했다.

"나도 쭉정이랑 혼인하느니 차라리 그편이 나은 것 같기도 해."

"진심으로? 그 딸도 자기 아버지 판박이라며. 그레텔의 미래가 어떻게 될 줄 알고?"

"내가 죽은 뒤에는 알 반가."

그건 그렇지. 심드렁한 말에 나는 고개를 끄덕였으나, 가만히 이야기를 듣던 세시오는 콜록, 기침을 토했다.

롭티나가 이런 성격인 거 모르던가. 손수건을 건네주자 그는 고맙다고 말하며 입가를 닦았다.

"후계 하니까 생각난 건데 테릴은 어때? 아이 말이야."

"곧 준비하려고."

마침 왈릿에서 이야기를 나누고 온 터라, 답은 빨랐다. 롭티나의 두 눈이 동그랗게 커졌다.

"정말? 전에는 모르겠다고 했잖아."

"생각이 바뀌었거든."

"그렇구나."

그녀가 고개를 끄덕였다. 그러고는 나와 세시오를 번갈아 보다가, 푹 꺼질 듯한 한숨을 내쉬었다.

"낳을 맛 나겠다."

이번에는 내가 기침을 해서, 세시오가 내게 손수건을 되돌려 주었다. 롭티나의 말이 갈수록 과감해진다.

"사실, 난 별로 남자에 관심이 있지도 않아. 의무감 때문에 혼인하려 애쓰고 있긴 하지만."

"남자 앞에 서술이 빠진 것 같은데."

"맞아, '눈이 빠지게 잘생기지 않은' 남자에 관심이 있지도 않아."

"이제야 정확해졌네."

"하다못해 제몬 데이브릭도 얼굴은 잘생겼었는데."

제몬을 그리워할 정도면 정말 심각한 건데. 더는 가볍게 들을 수 없었다. 덩달아 진지해져서 나는 나 또한 롭티나의 약혼자 후보를 물색해야 하나 고민에 빠졌다.

그때, 가만히 듣기만 하던 세시오가 대화에 끼어들었다.

"그러면 외모를 제하고는 마음에 드는 이성이 있었나?"

"네? 그걸 왜 제외……."

롭티나가 당황하며 되묻다가 말끝을 흐렸다. 그녀의 눈이 반짝 빛났다.

"언령으로 얼굴을 고쳐 주시게요?"

"당사자의 동의만 있다면."

"잘생겨진다는데 누가 싫어해."

그러고 보니 창조는 불가능해도 바꾸는 건 가능하겠지. 상상도 못 한 해결책인데, 갑자기 즐거워지기 시작했다.

"정말 진심으로 하는 말씀이시죠?"

"어렵지 않은 일이야."

"감사해요, 세시오 공!"

그녀의 눈망울은 좀 전과 같은 사람이라곤 믿지 않을 정도로 초롱초롱했다. 정말로 얼굴에 진심이었군. 어쩌면 수년 전 그녀가 제몬을 택한 이유에는 그 껍데기도 있을지 모른다는 추측이 들었다.

"그래도 얼굴이 갑자기 변하면 티가 날 테니까 바뀌어도 자연스러운 사람을 골라야겠네요."

"그런데 굳이 고치려면 인성을 건드는 쪽이 편하지 않을까?"

"사람의 정신에는 간섭하지 않겠다고 약속한 적이 있어서."

나랑 한 약속이다. 내 기억에도 있는 말이기에 나는 입을 꾹 다물었다. 이제와 개과천선 정도는 괜찮지 않냐고 말할 수도 없었으니까.

그러나 롭티나는 지금 얻어 낸 약속만으로 기뻐하며, 몇 번이고 거듭해 세시오에게 확답을 들었다.

그러고 나니 금세 점심때가 되었다. 내가 시계를 보자 롭티나가 들뜬 기색을 가라앉히고—드디어— 화제를 바꾸었다.

"벌써 점심시간이네. 요즘 인기 있는 레스토랑을 예약해 뒀는데, 괜찮아?"

"……레스토랑?"

이쪽도 당황스러운 말인데.

"그레텔의 셰프도 꽤 괜찮잖아."

레스토랑에 가 본 적은 한 번도 없었다. 솜씨가 좋은 셰프들은 대개 귀족 가문에서 급여를 받으며 일했고, 그레텔 공작가의 셰프는 말할 것도 없이 실력이 출중했으니까. 드물게 밖에서 식사하는 것 자체를 즐기는 귀족도 있다고 들었지만, 내가 알던 롭티나의 취향은 아니었다.

"보여 주고 싶은 게 있어서 말이야."

그녀가 웃으며 재차 권했다. 크게 내키지는 않았지만 다른 생각이 있는 듯해서, 나는 고개를 끄덕였다. 그리고 그 말의 의미는 머잖아 알 수 있었다.

그레텔 공작저와 얼마 떨어지지 않은 레스토랑.

"이걸 먹으라는 거야, 말라는 거야! 소금 덩어리를 내왔잖아!"

웬 남자가 웨이터에게 행패를 부리고 있었다. 테이블을 탕탕 내리치고 포크와 나이프는 죄 떨어뜨리고, 목에 핏대가 선 채 얼굴은 검붉게 물들어서는 빽빽 소리를 질렀다.

시각적으로도 청각적으로도 어느 하나 달갑지 않았으나, 나는 차마 인상을 찡그리지도 못했다. 신경이 죄 다른 곳에 쏠려 있었으니까.

"입이 있으면 말을 해!"

"죄송합니다, 손님. 지금 바로—."

"이딴 음식을 내놓고 어딜 주둥이를 놀려!"

"……."

"그러니까 왜 말을 못 하냐고!"

"죄송―."

"건방지게 또 할 말이 남았어?"

그 남자의 횡포를 받아내고 있는 웨이터가 익숙했다. 세시오만큼은 아니라도 평균보다 큰 키. 기억보다 뻣뻣해진 금발과 애써 짜증을 참는 듯한 푸른 눈까지.

"말을 못 하는 입이면 다른 데라도 써야지. 네가 처먹어 봐!"

도저히 받아칠 수 없는 논리로 외치며, 남자가 웨이터에게 음식을 내던졌다. 철퍽. 얼굴에 생선 요리가 처박히더니 그대로 쭉 미끄러져 떨어졌다.

"죄송합니다, 손님. 다시…… 해 드리겠습니다."

웨이터는 꾹꾹, 화를 눌러 참는 목소리로 말했다. 그 목소리마저 기억과 같다. 분명하다.

"……제몬?"

그는 제몬 데이브릭이었다.

당황하며 롭티나를 쳐다보자 그녀가 고개를 끄덕였다.

"맞아, 여기서 일하고 있더라고. 우연히 알게 됐어."

"아니, 뭔가……."

그야 귀족 작위를 잃었으니 어딘가에서 일을 해야 먹고 살겠지만, 이런 모습을 볼 거라곤 상상도 못 했다.

양가적인 기분이 들었다. 보통 누군가 저런 취급을 받으면 화가 나야 하는데, 이상하게 속이 시원해지는 것 같다. 내 뒤끝이지만 너무 긴 거 아닌가. 화이트폴을 세 바퀴쯤은 돌겠는데.

그런데.

"일하더라도 굳이 수도에서? 아는 귀족 많잖아."

"제몬의 거처가 수도에 있으니 할 수 없었겠지."

그러고 보니 달란트와 제몬이 살 집을 수도에 마련해 줬던가. 그에게 선택지는 없었다. 롭티나가 알고 찾아올 정도면, 어지간한 귀족들은 알고 있다고 봐야겠지. 그 자존심에 어떻게 견뎠나 싶다.

내 생각을 눈치챈 듯 롭티나가 말했다.

"그거 말인데 테릴, 제몬을 구경 오는 귀족들이 있어도 대놓고 비웃진 못해."

"뭐? 제몬이 그렇게 평판 좋게 살지 않았잖아."

"네가 재판에서 그 모자를 돕고 살 집을 마련해 줬잖아. 그래서 끈이 이어져 있는 게 아닌가, 리한의 눈치를 보더라고."

이건 다른 의미로 충격이었다. 내가 제몬의 방패가 될 줄이야.

"세상을 잘못 산 기분이야."

"……미안."

"당연히 농담이지, 세시오. 그게 왜 또 그렇게 돼."

"그러게요. 왜 세시오 공이 미안하다고 하세요?"

롭티나가 의아해하며 끼어들었다. 그녀에게 달란트의 얘기를 한 적은 없었고, 앞으로도 굳이 세시오의 사생활을 털고 싶진 않았다. 내가 무어라 말도 못하고 머뭇거리자, 그녀는 그 망설임을 알아차리고 화제를 돌려주었다.

"아, 저 사람 쫓겨난다."

제몬의 얼굴에 음식을 집어 던진 사람이 기어이 경비들에게 끌려가고 있었다.

"내가 누군지 알아! 나는 그랜드 남작가의—!"

"예, 여기는 홀제리스 백작님께서 후원해 주시는 곳입니다. 불만이 있으시면 그쪽으로 말씀 부탁드립니다."

"뭐, 뭣이?"

"그럼 살펴 가십시오."

그랜드 모시기란 사내의 포악질은 허무하게 제압당하고, 레스토랑은 평화를 찾았다.

"귀족이었다니 놀랍네."

"응? 왜?"

"진상을 부리는 데 익숙해 보였거든. 사용인한테 행패를 부리는 거랑은 좀 달라서."

"여기 자주 올걸? 저런 사람들 많이 오더라고."

"……화내러?"

"아니, 질투. 제몬이 얼굴은 괜찮잖아. 그래서 소문이 좀 낫거든."

질투라니, 생각지 못하게 찌질한 이유다. 어쩐지, 아까 뜬금없이 롭티나가 제몬의 외모 이야기를 하더라니 자주 봐서 그런 거였군.

어깨를 으쓱이며 나는 다시 제몬 쪽을 쳐다봤다. 그는 얼굴을 닦으며 한숨을 내쉬고 있었다. 신분이 내려가서 그런가, 외모가 전만 못한 것 같은데. 저게 질투씩이나 할 얼굴일까?

의아해하던 중 나는 세시오를 보고 그 답을 찾을 수 있었다. 수년간 내 눈이 북부의 설산만큼 높아졌나 보다.

그때, 제몬의 시선이 이쪽으로 향했다. 롭티나를 보고 그는 팍 인상을 찌그렸고, 그녀는 웃으며 그를 향해 손을 흔들었다. 굉장히 이해하기 힘든 상황이었다.

"……뭐 해?"

"웅, 실은 내가 젬젬의 단골이거든."

언제적 젬젬이람. 소공작으로 임명된 이후로 롭티나는 연기도 그만둔 터라, 그 우스꽝스럽도록 깜찍한 호칭이 굉장히 이질적으로 들렸다.

"자주 왔어?"

"스트레스받을 때마다. 그래도 별건 안 하고 그냥 구경만 했어."

롭티나는 무고한 목소리로 말했다. 사람을 구경거리 삼는 게 옳은 일인지는 모르겠지만 상대가 제몬인지라 나는 그냥 고개만 끄덕였다.

"이쪽을 보는군."

세시오의 말에 반사적으로 고개를 틀자 제몬과 눈이 마주쳤다. 그가 롭티나를 발견했으니 그녀와 함께 있는 나를 알아차리는 건 당연했다. 다른 사람을 대동하지 않았을 뿐, 신분이나 얼굴을 숨기려는 노력은 조금도 하지 않았으니까.

제몬에게 어떻게 반응하면 좋을까 고민하다가 나는 어깨를 으쓱했고, 그 순간 그는 확신을 얻은 모양이었다.

"테릴……?"

아무튼, 저놈의 '테릴' 소리는.

롭티나는 제몬과 대화를 나누라며 자리를 비워 주었다. 그러면서 레스토랑 전체를 빌린 탓에 가게 안에 있는 사람은 일하는 직원들과 우리뿐이었다.

솔직히 나는 제몬의 존재조차 거의 잊고 있었고 일대일로 이야기를 나누고 싶지도 않았지만, 거절하진 않았다. 제몬은 몰라도 달란트의 사정은 궁금했으니까.

그는 처음 내 이름을 내뱉고 나서는 한동안 아무런 말도 꺼내지 못했다. 몹시도 당혹스러운 얼굴로 나와 세시오를 번갈아 쳐다볼 뿐. 내가 예상한 것과 달리 수치심을 숨기거나 지금의 차림새를 감추려는 기색도 없었다.

무슨 생각을 하고 있을까, 궁금해지려던 차에 제몬이 가까스로 입을 열었다.

"여긴 어떻게 왔……. 오셨습니까."

"……존댓말?"

당황하여 묻자 그의 입이 도로 다물렸다. 그러나 답답함보다는 신기함이 컸다. 와, 이 입에서 존대를 다 들어보네. 평민으로 4년 살더니 드디어 정신을 차린 건가.

제몬은 입술을 짓씹다가 제 머리를 마구 헝클어뜨렸다. 그의 손이 제몬답지 않게 엉망진창으로 거칠어서, 나는 또 신기해졌다.

"살다 보니 이런 날도 오는구나."

"바빠서 오래 얘기하진 못합니다. 용건이 있으면 바로 말씀해 주세요. 혹시 제 꼴을 구경하러 오신 겁니까?"

"그런 건 아니야, 롭티나가 데려오기 전까진 네가 있는 것도 몰랐으니."

"그레텔 소공작님이요."

그는 짜증을 눌러 참는 목소리로 중얼거렸다. 그렇다고 해도 제몬이 롭티나에게 할 수 있는 보복은 없어 보였지만.

"그렇게까지 할 일이 없진 않거든. 너한테 별로 관심도 없었고."

내 말에 그는 좀 욱한 기색이었지만, 전처럼 분노를 쏟아 내진 못했다. 조금 긁어 볼까. 나는 턱을 괴며 물었다.

"어때, 제몬. 지금도 일이 이렇게 된 게 내 탓 같아?"

"……아니, 무슨 일이 있었는지 알아요. 어머니께 들었으니까."

"들었다고?"

"아버지 일 말입니다. 몇십 년 전의."

모호하게 흐린 말이었으나 반역을 말하고 있는 건 분명했다. 아버지에게 제압당하고 카트리예에게 묻힌, 타니타르와 데이브릭의 반역.

"그때 처벌됐으면 태어나지도 못했을 테니, 지금 일이 부당하다고 생각지는 않습니다."

"네가 그런 걸 이해할 줄은 몰랐네."

"저한테 시비 걸러 오셨습니까?"

"아니라니까."

정말 의외라고 생각해 그렇게 말했을 뿐인데, 심성 한번 꼬였네. 그런 속마음을 표정으로 표현해 주자, 제몬이 얼굴이 와락 일그러졌다.

그는 입술을 달싹이다가 크게 한숨을 내쉬고는 휙, 내 옆으로 고개를 돌렸다. 아까부터 조용한 세시오에게로.

무슨 생각을 하고 있는지, 그는 무표정한 얼굴로 우리의 얘기를 듣고만 있었다. 원래 남과 있을 때는 조용한 사람이지만 한 마디도 얹지 않으니 외려 무언가를 신경 쓰는 티가 났다.

제몬은 조금 망설이는 듯하다가 그를 향해 입을 열었다.

"어머니께선 잘 지내서, 아니 지내십니다."

"내겐 하던 대로 해도 돼, 그편이 익숙하니."

세시오의 말에 그의 어깨가 눈에 띄게 튀었다.

"말하는 거 진짜 적응 안 되네."

그러고 보니 제몬은 세시오가 말하는 걸 거의 보지 못했던가. 타니타르의 반역까지는 세시오도 입을 닫고 지냈고, 그 이후에는 얼마 안 가 북부로 와 버렸으니. 재판장에서 말 몇 마디를 들은 정도일 것이다.

제몬은 다시 머리를 헝클어뜨렸다. 아까부터 계속 저러는 걸 보면, 새로 생긴 습관인 모양인데 비위생적으로 보였다.

"그래, 편의를 봐준다니 사양 안 할게."

"말해 두는데 봐주는 건 말투까지야. 전처럼 놈이니 새끼니, 개성 있게 표현 하면 네 목이 재미있게 될 거야."

"내가, 아니 제가 그렇게 현실 파악이 덜 되진 않았습니다."

아까부터 놀라운 말만 하네.

"그래서 후작부인……. 음…… 네 어머니는 어때."

"의사를 붙여 주셔서 괜찮아지셨습니다. 이젠 거의 광증도 나타나지 않아 요."

"광증?"

"그래요, 광증. 치료까지 받으셨는데 인정하지 않을 수도 없으니까. 평안히 지내십니다, 책도 읽고 노래도 듣고 북부의 소식이 담긴 신문도 읽으시면서."

북부의 소식이라면, 아마 세시오의 이야기일까. 같은 생각을 했는지 세시오 의 눈이 미미하게 흔들렸다. 역시 아직도, 그는 달란트에 무관심해진 것 같지 는 않았다.

"그럼 더 용건은 없으신 거죠?"

제몬이 자리에서 일어나며 말했다. 그러고는 묻지도 않은 변명을 덧붙였다.

"일하러 가야 합니다. 저녁에 단체 예약이 있어요."

"뭐, 그래. 생계 활동 파이팅."

무감하게 말하며 주먹을 쥐고 흔들자, 그가 어설프게 내 행동을 따라 했다. 또다시 짜증을 낼 줄 알았는데 뭘 하는 거지. 황당해 눈을 깜박이자 무의식중 에 따라 했을 뿐인지 제몬의 얼굴이 확 붉어졌다.

그는 휙 몸을 돌려 주방 쪽으로 걸음을 옮기다가 두 걸음을 내딛기도 전에 다시 돌아섰다.

"딱 한 번만 반말 쓰면 안 됩니까?"

"안 되겠는데."

생각하기도 전에 즉답이 튀어나왔다. 제몬이 말하면 뭐든 거절하고 싶어진
단 말이야.

"전부터 하고 싶은 말이 있었습니다. 존대로 하는 건 의미가 없어 그래요."

"무슨 말을 하고 싶은데."

나는 팔짱을 끼며 물었다. 제몬이 전부터 하고 싶은 말이었다고 하니, 추측
이 좋은 쪽으로 흐르진 않았다. 무슨 말을 하려고. 내 욕? 자기합리화? 원망? 분
노? 뭐가 됐든 뻔한 이야기일 터지만.

"그건……."

"좋아, 해 봐."

그래, 한 번은 들어준다. 묻기도 전에 달란트 얘기를 해 줬으니까. 대놓고 판
을 깔아 줬음에도 그는 조금 머뭇거리며 말을 끌었다.

"……이제 와서 말하는 것도 웃기지만."

그가 시간을 끄는 동안, 나는 머릿속으로 제몬이 할 법한 말들을 몇 가지 골
라 보고 있었다. 그러나 그가 한 말은 완전히 예상을 벗어나 있었다.

"미안했어, 결혼 축하해."

머리를 얻어맞은 기분이 들었다.

"제몬이 철이 들었어. 내일 하늘이 무너지는 거 아냐?"

마차의 창으로 하늘을 올려다보며 말하자, 세시오가 웃음을 터뜨렸다.

하지만 나는 진심이다. 제몬이 철이 들다니, 실은 아버지가 착한 사람이었다
는 말만큼이나 믿기지 않는 이야기니까.

"나이가 들어 그런가."

"그저 나이 때문은 아니겠지."

"그렇긴…… 하지."

나이가 들어 고쳐질 인성은 아니었으니까. 귀족의 신분을 잃은 게 좋은 쪽으로 충격을 줬나.

이제는 데이브릭이 아닌 제몬은 내 생각보다 멀쩡히 살아가고 있었다. 손은 거칠고 머리칼이며 살결도 푸석해졌지만, 오히려 낯빛은 귀족으로 살 때보다 나아 보였다.

후작위에 집착을 내려놔서 그런지, 아니면 달란트와 함께 상담이라도 받은 건지. 어쩌면 열심히 사는 게 체질에 맞아 그럴지도 모른다. 어찌 됐건.

"사람 일은 알 수가 없네."

잠깐 만나 봤을 뿐이니 제몬이 아예 달라졌다고 확신할 수도 없었지만. 제몬 이야기를 하다 보니 생각은 자연스럽게 달란트에게로 이어졌다. 나는 조금 머뭇거리다가 입을 열었다.

"안 만나도 괜찮겠어?"

주체를 꺼내지 않았으나 세시오는 바로 알아들었다.

수도를 떠나 북부로 돌아간 지 어언 4년, 달란트를 만난 지도 그 정도의 시간이 흘렀다. 떠날 때까지만 해도 세시오가 그녀를 다시 만날 거라 확신했으나, 이후 그는 한 번도 달란트를 찾지 않았다. 심지어는 언급조차도 없었다.

그녀를 사랑한 시간보다 그녀에게 상처받은 시간이 많아서였을까. 달란트가 그저 살아 있기만 하면 괜찮아서, 그 이상으로 관계를 맺고 싶지는 않아서일까. 세시오에게 소중한 사람은 너무 적어서, 나는 그 인연 하나하나가 아쉬웠다.

그러나 그의 마음속에 사랑보다 상처가 더 크다면 나는 앞으로의 언행을 조심해야 했다. 모든 건 세시오가 결정할 문제였으니까.

그는 잠시 날 물끄러미 보다가 다시 입매를 늘여 웃었다.

"잘 지내고 있는 것 같으니 괜찮아."

"제몬이 제대로 말했다고 어떻게 확신해?"

"그 낯이 밝았으니까."

"그러네. 모르긴 몰라도 제 어머니한테는 끔찍한 사람이니."

겉으로 천연덕스럽게 생각하며, 나는 속으로 생각을 정리했다. 아무래도 앞으로는 달란트의 이야기를 꺼내지 않는 게 좋겠다. 세시오가 그걸 바라는 것 같으니.

"너무 신경 써 주지 않아도 괜찮아."

"'너무'라고 할 정도로 뭘 하진 않았는데."

"그냥 말이야, 이대로 남이 될 생각은 아니야."

"어……?"

"좀 더 괜찮아지면 만날 테니까."

그는 내 손을 잡고, 손가락을 얽은 채 반지의 보석을 매만졌다. 결혼 후 생긴 세시오의 습관이다. 고양이처럼 귀여운.

"그러니 다음에 함께 가 줘. 지금은 염려하지 말고."

조금도 흔들리지 않는 목소리. 종전에 내가 했던 생각을 그대로 부정하는 말에는 동요도, 무언가를 숨기려는 기색도 없다. 건강하고 튼튼한 말이 기꺼워, 마음속에 얹은 돌 하나가 내려앉는 기분이었다. 나는 기꺼이 고개를 끄덕였다.

"다음 목적지는 황궁인가?"

"뭐, 한 번쯤 확인해야 하잖아."

즉위식에도 참석하지 않았고, 정보부를 통해 소식을 듣고 있을 뿐 한 번도 대면하지 않았다.

모나크가 통상적인 황제였다면 그런 것쯤은 신경 쓰지도 않았겠지만 그게 아닌 이상, 한 번은 확인해야 했다. 모나크 아노비스를 도구로 이용하자고 제의한 건 나였으니까.

"당신이 가고 싶지 않다면 혼자 다녀올게."

"아니, 나도 보고 싶어."

세시오가 차가운 소리로 말했다.

"나도 선군을 만드는 데 책임이 있으니까."

그 말을 끝으로 행선지가 정해졌다. 마차의 바퀴가 황궁을 향해 구르기 시작했다.

바싹 마른 뺨, 광대까지 내려온 눈 밑 그늘. 낯빛은 파리하고 팔다리는 겨울철의 나뭇가지 같다.

모나크. 세상에서 제일 고귀한 자리에 앉은 이는, 관의 무게를 견디지 못하고 짓눌려 있었다. 예상을 한참 웃도는 모습에 나는 황제를 마주하며 잠시간 숨을 들이켰다.

"……템그리아의 영원한 태양을 뵙습니다. 테릴 라셰드 리한입니다."

"나야말로 영광이오, 리한이 작위를 계승하자마자 얼굴을 비춰 줄 줄이야."

다소 뼈가 섞인 말이었으나 그 처참한 몰골 때문에 화는 나지 않았다. 그렇다고 대화가 길어진 건 아니었다. 이야기를 나눌수록, 그녀는 무언가 애걸하듯 세시오를 쳐다봤고 그의 기분은 점점 나빠 보여서 나 또한 함께하는 시간이 불쾌해졌다.

"그럼 저희는 이만 물러가 보겠습니다."

"찾아와 주어 고맙소, 살펴 가시오. 그런데 잠깐."

불청객이란 듯 내게는 시원스레 인사를 건넨 황제가 다시금 세시오를 쳐다봤다.

"잠시 시간을 내줄 수 있나, 아노비스 공작."

"유감스럽지만 다음 일정이 있습니다."

"잠시라도 좋으니 부디―."

"폐하."

무슨 목적인지 뻔히 알 것 같아, 나는 차갑게 황제의 말을 끊었다.

"이 사람에겐 중요한 일정이 있습니다."

"……정말 잠깐이면―."

"그리고 아노비스 공작보다는 다른 호칭으로 불러 주시는 게 좋겠습니다."

아노비스 공작이 아닌 세시오 공으로. 세시오는 '아노비스'로 불리는 걸 좋아하지 않았다. 아노비스 공작위를 들고 온 건, 정말로 내게 누를 끼치지 않으려는 이유가 전부였다. 내가 아노비스를 협박해 안겨 준 작위라는 소문이 돌 줄은 몰랐던 모양이지만.

그럼에도 모나크는 끈질기게 세시오와의 대화를 포기하지 않았다. 하는 수 없이, 나는 기세를 뿌려 그녀를 압박했다. 근처에 있던 근위 기사들이 눈을 부릅떴으나, 그들 역시도 손가락 하나 까딱하지 못하게 눌러 놓았기에 아무런 일도 일어나지 않았다.

모나크는 식은땀을 흘리며 입술을 짓씹다가, 떨리는 목소리로 말했다.

"알겠소, 가 보시오."

그 말에 주저하지 않고 우리는 몸을 돌렸다. 알현실의 문이 닫히는 소리가 크게 울렸다.

"방금 당신한테 보자던 거."

"황좌에서 내려오게 해 달라고 말할 셈이었겠지."

"그 말을 들으면 타니타르가 아주 오열하겠어."

"글쎄, 저 상황에선 타니타르도 마찬가지였을걸. 내가 요구한 건 완전무결한 선군이었으니."

"완전무결한 선군?"

"세상 모든 일에 스스로를 배제하고 나라를 최우선시하는 건 쉬운 일은 아니지. 원해서 하는 게 아니라면 더더욱."

인간, 모나크를 아예 지워 버리는 일이란 건가. 알 것 같으면서도 모르겠는 말이다. 직접 겪어 보지 않는 한은 제대로 이해하기 힘든. 좀 전에 본 황제의 몰골을 떠올리면, 조금쯤 짐작할 수는 있었지만.

그렇다고 해도.

"애당초 인간으로 지내는 건, 당신을 버릴 때 포기했겠지."

인간 취급을 받길 바랐으면, 그럴 수 없었을 테니까.

내 말에 세시오가 돌연 걸음을 멈추었다. 그러고는 물끄러미 나를 보는 모습이 의아해 나도 자리에 멈춰 섰다.

"왜?"

"아니."

그는 입꼬리를 당겨 웃었다. 조금 전, 불쾌감을 애써 감추던 낯과는 아예 다른 표정이었다.

"안심했거든."

"뭘?"

"내가 너무 잔인하게 보이지 않을까, 걱정해서."

"별걸 다……. 걱정 마, 겁먹은 토끼로밖에 안 보여."

기가 막혀 농담처럼 진담을 내뱉자, 작게 웃음소리를 내며 세시오가 다시 걸음을 놀렸다. 그러나 우리는 채 몇 걸음도 더 걸을 수 없었다. 맞은편에서 다가오던 누군가와 마주쳤으니까.

희고 뻣뻣한 옷을 입은 온화한 인상의 신관은 아나타 닉스였다.

"대신관님?"

"여기 계셨군요. 오래간만에 뵙습니다, 두 분."

얼떨떨해하는 우리와 달리 그녀는 조금도 놀라지 않았다. 공작이 된 걸 축하한다고 말한 뒤 몇 마디 안부를 물었고, 그러고는 멋쩍은 듯 웃으며 말했다.

"실은 황궁으로 향하셨다는 소식을 듣고 급히 왔습니다. 드릴 물건이 있어서요."

아나타 닉스가 내게 무언가를 내밀었다. 그녀가 계속 품에 안고 있던 화분이었다. 편평한 흙 위에 중지 정도 높이로 연녹색 식물이 이파리 몇 개를 펼치고 있었다. 이걸 왜 주는 거지?

"이건……?"

"마나를 익히신 분들께는 신력이 잘 들지 않습니다. 마스터라면 더 그렇고, 리한이라면 더더욱 그렇겠지요."

그거랑 이 식물과 무슨 상관이지.

"심지어 육체까지 일반인보다 강건하니 생명을 잉태하게 돼도 눈치채는 일이 늦어지시더군요."

"……예?"

"눈티움이라는 신성 식물입니다. 식물에 마나를 심어 두시면 됩니다. 물을 주지 않아도 알아서 자랄 거예요."

"그러니까 이 식물을 왜……."

"전하의 배 속에 아이가 생기면, 이 식물이 열매를 맺어 알려 줄 겁니다."

뭐가 생겨? 하마터면 사레가 들릴 뻔했다. 기침 몇 번을 삼키며 황망하게 그녀를 바라보자, 대신관도 조금은 민망한지 시선을 슬쩍 피했다.

"공작이 되셨으니 필요하실 것 같아 준비했습니다."

"……."

"다른 쪽의 선물은 도저히 생각나는 게 없더군요. 리한 전하께서는 거의 모든 걸 가지고 계실 테니까요."

이걸 뭐라고 대답해야 하지. 고맙다고 하기도 애매하고, 다른 말을 할 수도 없고. 세시오를 쳐다보자 그 또한 보통 당황한 게 아닌지 목덜미가 붉게 익어 있었다.

"혹 아이 계획이 없으신가요?"

"아니…….. 그런 건 아니에요. 감사히 받겠습니다."

일단 나는 화분을 받아 들었다. 대신관의 성의를 무시할 수도 없고, 유용하기도 할 테니까. 민망해한 게 언제였냐는 듯 반색하며 그녀는 내게 흙에 마나를 불어 넣으라 지시했고, 나는 시키는 대로 따랐다. 그러면서 이게 뭐 하는 짓인가, 회의감이 들긴 했지만.

"그럼 이걸 전해 주러 오신 겁니까?"

"솔직히, 식물은 그저 핑계이지요."

아, 역시 그렇지? 이걸 전해 주는 게 목적이었다면 좀 무서울 뻔했다.

안도에 가슴을 쓸어내리자, 그녀의 얼굴이 점차 진지하게 변해 갔다. 대신관의 두 눈이 세시오에게로 향했다.

"말로는 들었지만, 제가 뵐 수 있을 줄은 몰랐습니다."

그 말에 아나타 닉스의 목적이 분명해졌다. 그녀는 세시오를, 언령의 주인을 만나러 온 것이다. 알아차림과 동시에 대신관이 세시오를 향해 깊이 허리를 숙였다. 세시오의 입매가 딱딱히 굳었다.

"감사합니다, 세시오 공."

"……대신관님께 감사받을 일은 아무것도 하지 않았습니다."

"그날의 일을 저도 기억합니다. 폭풍이 일고 세상이 무너질 것 같은 때를요."

세시오가 제국을 무너뜨리려던 순간. 말로는 감사하다고 하지만 대신관에게 곱게 보일 리는 없는 행동이다.

그의 눈이 가늘어졌고 나는 말없이 몸을 긴장시켰다. 아나타 닉스가 이어 보일 언행이 어떨지 짐작이 되지 않았으니까.

"그게 감사받을 일입니까?"

"그 정도의 능력을 발휘하신다는 건 선천적인 능력 외에도 후천적으로 쌓아온 선행이 있기 때문임을 압니다. 초대 황제이신 성녀님의 기록이 신전에 남아 있으니까요."

"그렇게 만든 힘으로 제가 뭘 하려고 했는지 아실 듯합니다만."

"하나 하지 않으셨지요."

세시오가 하려던 것이 다름 아닌 제국의 멸망이었음에도, 대신관은 태연히 말했다. 혹시 세시오가 같은 일을 벌일까 경계하며 떠보려는 걸까, 의심한 순간, 그녀는 구부린 허리를 폈다. 그러며 드러난 미소는 찝찝함 한 점 없이 밝고 밝았다.

"그리고 이 제국은 더 살기 좋은 땅이 되었습니다. 다소간의 희생이 있긴 했지만."

"다소간의 희생이라 하심은—."

"물론 지금의 황제 폐하를 일컫는 말입니다."

대신관의 입에서 나왔다기엔 믿을 수 없이 냉정하고 잔인한 말이었다.

"힘을 타고났다는 건 끝이 아니라 시작입니다."

"……."

"세시오 공께서 힘들게 살아오셨다는 걸 압니다. 그러면서도 그 힘이 강하게 자라날 수 있도록, 선하게 살아오셨다는 것도."

무어라 답하지 못하고, 세시오의 두 눈이 조금 흔들렸다.

"그간 얼마나 많은 선행을 해 오셨을지 짐작조차 되지 않습니다. 알려지지 않았으니까요. 그렇기에 그 드러나지 않은 선의에 감사드리고 싶었습니다."

"원해서 가진 힘이 아니고, 원해서 한 선행이 아닙니다."

"그럼에도 세상이 입은 은혜가 변하진 않습니다."

"……전 신을 별로 좋아하지도 않습니다."

대신관 앞에서 대놓고 그런 말을? 당황해서 말실수를 했는지, 세시오가 손등으로 제 입을 눌렀다. 나 또한 당황하였으나 아나타 닉스는 외려 웃었다.

"저는 신을 섬기는 좋지만, 형체도 없는 그분이 좋아서 섬기는 게 아닙니다. 선량한 뜻과 의지를 받들 뿐이지요."

"……."

"그러니 제가 감사를 드리는 것 또한 그 힘이 아닌, 세시오 공의 선량한 의지입니다."

더는 반박하지 못하고 세시오는 입을 다물었다. 혼란스러워 보이는 모양새에 그 손을 잡아 주자, 맞잡은 손에 잔뜩 힘이 실렸다.

대신관이 축복을 남기고 떠날 때까지도 그는 손에서 힘을 풀지 못했다. 마치 그러지 않으면 금방이라도 길을 잃어버릴 것 같기라도 한 듯이.

마차로 돌아오자, 우리는 누구라 할 것 없이 의자에 털썩 주저앉았다. 한 게 많지도 않은데 진이 다 빠졌다. 마차가 출발하기 시작한 뒤로도 한동안은 그랬다. 나는 등받이에 기대어 천장을 멍하니 바라보았다.

"그런…… 말을 들을 줄은 몰랐어."

세시오의 목소리가 들려와, 나는 그를 향해 고개를 꺾었다. 그의 얼굴에는 아직 혼란이 남아 있었다. 그렇다고는 해도 아까보다는 좋아 보였지만.

"기분 나빴어?"

"……모르겠군."

"그럼 기분 좋았던 거네."

"뭐?"

"당신은 꼭 좋은 건, 모르겠다고 표현하더라고."

세시오가 헛웃음을 짓더니 흐트러진 자세를 바로 일으켰다.

"좋은 것도 바로 이야기하는데."

그러더니 그는 내가 무어라 답하기도 전에, 내 얼굴의 옆쪽을 짚고 허리를 수그렸다. 아차 하는 사이 입술이 닿고 숨이 섞였다. 짧은 입맞춤 후에 그는 입술을 떼어 내고 웃었다.

"이런 걸, 좋아하거든."

"……그건 당연한 거고."

지고 싶지 않아 말하자 그가 웃으며, 내 옆에 앉았다. 소공작 시절 타고 다니던 것보다 차체가 커진 탓에 그러고도 자리엔 조금 여유가 있었다. 그게 좋다기보단 아쉬웠지만.

"그럼 이제 할 일은 다 했네."

"돌아갈 셈인가?"

"내가?"

"음?"

"세시오, 내가 정말 일을 하러 수도에 왔을까?"

알아듣지 못한 듯, 세시오가 느리게 눈을 깜박였다.

"이제 작위까지 받았으니 돌아가면 개미처럼 일만 하겠지, 쉴 수 있을 때 놀아야 해."

"분명 그 땅을 갖고 싶다고—."

"갖고 싶다고 말했지, 일하고 싶다고 말하진 않았어."

궤변이었지만, 나는 세상의 많은 사람들이 내 뜻에 공감해 주리라 믿었다. 원래 인간은 모순적인 동물이니까.

그는 미묘한 표정을 짓다가 픽 웃었다.

"그래, 어차피 선대 전하께서도 계시니 괜찮겠지."

"나도 오래 버틸 생각은 없어. 저택 연무장에 먼지 낄 때까지만 쉬다 돌아가려고."

"솔직히 내겐 반가운 소식이야. 북부로 돌아간 뒤, 그대는 계속 바빴으니까."

"내 뜻을 몰랐다고 하니 오히려 실망인데."

"쉬러 온 건 알았지. 일을 마치고도 수도에 남아 있을 걸 몰랐을 뿐."

"세시오, 애초에 내가 아이 얘길 왜 꺼냈겠어."

농담 삼아 한 말이었는데, 세시오의 눈이 조금 가늘어졌다. 지난 수백 번의 경험으로 나는 그 표정의 의미를 알고 있었다.

"그런 말은 저택에 들어가서 해 주지 그래."

"뭐, 멀리 있는 것도 아니고 곧 도착할 텐데."

"그러면 지금 도착해도 괜찮겠군."

"뭐?"

무슨 뜻이냐고 묻기도 전에 마부의 비명이 들렸다. 그리고 그 비명의 정체는 금세 알 수 있었다. 분명히 광장을 내달리고 있었는데, 그 직후 창밖으로 공작저가 보였다.

"……뭘 한 거야?"

"마차 바로 앞에 공작저로 이어지는 포탈을 만들었지."

"와, 정말 당신 인내심이……."

세시오는 자리에서 일어나 마차의 문을 열었다. 그러자 보인 곳은 공작저의 앞이 아니라, 저택의 침실이었다. 정말 별 짓을 다 하는구나. 나는 하마터면 박수할 뻔했다.

그가 마차의 문 앞에서 나를 돌아보며 물었다.

"인내심이?"

"훌륭하다고."

아무렴, 시간을 낭비하는 것보다야 몇 배는 낫다. 나는 웃으며 마차의 밖으로 발을 내디뎠다.

마부는 귀신에 홀린 사람처럼 창백한 낯으로 눈을 깜박거렸다. 언제나처럼 빠르고 안전하게 마차를 몰고 있었을 뿐이다. 그런데 갑자기 앞에서 포탈이 나타나더니 공작저가 됐고, 공작 부부에게 괜찮은지 물어보려고 안을 들여다봤더니 사람이 사라져 있다.

두 분이 저택 안으로 들어갔다는 집사의 말을 듣고서야 그는 비로소 안심할 수 있었다. 주위를 두리번거려 아무도 없는 걸 확인하고 마부가 조심스럽게 투덜거렸다.

"세시오 공의 힘은 심장에 나빠."

그 힘의 정체가 뭔지까지는 몰랐지만, 북부의 사람들은 세시오 리한에게 뭔가 특이한 힘이 있다는 건 알고 있었다. 처음에는 숨기는 시늉이라도 하더니 갈수록 노골적으로 능력을 남발해대서 모를 수가 없었다.

그래도 이렇게 거친 적은 없었는데. 사고가 날지 모르니, 다음에는 언질이라도 주시면 좋겠다. 소박한 바람을 되뇌며 마부가 마차에서 나가려던 때.

"응?"

그의 눈에 무언가가 들어왔다. 의자 한구석에 놓인 조그만 화분.

"두고 가셨나? 가져다 드려야겠네."

그는 손을 뻗어 화분을 품에 안았다. 황궁에 다녀오는 길에 가져오셨으니 아마도 귀한 물건일 게 분명하다. 혹시나 하는 마음에 이곳저곳을 둘러봤지만, 다행히 흙이 쏟아지지도 않았고 화분이 깨지지도 않았다.

마부는 안도하며 식물을 품에 안고 밖으로 나갔다. 화분에는 연녹색 이파리 밑으로 동그란 열매 두 개가 맺혀 있었다.

2
0퍼센트

예상치 못한 사건은 불현듯 뒷덜미를 잡아챘다. 누구에게나 그렇지만, 나는 좀 많이 겪었다. 신문 기사로 애인의 약혼 소식을 알게 되질 않나, 죽은 줄 알았던 생부가 갑자기 찾아오질 않나. 전 애인의 형제가 숨기던 비밀을 알게 되거나, 그 사내가 내 남편이 되는 것 같은.

그 덕분일까. 배 속에 아이가 있다고 들었을 때, 난 그리 놀라지 않았다. ― 물론 쌍둥이란 걸 알기 전까지의 이야기다. ― 세시오와 아이 계획을 논의한 직후라는 타이밍이 공교롭긴 해도, 마음의 준비는 늘 하고 있었으니까.

출산 자체도 힘들지 않았다. 산모들의 고통을 폄하하려는 것이 아니라, 내 심신이 지나치게 강건한 덕이다. 리한의 육체는 조그만 손님 둘 정도는 가뿐히 감당했다.

컨디션이 떨어지고 식욕이 오른 정도였으니 어디 말하기도 민망하다. 이따금 치솟는 세시오의 불안을 달래는 것만이 가장 어려운 과제였다. 그러나 그렇게 여유를 부리는 것도 아이들이 태어날 때까지뿐이었다.

"공자님, 샹들리에에 매달리시면 안 됩니다!"

저녁 시간. 집무실을 나오자마자 요란한 소리가 귀를 덮쳤다. 다시금 돌아가 서류의 산에 파묻히고 싶어지는 소란. 하지만 늦었다.

철그럭 소리에 뒤를 돌자, 그리넬 경이 집무실 문을 잠그고 열쇠를 품에 넣었다. 나는 숨이 턱 막혀 물었다.

"……왜 잠가?"

"저녁 시간은 작은 공녀 공자님의 부모로 지내신다고 하지 않으셨습니까."

"부모에게도 쉬는 날이 필요하지 않을까?"

"예, 두 분이 말썽을 쉴 만큼 자란 이후로 예정되어 있습니다."

그럼 수고하십시오. 독신의 보좌관은 후련한 얼굴로 떠났다. 이후 그녀는 혼자만의 자유롭고 호화로운 저녁 식사를 즐길 게 분명했다.

"그리넬 경도 변했어."

내가 황망히 중얼거렸으나 그리넬 경은 들은 척도 않는다. 원래 저런 사람이 아니었는데.

체념하며, 나는 다시 요란한 쪽으로 시선을 돌렸다. 끊이지 않는 소음에 끌려갔다는 말이 더 어울리겠다.

"공자님, 계단에서 썰매를 타시면 안 돼요!"

"으허억! 손잡이에서 미끄럼을 타시는 것도 위험합니다!"

한 남자아이가 잔나비처럼 사방팔방으로 뛰어다니고 있었다. 머리칼이며 옷자락이 쉴 새 없이 펄럭거리고 해맑은 웃음소리가 쩌렁쩌렁 울린다. 그나마 육체파는 하나뿐이지 않느냐며 위안하고 싶었지만, 사실 이 자리에 없는 여자 아이도 분야만 다를 뿐 아주 남다르다.

"도대체 누굴 닮은 거지."

어머니의 증언에 따르면 난 얌전한 편이었고 세시오도 결백을 주장했다. 리한의 피에서 이상한 유전자라도 흘러 들어온 건가. 원숭이를 숨겨다 기른 선조도 있으니, 근거 없는 모함은 아니다. 나는 한숨을 내쉬었다.

마침, 사용인들의 손을 피해 내달리던 소년이 내 앞을 지나갔다. 나는 그 애의 겨드랑이 밑으로 양손을 넣어 불쑥 들어 올렸다. 뛰어다니기 바빠 내가 나온 줄도 몰랐던 아이가 놀라 두 눈을 동그랗게 떴다.

"마마!"

황금색 눈을 예쁘게 휘어 웃고는 아이가 내 얼굴 곳곳에 쪽쪽거리며 입을 맞추었다. 이런 건 세시오를 닮았는데. 나도 모르게 입매가 허물어졌다.

"일 끝났어요? 언제 왔어요?"

"'왔어요.'가 아니라 '오셨어요.'"

"바빠서 일한다며 했잖아요!"

"'바빠서 일한다며 했잖아요.'가 아니라 '일하느라 바쁘다고 하셨잖아요.'"

듣기 싫다는 듯 아이가 입술을 삐죽였다. 자유분방한 어휘력을 선보이는 이네 살배기의 이름은 시두스 리한. 남빛 머리칼에 꼭 고양이처럼 생긴 말썽꾸러기였다. 나는 웃으며 시두스의 뺨에 입을 맞추었다.

"책 읽는 시간을 늘려야겠다."

"아, 너무해!"

"'너무해.'가 아니라 '너무하세요.'"

말꼬리를 잡힌 아이가 인상을 찡그렸지만, 이번에 이 애의 말을 정정한 건내가 아니었다. 시두스를 바쁘게 쫓아다니던 성의 사용인들 사이로 두 사람이걸어 나왔다. 하나는 장신의 사내, 다른 하나는 그의 손을 꼭 잡은 여자아이.

내 남편과 쌍둥이 중 맏이인 페베였다. 두 사람이 부녀란 건 외관만으로도명확했다. 머리칼은 백금빛으로 반짝이고 얼굴은 천사처럼 부드러웠으니. 다만 페베의 눈동자는 나를 닮아 은회색이었고 표정 또한 세시오와 달리 퍽 도도 했다.

물론 닮은 건 외관뿐이요, 부녀의 속은 아주 달랐다.

"안경 안 불편해? 시력이 나쁘지도 않잖아."

지적 허영심에 물든 소녀는 언제나 테가 얇은 안경을 코끝에 걸쳤고…….

"전혀 그렇지 않아요. 오늘 업무는 어떠셨나요, 전하."

칼 같은 말솜씨를 뽐냈다. 아이다움이라고는 조금도 느껴지지 않는 딱딱한 격식에, 나는 한숨을 참았다.

3분 차이로 연달아 세상에 난 쌍둥이들은 참 달랐다. 머리 색, 눈 색 같은 외형을 비롯한 성격이나 취향, 꿈까지도.

"피피!"

내게 안겨 있던 시두스가 바동거렸다. 그러더니 품에서 뛰쳐나가 페베에게로 달려갔다. 페베는 질색하며 피했으나 시두스가 포기하지 않고 계속한 탓에, 두 아이는 세시오와 나를 가운데에 두고 주위를 빙글빙글 돌게 되었다.

"저리 가! 전하 앞에서 뭐 하는 짓이야!"

"왜 안 나왔어? 나랑 술래잡기 하기로 했잖아!"

"난 하겠다고 안 했어, 저리 가!"

"너무해! 피피, 너무해!"

"피피라고 부르지 마! 이제 그렇게 유치하게 부르지 말랬잖아!"

"피피는 피핀데 왜 피피라고 부르면 안 돼?"

"난 피피가 아니라 페베니까!"

"그러니까! 페베가 피피잖아, 피피, 피피, 피피!"

"듣기 싫다고!"

성장이 빠르다는 게 꼭 좋은 것만은 아니다. 정신이 사나울 만큼이나 다리를 휙휙 움직이면서 성량까지 좋으니 온 감각이 괴롭다. 저러니 사용인들이 죽으려고 그러지. 역시 검은 열 살을 훌쩍 넘겨 가르치는 게 좋겠어.

내가 한숨을 내쉬자, 세시오는 웃으며 내 어깨를 두드렸다. 그와 눈짓한 뒤 나는 페베를, 세시오는 시두스를 들어 올렸다. 시두스가 비명을 지르며 다리를 바둥거렸다. 내가 만드라고라를 낳았나.

"그만, 그만."

"이건 피피가 잘못한 건데."

"누가 봐도 네 잘못이거든?"

페베가 제 쌍둥이 형제를 강하게 노려보았다.

"페베가 싫다는데 달려들면 안 돼."

"그렇지만 피피가 먼저 약속을 어겼는데!"

"페베는 약속하지 않았다잖아."

"그래! 난 숨바꼭질 하겠다고 머리털도 끄덕한 적 없어!"

"머리털을 끄덕해? 우와! 그거 어떻게 하는 거야?"

"멍청이, 단순한 비유법이잖아!"

"비유법이 뭐야?"

"멍청이, 멍청이 시두스!"

"동생한테 멍청이라고 부르면 안 되지."

"그렇지만! 아, 죄송해요. 제가 성숙하지 못했어요."

"그래, 피피가 잘못했어!"

"시두스!"

개판이다, 개판. 난감해하는 찰나, 세시오가 능숙하게 품에서 무언가를 꺼내 아이들의 입에 하나씩 물려 주었다. 쿠키다.

쌍둥이는 말다툼 대신 먹는 데 입을 쓰기로 했고 우리는 평화롭게 다이닝룸으로 이동할 수 있었다. 그러면서도 내내 조마조마한 심정이었으나, 위태로울

망정 평화롭다는 게 중요한 것이다.

이 김에 다시 아이들의 이야기로 돌아가 보자면. 외모만 봤을 때 페베는 세시오를, 시두스는 나를 닮았으나 성격은 반대였다.

둘째인 시두스는 애교가 많고 다정하며 감성이 풍부했다. 그러나 넘치는 에너지를 주체하지 못해서 도통 가만히 있을 줄을 몰랐고, 기력 중 절반을 제 누이를 좋아하는 데에 썼다.

반면 첫째인 페베는 똑똑하고 이성적이며 지식욕이 많았다. 뭐든 다 잘하고 싶어 했고 ─실제로도 잘했다.─ 그런 만큼 경쟁심도 강해서 시두스를 내내 견제했다. 네 살이 되던 생일날은 그렇게 말하기도 했다.

"다음 대 공작은 시두스가 아니라 제가 될 거예요."

얼마 전 일이니 숫자를 착각한 것도 아니라, 분명히 네 살이다.

외관으로 보기에도, 성장세로 보기에도 그 나이는 진즉 지난 듯 보이나 그건 피가 문제라 그렇다. 아직 우유 냄새를 풍기는 아기가 계승 욕심을 부린 것도 피 때문일지 모른다. 아무튼 리한이란……. 나는 할 말을 잃었고 세시오는 한참 웃었다.

그 이후로 페베는 제 동생을 일생일대의 원수처럼 보기 시작했다. 시두스는 그냥 제 누나가 좋아 못 이길 뿐, 리한이든 공작이든 욕심이 없는 것 같은데 페베는 믿지 않았다.

"시드는 음흉해요. 가식을 떨고 있는 게 분명해요."

성에 있는 추리 소설을 다 불태웠어야 했는데. 나이답지 않은 어휘력을 뽐내는 아이는 진지했다.

페베가 달라졌으나 시두스는 변하지 않았다. 그 애는 계속해서 강아지처럼 페베한테 달려들었고, 이후 무엇이든 뚫는 창과 무엇으로도 뚫을 수 없는 방패의 대결이 시작되었다. 바야흐로 혼란의 시기가 도래했다.

쌍둥이들의 갈등을 막아 보고자 이런저런 방법을 시도했고, 개중 먹혀들어 간 것도 있었으나 오래가지는 않았다. 식사를 마치고 또 투덕거리고 있는 아이들을 향해, 나는 혹시나 하는 심경으로 입을 열었다.

"그만들 해, 너희 아버지 또 쓰러지시겠다."

"안 그래도 몸이 슬슬─."

"거짓말!"

"이제 안 속아요, 아버지."

역시 이제 효과가 다 떨어졌군.

쌍둥이들의 훈육이 어려워진 것은 슬프지만 나와 세시오의 책임이 컸다. 잠재된 재능을 알고 있다고는 해도 내겐 우리 아이들이 푸딩보다 약하게 보였다. 그리고 세시오는 어린 시절의 학대로 트라우마를 품고 있었다. 그렇다 보니, 부모 중 누구도 아이를 제대로 혼내지 못했다.

설상가상으로 베테랑 중 베테랑이라는 유모도 북부인 특유의 리한 숭배 때문에 냉정해지지 못했다. 그나마 다행스럽게도 어머니께서는 아이들을 신기하리만치 잘 다루셨고, 의외로 아버지께도 보육의 재능이 있었다.

그러나 마냥 부모님께 의존할 수는 없었고, 심지어 지금은 두 분도 안 계시다. 이렇게 말하니 카론의 배를 타고 신들의 강이라도 건너갔나 싶지만, 유람선을 타고 여행을 떠나셨을 뿐이다.

그러다 한 번은 편법을 알게 되었다. 내가 집무실에서 근무 중이던 어느 겨울날, 두 아이가 호숫가의 얼음을 깨고 놀다가 빠지는 일이 있었다. 기사들이 움직이기도 전에 세시오가 단번에 아이들을 건져 왔다.

북부. 겨울. 얼어붙은 호수. 하나하나가 더해져 살인적인 온도를 만들어 냈지만, 언령 덕에 그는 당연히 감기 하나 걸리지 않았다. 하나 아이들이 울며 걱정하는 걸 보고 장난기가 돋아 감기에 걸린 척 몇 번 기침을 했다고 한다. 그러자 놀랍게도……!

쌍둥이가 얌전해졌다. 내가 평소 세시오를 깃털처럼 취급하는 것에 영향을 받았는지, 아이들은 190센티미터도 넘는 제 아비가 정말 연약하다고 믿었나 보다.

세시오가 웃으며 그 일화를 전해 주었을 때 머릿속에 빛이 반짝였다. 부모로서는 형편없지만, 솔직히 '이거다.' 싶었다.

내 남편이 어릴 적부터 길러 온 연기력이 이렇게 쓰일 줄이야. 되도록 쓰고 싶지 않은 수단이었지만, 위험 때문이든 공적인 평판 때문이든 아이들이 반드시 얌전히 있어야만 하는 순간들이 있었으니 가끔은 사용했다.

그러나 정말 아껴 쓰던 그 방법도 이제는 유효 기간이 지났다. 하기야 성의 고양이들도 세 번은 안 속더라.

"아버지는 왜 맨날 아픈 척해요?"

연약한 엄살쟁이가 되어 버린 세시오의 평판에 건배.

"음……."

"네가 자꾸 부모님 속을 긁어 놓으니까 그렇잖아. 어른스럽게 굴어, 시두스."

"왜 자꾸 시두스래? 난 시드야!"

최근, 자길 애칭으로 부르지 않는다는 걸 이제야 깨달은 걸까. 시두스가 뻑 소리를 질렀다.

"아가도 아니고 언제까지 애칭으로 불리길 바라?"

라고 아가가 말했다.

나이와 애칭이 무슨 상관일까 싶었지만, 한창 어른스럽고 싶은 페베에겐 중요한 문젠가 보다.

"할머니는 아직도 어머니를 릴리라고 부르시거든!"

"그, 그건 경우가 다르지!"

"뭐가 다른데?"

페베가 잠시 입을 다물었다. 반박할 말을 찾아내지 못한 듯했지만 지기 싫어하는 성미상 아이의 얼굴이 빨개졌다.

"릴리는 유치하지 않잖아!"

"시드도 유치하지 않아!"

"아니야, 유치해! 진짜 유치해! 아가를 부르는 것 같아!"

"피피가 더 아가 같아!"

"그러니까 부르지 말라고!"

"피피는 그래도 피피야!"

정말 정석적인 아기들의 싸움이다. 이러다 결국 둘 다 울고 말 것 같아서, 나는 쌍둥이의 말을 끊어 냈다.

"미안하지만."

자리에서 일어나며 하는 말에 동그란 눈동자 두 쌍이 내게 향했다. 귀엽다. 내 자식이라서 하는 말이 아니라, 유전자가 최선을 다했다. 나도 모르게 올라가려는 입꼬리를 다잡고 나는 애써 엄하게 말했다.

"벌써 자러 갈 시간이야."

"네에? 하지만 8시가 막 넘었을 뿐인데!"

"하나도 안 졸려요. 책을 좀 더 읽고 싶어요."

"안 돼. 오늘은 둘 다 낮잠도 자지 않았다며."

확인하듯 세시오를 쳐다보며 묻자 그가 고개를 끄덕였다. 쪼그만 애들이 잘

303

도 버틴다. 아이들은 몇 번 더 입을 삐죽거렸지만, 싸우는 게 문제지 정해 놓은 규칙은 잘 지키는 착한 아이들이다.

함께 정원을 산책하고 난 후 자러 가는 걸로 타협하고 우리는 밖으로 나왔다. 저녁 산책 중에도 아이들은 세 번 정도 더 싸웠지만, 밤이 되니 기운이 빠졌는지 갈수록 조용해졌다.

어느새 쌍둥이의 눈에는 졸음기가 도롱도롱 달려 있다. 페베와 시두스의 뺨에 연달아 키스해 인사하고 우리는 아이들을 침실에 들여보냈다. 방문을 닫은 순간, 그러기로 약속한 것도 아닌데 세시오와 나는 서로를 쳐다봤고 동시에 한숨을 내쉬었다.

"자유다."

나도 모르게 내뱉은 말에, 세시오가 쉿, 검지를 입가에 댔다. 그래서 나는 소리를 낮춰 소곤거리는 소리로 다시 말했다.

"자유야."

낮은 웃음소리. 세시오가 다가와 내 코끝에 입을 맞추었다.

어른들은 아직 잘 시간이 아니었지만, 우리는 함께 침실로 향했다. 그리넬 경이 나날이 얄미워진다고 세시오에게 하소연하면서.

"나도 어릴 때 저랬을까."

이쯤 되면 스스로를 돌아봐야 한다. 내게도 그 정도의 양심은 있다. 어머니는 내가 얌전했다고 하지만, 오래된 기억이라 미화된 걸지도 모른다. 그게 아니라면 어머니의 말썽꾸러기 기준이 높다거나. 그분은 쌍둥이도 요란스럽다고 한 적이 한 번도 없으니 그럴싸한 가정이다.

"이제 아닐 거라 확신할 수가 없어."

"그대가 살던 집에 부서진 흔적이 있었나?"

"뭐?"

"윈터글라스 남작을 협박할 때 불태우려던 거 말고. 선대 전하께서 문을 부순 것도 말고."

그 말을 듣고 기억을 더듬어 봤지만, 그저 낡았다는 인상밖에 남지 않았다. 뭔가 부술 만큼 내가 요란스럽게 자라지는 않았던 건가.

"시드는 지난주에도 샹들리에를 해 먹었으니……."

"그대를 닮았다고 하면 페베 쪽이겠군."

"음."

페베는 그 나름대로 닮았다는 말이 와닿지 않는데. 나는 별로 경쟁심이나 성장 욕구, 완벽주의 같은 단어와 친근한 편은 아니었다.

"관리 시험도 계속 떨어졌고."

"그건 황궁이 부패해서였잖나. 그리고 좀 더 안정적인 환경에서 자랐으면 지식욕을 불태웠을지도 몰라."

"그럼 시드는 당신 닮은 거야?"

"아주 어릴 땐 좀 시끄러운 편이었지."

"진짜 안 어울려."

시끄러운 세시오라니, 조용한 시두스만큼이나 이상한 말이다. 말한 본인조차도 입가에 웃음을 달고 있었다.

"검은 정말 나중에나 가르쳐야겠어."

"지금도 검을 배우겠다고 난리던데."

"페베?"

"둘 다."

"절대로 안 되지. 성인 넘어서 해도 손해 볼 거 없는데."

승부욕 때문이든 재미 때문이든, 둘 다 아직 절제력을 배우진 못했다. 무리하다가 잘못하면 크게 다칠 수도 있었다. 물론 제대로 마나를 깨우기 전까지는 세시오가 고쳐 줄 수 있겠지만, 트라우마가 생기는 건 다른 문제니까.

그리고 솔직히는 현실적인 이유가 가장 컸다. 저러다가 검까지 배우면 통제할 방법이 없다. 업무고 뭐고, 내가 온종일 아이들만 쫓아다녀야 할 판이다. 아버지가 돌아오신다면 돌봐주시겠지만, 그렇다고 그분을 온종일 내 자식한테묶어 둘 수는 없으니까.

그걸 요약해 말하자 세시오가 픽 웃음을 터뜨렸다. 힘들어하기는 그나 나나매한가지면서도 이럴 때는 여유로운 표정이다.

"혼내는 것도 도저히 못 하겠고."

"그래, 아이들이 눈썹만 늘어뜨려도 어쩔 줄 몰라 하니 차라리 가만히 있는게 낫지."

"당신은 다른 줄 알아?"

"형편없는 부친이라 미안하군."

그 말에 반사적으로 세시오의 표정을 살폈으나 그저 농담인 듯했다.

그는 내가 순간적으로 무슨 걱정을 했는지 알아차린 듯이, 웃으며 입을 맞췄다. 가벼운 입맞춤에 염려는 가라앉고 다시 현실적인 사정이 떠올랐다.

"두 분이나 어서 돌아오시면 좋겠네."

한탄 어린 중얼거림에 세시오가 소리 내어 웃었다. 의존해서는 안 된다는 걸알면서도 별수 없이 기대게 된다. 이럴 때라도 도움이 되어 주세요, 아버지.

"당신의 아픈 척은 이제 정말 안 먹히겠지?"

"이젠 내가 진짜 아프더라도 속임수라 생각할 것 같던걸."

"그건 걱정 없지. 당신은 진짜 아픈 건 감쪽같이 숨기잖아."

괜찮다, 문제 될 거 없다, 조금만 지나면 좋아진다. 아프다고 곧이곧대로 말하는 꼴을 본 적이 없다. 세시오 리한의 화려한 과거 행적을 들추며 말하자, 그는 모르는 척 시선을 돌렸다.

나는 한숨을 내쉬곤 그의 얼굴을 끌어와 그 이마에 입을 맞추었다.

"엄밀히 말해, 그런 방식도 아이들의 정서에는 나쁘겠지만 말이야."

아픈 척해서 아이들을 얌전히 하려는 부모라니, 누구에게도 좋은 소리는 못 듣겠지. 그렇지만 필요하다.

누가 공작이 될지는 몰라도, 쌍둥이는 이 땅의 작은 주인들로 태어났다. 조금만 더 머리가 커지면 공식적인 자리에도 얼굴을 비추어야 했다. 그런 곳에서 시두스가 샹들리에를 터뜨린다거나, 그 아이의 애정 공세를 참지 못한 페베가 그 애에게 주먹질이라도 하면······.

······리한답다고 하려나. 북부인들의 리한 선망을 생각하면 그 정도는 괜찮을 것 같은데. 용맹하단 찬사를 들을 수도 있겠다고 생각하니 마음이 평온해졌다.

"새로움이란 멀리 있는 게 아니지. 주체만 바꿔도 확 새로워지니까."

"무슨 뜻이야?"

"이번엔 그대가 해 보는 게 어때."

"내가 하다니······. 뭘?"

"아픈 척."

세시오의 말에 나는 눈가를 일그러뜨렸다. 내가 아픈 척을 한다고 속을 리가.

"애들 너무 얕보는 거 아니야? 다른 애들이랑 다른 거 알지?"

"그렇다고 해도 태어난 지 4년밖에 안 된 아이들인데 그대야말로 너무 과대평가하는 거 아닌가."

"아니, 말투만 봐도 다르잖아."

그나마 시두스의 말투는 그 나이 대 같아 보였지만, 평범한 네 살짜리가 어떤지 본 적은 없어서 장담하진 못하겠다.

"그래도 태어난 지 4년을 조금 넘었다는 건 부정할 수 없지. 그대가 어릴 때를 생각해 봐."

"생각 안 난다니까."

"그것만 봐도 평범한 유년이 아닌가."

가벼운 말장난이었지만, 이상하게 설득력 있는 말장난이다. 나는 떨떠름하면서도 고개를 끄덕였다.

"그래, 뭐…… 한번 생각해 볼게."

시도한다고 손해 볼 건 없으니. 네 살짜리들한테 체면 생각할 일도 아니고.

이런저런 말을 하다 보니 시간이 늦어져서일까, 절로 하품이 났다. 세시오가 손을 뻗어 내 눈가를 쓸었다.

"요즘 피곤해 보이는군."

"대단한 건 아니야."

"가끔 졸고 있기까지 하잖아."

"아니, 진짜로. 마나만 해도 과하게 끓어 넘쳐 곤란한 지경이니 몸 걱정은 하지 마."

나한테서 건강 걱정이라니 염려할 일도 많다.

"몬스터가 들끓는다고 하던데."

화제가 돌아갔다. 그렇지만 새 주제가 그리 달갑지 않아 나는 눈가를 찡그렸다. 그게 세시오의 귀에까지 들어갔나.

"조금 골치 아픈 정황이 있긴 해. 자연스러운 현상은 아니고."

이맘때는 몬스터가 난리를 피울 시기도 아닌데 산 쪽이 제법 시끄러웠다. 마수가 민가로 내려오는 일이 잦아졌고, 그 종도 평소 보이던 하급이 아니라 산

깊은 곳에나 들어가야 만날 법한 중, 상급 마수였다.

기현상에 성의 마법사들이 이유를 애써 찾아내기는 했는데, 그건 그것대로 당혹스러워서 별로 말하고 싶지 않았다.

세시오는 눈을 가늘게 뜨고 잠시 나를 보다가 입을 열었다.

"흑마법?"

바로 들켜 버렸지만.

"어떻게 알았대."

몬스터를 부추겨 혼란을 끌어내는 건 흑마법사들의 마법이었다. 마수와 흑마법사는 같은 형질의 마나를 쓴다. 그래서 마수의 영역에 마나를 흩뿌리는 것만으로 그들을 흥분시키고 무리 간의 갈등을 일으켰다.

그러나 수단을 알아냈다고 해도 뭘 얻으려는 건지는 모르겠다. 마나를 흩뿌린다거나 혼란 마법을 건다거나, 일을 벌였다가 성에서 그 사실을 알아차리기도 전에 숨는 바람에 잡기가 쉽지 않았다. 그래서 한 달이 넘어가는 지금까지도 추적의 진척 사항이 더뎠다.

그나마 다행이면서 불행인 점은.

"갈수록 노골적이어서 머잖아 잡긴 할 거야."

수차례 성공했다고 자신감이라도 얻은 건지. 조금 더 방심하라고 일부러 추적의 끈을 느슨히 해 두라고 지시했으니, 정말 머잖은 일이다. 애당초 북부에 뭐 주워 먹을 게 있다고 여기서 일을 치고 있는 걸까.

내 말을 가만히 듣다가, 세시오가 느리게 입을 떼었다.

"타니타르가 부리던 잔존 세력 같더군."

"뭐?"

"마나의 형질이 비슷해서. 그 흑마법사들을 다 잡지는 못했잖나."

"언제적 타니타르……."

반박하려다 말고 나는 말끝을 흐렸다. 제법 오래된 일이라 다소 뜬금없기는 해도, 그나마 가능성이 있는 추론이었다.

수도에서 타니타르를 붙잡을 때 함께 온 흑마법사들은 전부 붙들었다. 세시오의 언령이 그들이 벗어나는 걸 틀어막고 있었으니 확실하다. 문제는, 황궁 밖에도 타니타르의 마법사가 있었다는 것이다.

수백 년간 박해받고 살아온 탓인지, 흑마법사들은 교묘했고 남들의 이목을 피하는 데에도 능했다. 개중 절반은 잡아들일 수 있었으나 나머지 절반은 뿔뿔이 흩어졌다. 그 잔당들도 리한의 조사단을 통해 추격해서 하나둘 잡아가고 있었으니, 이제는 정말 얼마 되지도 않겠지만.

이번에 일을 벌이는 행태가 소극적인 걸 보면, 정말 그 정도 규모에서나 할 법한 일이었다.

"아직 타니타르를 살려 두긴 했는데, 구해 가려는 건가."

타니타르의 수명은 아버지의 뒤끝만큼이나 길어서, 아직까지도 지하 감옥에서 숨을 붙이고 있었다. 애들 정서에 안 좋을 테니, 적당할 때 처리할 생각이었는데.

"그렇게 의리가 깊을 줄 몰랐네."

"타니타르 자체에는 관심도 없을걸. 관심 있는 건……."

그는 말을 늘이며 머리를 비스듬히 기울였다. 결 좋은 백금발이 그의 움직임을 따라 흔들렸다.

"언제 리한에 붙들릴지 모른다는 공포?"

동료가 하나하나 잡혀 들어가는 걸 보고 있으면 스틱스강의 입장 순번이라도 기다리는 기분이 들겠지. 세시오의 입가에 설핏한 웃음이 스쳐 갔다.

"궁지에 몰린 쥐는 고양이를 문다고 하잖나. 뭐라도 해 봐야겠다 싶은 거겠지."

"마수들을 충동질해서?"

앞에서 혼란을 일으킨 다음, 뒤로는 다른 꿍꿍이를 준비하고 있는 걸까. 그렇다면 나올 법한 수단은 제법 뻔했다.

"암살, 납치, 유괴……. 영지민들을 대규모로 인질 잡기라도 하면 골치 아프긴 하겠네."

"염려할 것 없어."

여유롭게 웃는 사내의 눈이 기묘한 빛으로 빛났다. 희미한 램프의 등에 의존하고 있음에도, 그 황금빛 눈동자는 어렴풋한 불빛 아래서도 훤했다.

"아무것도 하지 못할 테니까."

"믿고 있어, 세시오."

"영광스러운 말이군."

"그러니까……."

나는 말을 흐리며 세시오의 두 눈을 손으로 덮어 버렸다. 그는 당황한 듯 몸을 조금 움찔했으나, 내 손길을 피하진 않았다.

"천리안 쓰기만 해."

"……왜?"

"그거 너무 가성비가 안 좋아. 틈만 나면 부작용이 생기니."

"어차피 잠깐……."

"당신 최근에 착한 일 한 거 없잖아."

육아에 치여서 뭘 할 수 있었겠냐마는. 말의 내용이 그렇다 보니 어쩐지 아이를 혼내는 기분이 들기도 했다.

"여태 쌓아 놓은 선행도 슬슬 다 소모했을 것 같은데."

"……."

"안전하게 살자, 씨. 내가 계약서 쓰기를 바라는 건 아니지?"

마법 계약서로 스스로의 안위를 인질 잡으며 말하자 세시오가 입을 다물었
다. 그러더니 복잡 미묘한 한숨을 내쉬고는 그대로 나를 감싸듯 끌어안았다.
그 어느 곳보다 익숙하고 편안한 온기가 내 몸을 둘러싸자, 자연스럽게 온몸에
서 느른하게 힘이 풀렸다.

"그대는 사기꾼일 때가 나았어."

"그래그래."

"자기 몸을 인질 삼는 협잡꾼이 되어 버리다니."

"그러게."

나는 성의 없이 대답하며 세시오의 등을 토닥였다. 그리고 손길의 의미가 바
뀌기까지는 그리 오래 걸리지 않았다.

툭, 손끝에 아슬아슬하게 걸려 있던 만년필이 바닥으로 떨어졌다. 펜촉에 고
였던 잉크가 둥글게 퍼지며 카펫을 물들였다. 나는 그 모습을 잠시 내려다보다
가 느리게 고개를 들었다.

내 앞에는 드물게도 당황한 기색의 그리넬 경이 서 있었다.

"······다시 말해 봐."

"공녀님께서 마나를 일깨우셨습니다."

"성에 다른 공녀가 있던가. 그러니까 페베 리한이 아니라—."

"페베 아가씨가 맞습니다."

나는 들끓는 신음을 참지 못하고 내뱉었다. 성인 반 토막만 한 아이가 벌써
마나를 쓴다는 감탄사는 아니었다.

"누가 그 애한테 검을 가르쳤지?"

페베가 조르는 걸 못 견디고 검을 가르친 스승이 있을 게 뻔했으니까. 홀로 경지를 올리는 게 불가능하다는 건, 내가 제일 잘 안다.

혹시라도 그런 일이 없도록 신신당부를 해 뒀는데 누굴까. 도대체 누가 공녀의 스승이 되겠단 욕심에 물불 못 가리고 설쳐댄 걸까.

일차적으로 아버지가 떠오르긴 했지만, 말도 안 된다. 전대 공작 부부는 한창 호화로운 크루즈 여행 중이었으니까. 돌아오시려면 일주일이나 남았는데 턱도 없는 소리.

머릿속으로 후보 몇의 얼굴이 스쳐 지나갔으나, 감히 명령을 어기고 일을 치렀을 반골은 선뜻 추려지지 않았다.

"아무도 가르치지 않았습니다."

"그리넬 경이 누굴 감싸는 건 처음 보는데."

"정말입니다, 전하."

그녀는 복잡 미묘한 얼굴로 말을 이었다.

"공녀님께서 어깨너머로 연무장을 힐긋거리시는 걸 제지하지 않은 제 잘못입니다."

"뭐? 그게……."

말문이 막혔다. 페베가 틈만 나면 연무장을 기웃거리는 건 나도 알고 있었다. 검을 배우게 해 달라고 눈치를 주는 건 줄 알았는데 그게 아니었어? 몰래 배우던 거라고?

그것만으로 검을 배우는 게 가능한지를 떠나, 실로 집요하고 근면한 욕심이다. 그 애는 리한이 아니었어도 성공했을 거야.

"혹시 잘못된 자세로 익히셨을까 확인까지 해 보고 왔습니다만."

"완벽했겠지."

"예, 그분도 역시 리한이시더군요."

이 와중에 리한 찬양을 하나 싶었지만, 그건 자부심보다는 차라리 회의감과 곤혹스러움이 담긴 목소리였다. 그 아이의 모친 된 입장으로, 나는 재차 침음을 토할 수밖에 없었다.

"폐베가 몰래 검을 배웠다는 게 알려지면……."

"실은, 공자님께서도 이미 아셨습니다."

"뭐?"

"그리고 한 판 하셨지요."

"뭐?"

"공녀님께서 마나를 다루시는 데 능숙하시지는 못해서 서관의 기둥 세 개가……."

"뭐!"

기어이 성의 기둥을 해 먹었단 말인가. 나는 괴로워하며 눈을 질끈 감았다.

그리넬 경이 물었다.

"보고는 그만 드리는 게 좋겠습니까?"

"뜬금없이 무슨 소리야."

"최근 안색이 나쁘십니다."

그 말을 듣고 나는 반사적으로 얼굴을 더듬었다. 물론 내 손에 눈이 달린 건 아니라서 내 안색은 보이지 않았다. 대신, 그리넬 경이 거울을 가져다주었기에 나는 그 안을 들여다봤다. 좀 피곤해 보이긴 하지만 음…….

"모르겠는데."

"의사를 부를까요?"

"아프거나 불편한 곳도 없어."

그리넬 경이 빤한 눈으로 내 얼굴을 보다가 배 쪽으로 슬그머니 시선을 내렸다. 나는 즉답했다.

"임신 아니야."

세시오의 언령으로 원천 차단했으니 확신할 수 있다. 나는 세시오에게 했던 말을 반복했다.

"마나라면 갈수록 넘쳐 나는 상태인데 아플 리가 있나. 몸이 안 좋았으면 이것부터 죽었어."

"과포화 상태일 수도 있지 않겠습니까?"

"그런 증상이 있나?"

"저는 모릅니다."

정말 아무렇게나 내뱉은 모양이군. 크게 한숨을 내쉬자 그리넬 경이 화제를 다시 제자리로 가져왔다.

"단순히 기둥 몇 개로 끝나면 좋겠습니다만."

"안 그러겠지."

그녀는 고개를 한 번 끄덕이고는 내 앞에 일련의 종이뭉치를 쫙 펼쳐 놓았다. 기사들의 인적 사항이 적힌 서류였다.

"어린 종자들을 가르쳐 본 경험이 있는 기사들입니다. 지도가 엄하기로 유명했다니, 이 중에 공자님의 스승을 고르시지요."

"에디넬 경, 로첼리나 경, 모몬트 경…… 웃기지 마, 이 사람들 다 내가 소공작일 때 얼마나 헤헤거렸는지 알아? 성의 고양이들이 그보단 엄격하겠어."

"리한을 가르쳐 본 경험이 없긴 하군요."

콧잔등을 찡그리며 그녀가 다시 서류들을 회수해 갔다. 그러고는 마음대로 평온한 표정을 지었다.

자기가 할 일은 다했다는 듯이. 이 골칫거리는 제 몫이 아니고 주인이 결정할 몫이라는 듯이. 스스로는 퇴근하고 가택에서 쉬면 아무래도 상관없다는 듯이.

그리넬 경은 언제부터 이렇게 월급쟁이로 변질한 걸까. 내가 세시오와 놀겠다고 수도에서 몇 달을 뭉개고 왔을 때부턴가. 참담했지만 지금은 그리넬 경의 고민을 할 때가 아니었다.

나는 고개를 푹 수그리고 양 머리를 감싸 쥐었다.

"이대로는 안 돼."

머릿속에 미래의 일이 훤히 그려진다. 이미 기둥 몇 개를 해 먹었을 정도니 갈수록 성의 가산이 부서질 것이다.

시두스는 끊임없이 검을 가르쳐 달라 졸라댈 것이고, 페베는 발끈해 외칠 것이다. 자기는 몰래 혼자 알아서 배웠으니 그 애에게 검을 가르쳐 주는 건 불공평하다고. 그러면 시두스는 '치사해, 피피.'를 연발할 거고, 사이에 껴서 중재한다고 해도 같은 상황이 몇 번이나 반복될 것이다. 시두스 또한 자기가 좋아하는 분야에서는 집요한 구석이 있었으니까.

가르칠 수도 없고 가르치지 않을 수도 없다. 더군다나 마나를 처음 깨웠을 때는 사춘기처럼 감정이 요란하게 들끓는 편이다. 몇 번의 다툼 끝에 페베의 인내심이 다 닳아 버리기라도 하면.

"성이 아니라 시드가 부서질지도……."

이제 보통 사용인들로는 감당이 안 된다. 성에는 수십 년 전 시녀들을 차출해 올 때를 제외하고는 다 마나를 익힌 사람들만 고용되어 있었다. 그러나 마나를 깨운 리한이 얼마나 빠른 속도로 성장하는지는 내가 더 잘 안다.

내가 공작 일을 때려치우고 애들 뒤꽁무니를 졸졸 쫓아다니게 되기 전에 대책이 필요했다. 적어도 아버지께서 돌아오실 때까지는 버텨야 했다. 일주일, 168시간, 10,080분까지는.

"그럼 어떻게 하시겠습니까, 전하."

"어떻게 하냐고 해도……."

말끝을 흐리면서 필사적으로 머리를 돌려도 떠오르는 건 하나뿐이었다.

"이번엔 그대가 해 보는 게 어때."

"내가 하다니……. 뭘?"

"아픈 척."

이 말도 안 되는 일을 하게 될 줄은 몰랐지만. 한숨을 내쉬며 나는 그리넬 경에게 일을 지시했고, 그녀는 고개를 끄덕였다. 그러고는 집무실을 나서기 전.

"내일 아침 주치의를 불러 두겠습니다."

"어차피 아픈 척이니까 그렇게까지 본격적일 건 없잖아."

"시늉에 쓰려는 게 아닙니다. 제대로 진료 받으십시오."

말뜻을 바로 이해하지 못하고 눈을 깜박였다가, 나는 뒤늦게 내 안색 얘기라는 걸 깨달았다.

"멀쩡하다니까."

"임신은 아니라 단언하시니 로메리오를 보내겠습니다."

"그리넬 경."

"내키지 않으시면, 하극상으로 처리하십시오."

그러고서 그리넬 경은 고개 숙여 인사하고는 집무실을 나섰다. 걱정해 주는데 뭐라고 할 수도 없고. 허, 나는 한숨을 내쉬었지만 기분이 나쁘지는 않았다.

당연한 말이지만 내 몸에서는 아무런 이상도 발견되지 않았다. 전에 검진했을 때보다 체온이 올라갔다는 말을 듣긴 했지만 정상 범위니까.

의사를 돌려보내고, 나는 침대에 누워 멍하니 천장을 바라보고 있었다. 이불은 턱 밑까지 끌어 올린 채로, 뜨겁지도 않은 이마에는 물수건까지 올린 채 눈을 멀뚱멀뚱 뜨고. 몸살에 걸린 것처럼 안색을 초췌하게 하고 식은땀이 흐르게 하는 아티팩트 팔찌까지 찼다.

한창 집무실에 틀어박혀 있어야 할 때 드러누워 있으니 몸은 편했지만, 마음은 민망했다. 회의감이 치밀기도 했다. 나는 지금 뭘 하는 걸까.

아니, 이렇게 부정적으로 생각하면 안 되지. 나는 고개를 크게 내젓고 잡념을 떨치려 입 안에서 중얼거렸다. 아프다. 나는 아프다. 열이 펄펄 끓는다.

그렇게 반복적으로 세뇌를 하고 있으니 정말로 열이 오르는 것 같았다. 그런 적은 한 번도 없었으니 그냥 기분 탓이겠지만.

"아니, 진짜로 뜨거워지는 것 같은데."

멍청한 혼잣말을 중얼거리며 이마를 짚어 보려던 때, 벌컥 침실의 문이 열렸다. 나는 들어 올리려던 팔을 제자리에 붙이고 곧바로 눈을 감았다.

"전하!"

"마마!"

물론 들이닥친 건 아이들이었다. 사냥감이 덫에 걸렸다. 별것도 아닌 일에 괜히 심장이 두근거려서, 나는 티 나지 않게 심호흡을 했다.

"가까이 가지 마, 감기 옮을라."

전에 말을 맞췄던 대로, 세시오는 아이들이 어느 정도 이상으로 다가오지 않게 막아 주었다. 바로 곁까지 오면 내 어설픈 연기로는 들킬지도 몰랐으니까.

침대 옆으로 다가오지 못하는 게 서러운지, 쌍둥이의 목소리가 떨렸다.

"거짓말이죠?"

시두스는 금방이라도 울 것 같다. 눈을 감고 있는 터라, 소리가 더 확연히 귀에 전달됐다. 하마터면 눈꺼풀을 움찔할 뻔했지만 겨우 참아 냈다.

"전하께서 감기라니 말도 안 돼요. 제가 시드랑 맨날 싸우니까 또 놀리시는 거죠?"

"최근 안팎의 일로 스트레스가 심해, 면역이 떨어졌다는구나."

"그렇지만 전하는 마스터이신걸요?"

"마스터도 사람이란다."

진중한 세시오의 목소리에—여전히 그는 연기에 능했다.— 침착한 척하던 페베의 목소리도 젖어 들었다.

"스트레스라는 건 역시 저희가 많이 싸워서……."

"너희들 탓이 아니야."

아이들을 놀리는 재미에 빠진 건지, 세시오는 천연덕스럽게 연기를 이어 갔다. 그러나 나는 그럴 수 없었다.

죄책감과 회의감이 동시에 머리를 쳐들었다. 왜 갑자기 감성적이냐고 이성이 딴지를 걸어도, 생각은 쉴 새 없이 잔가지를 뻗쳤다.

거짓말로 애들을 울리는 게 과연 할 짓인가. 쌍둥이는 죄가 없다. 그냥 아이답게 —그게 비록 네 살짜리답게는 아니었지만— 자라고 있을 뿐이다. 다만 선천적으로 타고난 특성 때문에 어른들이 감당할 수 없는 것뿐인데, 그거야 어른들의 문제가 아닌가.

기어이 두 아이는 울음을 터뜨리기 시작했다. 얼굴이 화끈거리는 것 같고 가슴이 답답하다. 신체적 반응이 내 마음을 대변하는 듯했다. 내가 이다지도 마음이 약한 사람이었던가 싶었지만, 생각해 보면 나는 원래 내 사람들한테는 마음이 푸딩처럼 물렀다.

안 되겠다. 더 이상 이런 멍청하고 간악한 방법으로 애들을 괴롭힐 수는 없다. 진실을 고백하고 사과하기 위해 나는 눈꺼풀을 들어 올렸다. 죄책감 때문인지 눈꺼풀이 유독 무겁게 느껴졌다.

"마마!"

내가 눈을 뜬 걸 보고 아이들이 소리치며 달려왔다. 세시오의 경고는 이미 까맣게 잊은 듯했다.

페베마저 '전하.'라는 격식 어린 호칭을 내버린 걸 듣고, 웃음이 나는 한편으로 마음이 짠해 왔다. 이런 걸 아무렇지도 않게 하다니, 세시오는 내 생각보다 마음이 튼튼한 게 분명하다.

나는 어색하게 웃으며 쌍둥이에게 손 한 짝씩을 내주었다.

"많이 아파요?"

"아니야, 괜찮아."

"괜찮기는요. 열 좀 봐!"

페베가 어쩔 줄 모르고 발을 구르며 하는 말에 나는 의아해졌다. 아티팩트에 열이 나는 기능이 있던가? 고개를 숙여 내 몸을 내려다본 순간, 당혹감이 치솟아 올랐다. 가짜 식은땀에 흠뻑 젖은 살갗은 믿기지 않을 정도로 창백했다.

그 와중에 시두스가 외쳤다.

"몸이 불처럼 뜨거운걸요!"

"그럴……."

리가. 나는 내 살갗을 슬쩍 쓸어 보았다. 여태 모른 게 이상할 만큼의 열감이 느껴졌다. 죄책감 때문에 착각한 게 아니었나? 진짜 열이 나네?

정말로 불덩이 같아서 그 감각이 생소했다. 감기몸살에 걸려 본 적은 한 번도 없다. 검을 휘두를 때가 아니고서는 체온이 올라간 적도 없다. 그런데 왜.

절로 헛웃음이 터졌다. 아픈 척을 했다고 실제로 아파진다니, 말이 안 된다. 자식들을 속이려 했다고 벌이라도 받은 건가. 아니면 아티팩트에 발열 기능도 있는데 보고가 누락된 걸까.

후자가 더 그럴싸한 가설이다. 성에 거주하는 대다수가 아이들이 얌전해지길 바랐으니까. 답을 찾아내고 나는 가늘게 한숨을 내쉬었다.

그러는 동안 아이들의 울음은 조금 전보다 격렬하게 커져 있었다. 세시오가 달래는 소리는 설산의 바람처럼 아무 의미 없이 주위를 스쳐 지날 뿐이다. 일단 쌍둥이를 진정시켜야 할 것 같아서 나는 몸을 일으켰다. 정확히는, 그러려고 했다.

"마마!"

벌써 세 번째 듣는 소리. 침대의 매트를 짚고 상반신을 일으키려는데, 팔에 그대로 힘이 풀렸다. 도로 매트에 처박혀 나는 멍하니 눈을 깜박였다. 심지어는 그것만이 아니었다. 눈앞이 어지럽고 머리까지 지끈거린다. 몸에 얌전히 정제되어 있던 마나까지 꿈틀거렸다.

전형적인 감기 환자의 증상이라 나는 그저 당황스러울 뿐이었다.

"일어나지도 못해, 어떡해."

"아니, 잠깐."

뭐가 어떻게 된 거지. 아티팩트에 이렇게까지 정교한 마법이 담겨 있지는 않을 것이다. 이건 감기에 걸린 시늉 정도가 아니라 몸살 그 자체였으니까. 시늉보다는 오히려…… 저주에 가깝지 않은가.

"어……."

저주라는 비유를 떠올리는 순간, 지나간 대화가 머릿속에 펼쳐졌다.

"흑마법?"

"세력 같더군."

"궁지에 몰린 쥐는 고양이를 문다고 하잖나. 뭐라도 해 봐야겠다 싶은 거겠지."

설마 몬스터를 헤집어 놓으면서 계획한 꿍꿍이가 나한테 직접 수작을 부리는 거였나. 그게 타이밍 나쁘게도 내가 아픈 척할 때 실행된 거고?

그렇다면 도대체 언제 저주를 건 거지. 내 몸에는 지난날 본 것 같은 문양이 떠올라 있지 않았다. 누군가 쏘아 내는 마법을 맞은 기억도 없다. 무슨 일이 있었나, 그간의 일을 되짚어 보려 했지만 머릿속은 갈수록 멍해져서 더는 그럴 수 없었다.

"왜 그래요, 마마. 많이 아파요?"

나는 입술을 달싹였다. 아프다고도 아니라고도 할 수 없었다. 시늉이 아니라 정말로 아파진 데다가 상황이 이상하게 꼬였으니까.

아이들 앞에서 저주니 어쩌니 이야기를 늘어놓을 수 없어서, 나는 도움을 구하려 세시오를 쳐다봤다. 그는 두 눈에 희미하게 감탄을 띄워 놓고 있었다. 내 연기력이 늘었다고 생각하는 거겠지, 왜 이럴 때만 눈치가 없는 거야.

하는 수 없이 몸이 좋지 않다는 핑계로 아이들을 내보내려던 찰나, 누군가 문에 노크했다. 하인이 트롤리를 밀고 안으로 들어왔다. 그가 가져온 건 묽은 수프였다. 아픈 척에 정점을 찍으려고 미리 지시한 일이었지.

"이거 먹어요!"

하인이 수프 접시를 트레이에 올리자마자 시두스가 트레이를 빼앗았고 또 페베가 그걸 뺏어서 내게 내밀었다. 평소 같았으면 누군가 또 소리를 지르며 다툼의 시작이 되었을 텐데, 아이들은 둘 다 얌전했다. 그게 달갑다기보다는 미안해졌지만.

몇 입만 떠먹고 일단 내보내야겠다, 생각하며 나는 세시오의 부축을 받아 침대 헤드에 몸을 기댔다. 그러고는 페베에게 트레이를 넘겨받으려는데, 힘없는 손에서 트레이가 쭉 미끄러져 떨어졌다.

말이 되나. 놀랍다기보다는 어이가 없었다. 쨍그랑, 소리는 나지 않았다. 접

시가 떨어지기 전에 세시오가 받아 챘으니까.

그의 두 눈은 둥그렇게 커진 채였다. 이제야 이게 연기가 아닐 수도 있다고 의심하는 건가. 그러나 곧 그의 눈이 감탄을 담아 빛났다. 내 연기력을 과대평가하지 말아 주면 좋겠다.

"저, 접시도 못 들어."

시두스가 울먹거리는 소리에, 나도 울고 싶은 기분이 되었다. 도대체 내 몸에 무슨 짓을 한 거야. 그리고 이런 수단이 있으면 최상급 저주 같은 뻘 짓은 왜 한 건데.

그렇게 생각하면, 흑마법사들이 일을 꾸몄다는 추측은 망상에 불과할지도 모르겠다. 이상한 수단으로 아이들을 통제하려 했다고 천벌을 받았다는 게 더 그럴싸할지도.

"으아앙, 잘못했어요!"

더없이 속이 복잡한 와중에 급기야 쌍둥이는 오열하기 시작했다. 누가 먼저라 할 것 없이 울음을 터뜨려서는, 경쟁이라도 하듯 소리를 높여 나갔다. 그러나 그 안에 든 걱정과 설움은 진짜였다.

"아니야, 내가 미안해."

아무리 애가 몰래 연무장을 들락거리며 마나를 익혀 왔다고 해도, 그걸 얌전히 시키겠다고 거짓말을 하다니. 나쁜 부모의 말로다.

그러나 일의 자세한 내막을 모르고선 진실을 밝힐 수도 없어서 나는 그냥 양팔을 벌렸다.

"마마!"

아이들이 뛰어드는데 하마터면 헉 소리가 날 뻔했다. 다행히 침대 헤드가 몸을 받쳐 줘서 쓰러지지는 않았지만, 그 충격은 고스란히 받았다. 평범한 사람이 된 기분은 오랜만이다. 평범보다는 허약인가.

나는 치미는 한숨을 삼키며, 조그만 두 개의 등을 느리게 토닥였다. 훌쩍거리는 목소리가 내 품에서 옹알옹알 기어 나온다.

"이제 사이좋게 지낼게요."

"검 가르쳐 달라고 안 조를게요."

"두 번 다시 검에는 손도 대지 않을 거예요."

"이제 어른스럽게 피피를 페베라고 부를게요, 샹들리에도 안 탈게요."

"정말이에요, 마법 계약서도 쓸 수 있어요."

처음에는 이런 걸 바랐던 것도 같지만 들을수록 가슴에 못이 박혔다. 그러다 개중 흘려들을 수 없는 말이 있어 세시오와 나는 빠르게 정색했다.

"마법 계약 같은 건 빈말로도 하면 안 돼."

"그래, 페베. 그건 잘못 쓰면 22년이야."

"알아요! 저는 제 순수한 결의를 말씀드린 건데, 으아아앙!"

억울하다는 듯한 항변의 꼬리에 또 오열이 매달렸다. 시두스는 이유도 없이 제 누이를 따라 울었다. 미안하다는 말을 되뇌며 아이들의 머리를 쓰다듬자, 머잖아 두 아이 모두 진정했다. 페베가 눈물방울이 그렁그렁한 얼굴로, 고개를 들었다.

"그런데 왜 22년이에요?"

이 와중에도 궁금했던 걸까, 이 아이의 탐구욕이란. 어쩔 수 없이 웃음이 나왔다. 대답해 준 건 세시오였다.

"대기에 마나가 모두 바뀌는 주기가 22년이라고 하더구나."

"그럼 마법 계약서는 대기의 마나를 쓰는 거예요? 서명하는 사람의 마나가 아니라요?"

"핵심 구동부는 시전자의 마나지만, 그건 계약을 어겼을 때 징벌하는 역으로만 쓰이고……."

아니, 잠깐만. 처음에는 부녀간의 대화를 따뜻하게 지켜보고 있었지만, 현실을 떠올리자 마음이 조급해졌다. 머리는 여전히 잘 돌아가지 않았지만, 내 몸 상태를 새삼스레 자각한 탓이다. 그 원인을 정확히 짐작할 수는 없지만 이게 흑마법사들의 수작일 가능성은 여전히 있었다.

그렇다면 그들이 날 아프게 하는 정도로 만족하고 끝낼 리 없었다. 아이들의 귀에 내가 아프다는 말이 들어가게 하려고 의도적으로 소문을 낸 터라, 지금쯤이면 자기네 수작이 통했다고 생각하고 있을 터. 후속적으로 일을 치를 것이 분명했다.

세시오에게 지금 일에 대해 말해야 했다. 그런 생각으로 다시 아이들을 내보내려던 때, 타이밍 나쁘게도 기사가 들이닥쳤다.

"전하, 설산에 흑마법사들이 나타났습니다!"

아. 부지런하네. 젠장.

쌍둥이는 아픈 사람이 어딜 가냐며 내 옷자락을 붙들고 매달렸지만, 내가 아픈 걸 아는 사람은 공교롭게도 그 애들뿐이었다. 성의 모두는 그것이 그저 시늉이라고 생각했으니까.

설산으로 한 걸음 한 걸음을 내디딜 때마다 머리가 울리고 손끝이 저렸다. 체온은 느리게나마 계속 올라가서 숨을 내뱉으면 눈이 녹을 것 같은 기분마저 들었다.

그러나 그걸 티 낼 수는 없었다. 아이들에게 진실을 드러내지 못하던 것과는 다른 의미였다. 화이트폴의 주인은 약한 모습을 보여서는 안 된다. 작위를 넘겨받을 때, 아버지에게 당부받은 이야기였고 나도 깊이 동감한 말이었다.

가볍게 생각하기도 했다. 절대로 그럴 일은 없을 거라고. 그 경솔한 다짐이 문제였을까, 짜증스럽기는 해도 크게 심각하게 생각하지 않았던 문제가 이렇게까지 되어 버렸다. 이 시점에 흑마법사들이 튀어나온 걸 보면, 내 몸이 약해진 원인은 그들로 확정이었다.

몸의 이상을 눈치챈 즉시 아이들을 돌려보내고 세시오에게 말해야 했을까. 아니, 그런다고 해결될 건 없었을 것이다. 내 몸엔 세시오의 언령이 들지 않고, 부하들에게조차 약한 모습을 보여서는 안 된다는 명제는 여전하니까.

나는 허리를 쫙 펴고 늘 그렇듯 무표정한 얼굴로 자신감을 연기했다. 그래도 수습 못 할 최악은 아니다. 흑마법사들은 내 기사들만으로 잡을 수 있고, 그러면 내 몸을 수습할 방법도 생길 테니까. 나는 일단 무너지지 않고 버티면 된다.

마음 한편에서는, 이것이 제대로 된 방책도 아니고 미련스러운 고집일 뿐이라 말하는 듯했지만, 알면서도 할 수 없었다. 화산처럼 솟아난 열기 때문인지 생각은 세 마디에 한 번씩 끊기고 흐려졌다.

그래서 이전부터 우뚝 세워 온 하나의 가치관에 기댈 수밖에 없었다. 몸을 꼿꼿이 하고 눈빛이 흐려지지 않게 붙잡는 것만으로 이미 한계였으니까. 무너지면 안 된다. 이 알량한 수작질에 넘어가다니 쪽팔려서라도 안 되지. 내가 무너져서는.

"……테릴?"

잘못했으면 놓칠 듯 희미하게, 속삭이는 부름이 귓가를 스쳤다. 눈을 돌리자 잘못 들은 건 아닌 듯, 세시오가 내 쪽을 보고 있다. 그의 눈은 조금 흔들리고 있었다.

"열이……."

작게 말했다고는 한들, 주위에 있는 기사들은 다 실력자들이었다. 지금의 대화를 듣지 못할 리는 없는 것이다. 착각일지도 모르겠지만. 그들의 신경이 이쪽으로 곤두서는 것이 느껴졌다.

한순간 머리가 강하게 지끈거렸다.

"이거 아티팩트야. 겉보기만 그러니까 신경 쓰지 마."

"아티팩트라고?"

"세상에 별게 다 있더라고."

짧게 답하고 웃으려 했으나 잘되지 않아서 나는 도로 정면을 바라봤다. 아까까지는 세시오가 눈치채길 바랐으나 지금은 다르다. 이 상황에 그에게만 진실을 전달할 방법 같은 건 없다. 지금은 숨겨야 했다.

세시오가 무어라 더 입술을 달싹이는 듯했을 때, 마침내 시야에 한 무리의 사람들이 잡혔다. 그렇게 쥐새끼처럼 숨을 때는 언제고 새카만 로브를 입은 이들은 도망치려는 시늉도 안 했다.

다 합해서 열도 되지 않을 수, 느껴지는 마나가 그리 강렬하지도 않다. 수도에서 봤던 이들 수준의 절반에도 못 미치는 것 같은데 뭘 믿고? 자문했다가 바보 같은 질문이라는 걸 바로 알았다. 정확히는 몸에 가득한 열기가 알려 주었다.

내가 입을 다물고 있는 가운데, 선두에 선 안트라스 경이 입을 열었다.

"그럴 실력이 아닌 것 같은데 당당하기 짝이 없군. 이제는 순순히 죗값을 치를 준비가 되었나?"

"저희가 당당하지 않을 이유가 없지 않겠습니까?"

그렇게 말하며, 흑마법사 중 하나가 무언가 둥그런 것을 들어 올렸다. 짙은 적색의 수정구. 그러나 그 형체를 제대로 알아볼 새도 없이, 눈앞이 강하게 일렁이기 시작했다. 훅 치솟은 열기에 다리가 꺾였다.

당황한 세시오가 반사적으로 잡아 준 탓에 앞으로 고꾸라지지는 않았으나, 그것뿐이었다.

"리한이 저주에 당했다!"

요란한 웃음소리가 시끄럽다. 기사들이 동요하는 소리도 요란했다.

아, 그렇지. 흑마법사들이 어떤 수단을 썼는지도 모르면서, 멀쩡한 척만 한다고 될 리가 없지. 아무래도 판단력이 제대로 맛이 갔나 보다. 고열로 앓아보기 처음이라 그렇다고 변명하고 싶었지만, 누구에게 말하고 싶은지도 모르겠다.

머릿속에 의미 없는 활자들이 떠다니며, 내 생각들에 부딪혀 문장들을 깨버린다. 약한 모습을 보이면 안 된다는 강박이 희미하게 떠올랐지만 이미 글렀다.

데려온 기사들이 누구였더라. 입막음해야 하는데. 마이크 경은 좀 입이 가벼운데 어떡하지. 아, 마이크는 남쪽으로 휴가를 갔던가. 아니지, 입막음이 아니라 일단 수습을……

"테릴!"

혼란을 가르고 내 이름자가 들려왔다. 세시오가 나를 부르고 있다. 내가 눈치챈 것이 늦었을 뿐이지, 딱히 처음도 아닌 것 같았다. 그의 입은 조금 전부터 계속해서 움직이고 있었으니까.

괜찮다고 말하려고 입을 벌렸으나, 아무 소리도 나지 않았다. 고집스럽게 타이밍을 보지 말고, 조금이나마 머리가 멀쩡할 때 수습할 것을. 한숨을 내쉬자 단내가 훅 끼쳐 왔다.

"저주라니, 네놈들 전하께 무슨 짓을 한 거냐."

기사 하나의 목소리가 들린다. 물속에 처박힌 것처럼 울려서 누가 말하는지는 모르겠지만, 그 내용은 대충 알아들을 수 있었다.

"일단 그 검들부터 집어넣고 이야기하실까. 주인의 목숨이 소중하지 않은 건 아니겠지."

뭔 개소리야. 내가 죽든 말든 당연히 저놈들을 잡는 게 먼저지. 반사적으로 그렇게 생각했으나, 애석하게도 이어 들린 건 검을 집어넣는 소리였다. 깊은 안타까움을 느꼈지만, 말도 안 나오는 처지라 아무것도 수습할 수 없었다.

제 뜻대로 되는 상황이 즐거운지, 흑마법사가 신이 나서 떠들어댔다. 예로부터 말 많은 악당의 최후란 뻔한 것인데, 동화를 덜 읽었나 보다.

"전하의 몸에 저주의 문양 같은 건 없는데 무슨 소리냐."

"저주에도 여러 갈래가 있지요. 공작 전하께 걸어드린 건 고대의 저주입니다."

"고대의 저주……?"

"사용자의 마나를 직접 압축하는 게 아닌 악마에게 힘을 빌려 쓰는 고전의 방식이요."

마법진을 그리고 인신 공양을 하며 원을 들어주십사 하는, 그런 거 말인가.

"정확도는 떨어진다고 하지만 누구라도 가능하다는 장점이 있지요."

"그런 게 사장되지 않고 남아 있다고?"

"거의 그럴 뻔했지만요. 저희가 쓴 건 불행의 악마가 고안했다는 저주입니다. 대상에게 일어날 수 있는 가장 불행한 가능성을 가져다준답니다."

그렇게 말하며 흑마법사는 재차 웃음을 터뜨렸다.

"이 악독한 놈들!"

"동료를 바치며 리한 공작을 움직일 수 없게 만들어 달라 청했지요. 제 몸이 아파야 우릴 놓아 줄 기분도 들 테니까."

"뭐라!"

"겨우 감기몸살이 나온 게 좀 아쉽지만, 원래 몸살로도 정도가 심하면 사람은 죽는 법이지요."

나직한 목소리가 경고했다.

"그래요, 저주가 강해지면 목숨을 잃을 겁니다."

내가 죽는다고? 정말 실감이 안 된다.

나는 멍한 머리로도 열심히 생각했다. 일어날 수 있는 가장 불행한 가능성이 몸살……. 결과물이 형편없는 걸 떠나서 말이 안 되지 않나?

몸살은 내게 일어날 '수 있는' 불행이 아니다. 낡은 집에서 빵과 샐러드만으로 연명할 때도, 가장 면역이 나쁠 때조차 감기에 한 번 걸린 적이 없었으니까. 지금은 오랜 수련으로 몸에 마나까지 가득 차 있는 상태다. 몸살에 걸리는 게 가능할 리 없다.

그렇다면 몸이 불타 버릴 것 같은 이 열기는 뭐라고 설명해야 하는가. 체온은 꾸준히 올라가 이제는 사람의 몸이 담고 있을 수 없는 온도가 되었다. 내 몸을 붙들고 있는 세시오의 손이 화상을 입기 시작했으니까. 이 정도의 열기라면 내부의 장기는 진작 익었어야 정상이다. 그런데도 내가 멀쩡히 숨을 쉬고 있다는 건, 내 장기는 여전히 마나에 보호받고 있다는 것이다

마나는 생명력의 에너지요, 무슨 이유로든 목숨이 경각에 달했을 때는 활동성을 잃는다. 그러나 내 안의 힘은 오히려 평소 이상의 에너지를 가지고 들끓고 있었다. 절대로 죽어 가는 사람의 에너지라고는 믿을 수 없이 요란하고 폭발적으로. 수련이 절정에 달했을 때 이상으로, 댐이 터질 듯 넘쳐난다. 무릎이 꺾여 고꾸라졌을 때부터 고삐가 풀린 망아지처럼 날뛴다.

그제야 알 것 같았다, 이건…….

"자, 설명은 이쯤이면 된 것 같군요. 전하의 목숨을 살리고 싶다면, 당장 마법 계약서를—!"

"허."

아버지께서도 몇 년 전에야 겨우 다다랐다고 하셨던가. 그러면 확실히.

"내가 이겼네."

나는 세시오의 손을 떨쳐 냈다. 그에게 겨우 기대어 있던 몸이 바닥으로 고꾸라진다.

그와 동시에 열기는 절정에 달해 주위의 눈이 일제히 녹았다. 내 피부에는 얇은 실금이 생기더니 사방으로 뻗어 나갔고 그 사이로 열기가 죄 빠져나갔다. 지독한 열감 때문에 삽시간에 말라비틀어졌던 피부의 조각들이 떨어져 나가고, 그 아래로 새로운 살이 돋았다.

탈 듯이 뜨겁던 열기가 빠져나간 자리에 그 이상으로 폭발적인 냉기가 치솟아 자리를 대신 했다. 온몸에서 채도 높은 푸른빛이 안개처럼 흘러넘쳤다. 눈이 녹았던 자리가 희고 두껍게 얼어붙는다.

바닥에 엎드린 그대로, 나는 느리게 심호흡을 했다. 주위에 있는 것이 고스란히 느껴졌다. 인위적으로 만들어 낸 마나와 자연의 마나가 구별될 정도로 감각의 정밀도가 확연히 올라갔다. 근접해 있는 세상의 모든 걸 낱낱이 들여다보는 기분이 들었다. 오감이 새로 태어난 것처럼 달라진 느낌.

나는 구부렸던 허리를 느리게 폈다. 굽었던 척추 뼈가 천천히 움직이고, 그 연쇄적인 동작이 내 몸을 곧추세웠다.

바로 앞에는 세시오의 동요한 얼굴이 있었다. 그 얼굴을 보고 웃어 주려다가, 나는 뒤늦게 그의 손이 화상으로 엉망이 된 걸 보고 미안해졌다. 불행한 가능성이란 건 차라리 이쪽에 어울린다.

나는 그의 손에 손가락을 얽어 당기고 붉어진 자리에 입을 맞추었다. 숨결에 섞인 냉기가 조금쯤은 그 열기를 달래 주길 바라며.

"테릴, 그대……."

"이제 아무 문제 없어. 저놈들이 멍청한 짓을 해 줬거든."

"어, 어, 어떻게!"

눈을 돌려 흑마법사들을 쳐다봐 주자, 설산의 눈보다 희게 질린 면면들이 보였다. 숨을 들이켜는 소리, 말을 더듬는 소리, 억눌린 신음 등 요란스럽기도 하다.

반면, 내 기사들은 조용했다. 그들의 얼굴에는 당혹감과 걱정, 그리고 놀람이 담겨 있었다. 혹 실망 같은 게 섞여 있진 않을까 우려했는데 다행스럽게도. 그들의 얼굴에 서린 모든 감정은 서서히 지워지고 빈자리에 경외가 떠올랐다. 그러라고 시킨 것도 아닌데 기사들은 일제히 무릎을 꿇었다.

그 모습을 내려다보며 나는 깊게 숨을 들이마셨다. 몸을 감싸고 있던 푸른 운무가 내 안으로 빨려 들어왔다. 마스터가 된 순간조차 그 자체에는 커다란 감흥이 없었는데 확실히 이건 좀 다르다. 나는 양껏 입꼬리를 당겨 미소 지었다. 아, 써 보고 싶다.

나는 멍하니 굳어진 흑마법사를 기쁘게 노려보았다.

"듣기만 해선 굉장한 마법 같은데 말이야, 그런 저주가 사라졌다는 건 그럴 만한 이유가 있지 않을까?"

"무슨……."

"이를테면, 저주의 먹잇감을 더 손쉬운 쪽으로 바꿔 버리는 부작용 같은 게 있다거나."

말하며 검으로 손을 가져가자, 그들은 뒤늦게 정신을 차리고 소리쳤다.

"도망쳐!"

"불행해진 건 아무래도."

검이 검집을 나오는 소리가 청량하게 울렸다.

"내가 아니라 그쪽 같아서."

벌레처럼 사방으로 흩어지는 이들의 뒷모습을 향해 나는 검을 휘둘렀다. 늘 보던 남색의 운무 대신 푸른빛 오로라가 그들을 덮쳤다. 섬뜩하다기보다는 아름다운 광경이었다.

"마스터 너머에도 경지가 있다고……?"

성으로 돌아온 직후 한참 나를 끌어안고 있던 세시오가 겨우 입을 떼었다.

"그러고 보니 전에 지나가듯 듣긴 했군."

"몇 년 전에 가볍게 말한 거니까, 잊었을 만도 하지."

"그래……. 앞으로 수십 년은 지나야 생길 일일 줄 알았으니까."

그 말에 나는 느리게 고개를 끄덕였다.

아버지가 경지를 넘었다는 말을 들은 지 그리 오랜 시간이 지나지도 않았다. 지금 난 겨우 30대에 접어들었을 뿐이니까. 어쩌면 그 저주란 것에 조금은 영향을 받았는지도 모르겠다. 성급하게 경지를 넘어서려다 목숨을 잃은 선조가 한둘이 아니라니, 정말 위험했던 건지도.

세시오는 무겁게 한숨을 내쉬고 누르듯 나를 끌어안았다.

"하필이면 나쁜 타이밍에 왔어."

"그런 저주라잖아."

얇은 셔츠 한 겹 너머에서 여전히 진정되지 않은 박동이 전해진다. 그래도 괜찮다. 아까보다는 비교할 바 없이 좋아졌다. 막 성에 도착했을 무렵에는 정말 세시오의 심장이 터지는 줄 알았으니까.

나는 손끝으로 그의 뒷머리를 부드럽게 쓸어내렸다. 결 좋은 머리칼이 다섯 갈래로 나뉘었다 합쳐지기를 반복했다.

그의 불안한 표정을 내려다보면서 새삼 알았다. 내가 앓은 게 처음이라는 건, 곧 세시오에게도 이런 경험이 처음이라는 이야기였다. 그가 피를 토하고 잠시간 시력을 잃고 의식을 잃는 건, 나는 몇 번이나 겪어 왔지만 그는 아니다. 그래서 이렇게 겁을 먹은 걸까.

내가 무슨 생각을 하는지도 모르고, 세시오는 파리한 낯으로 되도록 여상한 대화를 이었다.

"그대가 말했던 대로 정말 타깃은 누구라도 좋았던 건지도 모르겠어."

"하필이면 악마한테 전수받았다고 하니까."

설화에 묘사되는 악마는 다 그 모양이다. 인신 공양 따위를 받고 소원을 들어 주지만 어떤 방식으로 소원을 들어 줄지는 불확실하다.

세상에서 가장 커다란 집을 갖고 싶다고 하면 바다에 소원을 빈 사람의 시신을 처박는다. 세상 제일의 미인을 배우자로 얻고 싶다고 하면 악마 스스로가 변신해 배우자가 되어 준 다음 그 심장을 빼 먹었다.

결국 원하는 건 그 부스러기조차 줍지 못하고, 제 몸만 내어주는 꼴이 되니 악마 숭배나 흑주술 같은 건 진작 사라졌다. 개중 알짜만 취해 효율적인 방식으로 정제해 둔 것이 흑마법이라고는 하지만.

"정말 성경 같은 이야기로군."

"내 말이."

"그대는 내가 얼마나 놀랐는지 모를 거야."

"그냥 연기하는 줄 알았지?"

"왜 아티팩트 때문이라고 거짓말을 했지."

내 체온이 갈수록 올라가는 걸 눈치채고 세시오가 의아해하며 물을 때의 이야기다. 그의 비난에는 억누른 원망이 담겨 있었다. 예상했던 질문인지라 나는 그게 당혹스럽지는 않았다.

"부하 앞이었으니까. 내가 북부에서 리한의 위상을 지켜야 한다는 걸 알잖아."

"하지만─."

"알아, 실수했다는 거."

나는 침대에 가만히 있던 왼손으로 세시오의 손을 가져와 손가락을 얽었다. 그의 미간이 깊게 팼다.

"테릴."

"봐 줘, 나도 아프긴 처음이었고, 고열 때문에 머리가 안 돌아간다는 게 무슨 의민지도 몰랐거든."

한때는 그 말 자체가 이해되지 않았는데 역시 사람은 경험해 보지 않은 일에 입을 대면 안 된다.

반성할 문제였다. 결과적으로 이번 일은 실수로 끝났지만, 상황이 더 심각했더라면 실수 정도로 끝나지 않는다. 내가 책임지고 있는 게 한둘은 아니었으니까.

"그 자체가 이해되지 않는다는 건 아니야. 일반인이라면 내부 장기가 다 손상되었을 온도니. 하지만─."

"걱정할 거 없어. 한 번 한 실수를 다시 하는 머저리는 아니니까."

"……."

"뭐, 이제는 그러려고 애쓰더라도 힘들겠지만 말이야."

마스터였을 적에도 위기감을 느낀 건 이번이 처음이자 마지막이었다. 온전히 단계를 넘어간 지금은 더할 것이다. 아버지가 미쳐서 갑자기 날 공격하신다면 말이 다르겠지만.

농담처럼 말하며 가볍게 웃었으나, 세시오는 웃지 않았다. 그는 깊이 가라앉은 눈으로 한참 동안 나를 쳐다보다가 느린 숨을 내뱉었다. 그 숨이 아까 내가 내뱉었던 것보다도 뜨겁게 느껴졌다.

그 안에 든 생각이 무언지 알 것 같아서, 나는 다시 그의 머리칼을 쓸어 넘기며 속삭였다.

"신뢰가 안 가? 한 번뿐이었는데."

"내가 그렇게 말했을 때는 그대도 믿지 않았잖아."

"경우가 다르지. 당신은 정말 토끼 목숨—."

어떠한 예고도 없이 갑자기. 말을 내뱉던 입 안으로 남의 숨결이 섞여들었다. 세시오의 입술은 떨리고 있었다. 잠시 멈칫했으나 나는 곧 그의 등을 끌어안고 입맞춤에 어울려 주었다.

내심 못된 생각을 했다. 그러면 이제는 세시오도 알까. 상대를 잃을지도 모른다는, 그 공포를 이해할 수 있을까.

맞물렸다 떨어지기를 몇 번. 살갗이 닿아 있다고도 떨어져 있다고도 말하지 못할 모호한 거리에서, 그는 거친 소리로 말했다.

"약속해, 테릴. 다음에는 어떤 경우라도, 주위에 누가 있더라도 내게 전부 말해 주기로."

밖에선 무엇보다 찬란한 색채의 눈동자가 지금은 무엇보다 어둡게 일렁인다. 그의 눈을 어둡게 하는 건 절박감이었다. 사실은, 이쪽이 더 세시오의 본질과 가깝다고 생각한다.

이 말을 하는 기분이 어떤 건지, 나는 이미 알고 있었다. 어차피 말 몇 마디로 상대의 행동을 강제할 수 없다는 걸 알면서. 다음이 온다면 얼마든 또 같은 짓을 할지 모른다고 의심하면서도.

그러며 그저 자기 위안만을 위해 약속받는 그 기분을 내가 모를 리 없었다. 처음으로 공감받고 이해받은 느낌에, 뒤틀린 만족감이 일었다.

나는 희미하게 웃으며, 그러나 망설이지 않고 답했다.

"다음은 없을 테지만, 그럴게."

하나 세시오와는 명백히 다른 의미였다. 그의 껍데기뿐인 약속과 달리, 나는 정말로 다음 같은 걸 만들지 않을 테니까. 그래서 그 격차가 조금 억울하다고 생각하긴 했지만.

"⋯⋯믿을게."

떨리는 목소리를 듣고, 나는 그의 셔츠로 손을 뻗었다.

밤이 깊어 간다. 평소보다 조금 더 까만 밤이었다.

"흑마법사들의 저주로 경지를 넘어갔다고?"

막 성으로 돌아온 아버지는 보통 황당한 게 아니었는지, 크라바트를 풀던 손

까지 멈추셨다.

"뭐, 저주니 어쩌니 하는데 자세한 건 몰라요. 마법사들 시켜서 알아보는 중

이니 궁금하면 기다리세요."

"정말 어처구니없는 소식의 연속이군."

"연속이요?"

"애들한테 사기를 치려 했다며."

사기라니! 마음이 울컥했지만 찔리는 구석이 있기에 항변할 수는 없었다. 그

죄책감 때문에 요즘은 서류를 좀 더 빨리 보고 애들을 더 많이 봐주려 애쓰고

있었다. 다음 단계로 넘어간 것이 내 체력, 정신력에도 영향을 미쳤는지 전보

다 훨씬 나았다.

혼내는 건 여전히 못 하겠지만.

"아픈 척이라니, 공작이 되더니 정말 비겁하고 비열하고 사특해졌구나. 장하

다."

"아버진 저보다 덜한 줄 알아요? 계승하고 지난 서류들 살펴보니 어휴, 수도

정치 더럽고 복잡하다고 욕한 내가 바보지."

"그래도 나는 영지 순례랍시고 몇 달간 수도에 처박혀 있진 않았어."

"임산부는 쉬어야죠. 가뜩이나 손이 귀한 집안인데."

"오호라, 내 딸이 예언자였구나. 네가 임신할 걸 알고 쉬러 간 줄은 몰랐는데."

"모든 건 결과가 이야기해 준다, 아버지 평소 가치관 아니셨어요?"

아버지의 눈썹이 꿈틀 움직였다.

"쓸데없이 혀 놀림만 늘어서."

"교재가 되어 주셔서 감사합니다."

일부러 한껏 각을 잡아 정중하게 말하자 그의 눈썹이 더 요란해졌다. 그러나 곧 아버지는 패배를 인정하시고 차를 훌쩍 들이켜셨다. 왜 이렇게 약해지셨을까, 내가 알던 아버지는 사소한 말다툼에서도 승부욕을 버리지 않았는데.

"열이라……. 그런 증상은 처음 들어 보는군."

"아버진 몸살 기운 같은 거 없었어요?"

"전혀. 하지만 그래, 그 원인 정도는 짐작할 수 있겠다."

"뭔데요."

"생각해 보거라, 멍청한 공작아."

이젠 당신이 공작이 아니라고, 호칭이 바뀌었다.

"몸 안에 마나가 터질 만큼 쌓였는데도 그 주인이 그저 버티고만 있으니, 마나란 것들에게도 불만이 생기겠지."

그게 무슨 동화 같은 헛소리람.

"그래서 참고 견디다가 도저히 안 되겠으니, 그냥 경지를 넘겨 버린 거다."

"혹시 소설을 읽다가 이제는 창작하고 싶은 단계로 넘어가신 거예요?"

"넘어간다는 게 별건 아니야. 지금의 몸으로는 감당이 안 되니 육체를 재구성할 뿐."

"아."

그 말에 나는 반사적으로 내 몸을 내려다보았다.

일주일 전의 기억이 생생히 떠올랐다. 치미는 열기를 버티지 못하겠다는 듯 피부에 실금이 가 조각나고 새 살이 돋아났다. 겉보기엔 피부뿐이었지만, 내부의 뼈와 근육들에도 변화가 느껴졌다. 그게 마나가 감당이 안 돼서 몸이 바뀐 거구나.

"보통은 마나가 넘치면 욕심을 부리다가 관에 들어간다만, 그 지경까지 참은 너도 참 대단하구나."

"아니, 제 나이가 몇인데 벌써 그걸 의심하겠어요. 그냥 컨디션이 좋구나, 생각하는 정도지."

"신중한 걸 넘어 미련하기가 곰 같다. 리한에 큰 곰이 나왔어."

놀리는 말이 얄밉다. 나이가 들면 사람이 성숙해져야 하는 게 아닌가.

"어쩔 수 없었어요. 전 누굴 닮아서 겁이 많은걸요."

전에 아버지께서 하셨던 말을 그대로 돌려드리자 그의 눈썹이 오늘 중 세 번째로 꿈틀거렸다.

"그렇잖아요. 토끼 같은 남편에 설표 같은 자식이 둘이나 있는데 사리며 살아야죠."

능청스럽게 말을 잇자, 아버지는 눈을 가늘게 뜨고 잠시 나를 노려보셨다.

"네 재능이 아깝다."

"에이, 정말로 제 재능이겠어요. 흑마법사들이 저준지 뭔지 수작질 부린 게 시기를 앞당긴 거겠죠."

"흥. 저주랍시고 몸에 마나를 부풀려 줄 수 있을 것 같으냐? 그건 네 재능이야. 리한에서도 손에 꼽히겠군."

어쩐지 아버지께 칭찬 비슷한 걸 듣는 건 처음인 것 같은데. 예상치 못한 말이 어색하고 낯간지러워, 나는 괜히 고개를 돌렸다.

"그러고 보니 제가 이제 아버지와 같은 경지네요."

"막 벽을 넘은 풋내기가 할 소리냐?"

"한 3년 있으면 숙련되겠죠."

"……."

"3년 뒤에 대련 예약 잡아놔도 괜찮죠?"

"은퇴한 아비한테 별걸 다 시키는구나. 철을 들고 놀고 싶으면 네 자식이랑 해."

"아, 제발요. 아버지 한 번만. 저 아버지, 한 번만 때려 보게요, 제발!"

"천하에 패륜아가 따로 없군."

"어머, 재밌겠는걸요."

"어머니."

익숙한 목소리가 우리의 대화를 가로질렀다. 문이 열릴 때부터 이미 알고 있었지만, 어머니셨다.

그녀는 품에 넘치도록 커다란 꽃다발을 들고 계셨다. 잎이 뾰족해 보이는 붉은색 꽃. 어쩐지 늦게 오시더라니.

"아비를 넘어서는 자식이란 건 영웅 소설에서도 자주 쓰는 소재잖아요. 아주 멋질 것 같아요."

"내 패배는 이미 기정사실화된 건가?"

"당신이 이겨도 좋죠. 쉽게 이기는 것 보다 몇 차례에 걸쳐 힘겹게 이기는 게 더 아름답잖아요."

"……."

역시 어머니는 내 편이군. 아버지의 묘하게 슬픈 표정을 외면하고, 나는 세 번째 승리감을 맛보았다. 그러는 새, 어머니께서는 웃으며 다가와 내게 꽃다발을 안겨 주셨다.

"축하해, 릴리. 포인세티아라는 꽃이란다."

"이렇게 챙겨 주시지 않아도 되는데. 감사해요, 잘 장식해 둘게요."

꽃다발을 감사히 받아 들자, 어머니가 내 뺨에 입 맞춰 주셨다.

"그리고 대단치는 않지만, 선물이 하나 더 있단다."

선물? 의아함에 어머니를 쳐다보자, 그녀는 아버지에게로 눈길을 던지며 말을 이었다.

"아이들 소식 듣고 이미 이이랑은 이야기를 마쳤어. 아이들의 검은 라셰드가 봐주기로 했단다."

"네?"

"걱정할 건 없어. 너무 험하게 굴지 못하도록 내가 참관할 테니까."

"그건 걱정하지 않아요."

전에 사과하신 일을 다시 반복할 분은 아니었으니까.

내가 먼저 부탁드리려고 했는데, 걱정거리가 하나 덜었다. 아버지라면 검을 익힌 아이들이 사고를 치려고 해도 그럴 수 없을 테니까. 드물게 아버지께 감동해서, 내 공격력이 조금은 수그러들었다.

"그러면 대련은 15년 뒤로 할까요?"

"네 자식 다 키우고 맞으란 거냐?"

"에이, 농담도."

눈치가 좋으시네. 속으로 혀를 차는 차에, 갑자기 벌컥 문이 열렸다. 들이닥친 건 실제로는 네 살짜리지만, 남들 보기엔 대여섯은 먹은 듯 자란 꼬마아이였다.

"할머니! 할아버지!"

시두스가 날쌔게 짧은 다리를 놀리며 달려왔다.

"예의 없어, 시두스! 뛰지 마!"

페베가 소리치며 제 동생을 단속하려 했지만, 물론 시두스는 들은 척도 하지 않았다. 그리고 그렇게 말하는 페베의 뺨도 붉어져서는 은근히 어머니와 아버지께 곁눈질하는 것이 훤히 보였다. 어머니라면 몰라도, 아버지께서 그리 잘해주신 것 같지는 않은데 희한하단 말이야.

아이들의 뒤에선 세시오가 어쩔 수 없었다는 얼굴로 어깨를 으쓱이고 있었다.

방 안은 삽시간에 난장판이 되었다. 아이들은 할머니에게 갔다 할아버지에게 갔다 요란을 떨었고, 세시오는 내 곁으로 와 소파에 앉았다.

그 모습을 가만히 바라보고 있으니 어쩐지 가슴 안쪽에 무언가가 가득 차올랐다. 그건 열기처럼 공격적이지도 않았고, 냉기처럼 날카롭지도 않았다. 솜사탕처럼 부드럽고 푹신해서 언제까지 품고 있어도 마냥 좋을 것 같은 기분이었다.

아쉽게도 날뛰던 시두스가 테이블에 머리를 찧고 오열하기 시작할 때 떠나버렸지만, 금방 또 돌아올 것이다. 불행할 가능성은 이제 사라졌으니까.

외전 끝.

신데렐라는 내가 아니었다 4

초판 1쇄 인쇄 2022년 9월 15일
초판 1쇄 발행 2022년 9월 28일

지은이 과앤
펴낸이 김선식

경영총괄 김은영
IP개발 심미리 **상품개발** 윤세미
엔터테인먼트사업본부장 서대진
웹소설1팀 최수아, 김현미, 심미리, 여인우, 장기호
웹소설2팀 윤보라, 이연수, 주소영, 주은영
웹툰팀 이주연, 변지호, 윤수정, 임지은, 채수아, 최하은
IP상품개발팀 윤세미, 송임선
디지털마케팅팀 김국현, 김선민, 김호애, 김희정, 이소영
지식교양팀 김선욱, 김혜원, 백지은, 석찬미, 염아라, 이수인
저작권팀 한승빈, 김재원, 이슬
재무관리팀 하미선, 김재경, 안혜선, 윤이경, 이보람 **제작관리팀** 박상민, 김소영, 김진경, 양지환, 이지우, 최완규
인사총무팀 강미숙 김혜진 황호준 **물류관리팀** 김형기, 김선진, 민주홍, 양문현, 전태연, 전태환, 한유현
외부스태프 크리에이티브그룹 디헌(디자인) 영수(일러스트)

펴낸곳 다산북스 **출판등록** 2005년 12월 23일 제313-2005-00277호
주소 경기도 파주시 회동길 490
전화 02-702-1724 **팩스** 02-703-2219 **이메일** dasanbooks@dasanbooks.com
홈페이지 www.dasan.group **블로그** blog.naver.com/dasan_books
종이 한솔피앤에스 **출력·인쇄** 민언프린텍 **코팅·후가공** 평창피앤지 **제본** 다온바인텍

ISBN 979-11-306-9379-8 (03810)

다산북스(DASANBOOKS)는 독자 여러분의 책에 관한 아이디어와 원고 투고를 기쁜 마음으로 기다리고 있습니다.
책 출간을 원하는 아이디어가 있으신 분은 다산북스 홈페이지 '원고투고'란으로 간단한 개요와 취지, 연락처 등을 보내주세요. 머뭇거리지
말고 문을 두드리세요.